"静穆"观念与京派文学

JINGMU GUANNIAN YU
JINGPAI WENXUE

许 江 著

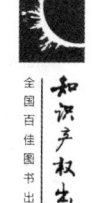

责任编辑：文　茜　　　　　　责任校对：董志英
文字编辑：文　茜　　　　　　责任出版：卢运霞

图书在版编目（CIP）数据

"静穆"观念与京派文学/许江著. —北京：知识产权出版社，2013.4
ISBN 978-7-5130-1887-6

Ⅰ.①静… Ⅱ.①许… Ⅲ.①京派-文学研究-民国 Ⅳ.①I209.91

中国版本图书馆CIP数据核字（2013）第031105号

"静穆"观念与京派文学
Jingmu Guannian yu Jingpai Wenxue

许　江　著

出版发行：知识产权出版社
社　　址：北京市海淀区马甸南村1号　　　　邮　编：100088
网　　址：http://www.ipph.cn　　　　　　　邮　箱：bjb@cnipr.com
发行电话：010-82000860 转 8101/8102　　　传　真：010-82005070/82000893
责编电话：010-82000860 转 8342　　　　　　责编邮箱：wenqian@cnipr.com
印　　刷：知识产权出版社电子制印中心　　经　销：新华书店及相关销售网点
开　　本：880mm×1230mm　1/32　　　　　　印　张：12
版　　次：2013年4月第一版　　　　　　　　印　次：2013年4月第一次印刷
字　　数：265千字　　　　　　　　　　　　定　价：36.00元
ISBN 978-7-5130-1887-6/I·273（4733）

出版权专有　侵权必究
如有印装质量问题，本社负责调换。

本书由大连市人民政府资助出版
本书为辽宁省教育厅科研项目（W2011047）

目 录

引论 ·· 1

第一章 "静穆":京派的一种审美观念 ················· 17
  第一节 "静穆"观念的建构与基本内涵 ··············· 20
  第二节 京派文人的思想资源与"静穆"观念 ········ 51
  第三节 京派文人对"静穆"观念的阐释与坚守 ······· 72
  第四节 "静穆"观念在中国现代文学中的位置 ······· 91

第二章 "静穆"观念与京派文学思想 ···················· 113
  第一节 古典主义 ·· 116
  第二节 悲剧精神 ·· 136
  第三节 心理视角 ·· 154
  第四节 "纯正的趣味" ·· 172

第三章 "静穆"观念与京派文人心态 ···················· 195
  第一节 自然情怀 ·· 198
  第二节 隐逸风气 ·· 217
  第三节 人生美学 ·· 237
  第四节 客厅与城市 ·· 257

第四章 京派文学作品中的"静穆"美 ···················· 275
  第一节 神逸与静穆:周作人与何其芳的散文 ········ 278
  第二节 融合与静穆:沈从文与废名的小说 ··········· 293

第三节　象征与静穆：林徽因与卞之琳的诗歌 ………… 320
  第四节　冲突与静穆：李健吾的戏剧 ………………… 332
结语 ……………………………………………………… 339
参考文献 ………………………………………………… 353
后记 ……………………………………………………… 367

引 论

文学流派得以形成的因素不少，诸如时代风尚、政治倾向、地域文化、家族渊源、师友关系等，都可以促进某一文学流派的形成，但核心因素无他，便是相似或相同的文化心态与审美观念，而重中之重又落在了审美观念上。一个文学流派最重要的特征与意义，亦即它的流派性，往往体现为一种稳定而独特的审美观念，正如"夺胎换骨"之于江西诗派、"性灵"之于公安派、"幽深孤峭"之于竟陵派、"雅洁"之于桐城派、"自然主义"之于英国湖畔诗派、神秘的"契合"之于法国象征主义诗歌流派、"荒诞"之于荒诞派等。❶ 在考察中国现代文学史上的某一文学集团、文学流派甚或文学思潮时，许多研究者也常常是从文化心态，特别是从审美观念这个角度入手的。在吴福辉的京派研究中，"大体共同的文学思想特征及审美旨趣""共同的文学精神特征、相似的文化心理结构和文化性格"等，成为他开展相关研究的主要依据;❷ 他的海派研究更是将研究对象集中到特定时期、特定地域所形成的特定的文艺审美观念之上，为中国现代文学的流派研究打开了局面;❸ 杨义在作文学流派研究，特别是在作京派、海派的研究时，文化形态和审美趣味是他用以区分不同流派的历史面貌与特征的主要标准;❹ 在李今的海派小说研究中，由当时新兴的都市文化培养、造成的海

---

❶ 此处以"自然主义"来概括湖畔诗派的审美观念，借用了勃兰兑斯在《十九世纪文学主流》（第四分册，人民文学出版社1997年版）中的观点。

❷ 吴福辉："乡村中国的文学形态——《京派小说选》前言"，载《中国现代文学研究丛刊》1987年第4期。

❸ 吴福辉：《都市漩流中的海派小说》，复旦大学出版社2009年版。

❹ 杨义：《京派海派综论》，中国社会科学出版社2003年版。

派文人的文艺审美观念，也是她用以阐释、描述海派小说艺术特征的重要资源；❶朱寿桐在研究新月派时，明确以"绅士风情"为主要依据来把握、呈现这一流派文人的共同之处，这实际上也是以新月派文人的某种审美观念作为核心视角的。❷可以说，一群作家文人有了一种相近甚或相同的审美观念，他们才可以成为一个文学流派，否则，他们只是聚在一起而已。

京派，作为中国现代文学史上的一个颇为重要的文学流派，近20年来几乎始终是研究界的一个热点，相关研究成果可谓琳琅满目。然而也存在一些问题，譬如，我们恐怕还无法准确、清晰地概括、阐释京派的具有流派性的审美观念，这就使研究界至今仍在争论京派究竟是不是一个流派，进而牵引出另一个问题，即长期以来过多地强调京派与中国古典传统因素的关系，而相对忽略了京派与西方的文艺思潮、美学思潮之间的关联，这种研究思路在一定程度上限制了京派研究的深化，使后来的研究者在考察京派、追索其文艺审美观念时受制于一种先验的、不完整的知识结构，而由此建立起来的一系列概念与判断标准，诸如乡土面貌、古典情怀、传统气质、东方韵味等，皆难以全面、准确地呈现京派的流派性与历史面貌。

文学流派可以分为两大类：一类是当时便已有较明确的宣言或纲领的文人群体性组织；另一类在当时并无任何宣言或纲领，相关文人甚至也不自称为流派同人。二者的共同点

---

❶ 李今：《海派小说与现代都市文化》，安徽教育出版社2000年版。
❷ 朱寿桐：《新月派的绅士风情》，江苏文艺出版社1995年版。

在于产生了潮流性的影响,在文学史上都占有重要的地位。前者可称之为"现实性"文学流派,后者可称之为"想象性"文学流派,但此种想象绝非没有事实依据的空想,二者无疑皆为历史的实存形态,相比而言,后者的研究价值可能更大一些。京派显然应属于后者。对于"想象性"文学流派而言,如果它没有重要的文学史意义与价值,是很容易被时间的灰烬掩埋、被后来的研究界遗忘的。京派能够在沉潜多年以后重新引起研究界的重视,根本原因在于它具有重要的文学史意义与价值。这种意义与价值不仅表现于流派成员的名望和才华,抑或他们优秀、独特乃至伟大的文艺作品;从流派的角度看,这种意义与价值更在于这一流派本身蕴涵的、影响深广的文艺审美观念。正是这种审美观念始终散发着一种神奇、强烈、历久弥新的文化艺术魅力,才使后人对这个流派难以忘怀、时时反顾,并在某些特定的时空之内将其作为各自的思想资源与精神归宿。那么,对于京派而言,这种文艺审美观念究竟是什么呢?如何准确、清晰而充分地描述、阐释它呢?

时间推回到70多年以前,20世纪30年代中期的北京❶,一个文学流派的历史剪影正逐渐清晰,他们常常聚会交流艺术心得,他们的文学实践体现出众多相同或相近的因素。1935年年底,这一文人团体内的重要人物朱光潜发表了一篇看似并不重要的文章——《说"曲终人不见江上数峰青"》,

---

❶ 1928年6月,南京国民政府将北京改称北平;1937年10月,日伪政府复称北京,但中国政府和人民仍用北平;1949年9月至今称北京。本书统一称"北京"。

他在文中借题发挥，提出一种名曰"静穆"的艺术理想：

> 所谓"静穆"（serenity）自然只是一种最高理想，不是在一般诗里所能找得到的，古希腊——尤其是古希腊的造形艺术——常使我们觉到这种"静穆"的风味。"静穆"是一种豁然大悟，得到归依的心情。它好比低眉默想的观音大士，超一切忧喜，同时你也可说它泯化一切忧喜。这种境界在中国诗里不多见。❶

这不是朱光潜在文章中第一次使用"静穆"这个词汇，"静穆"也不是朱光潜创造的新词。中国古代诗学中没有"静穆"这个术语，唐代司空图所著之《诗品》中并无一种名曰"静穆"的诗歌风格，在一些有影响的古代诗学著作中亦无"静穆"的身影。明清之际费密《姑苏洞庭山》中出现"天气颇静穆，理檝冒晨雾"一句，"静穆"只是用来形容天气的情况，并无特别的深意。进入20世纪之后，"静穆"作为一个词汇频频出现在文人作家的笔下，由是言之，"静穆"或可算做一个现代词汇。目前所见，较早使用这个词的是冰心，1920年她在一篇文章中写道："我静穆沉肃地立在炉台旁边。——我注目不动，心中的感想，好似潮水一般的奔涌，一会儿忽然要下泪，这泪，是感激呢？是信仰呢？是

---

❶ 朱光潜："说'曲终人不见江上数峰青'"，见《朱光潜全集》（第八卷），安徽教育出版社1993年版，第396页。该文原刊于1935年12月的《中学生》杂志第60期。

得了慰安呢？它不容我说，我也说不出——"❶冰心是在描述观赏一幅西洋"圣经画"时的内心感受。叶绍钧在1921年的一篇小说中使用了这个词："朝阳射在几棵柳树上，叶色转成嫩绿，像是春光里所见的。平远的田亩里，稻穗和稻叶一样地轻，微风过时顺风偃倒，遂成波纹。更远的村树像一个大环，静穆且秀美。"❷俞平伯在1924年的一篇散文中使用了这个词："我房中照例上灯烛迟些，对面或侧面的火光常浅浅耀在我的窗纸上，似比月色还多了些静穆，还多了些凄清。"❸鲁迅在1927年的《〈野草〉题辞》中使用了这个词："天地有如此静穆，我不能大笑而且歌唱。天地即不如此静穆，我或者也将不能。"❹方令孺在1931年的《诗一首》中使用了这个词："看，那山冈上一匹小犊/临着白的世界；/不要说它愚碌，/它只默然/严守着它的静穆。"❺茅盾在他1932年的小说《春蚕》中使用了这个词："在老通宝背后，也是大片的桑林，矮矮的，静穆的，在热烘烘的太阳光下，似乎那'桑拳'上的嫩绿叶过一秒钟就会大一些。"❻另有一些现代作家文人亦曾使用过"静穆"，但总体而言，

---

❶ 冰心："画——诗"，见《冰心全集》（第一卷），海峡文艺出版社1994年版，第117页。

❷ 叶绍钧："饭"，见《中国新文学大系》（小说一集），上海良友图书印刷公司1935年版，第97页。

❸ 俞平伯："陶然亭的雪"，见《俞平伯全集》（第二卷），花山文艺出版社1997年版，第31页。

❹ 鲁迅："《野草》题辞"，见《鲁迅全集》（第二卷），人民文学出版社2005年版，第163页。

❺ 方令孺："诗一首"，载《诗刊》创刊号，1931年1月。

❻ 茅盾："春蚕"，见《茅盾全集》（第八卷），人民文学出版社1985年版，第313页。

他们只是把这个词当做一个比较文雅而富于表现力的形容词来用,大多是延续前人用法来描述某种风景,或自创新意去表现某种心境,这些用法彼此之间也有细微的差别,但基本上不存在更为重要而特殊的内涵和意义,"静穆"在这些地方远不是一个"术语",因而也谈不上蕴涵、代表一种文艺审美观念。

然而,在朱光潜的笔下,"静穆"开始具有某种形而上的观念色彩。《说"曲终人不见江上数峰青"》一文在朱光潜的论著中并不起眼,发表它的刊物也不是文艺界的重要刊物。这篇文章自然没有梁启超《论小说与群治之关系》、胡适《文学改良刍议》、陈独秀《文学革命论》等时代檄文的显赫名声,它不是这类文章,亦不追求成为这类文章,它自有它的意义与价值。在《说"曲终人不见江上数峰青"》一文中,朱光潜首次清晰地表述了对于艺术所抱持的最高理想,并用"静穆"来对应、陈述这种理想,最高理想不会是随意说说而已的,"静穆"的使用在朱光潜笔下也有一个意味深长的过程、一种丰富而深厚的知识背景。❶ 正如维特根斯坦所说:"一个词的含义就是它在语言中的用法。"❷ 朱光潜对"静穆"的使用给了笔者极大的启示,这个词不仅是朱光潜文艺思想、美学思想的精髓,而且相关的文艺审美观念在京派文人那里得到了呼应,产生了共鸣。由此入手,可以更加充分而准确地抓住、表现出京派文学的特质和魅力,使

---

❶ 本书将在第一章第一节"'静穆'观念的建构与基本内涵"中对此予以详细阐释。

❷ [英] 维特根斯坦著,陈嘉映译:《哲学研究》,上海人民出版社2001年版,第33页。

京派研究中的一些问题和难点得以清理、解决,并期望能对中国现代文学的思想内涵与美学风格有所拓展。

目前所见,大多数涉及"静穆"的论文、著作只是在一般化的层面上,运用"静穆"这个形容词来描述某一研究对象的某种风格特征,就像运用"平静""虚静""宁静""沉静""静谧"等形容词一样,并没有上升到一个专门化的学术研究层面,将其作为一种审美观念来研究的就更加少见。已有的专门研究基本上可以分为三大类:第一类,专门讨论用"静穆"来概括陶渊明的人格与风格是否合适。朱光潜在《说"曲终人不见江上数峰青"》中提及"静穆"时,曾以陶渊明为例来加以阐发,他提出"陶潜浑身是'静穆',所以他伟大"。❶ 当时及后来的文人学者对此有所争论,因此形成了此类研究的重点,参与其中的多为古典文学研究者,数量虽不少却几乎与京派研究没有关系。❷ 第二类,专门研究文学史上是否可以将"静穆"作为文艺的最高理想。这一类研究更多结合当时鲁迅对"静穆说"的批评,此类研究偏重于历史现象的描述,通过相关事实的梳理来挖掘那场争论中各方观点的历史背景与内涵。❸ 这两类研究实际上多有相互

---

❶ 朱光潜:"说'曲终人不见江上数峰青'",见《朱光潜全集》(第八卷),安徽教育出版社1993年版,第396页。

❷ 譬如戴建业:"静穆:陶渊明诗歌的主导风格",载《华中师范大学学报(社科版)》1993年第3期;王刚:"静穆:作为一种理想的生存方式——论陶渊明的主导人生",载《陕西师范大学学报(哲社版)》2001年第12期;等等。

❸ 譬如高恒文:"鲁迅对朱光潜'静穆'说批评的意义及其反响",载《鲁迅研究月刊》1996年第11期;钟优民:"关于朱光潜'静穆'说的论争及其演变",载《社会科学战线》2003年第4期;等等。

牵涉之处，两个问题本身也有所重叠，陶渊明是朱光潜最推崇的中国古代诗人，自然要从他身上寻找文艺的最高理想，不同之处在于第二类研究更与京派研究接近。第三类，比较集中地研究"静穆"这种审美观念的内涵，譬如，杨义在其博士学位论文第十四章《审美理想与文学理论》中，以大段引文将"静穆"摆在研究者的面前，尽管他没有深入探讨这种"最高理想"，但"静穆"在他的研究思路中占有一个重要的地位，它上承京派理论家的"两个恬适的梦"，即"袁中郎独抒性灵的梦"和"陶渊明归隐田园的梦"，下启京派特别是朱光潜的两大理论建构，即"距离说"和"移情说"。❶ 黄键在其博士学位论文第七章《朱光潜：奠定京派批评的理论基石》中也提及"静穆"，认为"朱光潜所谓的'静穆'是一种二重式的情趣结构，正是在这一结构中，热烈的情感获得了醇化与中和。……'静穆'所体现的不但是朱光潜的审美理想，而且是他的人生理想与文化理想，是他心中处理生命体验与情感体验的理想形式，而这种'静穆'的基础，则是'距离'在主体方面的表现——'超脱'"。❷ 黄键的议论有所见地，但"静穆"在他的整体研究思路中并未被放在重要的地位。两位研究者虽将"静穆"作为一种审美理想和批评观念，但他们的研究并未专注于此深入展开，而是从这种被寄予了厚望、蕴藏着丰富内涵的"最高理想"旁边滑了过去。

---

❶ 杨义：《京派海派综论》，中国社会科学出版社2003年版，第157~166页。

❷ 黄键：《京派文学批评研究》，上海三联书店2002年版，第179~180页。

以上对于"静穆"的研究虽被分成三类，但大多数成果往往互有牵涉、互为彼此，第三类中大量成果混合在其他研究之中进行，譬如与朱光潜的美学思想研究、与古代或外国文学的相关问题研究等混合。❶ 整体而言，对于"静穆"观念已有的研究还嫌简略，没有将其与众多京派文人的文学思想、心态以及创作实践结合起来，也没有去开掘这一观念深广的思想资源与历史背景，更没有揭示出它的深义与价值。"静穆"观念往往被简单地归纳为一种崇尚静态的审美观，一种与中国古代审美传统颇为接近的审美观，是对"五四"激进主义的反动等。"静穆"作为一种审美观念的内涵与意义，仍有很大的研究空间等待填补，将"静穆"观念作为京派文学的核心内涵来研究的，目前还尚未有见。

本书的一个基本构想是用"静穆"概括、提炼京派文学的一种重要的文艺审美观念，深入开掘、探讨这种文艺审美观念的出现、发展过程，它的美学思想资源与历史背景，它对于京派与京派研究的重要性，以它为精髓、从它那里生发出来的种种文学、文化形态，力求描绘出"静穆"观念完整而清晰的知识谱系。本书将首先从朱光潜的具体言论入手，探索他的"静穆"观念的形成过程与基本内涵，继而从思想资源与现实动因的角度来阐释"静穆"观念的流派性，以此归融、展现京派文人在审美观念上的相通性。朱光潜曾多次提及"静穆"并将其作为文艺的最高理想，逐渐形成了一种

---

❶ 前者的代表性成果如肖鹰："战争边缘的'静穆'——论朱光潜的诗歌理想"，载《广东社会科学》2003年第6期；王攸欣："论朱光潜对尼采的接受"，载《中国文学研究》2007年第3期；等等。后者如王先霈："静穆说再议"，载《湖北民族学院学报（哲社版）》2007年第1期。

以"静穆"为名、为精髓的审美观念。从他的学术经历、文艺志趣及文化心态来看，他的"静穆"观念主要接受了两种外来的思想资源，其一是德国古典美学及相关思想，其二是欧洲心理学美学的相关思想，前者旨在恢复、重现古希腊文化艺术的光彩，并以"静穆"来概括古希腊的文艺精神，后者极大地改变了人类对于自我的认识，并在20世纪初形成了以心理学新发现为主的文艺和美学潮流。京派文人在以上两种思想资源的接受上具有切实可循的共同之处，古希腊文艺精神是他们共同的艺术乌托邦，使他们重视文艺作品的表现问题，讲究节制，崇尚智慧；心理学新发现引起了他们共同的兴趣，使他们关注直觉、印象、潜意识等心理现象；"美"是他们追求的共同理想与目标，不仅体现在文艺观念中，也蕴涵在人生观里。京派文人在审美观念上实可谓同源共流。同时，京派文人在几次重要的批评活动中表现出与其美学思想资源相对应的文艺观念，京海之争表现出他们对"美"的重视，与巴金的争论表现出他们对控驭激情的看法，与梁实秋的争论则表现出他们对心理学美学的共识。通过这些批评活动，京派文人逐渐形成了相近的或一致的审美观念与文化心态。京派"静穆"观念在中国现代文学史上占有一个重要的位置，它的发生与从学衡派到新月派的文化保守主义思潮以及反思"五四"激进主义的社会文化思潮关系密切；它的提出凸显了京派的流派性，找到了一个较有说服力的因素去论证京派文人的共同性，不仅使京派与海派、"左翼"，乃至京味的对比更为清晰，而且彰显了京派与文学研究会、创造社所开启的传统之间的不同；京派"静穆"观念在学术研究的层面亦具有重要的意义，它发展、延续了中国神韵诗学及美学的谱系，在中国诗学史、美学史上，特别是中国现代诗学与美学的建构中，具有不容忽视的地位。

京派"静穆"观念具有深广的内涵与多样的表现形态，本书将从以下三个方面予以阐释。首先，研究"静穆"观念与京派文学思想的关系。文学思想的所指范围较为庞杂，本书集中探讨在"静穆"观念影响之下的几种较有意义的、具有流派性的文学思想，即古典主义、悲剧精神、心理视角与"纯正的趣味"。京派文人的古典主义以古希腊文艺精神为理想，重视情感的作用，是具有浪漫气质的古典主义；京派文学具有一种悲凉之气，这源自于京派文人对人生、历史的深刻体验，其悲剧精神的核心则在于塑造文艺作品严肃、崇高的精神气质；京派文人对直觉、印象、意识流等现代心理学的新方法具有较为浓厚的兴趣，他们的文艺实践因此体现出一种心理视角；京派文人提倡"纯正的趣味"，这种趣味具有多元的内涵与意义。其次，研究"静穆"观念与京派文人心态的关系。文人心态一方面是文学思想的根源，另一方面又是对文学思想的拓展与深化，但不是简单的对应或映射。本书对京派文人心态的研究仍以"静穆"为视角与依据，主要包含自然情怀、隐逸风气、人生美学、客厅与城市造就的不同心态。京派文人与自然有一种亲近的关系，他们钟情于描摹自然、发现自然的神性；京派文人多数不喜与人争论，比较低调平和，重视自我修养的完善，形成了一种隐逸的风气；京派文人推崇美、追求美，美不仅在于文艺实践，美还是一种人生态度、人生观；京派文人以客厅为主的社交方式培养了他们与十字街头、广场集会上的文人不同的文化心态，而北京的城市气质也给了他们重要的影响，为其审美观念的形成提供了一个适宜的空间。文学思想与文人心态对于一个文学流派而言都是重要因素，两者的论域可能有所重叠。本书的区分标准在于，前者更偏重于文本，后者则距离文本较远，而与作者的情况更为接近。简言之，前者近于文本研究，后者近于作者研究，但这也是相对而言的。最后，本书带着上述研究心得进入京派文学作品的世界，发掘"静穆"观念在京派文学作品中的具体表现，发掘这种观念形态如何在文学作品中转化成一种"静穆"美，并体现出超达、深湛、追求神韵的总体美感特征，这种美感特征与"静穆"观念的内涵是一致的。以上各方面共同构成了京派"静穆"观念的知识谱系。

在笔者开展研究的过程中，福柯的知识考古学，特别是他的以"话语实践"为线索的观念史研究，对本书在方法论及宏观思路上具有一定的影响；汪晖对"中间物"、刘禾对"国民性"和"个人主义"等具体观念形态、能指的针对性研究与阐发，为本书提供了一些的参照以及研究可行性的依据。胡适提倡的治学方法，即"大胆的假设，小心的求证"[1]，对本书的研究具有指导意义，笔者祈望能有这样的勇气与毅力，并时刻督促自己追求这样的境界。本书在研究"静穆"观念时，主要从文学史视野出发，同时考虑了思想史与美学史的背景，以及社会文化发展的宏观视角，努力使相关研究更加具有说服力与历史内涵；在具体的研究中，则

---

[1] 胡适曾在"介绍我自己的思想""治学的方法与材料"等多篇文章中提及这句话或有类似的表述，可参阅《胡适作品集》（远流出版事业公司1986年版）或《胡适全集》（安徽教育出版社2003年版）。

坚持以史料带动议论，避免过度阐释，指鹿为马。本书并不试图以"静穆"观念来涵盖、统合京派文人的思想与心态，那无疑是夸大了"静穆"观念的所指与功能。本书只是在近年来较为丰富的京派研究中提出一种新的角度，如能对相关研究有所推动，那就是本书的全部价值所在了。本书的观点与结论希望得到学界同行、前辈的讨论、批评和指正，以期共同推进京派及相关研究的进展。

第一章

"静穆":京派的一种审美观念

第一章 "静穆":京派的一种审美观念

20世纪30年代初,北京文坛在经历了一个短暂的寂寞时期之后,开始逐渐恢复繁荣。首先是一些文人由南返北。1926年前后,北洋政府欠薪不发,致使很多文人生活维艰,军阀张作霖进入北京后又大量抓捕、迫害文人,大批文人因而被迫南下谋生,1928年后局势渐趋稳定,这些人中的一部分又回来了。其次是一些留洋求学的文人相继归国,北京是全国的高等教育中心,名牌大学林立,吸引了这些人前来任教。再次是一批新的年轻作家文人崭露头角,这三部分人合起来创造了20世纪30年代北京文坛新的辉煌。历史契机使中国现代文学的发展获得了新的动力,使它走向更加丰富的境地。京派,作为一个文学流派便于此时此地显现、崛起,逐渐形成了它独特而深厚的文艺审美观念,为中国现代文学的"美"增添了新的内涵。这道历史风景是可以用"静穆"一词来予以描述的。

何谓"静穆"观念?它具有怎样的内涵与表现形态?它是否是京派的一种重要的文艺审美观念?笔者将首先进入朱光潜的诗学与美学,阐释"静穆"在其个人世界中的观念化过程,探讨他在形成这种文艺审美观念时所接受的西方美学思想。在这个思想资源的领域内,朱光潜与周作人、沈从文等人表现出了明显而深刻的一致性,具有一种"同源共流"的历史特征,形成了京派"静穆"观念的主要内涵;在几次较为引人注目的文艺争论中,京派文人亦表现出共同的文艺旨趣,提出了相同或相近的文艺主张,逐渐形成一个"同气相求"的文人群体,这为理解京派"静穆"观念的内涵提供了现实依据。在更加广阔的文学史视野中,"静穆"观念使京派的审美观念更加清晰地呈现出来,凸显了京派的流派性，稳固了京派在中国现代文学乃至诗学中的位置，对相关研究亦具有一定的促进作用。本章前两节探讨了"静穆"观念从一个人到一个流派的建构过程，思想资源的挖掘及其阐释是研究的核心环节，正是相同或相近的思想资源使"静穆"观念与京派文学产生关联，这些"思想资源"的引入也为中国现代文学带来了一些新气象，拓展了它的思想空间。本章后两节是从现实与历史中继续为"静穆"观念与京派文学的关联寻找依据，探索它可能具有的意义，为理解这种文艺审美观念提供更多的渠道与支撑，并使其成为考察京派文学的一个新的角度。

第一节 "静穆"观念的建构与基本内涵

一

在写于1928年前后的《谈在卢佛尔宫所得的一个感想》一文中，朱光潜首次使用了"静穆"这个词汇。该文后来收入大受欢迎的《给青年的十二封信》一书出版，文中写道：

> 去夏访巴黎卢佛尔宫，得摩挲《蒙娜·丽莎》肖象的原迹，这是我生平一件最快意的事。凡是第一流美术作品都能使人在微尘中见出大千，在刹那中见出终古。雷阿那多·达·芬奇（Leonardo de Vinci）的这幅半身美人肖象纵横都不

第一章 "静穆":京派的一种审美观念

过十几寸,可是她的意蕴多么深广!佩特(Walter Pater)在《文艺复兴论》里说希腊、罗马和中世纪的特殊精神都在这一幅画里表现无遗。我虽然不知道佩特所谓希腊的生气,罗马的淫欲和中世纪的神秘是什么一回事,可是从那轻盈笑靥里我仿佛窥透人世的欢爱和人世的罪孽。虽则见欢爱而无留恋,虽则见罪孽而无畏惧。一切希冀和畏避的念头在霎时间都涣然冰释,只游心于和谐静穆的意境。❶

"静穆"产生于一种艺术感受与感悟,它是一种艺术的意境,它能使人"在微尘中见出大千,在刹那中见出终古",能使"一切希冀和畏避的念头在霎时间都涣然冰释"。由这种"静穆的意境"入手,朱光潜在文中探讨人生价值与艺术价值的问题,并将其与高尚理想、伟大人格等因素联系在一起。在他看来,这种意境的存在是《蒙娜·丽莎》、贝多芬的音乐、《密罗斯爱神》雕像和《浮士德》等古典艺术作品之所以永恒、伟大的根本原因,而这种意境在近现代社会却愈来愈为罕见,逐渐被机械化、工业化的"效率"观念代替了。在这里,"静穆"已不只是一个形容词,它具有一种观念色彩与理论内涵。

"意境"是艺术美的根本问题之一,艺术美是朱光潜毕生研究的课题。《文艺心理学》便是一部专门研究"美"、研究"艺术美"的著作,其第一章至第五章都在探讨一个问题——"美感经验"。何为"美感经验"?朱光潜说:"这就

---

❶ 朱光潜:"谈在卢佛尔宫所得的一个感想",见《朱光潜全集》(第一卷),安徽教育出版社1987年版,第52页。

是我们在欣赏自然美或艺术美时的心理活动。"❶ 在阐释这种心理活动时，他特别强调了所谓"凝神静观"的作用，他说："美感经验是一种极端的聚精会神的心理状态"；❷ "美感经验就是凝神的境界。在凝神的境界中，我们不但忘去欣赏对象以外的世界，并且忘记我们自己的存在"，"在观赏的一刹那中，观赏者的意识只被一个完整而单纯的意象占住，微尘对于他便是大千；他忘记时光的飞驰，刹那对于他便是终古"。❸ 这里对于"美感经验"的阐释与《谈在卢佛尔宫所得的一个感想》一文对于"静穆的意境"的描述极为相似，在朱光潜的视野中，学术研究上的"美感经验"与得自于艺术欣赏的"静穆的意境"，实际上就是一回事，不过是层次不同而已。换言之，"静穆"是对美感经验核心意义的呈现与概括，这不能不说是朱光潜的一项创造。

对"静穆的意境"的着迷与崇拜，是朱光潜开始以心理学方法与视角探讨美学问题的一个主要的缘起，是他相关研究工作的一个起点。同时亦可看出，"静穆"与文艺心理学的密切关系，"静穆"几乎是一个心理学的艺术概念，具有浓厚的心理学色彩与知识背景。有关"美感经验"的探讨占据了《文艺心理学》初稿篇幅的一半，朱光潜依次运用当时欧洲学术界新出现的学说分析了"美感经验"的本质与机理，这些学说主要是"直觉说""距离说"以及以"移情说"和"内模仿说"为代表的生理学美学。他还率先运用这

---

❶ 朱光潜：《文艺心理学》，见《朱光潜全集》（第一卷），安徽教育出版社1987年版，第205页。

❷ 同上书，第212页。

❸ 同上书，第213页。

些学说颇为新颖地解读了一些中国古典文学名著，体现出这些新的理论学说对他的影响。

在《诗论》一书中，朱光潜对"静穆"的功能与意义作出更为深入的阐释，在该书第三章《诗的境界——情趣与意象》中，他综合借用尼采《悲剧的诞生》中关于日神与酒神、叔本华《作为意志和表象的世界》中关于意志（will）与意象（idea）关系的论述，说道：

> 意志为酒神狄俄倪索斯（Dionysus），赋有时时刻刻都在蠢蠢欲动的活力与狂热，同时又感到变化（becoming）无常的痛苦，于是沉一切痛苦于酣醉，酣醉于醇酒妇人，酣醉于狂歌曼舞。苦痛是狄俄倪索斯的基本情神，歌舞是狄俄倪索斯精神所表现的艺术。意象如日神阿波罗（Apollo）凭高普照，世界一切事物借他的光辉而显现形象，他怡然泰然地象做甜蜜梦似地在那里静观自得，一切"变化"在取得形象之中就注定成了"真如"（being）。静穆是阿波罗的基本情神，造形的图画与雕刻是阿波罗精神所表现的艺术。这两种精神本是绝对相反相冲突的，而希腊人的智慧却成就了打破这冲突的奇迹。他们转移阿波罗的明镜来照临狄俄倪索斯的痛苦挣扎，于是意志外射于意象，痛苦赋形为庄严优美，结果乃有希腊悲剧的产生。❶

这段论述显现了丰富的知识背景。朱光潜将叔本华的意

---

❶ 朱光潜：《诗论》，见《朱光潜全集》（第三卷），安徽教育出版社1987年版，第62~63页。

志对应于尼采的酒神,将叔本华的意象对应于尼采的日神,他又从古希腊文艺精神那里获取资源,将苦痛赋予酒神狄俄倪索斯,将静穆赋予日神阿波罗。叔本华与尼采都认为,在生命的运行与艺术的创造之中,意象超越了意志,日神征服了酒神,于是苦痛最终转化为静穆。"静穆"绝不只是一种静的状态或意境,它还是一种充满了活力和智慧的、创造的过程,一种带有普遍性的生命体验与审美经验,它虽然最终表现为和平静穆,但实在又蕴涵着丰富的痛苦、无常的变化与本质性的生命冲突。朱光潜以希腊悲剧为经典范例来阐释他的"静穆"观念,表现出希腊悲剧及其艺术精神对他的强有力的感召与影响:"悲剧是希腊人'由形象得解脱'的一条路径。人生世相充满着缺陷、灾祸、罪孽,从道德观点看,它是恶的;从艺术观点看,它可以是美的,悲剧是希腊人从艺术观点在缺陷、灾祸、罪孽中所看到的美的形象。"❶这条路径同样是理解"静穆"观念的必由之路。朱光潜用英文撰写的博士学位论文《悲剧心理学》,实际上也是借悲剧这种艺术形式来深入探讨上述带有普遍性的生命体验与审美经验的。

在《诗的境界》这一章的开端,朱光潜便提出:"诗的境界是理想境界,是从时间与空间中执着一微点而加以永恒化与普遍化。它可以在无数心灵中继续复现,虽复现而却不落于陈腐,因为它能够在每个欣赏者的当时当境的特殊性格与情趣中吸取新鲜生活。诗的境界在刹那中见终古,在微尘

---

❶ 朱光潜:《诗论》,见《朱光潜全集》(第三卷),安徽教育出版社1987年版,第63页。

中显大千，在有限中寓无限。"❶ 这样的论述尤其是最后一句，与1928年的《谈在卢佛尔宫所得的一个感想》以及《文艺心理学》一书中相关章节的相关表述极为接近甚至重合，这里所讲的"诗的境界"，即文艺心理上的"审美经验"，即"静穆的意境"，几乎可以视为同一对象。由此可见，"静穆"在朱光潜的文艺研究、美学研究中作为一条主要线索的重要性。

在完成《文艺心理学》与《诗论》等著作之后，朱光潜对"静穆"似乎意犹未尽，他想让更多人理解、接受这样一种理想的境界、这样一种带有普遍性的审美经验。《诗论》作为他最看重的一部著作，仍然在不断地修改和完善之中，不便立即出版问世，于是朱光潜便将其中的一些章节，以一种更为通俗易懂的方式改写出来发表，以期引发反响。

在写于1935年左右的《诗的主观与客观》一文中（此文与《诗论》中相关章节的篇名完全相同），朱光潜再一次畅谈"静穆"，这次他索性将"静穆"作为一种文艺创作的方法论来予以评述，他写道：

> 从感受到回味，是由实际世界跳到意象世界，从实用态度变为美感态度。在实用世界中处处都是牵绊冲突，可喜者引起营求，可悲者引起畏避，在意象世界中尘忧俗虑都洗濯净尽，可喜者我无须营求，可悲者我亦无须畏避，所以相冲突者可以各得其所，相安无碍。情趣尽管有千差万别，它们

---

❶ 朱光潜：《诗论》，见《朱光潜全集》（第三卷），安徽教育出版社1987年版，第50页。

对于诗人却同是欣赏的对象。懂得这个道理，我们可以明白孔子称赞《关雎》何以特重其"乐而不淫，哀而不伤"。懂得这个道理，我们也可以明白古希腊人何以把和平静穆看成诗的极境，把诗神阿波罗摆在山巅，俯瞰众生扰攘，而眉宇间却常如作甜蜜梦，不露一丝被扰动的神色。❶

"这个道理"便是一种文艺创作的方法论，朱光潜借用英国诗人华兹华斯（Wordsworth）的一句名言来加以阐明，即"诗起于沉静中所回味得来的情绪"。华兹华斯是朱光潜最喜爱的诗人之一，他的这句话几乎是朱光潜引用最多的西洋名人名言。对于"这个道理"，朱光潜进一步解释说："一般人和诗人同样感受情趣，但是有一个重要的分别。一般人感受情趣时便为情趣所羁縻，当其忧喜，若不自胜，忧喜既过，便不复在想象中留一种余波返照。诗人感受情趣尽管较一般人更热烈，却能跳开所感受的情趣，站在旁边来很冷静地把它当作意象来观赏玩索。"❷ 换言之，一般人有了强烈或微妙的感情时，便自以为有了"诗意"，但"诗意"还远远不是诗，"诗"犹如一件陈设出来供人欣赏的艺术品，它由语言、文字等物质材料组成，它要用这些材料将"诗意"转化成具体可感的形象与意象，传达给读者，让人领悟，让人看得见，这是一个奇妙、神秘的过程，而在朱光潜看来，这一过程的关键就是要有一种和平静穆的心态。

---

❶ 朱光潜："诗的主观与客观"，见《朱光潜全集》（第三卷），安徽教育出版社1987年版，第366页。

❷ 同上书，第365页。

第一章 "静穆":京派的一种审美观念

在上述文字的铺垫之下,朱光潜在1935年年底的《说"曲终人不见江上数峰青"》一文中,将"静穆"树立为文艺创作的"最高理想",这是他的文艺审美观念发展下来水到渠成的必然结果。朱光潜为什么如此激赏"曲终人不见,江上数峰青"?这句诗究竟好在哪里?他在文章中给出了多种回答:它"是那么亲切,但同时又那么辽远","我爱这两句诗,多少是因为它对于我启示了一种哲学的意蕴。'曲终人不见'所表现的是消逝,'江上数峰青'所表现的是永恒","我从前读'曲终人不见,江上数峰青',以为它所表现的是一种凄凉寂寞的情感,所以把它拿来和'相思黄叶落,白露点青苔','可堪孤馆闭春寒,杜鹃声里斜阳落'诸例相比。现在我觉得这是大错。如果把这两句诗看成表现凄凉寂寞的情感,那就根本没有见到它的佳妙了。艺术的最高境界都不在热烈。就诗人之所以为人而论,他所感到的欢喜和愁苦也许比常人所感到的更加热烈。就诗人之所以为诗人而论,热烈的欢喜或热烈的愁苦经过诗表现出来以后,都好比黄酒经过长久年代的储藏,失去它的辣性,只剩一味醇朴"。❶归纳起来,朱光潜激赏这句诗的核心缘由是,其中蕴藏着一种哲学的意蕴,一种消逝之中见永恒的美感,不仅如此,它还是对艺术的最高境界的完美体现,而所有这一切"就只有'静穆'两字可形容了",一切"都沉没在'静穆'的风味里"。❷朱光潜赋予了比较抽象的"静穆"观念一些

---

❶ 朱光潜:"说'曲终人不见江上数峰青'",见《朱光潜全集》(第八卷),安徽教育出版社1993年版,第396页。
❷ 朱光潜:"说'曲终人不见江上数峰青'",见《朱光潜全集》(第八卷),安徽教育出版社1993年版。

具象的内涵,并将其与具体的文学作品拉近,使之能够更加有效地为人理解与效仿。

二

1936年1月,在上海的鲁迅发表文章《"题未定"草(七)》,对朱光潜的文章《说"曲终人不见江上数峰青"》从方法到观点进行了全面的批评。鲁迅首先批评朱光潜摘句论诗的方法是最能引人入迷途的,接着便对朱光潜提出的核心观念——"静穆"予以批驳。鲁迅对"古希腊人将和平静穆作为诗的极境"的说法表示不赞同,对朱光潜所表达的艺术感受、审美经验表示怀疑,对他贬低屈原、阮籍、李白、杜甫而唯独赞赏陶渊明表示了不满。总体而言,鲁迅反对这种叫做"静穆"的文艺观念,他还打了一个比方,那就像文人雅士欣赏古董,古雅是古雅,却看不到事物本来的、完整的真实面貌,"凡论文艺,虚悬了一个'极境',是要陷入'绝境'的",并指出历来的伟大作者没有一个"浑身是'静穆'的",而陶渊明因为并非"浑身是'静穆',所以他伟大"。❶

在《"题未定"草(七)》一文中,鲁迅是将"静穆"看做一种美感特征加以反驳的。所谓"美感特征",自然有很多种,仅以一种特征来概括众多审美对象,并使其凌驾于其他特征之上,自然难以服众。鲁迅的审美方式是从社会现实出发的,带有一定的现实功利性,注重事物的本真面貌与

---

❶ 鲁迅:"'题未定'草(七)",见《鲁迅全集》(第六卷),人民文学出版社2005年版,第442~444页。

实存状况，而中国的社会现实是令他极端不满意的，他无论如何都不会将"静穆"作为文艺的极境，他也根本否认文艺有什么"极境"存在。朱光潜的审美品位则是倾于古典标准的，他是一个美学家，总是从美的本质出发来看美、看艺术，社会因素并不会起决定性的作用。鲁迅将"静穆"看做一种美感特征，但在朱光潜这里，"静穆"首先主要是带有普遍性的"美感经验"，是"美感经验"的普遍机制。美感经验不同于美感特征。所谓经验，通常是带有普遍性的，是对文艺心理的发生机制、美感的产生原理的归融与还原，一如朱光潜所赞赏的尼采与华兹华斯的艺术观点。朱光潜的"静穆"观念是建立在这样的知识基础之上的，而鲁迅并没有注意到。然而，朱光潜也有他的粗疏之处，"静穆"在他头脑中虽然主要是美感经验的关键环节，但他并未始终严谨地恪守这一知识准则。譬如，在 1935 年的短文《什么是古典主义？》中，朱光潜写道："古典主义注重形式的和谐完整，浪漫主义注重情感的深刻丰富；古典主义注重纪律，浪漫主义注重自由；古典主义求静穆严肃，浪漫主义求感发兴起。拿一个比喻来说，古典主义是低眉的菩萨，浪漫主义是怒目的金刚。"❶ 这篇文章是为傅东华主编的普及读物《文学百题》而作，朱光潜将古典主义与浪漫主义对比，来显示古典主义的主要特点，并用"静穆"来概括古典主义的美感特征。于是在朱光潜笔下，"静穆"虽主要是美感经验，但有时又是一种美感特征，不全面考察他的文艺、美学研究，尤

---

❶ 朱光潜："什么是古典主义？"，见《朱光潜全集》（第八卷），安徽教育出版社 1993 年版，第 387 页。

其是《文艺心理学》和《诗论》这样比较专业的学术著作，是不容易区分两者的不同的，更何况《诗论》直到1943年才出版，而此前只是在相关文人群体内部流传。❶

实际上，鲁迅与朱光潜在审美经验的问题上也是有相通之处的，朱光潜所提倡、赞赏的"诗起于沉静中所回味得来的情绪""艺术的最高境界都不在热烈"等文艺观念，鲁迅未必就没有，未必就从不赞同。鲁迅曾经说过："长歌当哭，是必须在痛定之后的。"❷ 这句话讲的是如何纪念死者，只有在对死者离去的激动、痛苦情绪告一段落之后，才能够去回忆他（她）的往昔，写出纪念他（她）的文字来。鲁迅还明确地讲过："我以为感情正烈的时候，不宜做诗，否则锋芒太露，能将'诗美'杀掉。"❸ 这段话所表现的文艺观念更明白了，诗美与感情正烈难以共存，诗美只能在感情缓和、平复之后产生。显而易见，这样的观念与朱光潜有关审美经验的阐释并没有什么大的区别。

对于美感经验与美感特征的关系，梁宗岱似乎解说得更

---

❶ 宗白华在写于20世纪40年代初的论文《中国艺术意境之诞生》中讲道："静穆的观照和飞跃的生命构成艺术的两元，也是构成'禅'的心灵状态。"（见《美学散步》，上海人民出版社1981年版，第76页。）这种说法对后世的影响亦较大，对于理解本书所论之"静穆"观念会有先入为主的干扰。宗白华对于"静穆"的理解自有其道理与背景，但显然与朱光潜的理解不同。将"静穆"与飞跃对应起来绝非朱光潜的本意，朱光潜虽然没有讲"禅"，但是在他对于"静穆"的阐释中，"静穆"不是构成"'禅'的心灵状态"的"两元"之一，"静穆"本身就是这种心灵状态，它同时包含静与动两个方面，是静对于动的最终征服，这是"静穆"的实质，而静只是"静穆"的表象。

❷ 鲁迅："记念刘和珍君"，见《鲁迅全集》（第三卷），人民文学出版社2005年版，第289页。

❸ 鲁迅："两地书·三二"，见《鲁迅全集》（第十一卷），人民文学出版社2005年版，第99页。

为清楚、易懂。梁宗岱在《论崇高》一文中，针对畏友朱光潜在《刚性美与柔性美》中将"sublime"译成"雄伟"表达了不同看法，他认为应该将这个词译为"崇高"。

最基本的理由，据我底私见，就是所谓刚柔纯粹指美底性质而言，Sublime 和 grace 却偏于品格方面。性质和品格常常有密切的关系，但是品格并不就是性质。一般粗糙的灵魂容易从刚性美认出 Sublime，一片属于柔性美的自然，尤其是一件艺术品，登峰造极的时候，一样可以使我们惊叹，使我们肃然起敬，使我们悦服和向往，一言以蔽之，使我们起崇高底感觉。❶

梁宗岱从"性质"和"品格"两个方面来区分美，这种分法与朱光潜"美感特征"与"美感经验"的二分法异曲同工，而且要比后者更加明白、准确。梁宗岱的观点是，崇高不仅属于刚性美，而且也属于柔性美；崇高是一种美的品格，刚性美和柔性美则是美的不同性质。在《论崇高》中，梁宗岱对朱光潜有关"静穆"的论述表示了赞同，并将"崇高"也一并赋予了"静穆"，两人在这一审美观念上的看法是非常接近甚至可以说是基本相同的。

鲁迅注意到朱光潜的《说"曲终人不见江上数峰青"》，这事件本身是值得探讨的。这篇文章不是什么鸿篇大作，也没有发表在当时京派刊物或者其他著名的刊物上，鲁迅怎么

---

❶ 梁宗岱："论崇高"，见《诗与真二集》，商务印书馆 1936 年版，第 45~46 页。

会注意到这篇文章呢?其原因可能有二。一是朱光潜的文章确实在社会上、在知识界产生了较大的影响,引起了鲁迅的注意;二是鲁迅这边比较注意京派那边的动静,对他们的新作比较留意,挑出这篇文章来批驳,大概是因为它所体现的观念具有一定的代表性。实际情况更有可能是两者兼而有之。鲁迅对京派一向有看法,1935年5月发表《"京派"和"海派"》一文,斥骂京派、海派勾搭合流:"一,是选印明人小品的大权,分给海派来了","二,是有些新出的刊物,真正老京派打头,真正小海派煞尾了"。这"也许是因为帮闲帮忙,近来都有些'不景气',所以只好两界合办,把断砖,旧袜,皮袍,洋服,巧克力,梅什儿……之类,凑在一起,重行开张,算是新公司,想借此来新一下主顾们的耳目罢"。❶鲁迅对朱光潜的批评恐怕也不是针对他一个人,而是指向了他后边的一群人。在鲁迅看来,所谓"静穆"的风味与京海合流里包藏的那些他所不能容忍的东西是异常接近的。

1936年2~4月,朱光潜接连发表了几篇谈文艺欣赏的文章,似乎是对鲁迅的批评的一种回应。在《王静安的〈浣溪沙〉》一文中,朱光潜对《浣溪沙》词中那种悲喜交集、以喜融悲的效果非常赞赏,并由此引申道:

> 友人废名君有一次来闲谈,提起六朝文学,他告诉我说:"你别看六朝人的词藻那样富丽,他们的内心实有一种

---

❶ 鲁迅:"'京派'和'海派'",见《鲁迅全集》(第六卷),人民文学出版社2005年版,第313~315页。

深刻的苦痛。"这句话使我非常心折。……依我揣想,尼采对于古希腊人所说的,"由形相得解脱"也许可以应用到六朝人。词藻富丽是他们拿来掩饰或回避内心苦痛的,他们愈掩饰,他们的苦痛更显得深沉。❶

尼采的这句话,朱光潜在《诗论》中亦曾提及:"尼采根据叔本华的这种悲观哲学,发挥为'由形象得解脱'(redemption through appearance)之说,他用两个希腊神名来象征意志与意象的冲突。"❷《诗论》里的这段文字接下去便论及"静穆"了。《王静安的〈浣溪沙〉》一文可以看做朱光潜对鲁迅的批评的一种回应。此文进一步阐明了朱光潜的文艺观念,表明了他的审美态度,同时又拉上了废名,使这一观念的流派性逐渐显露。

在《读李义山的〈锦瑟〉》一文中,朱光潜着意强调"意象"对于诗歌的重要性,而"意象"在他的《诗论》等论著中与"静穆"观念及相关审美经验是分不开的。在《我在〈春天〉里所看到的》一文中,朱光潜又借欣赏意大利画家鲍蒂切利的杰作《春天》,继续阐释:"我对于这幅画所特别爱好的是那一幅内热而外冷,内狂放而外收敛的风味。在生气蓬勃的春天,在欢欣鼓舞的随着生命的狂澜动荡中,仍能保持几分沉思默玩的冷静,在人生,在艺术,这都是一个

---

❶ 朱光潜:"王静安的《浣溪沙》",见《朱光潜全集》(第八卷),安徽教育出版社1993年版,第406页。

❷ 朱光潜:《诗论》,见《朱光潜全集》(第三卷),安徽教育出版社1987年版,第62页。

极大的成就。"❶ 这段话实际上也是对"静穆"观念的表白，所谓"内热而外冷，内狂放而外收敛"，就是他一贯赞赏、不懈追求的以"静穆"为极境的美感经验。朱光潜不是简单地反对激烈与热狂，恰恰相反，在他的文艺观念中，激烈与热狂在艺术创造的最初阶段是必需的，没有激烈与热狂就无法进入艺术创造的阶段；但艺术创造的阶段则是一种"静穆"的心灵体验，这时候不能再有激烈与热狂，否则情感、意志无法转换为意象，就不会产生艺术的杰作了。将朱光潜的有关审美观念简单地归结为一个"静"，是一种极大的误解。前面引证的相关论著已昭示出朱光潜"静穆"观念的精义：如果没有强烈的心灵感受、情感的震撼、灵魂的激荡在前，哪里会有后面的沉思默想、静观返照？哪里会有"诗"？哪里会有艺术？艺术创造的关键是一种情感临界点上的自控和自我调节，这种自控的实现需要主体的内在修养与外在情境的熏陶及协力。

三

朱光潜在形成"静穆"观念时主要接受了两种西方的美学思想：其一是18世纪末、19世纪初的德国古典美学及相关思想学说，其二是20世纪初欧洲的心理学美学及相关思想学说，这两个方面共同构成了"静穆"观念的主体知识内涵。

1923年，朱光潜在《消除烦闷与超脱现实》一文中

---

❶ 朱光潜：《我在〈春天〉里所看到的》，见《朱光潜全集》（第八卷），安徽教育出版社1993年版，第412页。

写道：

> 在美术中发泄生机，所感的快乐比在现实界还更加纯粹深厚，因为没有实用的目的来滋扰。譬如在现实界看见父子三人都被恶蛇捆绞在一起，心里只有恐惧哀矜种种的不快之感。可是欣赏希腊著名雕刻《拉奥孔》（Laocoon），这种哀矜恐惧虽还有若干存在，但是他们都变成愉快的感觉了。❶

简言之，无目的、无功利的审美能够消除现实中的"恐惧哀矜"，古希腊雕像《拉奥孔》便是明证，这实际上是对温克尔曼、莱辛与康德的相关思想及具体主张的综合借用，接受影响的轨迹相当清晰。1924年，朱光潜又写出《无言之美》，再次较为详细地论及古希腊雕像《拉奥孔》，他还将人类的意志分为两个部分，一为现实界，一为想象界，这显然也有康德思想的影子。❷《给青年的十二封信》之第十封《谈摆脱》又写道："近来研究黑格尔（Hegel）讨论悲剧的文章……黑格尔以为凡悲剧都生于两理想的冲突，而安提戈涅是最好的例子。"❸ 1929~1930年，朱光潜相继写出《黑格尔哲学的基本原理》《唯心哲学浅释》和《答〈反唯心哲学浅释〉》等文章，显示出最迟到那时他已经开始比较深入

---

❶ 朱光潜："消除烦闷与超脱现实"，见《朱光潜全集》（第八卷），安徽教育出版社1993年版，第93页。

❷ 朱光潜："无言之美"，见《朱光潜全集》（第一卷），安徽教育出版社1987年版，第66~67页。

❸ 朱光潜："谈摆脱"，见《朱光潜全集》（第一卷），安徽教育出版社1987年版，第48页。

地探讨德国古典美学的问题了。1933年，朱光潜求学于斯特拉斯堡大学，在那里完成了他的博士学位论文《悲剧心理学》以及《文艺心理学》《诗论》等主要论著的初稿。在这些论著中，德国古典美学的影响是一目了然的。

"静穆"作为一种艺术审美观念，起源于德国古典美学的先驱温克尔曼。1755年，温克尔曼在其论文《论对希腊绘画与雕塑的模仿》中以古希腊雕像《拉奥孔》为例说道：

> 希腊艺术杰作普遍而首要的特征是，无论在姿态抑或表情上，它们都具有一种高贵的单纯与静穆的伟大。正如大海的深处永远是平静的，不管海面上波涛多么汹涌；希腊人的艺术形象亦如是，一切强烈的激情都蕴涵在伟大而尊贵的灵魂之中。❶

温克尔曼的"静穆"观至少包含三个层面的内容，即审美的、道德的与精神的。在审美理想上他以古希腊艺术作为最高典范，特别看重古希腊艺术在表达情感时的自由与自然；在道德规范上，他以斯多葛学派自我节制的理论为依归，体现出清教主义的色彩；在精神追求上，他热情推崇个人的自由。❷ 温克尔曼的"静穆"观是一种思想艺术革命的

---

❶ J. J. Winckelmann, *Thoughts on the Imitation of the Painting and Sculpture of the Greeks*, from *German Aesthetic and Literary Criticism*, by H. B. Nisbet, Cambridge University Press, 1985, p. 42. 本段引文为本书作者根据温克尔曼的英文原书所译。

❷ H. B. Nisbet, Introduction, *German Aesthetic and Literary Criticism*, pp. 4~7.

发难理论，它所针对的是政治混乱、经济落后的德国，是深受法国拉丁文化影响、刻板矫饰的新古典主义艺术风靡一时的德国，在当时是具有十足的先锋性与斗争性的。温克尔曼以"单纯"特别是"静穆"来标举古希腊艺术，最直接的理由便是要与巴洛克艺术的繁复、虚荣及其背后原产于法国的新古典主义对抗，从而催促一个新的青年德意志的诞生。

温克尔曼以古希腊雕像《拉奥孔》为例、为出发点来论述他的"静穆"观，无论雕像中的拉奥孔正忍受着多么难以想象的肉体与精神上的双重痛苦，但整座雕像却显现出一种令人无法忘怀的"静穆"之美。"静穆"的艺术理想本身便蕴涵着巨大的悲痛，"静穆"的产生就来自对巨大的悲痛的征服，这是高贵心灵的最终获胜。温克尔曼并不否认"动态"对艺术表现的重要性，他提醒人们，雕像《拉奥孔》虽然将痛苦与愤怒放在静止中加以表现，"但是在这种静止的状态中，灵魂必须被赋予紧关乎个性化的表情，它必须是静止的但同时又是运动的，平静却不冷淡也不懒散"。❶ 温克尔曼的"静穆"观是一个非常重要的艺术史命题，几乎每一位德国古典美学家都探讨过这个问题，它的具体主张——学习古希腊精神、模仿希腊古典艺术，在后来也成为德国启蒙运动的主要艺术追求。正如朱光潜所言："真正研究古典的工作不在文艺复兴时期，更不在假古典主义时期，而在浪漫主义时期，首开风气的人是德国学者温克尔曼（Winckel-

---

❶ J. J. Winckelmann, *Thoughts on the Imitation of the Painting and Sculpture of the Greeks*, from German Aesthetic and Literary Criticism, p. 43.

mann）。从他起，希腊古典主义才逐渐盛行。"❶

温克尔曼的"静穆"观在美学领域产生巨大影响与莱辛、赫尔德、歌德等人关系密切。莱辛在其著作《拉奥孔，或称论画与诗的界限》中明确表示：温克尔曼的"这个论点是完全正确的"❷，并对其进行了深入的辩驳与论述，在客观上起到了传播"静穆"观的效果。德国浪漫主义文学运动的先驱赫尔德，综合莱辛与温克尔曼两人的观点提出：宁静之美是由希腊古代的总体生活决定的神性美，这种神性美（理性美）化作人体表现出来，所以古希腊人的神和英雄本身就是肉体和精神上（感性和理性上）同样完美的人，因而宁静是古希腊一切艺术的共同特征。❸ 赫尔德对温克尔曼"静穆"观的信服，使这一观念在德国浪漫主义文学的创作实践中得以表现，并迅速扩大了影响。

青年歌德是德国古典美学时期最崇拜温克尔曼的人，他以温克尔曼的学生自居，对"高贵的单纯与静穆的伟大"深表敬服，高度评价这种来自"古代气质"的艺术美。在歌德心目中，这种美就是一种和谐尊严的美，就是他自己所追求的审美理想。与重视理论思辨的美学家们不同，歌德更重视从艺术创作实践中去发现和印证艺术理论及规律。他提出艺术要追求真诚与自然、要重视情感的作用，并将浪漫主义的

---

❶ 朱光潜："什么是古典主义？"，见《朱光潜全集》（第八卷），安徽教育出版社1993年版，第390页。

❷ ［德］莱辛著，朱光潜译：《拉奥孔》，安徽教育出版社2006年版，第7页。

❸ 蒋孔阳、朱立元："序论"，见《西方美学通史》（第四卷），上海文艺出版社1999年版，第11页。

自由精神灌注到他的审美理想之中。歌德的浪漫主义理念与英国浪漫主义诗人华兹华斯颇为接近。与主观世界相比，歌德和华兹华斯更重视客观世界，主要表现为对活生生的大自然的热爱。他们提倡艺术应遵循自然的规律，这与"模仿自然"的古希腊艺术观念一脉相承。歌德与华兹华斯的影响使朱光潜将更多浪漫抒情的因素灌注到作为德国古典美学概念的"静穆"之中，使其少了一些哲学的思辨色彩，多了一些文学艺术的内涵与情趣。

经过几十年的发展，"静穆"在德国古典美学的大环境中已被上升为一种带有普遍色彩的艺术真理。但"静穆"观的发展远未到此为止，它在德国古典美学的集大成者黑格尔那里得到了更加完整的阐释。

黑格尔哲学的核心是绝对理念（或译绝对精神），作为其整体哲学一部分的艺术哲学（美学）也是在这一核心概念的指导下展开的。在《美学》（第一卷）里，黑格尔将美分为自然美和艺术美两部分，艺术美源于自然美，但又反对自然美，并最终与自然美融合，生成一种和谐完整的美。这种理论合乎他的"正—反—合"三段式，是他试图涵盖一切的辩证法的具体体现。黑格尔将艺术美等同于理想、将理想等同于"神性的东西"，并最终将这些内容归总于"静穆"。"静穆"在他的理论体系中变得极端抽象，它既是整体的，又是个体的；既是外在的，又是内在的；既有普遍性和一般性，又作为个别而存在；这些对立在黑格尔三段式的辩证思维中被阐释地极为深刻并富有启发性。他认为艺术在表现个别时，"只是表现它的自己对自己发生关系的客观存在，而不是表现它与许多其它有限事物的错综复杂的关系。这种集中于主题本身的表现固然不排除个别性相，但是这种在外在有限世界中彼此分立的个别性相是经过净化成为单纯定性的，所以外在影响和外在情况的痕迹都显得已经被消除了。这种永恒的无为自守的安静，这种安息……就是理想本身的定性"。❶

"理想"（艺术美）的本质（定性）就是"永恒的无为自守的安静"，黑格尔的观点是很清楚的，艺术表现要达到这种理想本质，必须将"错综复杂的关系"净化为"单纯的定性"，艺术之美随后便自然出现了。这种抽象的、思辨的艺术阐释，就其对于如何表现美的本质看法而言，与温克尔曼关于"静穆"的阐说如出一辙。黑格尔又说：

> 内在的心灵性的东西也只有作为积极的运动和发展才能存在，而发展却离不开片面性和分裂对立。完整的心灵在分化为它的个别性相之中，就须离开它的静穆，违反它自己而进入紊乱世界的矛盾对立。❷

这段阐释是对前段引文的补充论述，它从反面论证了"静穆"对于美的整体性的重要。黑格尔认为运动和发展的事物是不完整的，具有片面性，充满了分裂对立，那么运动和发展的终点，即最高理想，亦即艺术美的绝对理念，是什么呢？在他的论述整体中，除了"静穆"再找不到其他更有

---

❶ ［德］黑格尔著，朱光潜译：《美学》（第一卷），商务印书馆 1979 年版，第 225~226 页。

❷ 同上书，第 227 页。

代表性的字眼。❶

　　黑格尔为"静穆"观增添了新的内涵，主要体现在给"静穆"披上了一层神秘主义的面纱。黑格尔在论述"静穆"的理想时，常常将它与神、神性、神福结合在一起，他说："我们可以把那种和悦的静穆和福气，……作为理想的基本特征而摆在最高峰。理想的艺术形象就像一个有福气的神一样站在我们的面前。"❷ 这使"静穆"神秘化、宗教化、精神化，这种特色虽然已经蕴藏在温克尔曼的阐说中，但一直到黑格尔才得到明显的强调与认同，这是他的哲学体系、绝对理念的必然结果。黑格尔的绝对理念分为艺术、宗教与哲学三个阶段，艺术处于初级阶段，从艺术到宗教是一个递进的过程，二者具有必然的亲近关系，艺术绝对理念向上发展必然进入宗教的阶段，所以黑格尔常常从宗教角度来阐释、观照艺术美。

　　朱光潜在《悲剧心理学》一书中详细地解读了黑格尔的悲剧论，对黑格尔的艺术理论表现出了浓厚的兴趣与精深的理解。黑格尔认为悲剧的产生不是命运、性格或者其他什么，而是"永恒正义"的表现。所谓"永恒正义"，"并不

---

　　❶ 朱光潜在《说"曲终人不见江上数峰青"》中标明"静穆"的英文词"serenity"，不是没有用意的，表明这个概念的来源与师承关系。正如本节所示，温克尔曼通常用"tranquil"，莱辛则用"quiet"，而黑格尔用的便是"serene"。但朱光潜将"serenity"译为"静穆"，不如译为"静朗"更好，后者与黑格尔的本意更为接近，"serene"本身有晴朗、通透之意，这与黑格尔对古典艺术特质的理解是相通的。"静朗"中"动"的成分似更多些，更接近于这种艺术观念的本义。

　　❷ [德]黑格尔著，朱光潜译：《美学》（第一卷），商务印书馆1979年版，第202页。

是一般意义上的那种惩恶扬善的超人力量"，而是在个体的冲突中寻求与确认普遍的和谐理想，或者为了整体的利益而不得不牺牲局部。"永恒正义"是黑格尔悲剧论的绝对理念，它是一切悲剧特别是古希腊悲剧之所以"悲"的终极原因，可以用来解释一切悲剧冲突；而在审美形态上，"永恒正义凭着它的绝对威力，否定了那些排他性的目的和情欲的片面理由，成功地保持着它的平静状态"。❶ 在黑格尔看来，悲剧美的最高理想便是一种"静穆"的审美状态，朱光潜在《悲剧心理学》中对这一点是完全认同的。

朱光潜对黑格尔的艺术观念也作出了一些补充，他通过对悲剧感的论述将"崇高"赋予了"静穆"。在《悲剧心理学》第五章里，朱光潜对狄德罗和莱辛的"市民悲剧"表示出轻视与反对的态度，他认为"市民悲剧"毁坏了悲剧的那种崇高感，悲剧的主角应该"是一个非凡的人物，无论善恶都超出一般水平，他的激情和意志都具有一种可怕的力量"，"人物的地位越高，随之而来的沉沦也更惨，结果就更有悲剧性"。❷"市民悲剧"的失败从反面说明了悲剧感与崇高感实际上是相同的东西，真正的悲剧必须具有一种崇高的美。黑格尔推崇古典型艺术，特别是古希腊艺术，因为它们做到了内容与形式的融合统一，但黑格尔认为：古典型艺术静穆，但并不崇高。❸ 朱光潜通过对"悲剧感"的研究表示，

---

❶ 朱光潜：《悲剧心理学》，见《朱光潜全集》（第二卷），安徽教育出版社1987年版，第326～327页。

❷ 同上书，第298页。

❸ ［美］雷纳·韦勒克著，杨自伍译：《近代文学批评史》（第二卷），上海译文出版社1997年版，第393页。

第一章 "静穆":京派的一种审美观念

至少在古希腊悲剧中,崇高与静穆是合二为一的,这成为"静穆"观念的重要特质之一。

在黑格尔之外,"静穆"观念还接受了尼采的重要影响。在西方美学史的体系中,尼采从来不被看做德国古典美学的"继承者",但若从"静穆"的知识谱系中考察,尼采确实与德国古典美学的相关知识存在诸多相通之处。

提起尼采,人们往往会首先想到他的强力意志、超人哲学以及由此而生的反叛精神,这种革命性的、强横的形象遮蔽了尼采的其他侧面。在艺术审美的领域,尼采,尤其是早期的尼采,其实是一个倾向于古典的、温和的批评家,这在他对"静穆"的探讨中表现得尤为突出。尼采通过对流传已久的希腊日神与酒神精神的再度阐释,给"静穆"这种艺术理想赋予了更加浓郁的、哲学化的悲观主义色彩,并使其与20世纪初的现代知识体系逐渐接近。

尼采在《悲剧的诞生》中以日神和酒神来阐释古希腊文明,进而阐释艺术与艺术美的规律。酒神狄俄倪索斯代表人类追求快乐的原始本能,"这种精神是由麻醉剂或由春天的到来而唤醒的,这是一种类似酩酊大醉的精神",而日神阿波罗则是"在静观梦幻世界的美丽外表之中寻求一种强烈而又平静的乐趣。……他深思熟虑,保守而讲究理性,最看重节制有度、和谐、用哲学的冷静来摆脱情感的剧烈"。[1] 艺术并非起源于这两个概念的对立,而是他们的结合。如何结合?按照朱光潜的理解,那是一个从"醉"(酒神精神)到

---

[1] 朱光潜:《悲剧心理学》,见《朱光潜全集》(第二卷),安徽教育出版社1987年版,第355页。

"梦"（日神精神）的过程，酒神的狂欢迷醉最终融入日神的光辉宁静之中。但朱光潜对尼采的理解并不完全合乎尼采的本意，尼采的结论并不像朱光潜所阐释的，酒神融入日神中去，而更接近于"酒神—日神—酒神"这样一个典型的否定之否定的模式。换言之，艺术要经过两次融合，而偏重有所不同。对于一个艺术的整体而言，日神代表其外观，而酒神则是其内核，所以它们既是一个过程，又是一体共生的。在尼采看来，酒神和日神的艺术力量来自自然，是从自然本身迸发出来的；艺术家需要细心地模仿自然，在模仿的过程中，他们"或者是日神的梦艺术家，或者是酒神的醉艺术家，或者（例如在希腊悲剧中）兼是这二者"[1]。希腊悲剧作为一种艺术形式，是日神和酒神兼而有之的，因此它成为尼采的研究对象。

人们会以为尼采崇拜酒神必定会崇拜激情，这其实又是一个误解。"激情"恰恰是尼采最为厌恶的现代文化的两大特征之一，这种看法在他对瓦格纳音乐剧的批判中表现得异常突出。在尼采看来，现代社会中人与自然、人与他人的内心相互隔绝，由此产生了内在的贫乏和枯竭；现代人为了摆脱枯竭麻木而寻求刺激，人为地制造着亢奋，如同"狂吠的狗群"，瓦格纳的音乐剧正是以这样的"造作"出来的激情以及十足的"做戏"感毁坏了艺术理想的和谐与静穆。反激情、反现代是尼采悲剧观的基本理论预设，而解决的方法只有向希腊的古典艺术学习。"没有客观性，没有纯粹超然的

---

[1] ［德］尼采著，周国平译：《悲剧的诞生》，三联书店1986年版，第7页。

静观，就不能想象有哪怕最起码的真正的艺术创作"。❶伟大的艺术是日神与酒神的一种"神秘的结合"，要获得它就必须"沉浸在对形象的纯粹的静观之中"，从而获得灵感，创造出艺术美。在这里，尼采显示了他与大多数德国古典美学家们非常接近的艺术观念。

前述温克尔曼"静穆"观的主要内涵之一，是"静穆"的产生必须是对巨大的痛苦的征服，只有征服了，才会有"静穆"的理想境界，才会产生艺术美。这种情感的预设在尼采那里得到了理论化的印证与确立。尼采是一个悲观主义者，他的哲学思想及其学说带有浓重的悲观主义色彩，日神与酒神的思想同样如此。酒神的狂欢和迷醉就是对巨大的、难以克服的痛苦的逃脱与超越，否则他为何要彻夜狂欢、长醉不醒呢？酒神精神具有浓郁的悲剧色彩，而且这种悲剧性是本质化的。"静穆"虽然诞生于征服痛苦之后，但其实无法完全消灭它，只能采取一种达观的、安静的姿态无视它、超越它。在尼采的影响之下，这种悲观主义的哲学观念渗入"静穆"的内涵，成为它的一种本质化的特征。

四

"静穆"观念在生成中所接受的欧洲心理学美学主要包括"直觉说""距离说""移情说"。20世纪初期，欧洲心理学研究产生了飞跃性的进展，形成一场现代"心理学革命"。心理学从哲学中分化出来成为一门独立的科学，新的知识迅

---

❶ ［德］尼采著，周国平译：《悲剧的诞生》，三联书店1986年版，第17页。

速地影响了其他相关学科，文艺、美学研究迅速地从这股来势汹汹的学术思潮中得到启示，产生了一系列新的研究方法及相关成果。

朱光潜论述"直觉说"的第一篇文章写于1927年，是向国内知识界介绍当时欧洲的重要批评家克罗齐。在这篇文章中，朱光潜对克罗齐的评价甚高："以第一流哲学家而从事于文艺批评者，亚理斯多德以后，克罗齐要算首屈一指。"❶ 克罗齐是欧洲直觉主义美学的主要代表，其核心观念是"美即直觉""抒情的直觉"。他在《美学原理》中讲道："知识有两种形式：不是直觉的，就是逻辑的；不是从想象得来的，就是从理智得来的；不是关于个体的，就是关于共相的；不是关于诸个别事物的，就是关于它们中间关系的；总之，知识所产生的不是意象，就是概念。"❷ 换言之，直觉与逻辑、概念、道德、功利等皆无关，直觉即创造、即表现，它是"心灵的赋形""心灵的综合"，直觉就是艺术、就是美。这个过程可以用一个等式来表明：直觉＝形式＝创造＝表现＝美（艺术）。克罗齐的"直觉说"是对黑格尔"绝对理念"的反动与调整，是对19世纪以后欧洲工业文明造成的种种异化现象的反抗。在《文艺心理学》这部著作的第一章，朱光潜即通过"形象的直觉"来阐释美感经验的问题。他提出人对事物的欣赏会产生三种态度，即科学的、实

---

❶ 朱光潜："欧洲近代三大批评学者（三）——克罗齐（Benedetto Croce）"，见《朱光潜全集》（第八卷），安徽教育出版社1993年版，第229页。

❷ ［意］克罗齐著，朱光潜等译：《美学原理·美学纲要》，外国文学出版社1983年版，第7页。

用的与美感的,美感的态度的不同之处即它来自直觉、形象的直觉,这是一种极端的聚精会神的、孤立绝缘的心理状态,"在观赏的一刹那中,观赏者的意识只被一个完整而单纯的意象占住,微尘对于他便是大千;他忘记时光的飞驰,刹那对于他便是终古","美感经验就是凝神的境界","美感经验就是形象的直觉"。❶ 显然,"直觉说"、直觉主义的知识参与了"静穆"观念的建构。

"距离说"也是朱光潜经常引用的一种心理学美学的学说。"距离说"的创始人是英国心理学家布洛(Bullough),他深受英国经验主义美学传统的影响,关注审美主体的心理功能与美感经验,建立了以观赏效应为研究对象的美学理论。在《作为艺术因素与审美原则的"心理距离"》一文中,布洛着重以"心理距离"(psychical distance)这个概念来阐释美的发生机制。他特别举了一个"海上遇大雾"的事例:一艘船在茫茫的大海上航行,突然遇到弥天的大雾,乘客因担心延误旅程,害怕撞船或触礁,不由得感到忧虑、惊慌和恐惧。但此时若换一个视角,"忘掉那危险性与实际的忧闷,把注意力转向'客观地'形成周围景色的种种风物——围绕着你的是那仿佛由半透明的乳汁做成的看不透的帷幕,它使周围的一切轮廓模糊而变了形,形成一种奇形怪状的形象;你可以观察大气的负荷力量,它给你形成一种印象,仿佛你只要把手伸出去,让它飞到那堵白墙的后面,你就可摸到远处的什么能歌善舞的女怪;你瞧那平滑柔润的水

---

❶ 朱光潜:《文艺心理学》,见《朱光潜全集》(第一卷),安徽教育出版社1987年版,第213~214页。

面，仿佛是在伪善地否认它会预示着什么危险；最后还有那出奇的孤寂以及与世隔绝的情境，宛如只有在高山绝顶才能感受到的情况。这种经历把宁静与恐怖离奇地糅合在一起，人们可以从中尝到一种浓烈的痛楚与欢快混同起来的滋味。这种情绪与另一些方面所形成的盲目而反常的焦躁之情形成了尖锐的对比。这种对比，往往是突如其来地出现的。它像是某种片刻之间涌现出来的新的急流；或者有如强烈的亮光一闪而过，照得那些本来也许最平常、最熟悉的物体在人们眼前突然变得光耀夺目"。❶ 布洛借这个事例表达了他的基本观点，美产生于距离，审美主体要与审美客体之间保持适当的"距离"，才能获得美感。布洛还表示："距离是通过把客体及其吸引力与人的本身分离开来而获得的，也是通过使客体摆脱了人本身的实际需要与目的而取得的。"❷ 审美活动是超脱了实际利害关系、没有直接功利目的的，审美主体应保持一种冷静的旁观态度，他的内心必须是镇定而平静的。

在《文艺心理学》的第二章，朱光潜直接引述布洛的"心理距离"（psychical distance）说，来继续阐释美感经验的问题。他认为，美感经验就是有效地控制物我之间的距离，"在美感经验中，我们一方面要从实际生活中跳出来，一方面又不能脱尽实际生活，一方面要忘我，一方面又要拿我的经验来印证作品，这不显然是一种矛盾么？事实上确有这种矛盾，这就是布洛所说的'距离的矛盾'（the antinomy

---

❶ ［英］爱德华·布洛："作为艺术因素与审美原则的'心理距离说'"，见《美学译文》（2），中国社会科学出版社1982年版，第93~94页。

❷ 同上书，第96页。

第一章 "静穆":京派的一种审美观念

of distance)。创造和欣赏的成功与否,就看能否把'距离的矛盾'安排妥当,'距离'太远了,结果是不可了解,'距离'太近了,结果又不免让实用的动机压倒美感,'不即不离'是艺术的一个最好的理想"。❶ 为了论证这个观点,朱光潜列举大量事实、材料。"距离说"实为一种经典的折中、调和的理论,这与尼采的艺术(悲剧)发生论可谓异曲同工。

在《文艺心理学》的第三章、第四章里,朱光潜又讨论了"移情说""孤立说""内模仿说"等与美感经验的关系。实际上,朱光潜只认直觉与距离是美得以产生的必要条件,"直觉说""距离说"是美感经验的核心问题,而"移情说"等并不是,"移情作用与物我同一虽然常与美感经验相伴,却不是美感经验本身,也不是美感经验的必要条件"。❷ 至于"孤立说""内模仿说"等从审美主体的生理角度阐释美感经验的学说,就更在次要的位置上了。"移情说""孤立说"等经验性的理论学说在西方哲学史和美学史上本没有什么地位,大多数相关著作即使提及也没有将它们放在重要地位。

"直觉说""距离说"对于朱光潜的文艺、美学研究影响甚大。除《文艺心理学》一书以外,在《悲剧心理学》和《诗论》两部专著中都有明显的体现,譬如《悲剧心理学》第二章便将悲剧美感的产生与心理距离拉上了关系,《诗论》第三章用直觉说来阐发诗的境界美、诗的情趣与意象的结合

---

❶ 朱光潜:《文艺心理学》,见《朱光潜全集》(第一卷),安徽教育出版社 1987 年版,第 221 页。

❷ 同上书,第 250 页。

等问题；而在《谈美》《孟实文钞》等比较通俗的著作和文章中，这些便于举例阐发的心理学美学观点和学说，得到了更加充分地运用与展示。

20世纪初期欧洲的心理学美学呈现出一种特别混杂的迹象，学说纷繁，观念拥挤，泥沙俱下，有些如今早已被历史淘汰，有些却被广泛接受而流传下来，成为人们普遍认可的一种知识。朱光潜利用心理学知识来阐发美学问题，显然是受到了这种学术潮流的影响，他据此写成的众多著作和文章促成了当时国内相关领域知识与观念的更新。尽管在"直觉说""距离说"等心理学美学中没有关于"静穆"的直接论述，但在《文艺心理学》《悲剧心理学》《谈美》等论著中，心理学美学的影响是一目了然的，它们给予了"静穆"观念一种科学主义的支撑，并使这种脱胎于古希腊的文艺审美观念具有更加明显的现代性。

朱光潜留学英法期间正逢西方"心理学革命"，以弗洛伊德"精神分析学"、柏格森的"直觉说"为代表的新知识极大地冲击了人类对自我身心的固有看法，进而影响到学术研究与文学艺术创作的各个领域。这一时期的美学研究笼罩着浓厚的心理学色彩，产生了多种心理学与美学结合的学术成果；文学研究也大量地借鉴和运用了心理学知识，文学心理学迅速地发达起来，带动了文学创作对人物心理的细致入微的描写与探析，这主要表现为意识流文学的出现、意识流小说的繁盛以及意识流手法的广泛应用。在这样的时代语境中，与其说朱光潜接受了心理学的方法，不如说他是接受了一种时代学术风尚的影响。在与朱光潜接近的京派文人中，有很多都曾于同一时期留学欧美，对欧美地区正在发生的这场"知识革命"可谓感同身受。他们得风气之先,自然而然地吸收了相关知识,从而形成自己的知识结构,并将其运用到各自的研究与创作中,成为一种具有共性的文学、文化现象。

第二节 京派文人的思想资源与"静穆"观念

上一节论述了"静穆"观念在朱光潜个人世界中的形成过程,以及他在建构这种审美观念时接受的美学思想。本节将从流派的全局角度论述京派的"静穆"观念。笔者采取的方法是从思想资源的角度入手,寻找京派文人的审美观念在思想资源方面的共同性。由于这些思想资源与朱光潜"静穆"观念的思想资源密切相关、同源共流,因此便可阐释、归纳出京派"静穆"观念的基本内涵,逐渐使这种观念形态呈现出来。

一

京派文人大多对古希腊文化和艺术精神有一种欣赏与崇拜之情,并试图去效仿并加以改造。古希腊❶文艺的精华在戏剧,戏剧的精华在悲剧,希腊人的审美观念便蕴涵其中。"剧场原是酒神的圣地,那上面不许杀人流血,所有的凶杀

---

❶ 此处特指希腊民主政治发展的高峰时期(公元前6~前2世纪),亦即希腊文化发展的高峰时期。

行为通常都不表现在观众眼前，死者的尸体却可以放在活动台上由景后推出来，要这样才合乎希腊人的审美观念。他们一生度着恬静的生活，不许有过度的欢乐与悲伤，因此戏剧里也没有过激的情感。那剧尾更显得格外宁静，格外肃穆。这些悲剧里面所描写的净是健康的生活、理想的人生，全没有一点病态的表现"。❶ 这种审美观念演化出古希腊文艺精神的精髓，即注重节制、崇尚智慧，他们讲节制而非压抑或弃绝，讲智慧而非理智或理性。德国古典美学家以及尼采等人将这种艺术精神发挥到极致，在世界范围内产生了深远而广泛的影响。京派文人便是接受其影响的一支，这种艺术精神构成了京派"静穆"观念的基本内涵之一。

如前文所论，朱光潜的"静穆"理想直接源于德国古典美学的熏陶，源于他对古希腊艺术精神的热爱和他对"serenity"这个英文词的创造性译介。受到温克尔曼的启发，朱光潜从古希腊雕像"拉奥孔"的眼睛里看到了"静穆"的极境，受到了巨大的艺术震撼；又凭借黑格尔的美学思想、尼采的日神精神将"静穆"观念化，上升为艺术的最高理想。这一过程表现出他对古希腊文化和艺术精神的推崇。

周作人对古希腊文化和艺术精神的理解与推崇，与朱光潜有极为相似的地方。周作人早年留学日本期间，开始接触古希腊文学艺术，从此一发不可收拾，与那个在时间和空间上都极为遥远的国度结下了终生的缘分。周作人精通希腊文，翻译了众多希腊文学作品，包括古希腊拟曲、史诗、女

---

❶ 罗念生：《论古希腊罗马文学作品》，见《罗念生全集》（第八卷），上海人民出版社2004年版，第229页。

诗人萨福的诗歌和希腊神话等，在当时的国内文坛可谓凤毛麟角、屈指可数。周作人对古希腊文化和艺术精神深有研究，"中庸普遍的性质原来是希腊文化之一特色。我真觉得奇怪，我对于从犹太系或印度系的宗教出来的文学有时候很有点隔膜，对于希腊系的要容易理解得多，希腊神话就是最好的例，虽然我们与犹太印度都是属于所谓东方文明底下的"，❶"中国似乎向来缺少希腊那种科学与美术的精神，所以也就没有这一种特别的态度，即所谓古典的、写实的艺术之所从出的大海似的冷静"。❷这是周作人对希腊艺术精神的基本理解，这样的理解深入地影响了他自己的文艺审美观念。换言之，古希腊艺术精神是周作人文艺审美观念的主要来源。

1931年，周作人在接受一份杂志采访时表示，他终生志愿的学术便是希腊神话学，❸他对希腊神话的这种热爱的根本原因之一是：

中国学者以神话为迷信，仿佛是科学之大敌，外国学者则以神话为人民对于环境之反应，认为有史前的历史，"若考古学证实了它的时候即可大胆地信托它"。我并不说一定

---

❶ 周作人："古希腊拟曲"，见《周作人文类编》（第八卷），湖南文艺出版社1998年版，第196页。
❷ 周作人："《希腊拟曲》序"，见《周作人文类编》（第八卷），湖南文艺出版社1998年版，第201页。
❸ 周作人："答《新学生》杂志问"，见《周作人文类编》（第九卷），湖南文艺出版社1998年版，第154页。

外国胜于中国，但终不能不感到人之度量相去何其远哉。❶

他又说："中国是无论如何喜欢读经的国度，神话这种不经的东西自然不在可读之列。还有，中国总是喜欢文以载道的。"❷ 希腊神话成了周作人参与社会文化批判的一种思想资源，被赋予了特别的责任和意义，它能反照出中国文化的弊端。

周作人痴迷于古希腊神话的另一根本原因则是，古希腊神话孕育了美、创造了美，古希腊神话是"美的神话"。为了说明这个重要的心得，周作人特意列举希腊神话中有关"山母"戈耳共（Gorgon）与蔼利女斯（Erinys）的故事。戈耳共本来有一副鬼脸，他拖着长舌、露出獠牙、狠狠地瞪着眼，显得异常丑陋而恐怖，不仅人看了他会害怕，就是妖魔也不敢多看一眼。但自从戈尔共在希腊神话中变成默杜萨（Medusa）之后，这个丑陋、恐怖的形象便被希腊艺术家逐渐改造成一个"可怜的含愁的女人"；蔼利女斯原本是一个恶鬼、一个冤死的鬼魂，随时准备复仇，但在希腊神话中也被改造成"慈惠神女或庄严神女"，"不再是那悲剧里可厌恶可恐怖的怨鬼"，一变而为"镇静的主母似的形像，左手执着花果，即繁殖的记号，右手执蛇，但现在已不是愁苦与报

---

❶ 周作人："论鬼脸（译文）·附记"，见《周作人文类编》（第八卷），湖南文艺出版社1998年版，第43页。

❷ 周作人："希腊的神与英雄与人"，见《周作人文类编》（第八卷），湖南文艺出版社1998年版，第85页。

复之象征,乃只是表示地下,食物与财富之源的地下而已"。❶ 讲到这里,周作人发了一番感慨和议论:

> 希腊民族不是受祭司支配而是受诗人支配的,照诗人这字的原义,这确是所谓造作者,即艺术家的民族。他们不能容忍宗教中之恐怖与恶分子,把他渐益净化,造成特殊的美的神话,这是他们民族的一种成就,也是给予后世的一个恩惠。……在戈耳共与地母上,尤其是在蔼利女斯上,我们看出净化的进行,我们目睹希腊精神避开了恐怖与愤怒而转向和平与友爱,希腊的礼拜者废除了驱除的仪式而采取侍奉的自由。……他们心里没有畏惧,只是忧郁,惊愕,时有极深的哀愁与寂寞,但是决无恐怖。这样看来,希腊人的爱美并不是简单的事,这与驱除恐怖相连结,影响于后世者极巨,很值得我们的注意。❷

周作人的这段关于希腊艺术精神的阐释,与朱光潜有关希腊艺术之"静穆"美的阐释,具有明显的相同之处。朱光潜从备受痛苦的拉奥孔那里看到了尊严对痛苦的征服、看到了"静穆",而周作人从戈尔共和蔼利女斯的转变中看到了净化、看到了和平与友爱对恐怖与愤怒的征服。无论是对于希腊美学的理解,还是对于艺术精神及理想的憧憬,两者都表现了深度的互通,其中实在还包含他们对于"美"的基本

---

❶ 周作人:"希腊之馀光",见《周作人文类编》(第八卷),湖南文艺出版社1998年版,第113~114页。

❷ 同上。

看法，即审美观念。从对希腊艺术精神的理解与推崇这一方面来看，周作人与朱光潜二人的审美观念的无疑也是相同的。

在周作人再造现代中国文明的宏图中，希腊文化也是至关重要的。"中国现在所切要的是一种新的自由与新的节制，去建造中国的新文明，也就是复兴千年前的旧文明，也就是与西方文化的基础之希腊文明相合一了"。❶ 显然，在他眼里，未来中国的文明应是本土传统文明与希腊文明的结晶，可见其对后者的推崇。

对古希腊的爱与崇拜、浓厚的希腊情结，也体现在京派另一核心人物沈从文的作品中。1936年，沈从文为总结过去十年的创作写了一篇文章，其中说道：

> 我只想造希腊小庙。选山地作基础，用坚硬石头堆砌它。精致，结实，匀称，形体虽小而不纤巧，是我理想的建筑。这神庙供奉的是"人性"。作成了，你们也许嫌它式样太旧了，形体太小了，不妨事。我已说过，那原本不是特别为你们中某某人作的。它或许目前不值得注意，将来更无希望引人注意；或许比你们寿命长一点，受得住风雨寒暑，受得住冷落，幸而存在，后来人还须要它。这我全不管。我不过要那么作，存心那么作罢了。❷

---

❶ 周作人："生活之艺术"，见《雨天的书》，河北教育出版社2002年版，第94页。
❷ 沈从文："习作选集代序"，见《沈从文全集》（第九卷），北岳文艺出版社2002年版，第2页。

第一章 "静穆":京派的一种审美观念

沈从文以这样一种方式表白了他的创作追求和艺术理想,他不在乎现在和未来的社会人群怎样看,就是要执意用他的文字建筑一座供奉"人性"的希腊小庙,并对此充满了自信和憧憬。"人性"是沈从文创作的核心目标,在他看来,这"人性"是能够与希腊文艺精神相匹配的,是一种"优美,健康,自然"的人性,从中可以"发现一种燃烧的感情,对于人类智慧与美丽永远的倾心,康健诚实的赞颂,以及对愚蠢自私极端憎恶的感情"。❶沈从文对古希腊的爱与崇拜,比周作人、朱光潜都更为直接、更加感性,他不带学术的眼光,自有一种神圣、崇高的内涵。

对古希腊文艺精神的崇拜使京派文人特别重视理智对情感的控驭和超越,痛苦、愤怒无论有多么强烈,表现出来时都应该上升到一种庄严、崇高、平和、静穆的境界。朱光潜、周作人在这方面的看法是相通的,沈从文也表示:"你得学控驭感情,才能够运用感情。你必需静,凝眸先看明白了你自己。你能够冷方会热。"❷梁宗岱也有同样的看法,他经常引用他崇拜的法国诗人梵乐希的名言"兴奋不是作家底境界"❸,来表达他自己的艺术观念。李健吾亦曾表示:"伟大的作品产生于灵魂的平静,不是产生于一时的激昂。后者

---

❶ 沈从文:"习作选集代序",见《沈从文全集》(第九卷),北岳文艺出版社 2002 年版,第 6 页。

❷ 沈从文:"情绪的体操",见《沈从文全集》(第十七卷),北岳文艺出版社 2002 年版,第 217 页。

❸ 梁宗岱:"保罗梵乐希先生",见《诗与真》,商务印书馆 1935 年版,第 24 页。

是一种戟刺,不是一种持久的力量。"❶ 林徽因说:"文艺决不是蓬勃丛生的野草。"❷ 废名说:"虽是顺便的话,还是不要多说的好。这个节制,于做文章的人颇紧要,否则文章很损失。"❸ 虽然不是直接谈情感的控驭,但也是有相近的意思的。京派文人在这一领域表现出了令人印象深刻的一致性。

京派文人对于情感控驭的关注,是与他们反感"五四"以来文艺创作中的情感泛滥、矫饰与夸张相互关联的,但这并不表示京派文人反对浪漫主义,他们反对的是浮薄、矫饰、廉价的伪浪漫。京派文人其实是欣赏浪漫的,他们赞赏、敬佩的诗人大都具有浪漫主义的倾向,但他们所喜爱的浪漫其主要内涵是源于自然、赞颂自然的,是感情真诚、单纯而质朴的,"激情"不是它的主要特征,其"创作方法在于不断积累自然印象,以便加以深思和完全吸收。以后,再用这类印象从灵魂的库存中取出,重新审视和欣赏"❹。歌德曾说:"我把'古典的'叫做'健康的',把'浪漫的'叫做'病态的'。……古代作品之所以是古典的,也并不是因为古老,而是因为强壮、新鲜、愉快、健康。"❺ 可见,这种浪漫是倾向于客观的与古典的,是浪漫主义中的客观派与古

---

❶ 刘西渭:"鱼目集——卞之琳先生作",见《咀华集》,文化生活出版社1936年版,第130页。

❷ 徽音:"惟其是脆嫩",载《大公报·文艺副刊》1933年9月23日。

❸ 废名:"枣·枣",见《废名集》(第一卷),北京大学出版社2009年版,第287页。

❹ [丹] 勃兰兑斯著,徐式谷等译:《十九世纪文学主流》(第四分册),人民文学出版社1997年版,第51~52页。

❺ [德] 爱克曼辑录,朱光潜译:《歌德谈话录》,人民文学出版社1978年版,第188页。

典派。

二

　　对直觉、印象、潜意识等心理现象的浓厚兴趣，对人类心理世界的执著探寻与表现，并主要从心理学美学的角度来探讨艺术的奥妙、领悟艺术的真谛，这成为京派"静穆"观念的又一种内涵。现代心理学的突飞猛进使人类自我心理世界以前所未有的、丰富而复杂的面貌呈现出来，并很快形成了注重新的心理现象的文艺、美学潮流，京派文人顺势吸收相关知识，并将其融入流派的文艺审美观念之中，体现出较为浓厚的心理学美学色彩。

　　朱光潜的文艺、美学研究以心理学作为基本的视角与方法，这是他学术研究的一大特色。《文艺心理学》的开端说得很清楚："美学是从哲学分支出来的，以往的美学家大半心中先存有一种哲学系统，以它为根据，演绎出一些美学原理来。本书所采的是另一种方法。它丢开一切哲学的成见，把文艺的创造和欣赏当作心理的事实去研究，从事实中归纳得一些可适用于文艺批评的原理。它的对象是文艺的创造和欣赏，它的观点大致是心理学的。"❶ 在学术研究的层面之外，朱光潜在《给青年的十二封信》《谈美》等较为通俗的书籍中，也屡屡谈到心理问题，或从心理活动出发来解释美的产生、美感的获得。"静穆"观念的提出，其出发点和立足点也是心理世界，不能说它全不是，但可以说它首先不是

---

❶ 朱光潜："作者自白"，见《朱光潜全集》（第一卷），安徽教育出版社1987年版，第197页。

文学创作中的某种情调、韵味、氛围、风格、技巧等因素，从这个方面去理解、研究"静穆"是舍本逐末了。

对心理世界的浓厚兴趣与执著探寻，引发文艺研究视角的革新与转换，京派文人在观察、研究文艺现象时，大多体现出了这一特征，而直觉、印象、潜意识等心理学词汇，亦频频出现在他们的笔下。林徽因有一篇文章谈诗歌创作，写得非常精彩，表现出对于诗的精深理解，文章开头写道：

> 写诗，或可说是要抓紧一种一时闪动的力量，一面跟着潜意识浮沉，摸索自己内心所萦回，所着重的情感——喜悦，哀思，忧怨，恋情，或深，或浅，或缠绵，或热烈；又一方面顺着直觉，认识，辨味，在眼前或记忆里官感所触遇的意象——颜色，形体，声音，动静，或细致，或亲切，或雄伟，或诡异……❶

在林徽因看来，潜意识和直觉是诗歌创作的基本要素，诗歌创作往往起源于震撼人心的瞬间感受与难以磨灭的灵感乍现。潜意识、直觉等现代心理学的新发现、新知识，显然赋予了林徽因更加深刻、细腻而多层次的观察内心情绪、私密情感的眼光，使她能够更加充分、更有魅力地表现出内心情绪、私密情感的复杂与丰富。林徽因也不忘记强调"理智"对于诗歌创作的重要，用理智来追寻、探讨、剖析那些"流转不定的情感意象"、交错发生的"感念"和情绪以及它们所共起的波澜。但林徽因笔下的"理智"不同于道理理

---

❶ 林徽因："究竟怎么一回事"，载《大公报·文艺》1936年8月30日。

性的规约、限制，在本质上它更接近于朱光潜所赞赏的华兹华斯的那句名言："诗起于经过在沉静中回味来的情绪"（emotions recollected in tranquility）。这是一种富于智慧的、知性的静观，它体现了林、朱二人在诗艺上的相通之处，这在林徽因自己的诗歌中也有令人难忘的体现。

　　印象，特别是稍纵即逝、难以把握的第一印象，也是京派文人主要关注、着意探寻和表现的文艺心理现象。李健吾在现代中国文坛树立了印象主义批评的旗帜，他早年留学法国，深受印象主义批评的影响，信奉法朗士（Anatole France）的名言：批评是"灵魂在杰作之间的奇遇"。李健吾特别注重阅读作品时的瞬间感受与第一印象，强调不受外在经验或知识干扰的自我发现，注重整体的审美体验，崇尚灵感，带有浓厚的顿悟色彩。他虽然也讲求一定的理性条例，但是对于纯理性的、逻辑化的批评、分析和归纳则表示反感和轻视。对于李健吾这样的印象主义者来说，批评也是一种创作，他以批评对象为主要材料，没有艰深、枯燥、难懂的理论探讨，没有技巧方面的过多阐释，没有多少议论、辨析与考证，而是以"印象"为主要依据，注重瞬间感受，努力拓展、开掘、阐释文学作品的审美空间，让读者借此获得更多的美感、审美的愉悦。

　　李健吾的两本批评文集《咀华集》《咀华二集》充分体现了其印象主义批评的方法与特色。在批评沈从文的《边城》时，他写道：

　　《边城》便是这样一部 idyllic 杰作。这里一切是谐和，光与影的适度配置，什么样人生活在什么样空气里，一件艺术作品,正要叫人看不出是艺术的。一切准乎自然,而我们明白,在这种自然的气势之下,藏着一个艺术家的心力。细致,然而绝不琐碎;真实,然而绝不教训;风韵,然而绝不弄姿;美丽,然而绝不做作。这不是一个大东西,然而这是一颗千古不磨的珠玉。在现代大都市病了的男女,我保险这是一付可口的良药。❶

李健吾的批评中没有对作品主题思想的明确解读,更没有艺术技巧方面的探讨,他感兴趣的是这篇小说怎样创造了美?他的任务则是把这种美焕发出来传递给读者。写这样的评论主要不是凭借理性的思考,而是一种印象化的再创作,是灵魂在杰作间的奇遇,评论与被它批评的作品相得益彰,被批评的作品的"美"是由这作品本身与批评它的评论文章共同创造出来的。

沈从文与直觉、印象主义亦有较深的因缘。他不仅喜于、善于捕捉感觉与印象,在与其他京派文人的接触中更是受到潜移默化的熏陶。他在一篇文章中表白:"我虽明白人应在人群中生存,吸收一切人的气息,必贴近人生,方能扩大他的心灵同人格。我很明白!至于临到执笔写作那一刻,可不同了。我除了用文字捕捉感觉与事象以外,俨然与外界绝缘,不相黏附。我以为应当如此,必需如此。一切作品都需要个性,都必须浸透作者人格和感情,想达到这个目的,

---

❶ 刘西渭:"边城——沈从文先生作",见《咀华集》,文化生活出版社1936年版,第74页。

第一章 "静穆":京派的一种审美观念

写作时要独断,要彻底地独断!"❶ 文中提到的"事象"即印象,所谓"独断",实乃一种文艺创作的心理境界,它强调的是静思默想,听从心灵的召唤,紧紧抓住瞬间即逝的第一印象和感觉,这种境界与对感觉和印象的捕捉是分不开的,两者其实是因果关系,而创作上的自信则是这因果链条上的关键环节。沈从文对自己的创作十分自信,这种自信让他可以不顾外界的状况,仅凭感觉和印象就能表达出他想要表达的思想与情感。李健吾从一个批评家的角度来关注印象、直觉,沈从文则更多地从一个作家的角度来表现印象、直觉,两相对照,合二为一,体现出京派对于印象、直觉等文艺心理因素的独特理解与成功运用。

周作人对心理世界的兴趣体现在另一领域,他曾自言:"我的道德观恐怕还当说是儒家的,但左右的道与法两家也都掺合在内,外面又加了些现代科学常识,如生物学人类学以及性的心理,而这末一点我较为重要。"❷ 相同的意思在《我的杂学》这篇长文中亦有所表达。周作人的心理视角、他对心理世界的关注与思考,深受英国性心理学家蔼理斯(H. Ellis)与奥地利心理分析学家弗洛伊德(S. Freud)的影响,他在一篇文章中自述:"所读书中于他最有影响的是英国蔼理思的著作。……如不懂弗洛伊特派的儿童心理,批评

---

❶ 沈从文:"习作选集代序",见《沈从文全集》(第九卷),北岳文艺出版社2002年版,第2页。

❷ 周作人:"自己的文章",见《瓜豆集》,河北教育出版社2002年版,第173页。

他的思想态度，无论怎么说法，全无是处，全是徒劳。"❶ 周作人借助蔼理斯和弗洛伊德的相关言论、观点乃至方法，批判中国道德文化的虚伪性与国民的劣根性，从中寻找解放妇女、儿童以及文人自我解放的思想资源，并将其建构成一种可以践行的人生观。周作人表示："性的心理，这于我益处很大"，❷ 他虽然没有专门研究心理问题、心理现象，但心理学尤其是性心理学显然给了他一种独特的观察问题、思考问题的视角，帮助他更加深入地探索人类幽暗的心理世界，并将其纳入他文化思想批判的整体格局之中。这是周作人关注人类心理状况、进行文艺实践的重要途径，也是他融入京派"静穆"观念的例证之一。

"潜意识"，这一现代心理学最重要的新发现、新知识之一，无疑同样受到了京派作家的普遍关注与表现。1931年，叶公超便在国内文坛率先翻译了英国"意识流"代表作家弗吉尼亚·吴尔芙（Virginia Woolf）的《墙上一点痕迹》（*The Mark on the Wall*）；卞之琳亦曾翻译过吴尔芙和乔伊斯的相关作品；朱光潜曾在文章中论及意识流，并特别注重对西方意识流理论渊源和观念基础的介绍、评述；李健吾的印象主义批评方式本身与意识流的某些观念是相通的。在创作方面，废名的《莫须有先生传》堪称一部意识流长篇小说，其中有大量比较成熟的潜意识描写，表现出了他对潜意识的兴趣与把握；林徽因的《九十九度中》也是一部具有意识流特色的

---

❶ 周作人："周作人自述"，见《周作人论》，北新书局1934年版，第2页。

❷ 周作人："我的杂学"，见《苦口甘口》，河北教育出版社2002年版，第76页。

小说；这两部小说与沈从文、常风、萧乾、何其芳、汪曾祺等人的相关作品共同构成了京派意识流创作的风潮。在中国现代文学史上，就一个流派或作家群而言，有如此众多成员关注并尝试运用西方"意识流"手法的，并不多见。这是京派作家与现代心理学美学具有密切关系的重要方面。

三

美，从自然到艺术再到人生，京派文人倾心于发现美、表现美、赞颂美，对于美具有一种由衷的热爱与崇拜，这构成了京派"静穆"观念的又一种内涵。京派文人将文艺当做一种严肃的事业，艺术至上，反对文艺的政治化与商业化，表现出一种带有"唯美主义"色彩的文艺观念。美在京派文人那里，不只是一种艺术形态或自然状态，更是一种思想与精神。京派文人对于美的追求本身包含上文论及的两个方面，即推崇古希腊文艺精神、接受心理学美学思想；但京派文人对于美的追求又超越了上述两个方面，表现出更为独立而显豁的意义与价值，构成了"静穆"观念的另一种基本内涵。

朱光潜是美学家，美对于他来说，不仅仅是一种艺术追求，更是他的学术研究目标。从美的起源到美的效用，从美的发现到美的接受及再创造，从美感经验到美感类型，关于美的各个方面几乎都成为朱光潜的考察对象。他1924年的一篇文章《无言之美》便已将自然与艺术的美融合于笔端，略具文艺观念的雏形；《文艺心理学》《悲剧心理学》实际上都是研究文艺之美的著作，不过是运用了当时较为流行的心理学方法，所谓"文艺心理学"，就是"从心理学观点研究出来的'美学'"❶；1930年年初，他又写了一组文章，后结集为《谈美》出版，深入浅出地集中阐释美的方方面面，对于推广、普及"美"的知识不遗余力；而他文艺审美观念的核心"静穆"，正如前文所论，实际上就是一种对审美经验的归纳与表达。朱光潜一生的文字著述几乎都没有离开过"美"。

林徽因无疑也是美的忠实的追寻者与发现者，她可以在建筑中发现美，可以在文艺中创造美，可以从自然中唤醒美的愉悦。她的一首诗写道："斩断这时间的缠绵，/和猥琐网布的纠纷，/剖取一个无瑕的透明，/看一次你，纯美，/……在一穹匀净的澄蓝里，/书写我的惊讶与欢欣，/献出我最热的一滴眼泪，/我的信仰，至诚，和爱的力量，/永远膜拜，/膜拜在你美的面前！"❷ 对于美，表现出如此热情、令人激动的赞颂，那种彻底的投入、那种忘我的膜拜，都使人感到美对于林徽因的重要与必要，林徽因对于美的赤诚与忠诚，这种相互关系的热度与密切程度在中国文学中都是比较罕见的。或者也可以说，美，便是林徽因的信仰，便是她的宗教，也是她的人生观。

梁宗岱是创作与批评并重，在这两个方面都表现出了明显的唯美、求美、崇拜美的倾向。梁宗岱留学法国时，结识了当时法国诗坛的大诗人保罗·梵乐希（Paul Valery），梁宗岱在诗观、诗艺上皆深受后者的影响，他着意模仿梵乐希的

---

❶ 朱光潜："文艺心理学·作者自白"，见《朱光潜全集》（第一卷），安徽教育出版社1987年版，第197页。
❷ 林徽因："激昂"，见《林徽因文存》（诗歌小说戏剧），四川文艺出版社2005年版，第9页。

诗歌，并在回国后致力于译介这位大诗人的诗作与诗论，借此探寻中国现代新诗的出路。梁宗岱对于中国新诗的主要贡献是对"纯诗"的尝试与倡导。中国新诗的"纯诗"意识最早源于周作人，梁宗岱继而扩大了"纯诗"观念在中国现代诗坛的影响。在这种"纯诗"观念中，对于美、纯美的追求是其主要内涵之一。梁宗岱从梵乐希那里获得了真知与灵感，他尤其敬佩梵乐希的是：梵乐希能"以冷静的理智混入纯美的艺术"，能将"无情的哲学化作缱绻的诗魂"，以"诗人的天音"发出"和谐的默祷"。❶ 这也是梁宗岱自己不懈追求的诗艺理想，他的诗歌充满了对纯美的赞颂、对心灵感应的崇拜："当夜神严静无声的降临，/把甘美的睡眠/赐给一切众生的时候，/天，披着件光灿银烁的云衣，/把那珍珠一般的仙露/悄悄地向大地遍撒了。/于是静慧的地母/在昭苏的朝旭里/开出许多娇丽芬芳的花儿/多多的向着天空致谢"。这首诗名为《夜露》，比较集中地体现出了梁宗岱的"纯诗"的美，与心灵感应式的意境，也蕴涵着他对梵乐希的敬爱之情。

梁宗岱曾在一篇文章中，拿"花"来比喻他心中艺术和美的最高境界：

第一种可以说是纸花；第二种是瓶花，是从作者心灵底树上折下来的；第三种却是一株元气浑全的生花，所谓"出水芙蓉"，我们只看见它底枝叶在风中招展，它底颜色在太

---

❶ 梁宗岱："保罗梵乐希先生"，见《诗与真》，商务印书馆1935年版，第16~17页。

阳中辉耀,而看不出栽者底心机与手迹。这是艺术底最高境界,也是一切第一流的诗所必达的……❶

这种浑然天成、瞬间永恒的美是这个圈子里的文人所倾心追求的,所谓"清水出芙蓉,天然去雕饰",所谓"元气浑全"、生机盎然,这不仅是文艺而且是人生的最高境界;但它的底色又不是传统中国的,而是来自遥远欧罗巴的,不是水墨山水,而是闪光的油画;不是芦管横笛,而是钢琴与小提琴的交响与合鸣。

与朱光潜等人相比,周作人并不直接地赞颂"美",他对美的追求往往凭借其他的渠道,譬如,对希腊文艺的热爱致使他崇尚美;他还能从他所热衷的茶道中悟出美,他说:"茶道的意思,用平凡的话来说,可以称作'忙里偷闲,苦中作乐',在不完全的现世享乐一点美与和谐,在刹那间体会永久。"❷

周作人从20世纪20年代中期便开始关注、张扬"生活的艺术",他曾说:"生活不是很容易的事。动物那样的,自然地简易地生活,是其一法;把生活当作一种艺术,微妙地美地生活,又是一法,二者之外别无道路。"❸ "生活的艺术"的真谛便在于"微妙地美地生活",尽管周作人并未对此作进一步的阐

---

❶ 梁宗岱:"论诗",见《诗与真》,商务印书馆1935年版,第27~28页。

❷ 周作人:"喝茶",见《雨天的书》,河北教育出版社2002年版,第53页。

❸ 周作人:"生活之艺术",见《雨天的书》,河北教育出版社2002年版,第93页。

释，但在他接下去引用的蔼理斯的言论中，似乎可以得到答案。蔼理斯说："要正当地生活，我们须得模仿大自然的豪华与严肃。""模仿大自然的豪华与严肃"可能不是"微妙地美地生活"的全部内涵，但无疑是其中的主要成分；废名在赞颂周作人时也用"渐进自然"来表达，亦可见出自然对于周作人的意义与价值。废名写道："'渐近自然'四个字大约能以形容知堂先生，然而这里一点神秘没有，他好像拿了一本自然教科书做参考。……我们很容易陷入流俗而不自知，我们与野蛮的距离有时很难说，而知堂先生之修身齐家，直是以自然为怀，虽欲赞叹之而不可得也。"❶ 朱光潜从情趣、心理方面探寻美，而周作人则从"自然"中发现美，"自然"也成为京派文人的一个热烈的共同追求。

沈从文与朱光潜、周作人的不同在于，他抱定一种乡下人的执拗与信仰，要在混乱纷繁的人性中寻找美、发现美，他说："我要表现的本是一种'人生的形式'，一种'优美，健康，自然，而又不悖乎人性的人生形式'。"❷ 正因为这样的人生形式，正因为这样的人性是优美、健康的，所以他要把它放到"希腊小庙"里去供奉，并且自诩为"人性的治疗者"，锲而不舍地追求他的理想人生，对于别人的不解与嘲笑，他全不管、全不顾。沈从文笔下的人性几乎都是美的，都是简单的、朴素的。《边城》中老船夫对外孙女的爱，对一切人的爱，翠翠的善良、纯洁、淳朴、充满活力，船总顺

---

❶ 废名："知堂先生"，见《废名集》（第三卷），北京大学出版社 2009 年版，第 1297～1298 页。

❷ 沈从文："习作选集代序"，见《沈从文全集》（第九卷），北岳文艺出版社 2002 年版，第 5 页。

顺的慷慨大度、平易近人，他的两位公子的朴实、谦让，对爱的诚实与坦白，《会明》中会明的忠厚驯良，《萧萧》中萧萧的天真无知与当地人的宽容，《柏子》和《一个多情水手与一个多情夫人》中水手与妓女之间的真情实意，《虎雏》中虎雏的野性，《月下小景》中的风景之美、爱侣的殉情等，无疑不表现着沈从文对人性美的执着追寻与顶礼膜拜。

京派文人对"美"的无条件、无目的、无功利的热爱与追求，使"美"成为他们的信仰，这种信仰不仅体现在文学创作与批评的层面，还在整体上形成了一种"人生美学"。美不仅关乎艺术，更关乎人生，对美的信仰可以塑造、指导人生，这不仅构成京派"静穆"观念的重要内涵，而且是这一文学流派特别值得注意的地方，体现出他们独特而有价值的历史形象。

对于"美"的追求在现实的层面上体现为对"左翼"、海派的反感，在文艺观念上表现为反对文学的政治化与商业化。20世纪30年代"左翼"、海派的文艺风气让京派文人反感，引起南北两地文坛的一场争论。以沈从文为代表的京派文人认为海派文人过于商业化，创作不认真、不严谨，缺乏诚实的态度和羞耻心，妨碍文学的健康发展。沈从文指斥道："从官方拿到了点钱，则吃吃喝喝，办什么文艺会，招纳子弟，哄骗读者，思想浅薄可笑，伎俩下流难言，也就是所谓海派。感情主义的左倾，勇如狮子，一看情形不对时，即刻自首投降，且指认裁害友人，邀功牟利，也就是所谓海派。因渴慕出名，在作品以外去利用种种方法招摇，或与小刊物互通声气，自作有利于己的消息，或每书一出，各处请人批评，或偷掠他人作品，作为自己文章，或借用小报，去

第一章 "静穆":京派的一种审美观念

制造旁人谣言,传述撮取不实不信消息,凡此种种,也就是所谓海派。"❶ 周作人对政治宣传的文学早已心有余悸,他在《中国新文学的源流》中反对的"载道派"便有这样的意思,后来又明确反对"遵命文学":"本来遵命文学做做亦何妨,旁人亦不必反对,只要他没有多大害处。然而不然,遵命文学害处之在己者是做惯了之后头脑就麻痹了,再不会想自己的意思,写自己的文章。害处之在人者是压迫异己,使人家的思想文章不得自由表现。"❷ 所谓"遵命文学",自然是文学政治化的表现,周作人反对文学政治化的态度也是明确的。京派与"左翼"之间并没有直接发生冲突,但是京派有意远离"左翼",避之唯恐不及的态度是显而易见的。1936年,上海著名文人邵洵美来北京游玩,会见京派文人并提出愿与后者共同创办一份大型文学刊物,京派文人虽早有此意,但还是拒绝了邵洵美的好意,主要原因之一也是不愿掺和上海的文坛斗争,以免掉进上海文坛的大漩涡。

京派文人欲以发现美、表现美、崇拜美来对抗、扭转文学的政治化与商业化倾向,这不仅是京派文艺审美观念的基本内涵,更是一种文学、文化与人生的选择与愿景。朱光潜从"拉奥孔"那里发现了"静穆"的理想,并希冀以此来指导现实人生;周作人从希腊神话中获得了美的启示,提倡"微妙地美地生活";沈从文要建一座希腊小庙供奉"优美、健康、自然"的人性,梁宗岱、李健吾、林徽因等人带有共

---

❶ 沈从文:"论'海派'",见《沈从文全集》(第十七卷),北岳文艺出版社2002年版,第54~55页。

❷ 周作人:"遵命文学",见《周作人文类编》(第三卷),湖南文艺出版社1998年版,第140页。

同性的对于美的崇拜与追求等,皆以他们认可、赞赏的方式,为现代中国文学、文化的发展奉送、描画出了一条新鲜、完整的道路。

综上所述,京派文人至少在以上三个方面具有比较明显的共同性,在审美观念上展现出了一种同源共流的历史特征,这是本书提出京派"静穆"观念的主要支撑之一。由此,可以归纳出"静穆"观念的基本内涵:第一,重视文艺作品的表现问题,讲究节制,崇尚智慧,讲节制而非压抑,讲智慧而非理性,超越激情,达到一种博大的艺术境界;第二,关注直觉、印象、潜意识等心理现象,主要从心理学美学的角度来探讨艺术的奥妙,领悟艺术的真谛,体现出较为浓厚的心理学美学色彩;第三,以发现美、表现美、赞颂美为职志,对美有一种由衷的热爱与崇拜,并试图以此指导文学与人生。这三个方面又是三个原点,京派文人具体的文艺实践大多从这几个原点出发,不同的道路、不同的线索相互交织、融合,演化出丰富的文学思想与文化心态,并以各种形式和内容体现在他们各自的文学创作之中。

第三节 京派文人对"静穆"观念的阐释与坚守

上一节从思想资源的抽象层面论述"静穆"作为京派审美观念的内涵。本节将返回具体的历史现场,从京派文人曾

第一章 "静穆":京派的一种审美观念

经引起公开争论的文艺主张中,探寻他们对于"静穆"观念的阐释与坚守。本节大致按时间顺序选取了 20 世纪 30 年代京派的三次比较引人注目的、特别能够体现其审美观念的文艺争论,它们分别与上一节"静穆"观念思想资源的三个方面一一对应,这种对应关系不仅可以促进对于"静穆"观念的理解,而且进一步印证了"静穆"观念与京派文学的关联。

一

1933 年夏,沈从文跟随杨振声离开青岛大学来到北京。不久,著名的天津《大公报》尝试改版"副刊",杨振声、沈从文受邀创编《大公报·文艺副刊》,每周三、周六出版,通常刊登在《大公报》的第十二版,这个副刊随即成为京派作家文人的文艺园地。❶《文艺副刊》没有发刊词,第一期上刊出五篇作品,分别是:岂明(周作人)的《猪鹿狸》、徽音(林徽因)的《惟其是脆嫩》、卞之琳的《倦》、杨振声的《乞雨》和沈从文的《〈记丁玲女士〉跋》。行事颇为低调,但端出来的货可谓件件上佳。

---

❶ 《大公报》(1926~1949 年)先后办过四个与文学有关的副刊:《文学副刊》《小公园》《文艺副刊》和《文艺》。《文学副刊》由吴宓主编,每周一期,1928 年 1 月 2 日~1934 年 1 月 1 日;《小公园》1926~1935 年,每日一期,1935 年 7 月 4 日~8 月 31 日由萧乾主编;《文艺副刊》由沈从文、杨振声主编,每周两期,周三、周六出刊,1933 年 9 月 23 日~1935 年 8 月 31 日;《文艺》1935 年 9 月 1 日~1949 年,抗战前由沈从文和萧乾主编,每周四期,周一、周三、周五、周日出刊。《文学副刊》"以介绍批评为职志",偏重刊登批评和论文;《小公园》偏重于通俗文艺;《文艺副刊》和《文艺》是京派的主要刊物,偏重刊登文学创作。

1933年10月,沈从文在开张不久的《大公报·文艺副刊》上发表了一篇文章——《文学者的态度》,其中心意思分为两个层面:一是批评那种拿文学创作当做游戏玩的态度。现在的"文学者皆因历史相沿习惯与时下流行习气所影响,而造成的文人脾气,始终只能在玩票白相精神下打发日子,他的工作兴味的热诚,既不能从工作本身上得到,必需从另外一个人方面取得赞赏和鼓励。……现在玩票白相的文学家,实占作家中的最多数,这类作家露面的原因,不属于'要成功',就属于'自以为成功'或'设计成功',想从这三类作家希望什么纪念碑的作品,真是一种如何愚妄的期待"!❶ 二是要求一种认真、自尊、诚实的文学创作态度。"伟大作品的产生,不在作家如何聪明,如何骄傲,如何自以为伟大,与如何善于标榜成名;只有一个方法,就是作家'诚实'的去做。……他应觉得他事业的尊严,故能从工作本身上得到快乐,不因一般毁誉得失而限定他自己的左右与进退……且明白文学不是赌博,不适宜随便下注投机取巧,也明白文学不是补药,不适宜单靠宣传从事渔利"。❷

沈从文在文章中并未明确指出那些"玩"文学的人是哪些人、什么人,看起来像是针对所有需要针对的人,这些人并非只是上海文人。"玩票"和"白相",两个词用得很妙,既有北京的,也有上海的,沈从文的初衷恐怕不是针对上海文人挑起一场争论,而是要批评一种不良的创作倾向和恶劣

---

❶ 沈从文:"文学者的态度",载《大公报·文艺副刊》1933年10月18日。

❷ 同上。

习气，这在北京、上海两地的文坛都是存在的，他甚至没有强调这是不是在上海文坛更严重一些。《大公报·文艺副刊》刚刚开始，沈从文的想法恐怕是要提高它的影响力，加上他对游戏文学一贯的不满态度，所以写出这样一篇批评创作时弊的文章。然而，由于这篇文章发在《文艺副刊》上，而这个"副刊"又被看成是北京一部分作家的阵地，沈从文也被看成是北京一部分作家的代表，所以在上海那边某些好事、好斗的作家眼里，沈从文的话就是有所专指了，而在北京这边却没有引起什么特别的反应，大概人们都觉得沈从文确实指出了一种文坛的现象，那是需要加以批评与改进的。

然而，事态的发展并不像京派文人想得那样平稳、简单。同年12月，上海文人苏汶即在《现代》上发表《文人在上海》一文，为上海文人辩解、叫屈、鸣不平，他表示，上海的生活压力大，文人在上海生活极为不易，"结果自然是多产，迅速的著书，一完稿便急于送出，没有闲暇在抽斗里横一遍竖一遍的修改"。❶ 苏汶自信乃至有些负气地强调，海派作风不仅不会消失而且还会影响到北京的文人。此文面世不久，沈从文便写了一篇《论"海派"》予以反驳，仍然发表在《大公报·文艺副刊》上，由于该文一开篇便直接引用了苏汶的文章，所以批评的锋芒立即具体、落实下来，呈现在世人眼前。这篇文章不仅火气大，与《文学者的态度》含蓄、借喻的写法也不同，它是直截了当的，针对性较为明显。苏汶的文章让沈从文很失望，他大概没想到自己衷心的建议却招来讽刺与误解；苏汶的文章又让沈从文很恼火，像

---

❶ 苏汶："文人在上海"，载《现代》第4卷第2期，1933年12月。

苏汶这样的人本不是他在《文学者的态度》中批评的那些人，但他偏偏要跳出来替人出头，"这是杜衡君的错处。一面是他觉得北方从事文学者的观念，对于海派的轻视的委屈，一面是当他提到'海派'时，自己却俨然心有所慑，以为自己也被人指为海派了的。这是杜衡君的错误"。❶ 沈从文在将"海派"的恶习一一列举之后，大发议论道：

> 妨害新文学健康处，使文学本身软弱无力，使社会上一般人对于文学失去它必需的认识，且常歪曲文学的意义，又使若干正拟从事于文学的青年，不知务实努力，以为名士可慕，不努力写作却先去做作家，便皆为这种海派的风气作祟。扫荡这种海派的坏影响，一面固需作者的诚实朴质，从本人作品上来立下一个不可企及的标准，同时一面也就应当在各种理论严厉批判中，指出种种错误的，不适宜继续存在的现象。这工作在北方需要人，在南方还更需要人。纠正一部分读者的意识，并不是一件十分艰难的工作。但我们对于一切恶习的容忍，则实在可以使我们一切努力，某一时全部将在习气下毁去！❷

这篇旨在澄清的文章发表后，因其言辞较为激烈而立即引出了不少新的议论。上海颇有影响的大报《申报》，便在不到一个月的时间里接连登出七八篇文章，讨论沈从文提出的问题与现象。在这些"自由谈"的文章里，一个"新"名

---

❶ 从文："论'海派'"，载《大公报·文艺副刊》1934年1月10日。
❷ 同上。

词豁然出现,便是"京派"。沈从文等人从未自称"京派",他们只用北方作家这个称呼,但强于命名、敢说善言的"自由谈"一提笔,就明确地把他们称为"京派",有了靶子才好放箭,靶子越清晰效果越好。第一个这样说的是曹聚仁,他的文章题目就叫《京派与海派》,而最有影响的当属鲁迅,他的文章也叫《"京派"与"海派"》。两人对待京派的态度也比较接近,就是京派、海派各打五十大板。鲁迅说:"文人之在京者近官,没海者近商,近官者在使官得名,近商者在使商获利,而自己也赖以糊口。要而言之,不过'京派'是官的帮闲,'海派'则是商的帮忙而已。"❶ 曹聚仁则说得更不留情面:"我看明日的批评家,决不站在京派的营垒,只对于海派在漠视与轻视以上取扫荡的态度,应当英勇地扫荡了海派,也扫荡了京派,方能开辟新文学的路来!"❷

  沈从文们说的"海派"与苏汶理解的"海派"显然不是一回事,简言之,那指的主要是两种作家,一种是他们已经明说的承继了"礼拜六派"衣钵的上海文人,一种是他们没有明说的"左派",即以"左翼"作家为主的上海文人。❸这两类人的文学态度——文艺的商业化与政治化——才是令他们感到不满而要批评、要加以警惕和反对的,这一点在后来变得越来越清楚。这场规模并不大的争论并没有产生什么

---

❶ 栾廷石:"'京派'与'海派'",载《申报·自由谈》1934年2月3日。
❷ 曹聚仁:"京派与海派",载《申报·自由谈》1934年1月17日。
❸ 朱光潜在为其"全集"撰写的"作者自传"中回忆道:"当时正逢'京派'和'海派'对垒。京派大半是文艺界旧知识分子,海派主要指左联。"(见《朱光潜全集》(第一卷),第5页。)这亦可证明当年京派文人对于上海文人构成的看法。

清晰的结论与重要的成果，双方各是其是，各非其非，甚至连争论的具体目标都没有搞清楚。但经过这次口水风波，北京的那一部分文人获得了一个比较通行的称呼——"京派"，不管众多当事人愿意与否，在他人眼里，他们已经成为一个文人集团和派别了；而且，这次口水风波也首次公开地向外表达了"京派"文人的一些重要的文艺态度与观念，可以看做是他们自我建构的肇始，这使北京的那一部分文人同时具有"名"与"实"。

一个多月之后，沈从文在《文艺副刊》上发了一篇文章《关于"海派"》，似乎是采取了一种息事宁人的态度，他意识到再争论下去也许正中了某些人的下怀，何况京派文人的兴趣本不在这样的争论或口水仗。这场"京海之争"初步向外传达、表现了京派的某些基本的文艺观念，即强调文学创作的独立与自由，态度上的自尊与严肃，心态上的平静与非功利，反对将文学当做商品、贡品或者工具，提倡艺术的"美"。这种主张在当时中国文坛的话语情境中，必然会引起一些质疑与批驳。面对这些批驳，京派文人在整体上显得比较冷静，他们采取一种静观、无为的姿态，对于接下去的种种批评乃至贬损皆不理会，更无反应。实际上，"京海论争"中"京派"也只有沈从文一人应对，他不仅对上海文人的势利、短浅不满、不屑，对于"北方文学者"的"独善其身诚朴治学的风度"也表示了一些不满，似乎是在埋怨他们没有给他以支援。但这点自己人的埋怨也从一个方面体现出京派文人整体上的一种持重、平稳、自信的形象与心态，使他们与上海文人形成了鲜明的对照，这种形象与心态参与了他们的文艺审美观念的建构与形成。

二

京派文人之中,除周作人、杨振声以外,皆跟"五四"没有直接的、亲近的联系。"五四"对于他们是一场影响重大的历史事件,已经过去而且是反思的时刻了,他们对"五四"文人的一些文艺观念及其表现并不赞同,要另寻一条更自然、更健康的路。最令他们感到厌烦的,便是那种情感的浮薄、泛滥、矫饰、失控的倾向。京派后起作家萧乾曾批评"五四"时期的文艺界是"一个繁荣的鸟市,一个疯癫院:烦闷了的就扯开喉咙啸号一阵;害歇斯底里亚的就笑出响朗的笑;穷的就跳着脚嚷出自己的需要;那有着性的苦闷的竟在大庭广众下把衣服脱个净光"。❶ 可见他对"五四"所开创的文艺道路缺乏好感,年轻的萧乾的批评及其不满是具有代表性的,无疑地体现出了他背后那个知识群体的文艺观念。

巴金在 1936 年 4 月出版了《爱情的三部曲》,其中的《雾》《雨》《电》创作于 1931～1933 年。这三个中篇小说描述以周如水、吴仁民和李佩珠为代表的青年人的爱情、理想和生活,颂扬革命青年勇于献身的英雄主义精神,在当时的一批青年读者中产生了强烈的共鸣。巴金对自己的这几部作品也是钟爱有加,他说:"在我的二十几部文学作品里面却也有我个人喜欢的东西,例如《爱情的三部曲》","我的确喜欢这三本小书。这三本小书,我可以说是为自己写的,

---

❶ 萧乾:"理想与出路",见《萧乾全集》(第六卷),湖北人民出版社 2005 年版,第 114 页。

写给自己读的。我可以毫不夸张地说，就在今天我读着《雨》和《电》，我的心还会颤动"。❶ 但在京派文人那里，这部作品似乎没有得到巴金期望中的评价。

李健吾对于《爱情的三部曲》的批评是相当克制而含蓄的，但在这种讲究礼节的批评中可以看出李健吾的评价不高，他甚至认为这部小说失之于简单、肤浅，尽管在总体上他也认为这是一部不错的小说。李健吾表示，巴金的小说最适合于20岁上下的青年读者，其中充满了战士的热情与青春的激情；对于作者和小说中的人物来说，他们在某种信仰的鼓动之下，把全部的自己与精神生活都毫无保留地投注到作品中去了。但这种激情型的创作没有得到李健吾的认可与赞赏，"中国克腊西克的理想是'不踰矩'，理智和情感合而为一。这不是一桩容易事，这也不是巴金先生所要的东西。……他不用风格，热情就是他的风格"。这"热情的风格"造成了巴金的作品在描写上的不足，"热情不容他描写，因为描写的工作比较冷静，而热情不容巴金先生冷静"。这种情况最终导致小说缺乏深厚、值得回味的人物和韵致，在整体上显露出粗糙、紊乱的弊病。❷

李健吾的评论让巴金感到意外和失望，他以"作者自白"为题写了一篇反批评，他自认为是"革命者"，而把李健吾描述成"旁观者"，两者之间难有共同语言。文章开篇写道："当热情在我的身体内燃烧起来的时候，只要咽住一

---

❶ 巴金："爱情的三部曲·总序"，见《巴金全集》（第六卷），人民文学出版社1988年版，第3～6页。
❷ 刘西渭："爱情的三部曲——巴金先生作"，见《咀华集》，文化生活出版社1936年版，第1～22页。

个字也会缩短我的一天的生命。倘使我不愿意闭着眼睛等候灭亡的到临，我就得张开嘴大声说出我所要说的话，我甚至反复地说着那些话。"❶ 这体现出巴金一贯的充满信仰的激情，以及对于激情本身的信仰。针对李健吾所指《爱情的三部曲》的具体缺点，譬如"窳陋""不长于描写"等，巴金回应到："我就要埋怨你近视了。你抓住了一点枝节，而放过了主题。我并不是在写牧歌。我是在表现一个性格。而这个性格并不需要如画的背景。"❷ 又说："我并不是'不要驾驭热情'，相反的，我却无时不在和热情激斗。结果常常是我失败。但我也有胜利的时候。"❸ 巴金几乎完全不认同李健吾的批评，在文章末尾还把李健吾这种"旁观者"戏谑一番。

李健吾读到这篇"作者自白"之后，写了一篇《答巴金先生的自白》，从"一个有自尊心的批评者"的角度再次阐明了批评的职志，对双方的不同观点表示了宽容，自然也还有一些失望和无奈。李健吾与巴金之间的龃龉，完全源自双方迥然有别的文艺审美观念，其实他们对彼此的文笔、作品还是有起码的尊重和欣赏。李健吾提倡"中国克腊西克的理想"，要求文艺作品的表现尺度须和谐、恰如其分，要尽量精致乃至典雅；而巴金对于这些"旁观者"的艺术标准全不在意，他感兴趣的是信仰、雷电、激情与死亡，至于如何表现，只须追随内心的情感即可。这种不同在随后发生的一场

---

❶ 巴金："《爱情的三部曲》作者的自白"，见《巴金全集》（第六卷），人民文学出版社1988年版，第465页。
❷ 同上书，第473页。
❸ 同上书，第474页。

龃龉中表现得更为突出。

1937年1月，朱光潜发表《眼泪文学》，对于当时的一些创作和批评特别好以催人泪下作为目标或判定价值的标准，表示了不满与不屑，他对文学与眼泪的关系发出一系列疑问："文学与眼泪是否真有必然的关联？文学的最高恩惠是否就是眼泪？叫人流泪的多寡是否是衡量文学价值的靠得住的标准？对于这些问题，我却很怀疑。"❶ 朱光潜认为，文学作品的好坏与它能否催人泪下没有关系，他尤其不满于一些文学创作和批评为了某种目的而去刻意地煽情，那些旨在催人泪下的创作和批评在他看来都含有人类的某种劣根性与虚荣心。他引用华兹华斯的一句诗表示，文艺作品里还有比引人流泪更加高远、更加深邃的境界，一个作家、艺术家应该去追求这种伟大的境界。朱光潜在该文最后奉劝："眼泪是容易淌的，创造作品和欣赏作品却是难事，我想，作者们少流一些眼泪，或许可以多写一些真正伟大的作品，读者们少流一些眼泪，也或许可以多欣赏一些真正伟大的作品。"❷

由于该文在开篇便以巴金的言论作为批评的靶子，遂引来巴金的一番言辞激烈的反击，这便是《给朱光潜先生的一个忠告》。巴金对于京派文人屡次含蓄地批评他好煽情、好激动、过分感伤、失之于粗浅等，看起来已经无法再容忍、再平心静气地回应了。在这篇"忠告"里，巴金对"以青年的导师自居""冒充内行""滥用名词""胡言乱语欺骗人"

---

❶ 朱光潜："眼泪文学"，见《朱光潜全集》（第八卷），安徽教育出版社1993年版，第497页。
❷ 同上书，第500页。

的朱光潜，进行了论战式的批判与攻击，并再次高声说道："流泪并不是可耻的事。"❶ 朱光潜此后写了两篇文章——《答复巴金先生的忠告》与《读〈论骂人文章〉》，除了回应、清理对方指出的他的错误以外，主要是劝告对方要冷静下来分析问题并自省："你看旁人荒谬，旁人就难免看你荒谬，是非公道自在人心，有理说理，用不着骂，理是愈平心静气地讨论愈明白的，愈逞气氛乱骂愈糊涂的"，❷ "我的目的不是借这个机会损害你的令誉，而是很诚恳地'忠告'你平心静气反省"。❸ 他采取了一种息事宁人的态度，继续他们一贯的不与人争论的行事方式。

朱光潜、李健吾等人对巴金的批评，就事论事的针对性是非常清晰的，主要落脚于巴金作品的煽情性与情感表现失控的倾向，此外不及其余，对于巴金他们并无恶感，他们称赞起巴金来也是真诚的。然而，巴金无法理解、更不能认同京派文人对于他的批评，特别是他们控驭情感的主张及观念，他认为那是另一个等级、阶级的趣味，他看不到这里面的深意。李健吾说道：

巴金先生不是一个热情的艺术家，而是一个热情的战士；他在艺术本身的效果以外，另求所谓挽狂澜于既倒的入

---

❶ 巴金："给朱光潜先生的一个忠告"，见《巴金全集》（第二十卷），人民文学出版社1988年版，第404页。
❷ 朱光潜："答复巴金先生的忠告"，见《朱光潜全集》（第八卷），人民文学出版社1988年版，第540页。
❸ 朱光潜："读《论骂人文章》"，见《朱光潜全集》（第八卷），人民文学出版社1988年版，第541页。

世的效果；他并不一定要教训，但是他忍不住要喊出他认为真理的真理。……因为不由自主，他选了一个和性情相近的表现方法，这方法上了他的手，本来是抒情的，也就越发抒情了。然而本来是艺术的，不免就有了相当的要求——要求一种超乎一切的自为生存的一致，因而有所限制。艺术家最高的努力，便是在这种限制之中，争取最和谐的表达的自由。唯其需要和谐，一种表现的恰如其分，我们不得不有所删削——所删削的也多半正是最妨害艺术之为艺术的。❶

这段简洁明了、颇有深意的议论包含京派文人共同的审美观念，以及他们对于艺术表现的基本理解，这是京派"静穆"观念得以形成和建构的坚实的现实基础及依据。

三

1936年3月15日的《大公报·文艺》上发表林徽因的《别丢掉》，全诗如下：

> 别丢掉
> 这一把过往的热情，
> 现在流水似的，
> 轻轻
> 在幽冷的山泉底，
> 在黑夜，在松林，

---

❶ 刘西渭："神鬼人——巴金先生作"，见《咀华集》，文化生活出版社1936年版，第60～61页。

叹息似的渺茫,
你仍要保存着那真!
一样是月明,
一样是隔山灯火,
满天的星,
只有人不见,
梦似的挂起,
你问黑夜要回那一句话——
你仍得相信
山谷中留着
有那回音!

  这首诗体现了林徽因诗歌惯有的风格,声韵和谐,意境优美,清新灵动,典雅明丽。然而,在同年3月20日出版的《自由评论》上刊登了一篇署名"灵雨"的文章——《诗的意境与文字》,公开批评了林徽因的这首诗晦涩难懂,并顺带着对当时的诗歌创作提出了尖锐的批评。"灵雨"即梁实秋,是《自由评论》的主编。梁实秋特别反感所谓的"象征诗",他在《诗的将来》中说:"什么象征主义,神秘主义,未来主义等等,那全是出奇立异的勾当,其结果是自寻坟墓。"❶ 在《一个评诗的标准》中,他又说:"凡是写出令人不懂的诗的人,一定是他自己压根儿就没有什么可写的,或是胡里胡涂的还没有弄清楚自己所要写的情思,所以结果是产生一些不成熟的晦涩无意义作品。有的人美其名曰:

---

❶ 梁实秋:"诗的将来",见《偏见集》,正中书局1934年版,第215页。

'象征诗'!"❶ 林徽因的《别丢掉》便被梁实秋作为这种"象征诗"的典型来加以批评,他的批评没有得到京派文人的正面回应,但对同一问题的讨论逐渐走向深入。

同年11月1日出版的《大公报·文艺》上发表朱光潜的《心理上个别的差异与诗的欣赏》一文,针对诗歌的"明白清楚"与"迷离隐约"展开讨论。朱光潜认为一首诗究竟难懂还是易懂,首先与欣赏者的个人修养大有关系,而在深层次上则取决于"心理原型"的差别,他说:"修养上的差别有时还可以用修养去消化。……不容易消化的差别是心理原型上的差别。创造诗和欣赏诗都是很繁复而也很精纯的心理活动,论诗者如果离开心理上的差别而在诗本身上寻求普遍的价值标准,总不免是隔靴搔痒。"❷ 以象征派诗人而言,他们的心理原型便是尼采所说的"狄俄倪索斯的精神"(Dionysian spirit)与法国心理学家里波(Ribot)所说的"泛流的想象"(imagination diffluente),他们的"视觉记忆比较其它感官记忆薄弱,情感的成分较浓厚,态度最主观,想象的原动力不是感官从外物界所摄取的意象而是内心的情感。他们心里的意象是液体的,随情调变化而流动不居,没有固定的轮廓,所以非常模糊散漫。有时遇到很明显的意象,他们也把它化成一种依稀隐约的情调"❸。因此,对于象征派诗人来说,"他们只能在不'明白清楚'的诗中见出'诗',而

---

❶ 梁实秋:"一个评诗的标准",见《偏见集》,正中书局1934年版,第276页。
❷ 朱光潜:"心理上个别的差异与诗的欣赏",见《朱光潜全集》(第八卷),安徽教育出版社1993年版,第461页。
❸ 同上书,第466页。

不能在'明白清楚'的诗中见出'诗',就很坦白地说前者是诗而后者不是诗,原来也是一种诚实的态度"。❶ 朱光潜运用他的学术专长——文艺心理学以及他对于诗艺的精通,阐释"迷离隐约"即所谓"晦涩难懂"与诗之间的不可分割的本质关联,从而以一种科学与艺术的双重视角辨明了"明白清楚"绝非评价诗的绝对标准。

朱自清对梁实秋的观点也提出了不同的意见。在《新诗的进步》一文中,他将"象征诗派"作为"新诗的进步",给予了较高的评价。他说:"象征诗派要表现的是些微妙的情境,比喻是他们的生命;但是'远取譬'而不是'近取譬'。所谓远近不指比喻的材料而指比喻的方法;他们能在普通人以为不同的事物中间看出同来。他们发现事物间的新关系,并且用最经济的方法将这关系组织成诗;所谓'最经济'就是将一些联络的字句省掉,让读者运用自己的想像力搭起桥来。"❷ 朱自清显然也是在为新诗的"晦涩难懂"辩护,新诗中蕴涵的审美观念与朱光潜是相当接近的。不仅如此,朱自清还在《解诗》一文中,专门细致地解读、分析了被梁实秋指为"晦涩难懂"的林徽因的《别丢掉》,认为这首诗并没有什么晦涩难懂之处。京派诗人梁宗岱、林徽因、卞之琳、何其芳等皆长于创作象征诗,他们的诗艺探索在中国现代诗歌的发展中具有重要的地位;在象征诗艺的理论建设上,京派文人朱光潜、梁宗岱、叶公超、朱自清等也作出

---

❶ 朱光潜:"心理上个别的差异与诗的欣赏",见《朱光潜全集》(第八卷),安徽教育出版社1993年版,第464页。
❷ 佩弦:"新诗杂话",载《文学》第8卷第1号,1937年1月1日。

重要的贡献，这些方面体现出京派文学与京派文人的"现代性"，他们的艺术视野是相当开阔的。

关于"晦涩"的争论还在继续。1937年6月13日，梁实秋又在胡适主编的《独立评论》上，化名"絮如"发表了《看不懂的新文艺》。在这篇"通信"中，梁实秋自称是一个"中学国文教员"，指责"现在竟有一部分所谓作家，走入了魔道，故意作出那种只有少数人、也许还没有人，能懂的诗与小品文""一般学生，尤其是中学生，因而阅读、模仿，于是一个清清楚楚的学生竟会作出任何人不懂的糊涂文字，做教师的如果给他改正，他便说这是'象征派'，这是某大作家的体裁"；这已接续上他一贯的反"象征派"的观念，但还没有完，他举出三个"看不懂"的例子，第一个是卞之琳发表《文学杂志》创刊号上的四行小诗《第一盏灯》，第二个是何其芳《扇上的烟云》一文的前半部分，第三个则是他戏拟的所谓"现在此地流行的学生们办的刊物"《望益》上的一首诗。❶ 因为是写给主编胡适的"通信"，胡适便在该期刊物的"编辑后记"里作了回答，他基本上同意梁实秋的观点，他说道："我们觉得，现在做这种叫人看不懂的诗文的人，都只是因为表现的能力太差，他们根本没有叫人人看得懂的本领。我们应该哀怜他们，不必责怪他们。"❷ 胡适一向倡导白话文学，主张文学要明白清楚，作诗须如说话，正与梁实秋的观点合拍。两人"合唱"下来的双

---

❶ 絮如："看不懂的新文艺"，载《独立评论》第238号，1937年6月13日。

❷ 适之："编辑后记"，载《独立评论》第238号，1937年6月13日。

簧，立即引发了京派文人的回应。

7月4日的《独立评论》同时刊发了周作人、沈从文的通信，对梁、胡二人的观点提出了不同意见。周作人引用了蔼理斯论晦涩的观点，并借此表明自己对于晦涩的理解与宽容。沈从文亦表示："这些渐渐的能在文学上创造风格的作者，对于新文学的贡献，倒是功大过小。它的功就是把写作范围展宽，不特在各种人事上失去拘束性，且在文体上也是供有天才的作家自由发展的机会。这自由发展，当然就孕育了一个'进步'的种子。"❶ 他还仔细解读了被梁实秋指为"看不懂"的《第一盏灯》和《扇上的烟云》，以此反驳梁实秋的观点。

此前稍早，朱光潜还写过一篇文章专论诗歌的"晦涩"。他认为，诗之所以难懂不仅仅是因为它的内容，而且还因为它的声音节奏与意境，后两点是常为人所忽视的，读者要领悟、欣赏一首诗则应从以上三个方面共同进入。在《诗论》一书中，他对相关的问题有更加精深的论述。朱光潜还写道：

诗是一种惊奇，一种对于人生世相的美妙和神秘的赞叹；把一切事态都看得一目了然，视为无足惊奇的人们对于诗总不免有些隔膜。真正欣赏诗，要有几分原始人或婴儿的制造神话或童话的心理，要见出"采菊东篱下，悠然见南山"，"众里寻他千百度，蓦然回首，那人却在灯火阑珊处"

---

❶ 沈从文："关于看不懂（二）"，载《独立评论》第241号，1937年7月4日。

之类的境界不仅是一种"事实"而是一种"诗"。❶

正是这样的诗心，对于诗之"晦涩"与"象征"的理解，令京派文人的审美观念趋向于一种"静穆"的境界和理想。

1937年5月1日，经过长期的酝酿，大型文学刊物《文学杂志》终于出版面世，编委会由身在北京的周作人、叶公超、朱自清、废名、林徽因、沈从文、杨振声、朱光潜组成，❷ 他们代表京派的力量与面貌，京派的核心圈子也由此得以呈现。该刊的"发刊词"由朱光潜执笔，经过全部编委会成员的审阅，体现了他们共同的心愿与文艺观念。在谈到他们对于文艺刊物的理想时，文章写道：

一种宽大自由而严肃的文艺刊物对于现代中国新文艺运动应该负有什么样的使命呢？它应该认清时代的弊病和需要，尽一部分纠正和向导的责任；它应该集合全国作家作分途探险的工作，使人人在自由发展个性之中，仍意识到彼此都望着开发新文艺一个公同目标；它应该时常回顾到已占有的领域，给以冷静严正的估价，看成功何在，失败何在，作前进努力的借鉴；同时，它应该是新风气的传播者，在读者群众中养成爱好纯正文艺的趣味与热诚。它不仅是一种选本，不仅是回顾的而同时是向前望的，应该维持长久生命，与时代同生展，它也不仅是一种"文艺情报"，应该在陈腐

---

❶ 朱光潜："心理上个别的差异与诗的欣赏"，见《朱光潜全集》（第八卷），安徽教育出版社1993年版，第465页。
❷ 后来又加上在上海的李健吾与在武汉的凌叔华。

枯燥的经院习气与油滑肤浅的新闻习气之中，辟一清新而严肃的境界，替经院派与新闻派作一种康健的调剂。❶

这份理想呈现出京派文人的文化心态，宽广、包容、平和、富有责任感，充满理想主义的精神，这种心态里显然蕴涵着这一文学流派的审美观念，是对后者的一种实实在在的表现。

本章主要选取了几个在当时引人注目的文坛案例加以分析，从中可以较为清晰地看出京派文人对于文学发展道路的主张与诉求，对于"静穆"观念的阐释与坚守，这些主张与诉求与"静穆"观念的思想内涵是对应的，可以相互印证。京海之争表现出京派文人对于美的重视，与巴金的争论表现出他们对于表现激情的看法，与梁实秋的争论则表现出他们对于心理学美学的共识，"静穆"观念在现实层面得到了具体地表现。以上两节可以说是对京派"静穆"观念的初步阐释，是下文特别是第二章、第三章展开深入研究的一个"引子"，所涉及的相关问题在下文将从不同角度予以深入阐释，它们共同构成了"静穆"作为京派审美观念的基本内涵与表现形态。

第四节 "静穆"观念在中国现代
文学中的位置

本节将京派"静穆"观念放在中国现代文学的宏观视野

---

❶ 朱光潜："我对本刊的希望"，载《文学杂志》创刊号，1937年5月1日。

"静穆"观念与京派文学

中予以考察，主要关注这种审美观念生成的重要意义。首先，京派"静穆"观念的发生与从学衡派到新月派的反思"五四"激进主义的社会文化思潮关系密切，在某种程度上可以说，前者是后者的历史产物。其次，"静穆"观念使京派作为一个流派的审美观念更加清晰而系统地呈现出来，稳固了京派在中国现代文学中的位置，同时拓展了京派研究的视野，对相关研究具有一定的促进作用；再次，京派"静穆"观念发展、延续了中国神韵诗学和美学的谱系，在中国诗学史、美学史上，特别是中国现代诗学与美学的建构中，具有不容忽视的地位。

一

"五四"高潮过后，对"五四"的反思与质疑便成为知识界的一道风景、一股潮流。文学的发展往往是丰富而多元的，一股潮流之外肯定有其他的潮流与它相伴而生，一种现象旁边必有另一种现象与它相互牵扯，看似处于次要地位的潮流、现象或隐或现、或明或暗，有时亦能产生相当重要的作用与影响。

1922年1月，《学衡》杂志在南京创刊，创办者吴宓、梅光迪和胡先骕等都是欧美留学归来的文人，他们为《学衡》设立了这样的宗旨："论究学术，阐求真理，昌明国粹，融化新知，以中正之眼光，行批评之职事，无偏无党，不激不随。"❶《学衡》同仁对"五四"新文化阵营对待传统的态度极为不满，对他们提出的建设现代中国文化的策略表示反

---

❶ "学衡杂志简章"，载《学衡》创刊号，1922年1月。

对,《学衡》"创刊号"便刊登了胡先骕的《评尝试集》与梅光迪的《评提倡新文化者》,引起一场文坛争论。但学衡派并非简单反对新文化运动,他们也在致力于探寻一条现代中国文化发展的新路,这与"五四"新文化阵营的目标在总体上是相同的。吴宓申明:"新文化运动,其名甚美,然其实则当另行研究,故今有不赞成该运动之所主张者,其人非必反对新学也,非必不欢迎欧美之文化也,若遽以反对该运动所主张者,而即斥为顽固守旧,此实率尔不察之谈。"❶ 换言之,反对新文化运动不等于反对新学、反对欧美文化,反对新文化运动也不是提倡守旧、反对变革。与此同时,《学衡》同仁致力于对中西文化发展经验和规律的梳理与介绍,先后发表了一系列比较扎实而有价值的文章,譬如《白璧德之人文主义》《印度哲学之起源》《希腊之精神》《论历史学之过去与未来》《近今西洋史学之发展》《最近二三十年中国新发现之学问》《希腊文学史》《世界文学史》等。以此为基础,他们形成了一套具有说服力的文化发展观念,在现代中国形成了一种与"五四"方向有所不同的新思维,其核心观念概括起来便是"兼取中西,融贯古今",亦即《学衡》杂志的宗旨——"昌明国粹,融化新知",体现出了一种宽容、平和、循序渐进的文化姿态,获得不少文人、知识分子的支持,产生了深远的历史影响。

1926年4月,徐志摩在北京《晨报副刊》开设了一个专栏——《诗镌》。不久,便刊出闻一多的文章《诗的格律》。该文不满于浪漫主义者的"顾影自怜""善病工愁""风流

---

❶ 吴宓:"论新文化运动",载《学衡》第4期,1922年4月。

自赏",认为"他们压根儿就没有注意到文艺的本身,他们的目的只在披露他们自己的原形",那"赤裸裸的和盘托出"式的自我表现是一种"伪浪漫"。❶饶孟侃的文章《感伤主义与"创造社"》矛头直指"五四"时期的重要社团创造社,"近年来感伤主义繁殖得这样快,创造社实在也应该负一部分的责任",感伤主义实为新诗发展道路上"绝大的危险";并批评某一些作者"故意用主观的调儿把肉欲,虚伪,丑恶一齐和盘托出,表示他自己的胆识真诚"。❷《诗镌》上刊登了很多新诗,体现出与"五四"自由体诗歌不同的艺术面貌,其中便包括闻一多的《死水》《黄昏》、朱湘的《采莲曲》等,"新格律诗"由此初露峥嵘。《诗镌》虽然只办了三个月,但它促成了"新月诗派"的成立,并由此逐渐掀起了一股反浪漫、反感伤的文艺潮流,这尤其体现在诗歌的创作与批评之中。

1928年3月,《新月》杂志在上海创刊,由徐志摩、闻一多、饶孟侃等人主编,基本上秉持、延续了《晨报副刊·诗镌》的艺术追求。《新月》"创刊号"的第一篇文章便是《"新月"的态度》,该文列举了当时文艺界的十三种不良倾向,即"感伤派""颓废派""唯美派""功利派""训世派""攻击派""偏激派""纤巧派""淫秽派""热狂派""稗贩派""标语派""主义派",并明确表示了批评、反对的态度,其中大多是针对以浪漫、泛情、偏激、矫饰为主要

---

❶ 闻一多:"诗的格律",载《晨报副刊》1926年5月13日。
❷ 饶孟侃:"感伤主义与'创造社'",载《晨报副刊》1926年6月10日。

特征的文学潮流与现象。徐志摩等人大张旗鼓地提出"健康"与"尊严"的文学态度,以此来对抗、改变上述不良倾向。在另一篇文章中,徐志摩还强调:"爱是不能没有的,但不能太热了。情感不能不受理性的相当节制与调剂",❶ 初步显示了他的以理性节制情感的文艺态度,体现出一种倾向于古典主义的艺术观念。

20世纪20年代中期至30年代初,以胡适、徐志摩等人为核心的"新月派""新月诗派"对中国文学的发展产生了不容忽视的重要作用。胡适尽管是"五四"新文学的倡导者之一,但是他的态度与陈独秀等人相比显然缓和平稳许多,而且随着时代的发展,胡适也逐渐调整了自己的文学文化态度,由激进逐渐倾向于保守,这自然也是相对而言。紧跟其后继起的一批欧美留学归来的文人作家,则对于他们没有直接参与的这场新文化运动大多表示了一种反思乃至反对的态度,这由"学衡派"起始,尤以"新月派"的功效最为显著。这一历史过程体现着现代中国不同的文人群体之间不同的选择、不同的观念与不同的思想,现代中国文学、文化便是由这些"不同"构成的。

新月派核心成员之一梁实秋深受美国新人文主义学者白璧德(Irving Babbit)的影响,对"五四"时期过分主情、感伤、颓废的激进主义文学潮流作出了深度批评。在《现代中国文学之浪漫的趋势》一文中,梁实秋提出:"现代中国文学,到处弥漫着抒情主义。……抒情主义的自身并无什么

---

❶ 徐志摩:"白郎宁夫人的情诗(二)",载《新月》创刊号,1928年3月10日。

坏处，我们要考察情感的质是否纯正，及其量是否有度。从质量两方面观察，就觉得我们的新文学运动对于情感是推崇过分。"对"情感的质地不加理性的选择"所造成的结果便是"颓废主义"和"假理想主义"，前者"即耽于声色肉欲的文学，把文学拘锁到色相的区域之内，以激发自己和别人的冲动为能事"；后者"即是在浓烈的情感紧张之下，精神错乱，一方面顾不得现世的事实，一方面又体会不到超物质的实在界，发为文学乃如疯人狂语，乃如梦呓，如空中楼阁。"梁实秋将这种创作局面归结为"浪漫的混乱"。❶《现代中国文学之浪漫的趋势》分成四个部分：外国的影响、情感的推崇、印象主义、自然与独创，是梁实秋对当时文学创作中浪漫主义风潮的一次全面批评。两年后，梁实秋又写出《文学的纪律》一文，继续批评现代中国文学的浪漫趋势，并在具体观念上有所深化。梁实秋提出："文学的力量，不在于开扩，而在于集中；不在于放纵，而在于节制。……所谓节制的力量，就是以理性（Reason）驾驭情感，以理性节制想像"；但这"不是说把理性做为为学的唯一的材料，而是说把理性做为最高的节制的机关。浪漫的成分无论在什么人或是什么作品里恐怕都不能尽免，不过若把这浪漫的成分推崇过分，使成为一种主义，使情感成为文学的最高领袖的原料，这便如同是一个生热病状态。以理性与情感比较而言，就是以健康与病态比较而言。"而"文学的效用不在激发读者的热狂，而在引起读者的情绪之后，予以和平的宁静

---

❶ 梁实秋："现代中国文学之浪漫的趋势"，载《晨报副刊》1926年3月25日、27日、29日、31日。

的沉思的一种舒适的感觉。"因此,"文学的活动是有纪律的,有标准的,有节制的"。❶ 梁实秋的文艺观念是对新月派相关观念的集中表述,与徐志摩的非常接近,但又比后者更加深入,在当时的文坛和知识界产生了较大的影响。

这股注重理性、强调"纪律"与节制,反思、质疑"五四"泛情、感伤倾向,具有古典主义艺术特征的文学思潮,体现出不同于"五四"新文化阵营的思想观念与艺术追求,实际上形成了一种文艺风尚和潮流,是对中国新文学发展道路的一次反思与调整。无论从具体的人物关系,还是从文艺观念的内涵上看,从"学衡"到"新月"所标举的文艺思潮构成了20世纪30年代中期京派"静穆"观念生成的主要历史背景,"静穆"观念发展、延续了这股思潮,使其继续发挥着影响力,这对中国现代文学及文化的发展是有益的;但这不是说"静穆"观念继承或移植了上述文艺思潮及其具体观念,它们之间有明显而重要的不同之处。❷

二

"静穆"观念对于京派研究的意义主要体现在,它的提出凸显了京派的流派性,提供了一个较有说服力的因素去论证京派文人的共同性;它的提出不仅使京派与同时期的海派、"左翼",乃至京味的对比更为清晰,而且彰显了京派与文学研究会、创造社之间的不同,使京派在历史中的位置更加稳定。

---

❶ 梁实秋:"文学的纪律",载《新月》创刊号,1928年3月10日。
❷ 本书第二章第一节将从"古典主义"的角度深入论述这种不同之处。

"静穆"观念与京派文学

京派文人的内部构成甚为复杂,研究界已有多种说法。❶笔者认为,京派内部实际上存在着三个"小圈子",京派即产生于这三个"小圈子"的共同基础之上。其一是以周作人为核心的"名士派"小圈子,包括废名、俞平伯,这个圈子以周作人作为精神领袖或偶像。他们质性高洁、不同凡俗、不问或少问世事,喜欢在书斋里谈学论道,他们身上多有古代名士的遗风,但毕竟是现代文人,体现出一定的复杂性。

---

❶ 譬如严家炎先生的"三部分"说:"一是二十年代末期语丝社分化后留下的偏重性灵、趣味的作家,象周作人、废名(冯文炳)、俞平伯;二是新月社留下的或与《新月》月刊关系较密切的一部分作家,象梁实秋、凌叔华、沈从文、孙大雨、梁宗岱;三是清华、北大等校的其他师生,包括一些当时开始崭露头角的青年作者,象朱光潜、李健吾、何其芳、李广田、卞之琳、萧乾、李长之等。"(见《中国现代小说流派史》,人民文学出版社1989年版,第205页。)又如查振科先生的"三个层次"说:"第一层次(核心)的作家是周作人、废名、沈从文;朱光潜、李健吾、凌叔华、萧乾、汪曾祺、林徽因、俞平伯、林语堂、梁实秋、卞之琳、何其芳、李广田、梁宗岱、李长之构成了第二层次,他们在风格上与第一层次最为接近,在成就、地位影响方面略低于第一层次,艺术个性基本稳定,只有少数、部分的变异情况;第三层次要广大一些,芦焚、王西彦、田涛、林庚、钱钟书、杨绛、靳以、梁遇春、程鹤西、曹禺、冯至、杨振声、丽尼、陆蠡、辛笛、曹葆华、李植、施蛰存等属于这个层次,是京派与外缘的一个十分模糊的边界。"(见《对话时代的叙事话语——论京派文学》,春风文艺出版社2005年版,第11~12页。)再如周仁政先生的"前后期"说:"前期京派"以周作人为旗帜,以《骆驼草》为核心,主要成员有俞平伯、废名、梁遇春、冯至和徐祖正等人;经过1933年沈从文主编《大公报·文艺副刊》,1937年朱光潜、林徽因等人主持颁发的"大公报文艺奖金""实现了京派文学的历史转型";"后期京派即是活跃在抗战前后以《文学杂志》相维系的那个独特的'学院派'文学群体。"主要成员有沈从文、朱光潜、李健吾、林徽因、凌叔华、卞之琳、梁宗岱、李长之等,以及后起之秀萧乾、芦焚、田涛、袁可嘉、穆旦、汪曾祺等人。(见《京派文学与现代文化》,湖南师范大学出版社2002年版,第119~120页,第155~156页。)上述三种说法对认识与把握相关问题具有一定的参考价值,但尚未精准、有效地描绘出京派文人构成的框架。

其二是以沈从文为核心的"乡土派"小圈子,包括杨振声和后起之秀萧乾。他们无论来自乡村还是都市,无论是否接受过高等教育、是否留过洋,都比较关注社会现实,与社会实际多有接触,生活上的多变动亦使他们善于吸纳与接收,也有固执的一面。其三是以朱光潜、林徽因为核心的"欧美派"小圈子,包括叶公超、梁宗岱、李健吾,还有在事实上与他们接近的卞之琳、何其芳等后学,这些人留过洋,身背博士、硕士学位,"两脚踏东西文化,一心评宇宙文章",对欧美社会、文化有切身体会,中西比较而偏于西学的思维方式根深蒂固,在两种文化的冲撞中从容应对、择善而从,对现代中国形成他们独特的观察视角。

三个圈子里的京派文人确实存在着多方面的不同,有些更是显而易见的,他们既没有"某籍某系"的帮派基础,在年龄、出身、教育背景以至生活经历等方面也都没有什么共同之处;在文体的兴趣、题材的选择、学术研究的方向上也有诸多不同,在这些方面他们几乎没有什么可以交流的话题。既然如此,还能将他们合成一个流派加以看待吗?但也正如前文所论,尽管存在着上述诸多不同之处,京派文人在崇尚"和平静穆"的文艺审美观念中,又的确找到了彼此之间一种深度的共鸣,这是他们逐渐结成一个文学流派的内在动力。"静穆"观念不仅疏通了京派内部的几个小圈子,使他们找到了易于沟通的共同话题、共同的审美观念和艺术信仰,而且也在外部更多、更有效地彰显出这一文学流派的独特性,特别是在与同一时期的海派、"左翼"等,以及"京味"相比较时,"静穆"观念的意义与价值便更加值得肯定。

海派以小说创作为主,代表作家的艺术追求虽有所不同，但总体上皆倾向于世俗与商业，主动而积极地迎合都市大众的欣赏口味。他们大多以当时的东方大都市上海为背景，不仅描写这座城市神奇、新异、令人目眩的景观和物质元素，而且充满富有色、欲、幻、魔色彩的故事情节；同时，海派作家很讲究对新式叙事技巧的运用与创造，刻意表现都市男女的心理扭曲与精神变态，施蛰存的《魔道》《石秀》、穆时英的《夜总会里的五个人》《上海的狐步舞》、刘呐鸥的《两个时间的不感症者》等小说最具代表性。施蛰存在多年以后的一封书信中谈到："在《魔道》这一篇中，我运用的是各种官感的错觉，潜意识和意识的交织，有一部分的性心理的觉醒，这一切幻想与现实的纠葛，感情与理智的矛盾，总合起来，表现的是一种都市人的不宁静情绪。"❶ 他还表示他的小说有两个循环出现的主题——性欲和志怪，这是大多数中国作家所不关注的。❷ 施蛰存所着力表现的那种"都市人的不宁静情绪"，源于或者就是"性欲与志怪"的作祟和撩拨，这是施蛰存对其笔下的都市生活、都市文化和都市审美心理、情感世界的基本而独到的把握，他凭此建构一种富于审美现代性的都市叙事空间。这个叙事空间也是这一时期海派小说的共同追求，而施蛰存用以描述这个空间的关键词"fantastic"（荒谬的）和"grotesque"（奇异的）——这两个英文单词均出自他的经典作品《魔道》——似乎正可以用来概括这一时期海派小说的整体风格。

---

❶ 杨迎平："新时期施蛰存研究述评"，载《中国文学研究》2000年第1期。

❷ 李欧梵，沈玮等译："探索'现代'"，载《文艺理论研究》1998年第5期。

第一章 "静穆":京派的一种审美观念

20世纪30年代,与海派同时兴起、势头比前者更凶猛的是以"左联"作家为主体的"左翼"文学。他们坚持现实主义的创作道路,要求小说题材与社会时事紧密结合,专意于揭露、剖析社会的不公和黑暗,剑拔弩张,富有煽动性,有些作品的叙事风格虽也较为平静,但政治倾向性和意识形态色彩依然相当明显。这个作家群体成员很多,茅盾、蒋光慈、柔石、丁玲、张天翼、萧红、吴组缃等成就不一、风格各异的作家都被囊括其中。在上述两大作家群体之外,这一时期还有一位与本论题相关的作家不得不提,这便是老舍。老舍出国期间开始小说创作,他的极其富有地域特色的小说,诸如《老张的哲学》《二马》《牛天赐传》《骆驼祥子》等,实际上开创、形成了一种文学潮流——"京味"文学。"京味"文学与京派文学同样与故都北京有不解之缘,但两厢里比照,几乎没有相同之处。"京味"文学虽也有令人铭记的艺术成就,但总体而言与城市生活的距离或许太近,市井气味稍显浓重了一些,缺乏一些高度和力度,等而下之的作品难免失之于贫嘴油滑。从历史的宏观角度来看,京派、海派、"左翼"与"京味"的创作各有特色,都有属于它们的无可替代的历史地位。在一些具体问题上,这四种文学样式虽有所牵涉、不可断然分割,但在美学风格上它们无疑呈现出极为不同的面貌,共同构成这一时期丰富多元、异彩纷呈的文学史格局。比较而言,京派虽然也追求新技巧的运用,但是不刻意、不生硬,凭借他们更加深厚的学养和眼光,一些新技巧在他们的笔下显得更加圆熟、和谐而适度。同时正如前文所述,他们的创作态度更加严肃,没有洋场上种种不良习气,他们虽然也很关注现实,但有意拉开一定的审视的距离，不迎合大众的口味，而更加在意艺术作品的意境与神韵。这些元素归根结底是受其审美观念影响而形成的，它们使得京派文学显露出一种独特而丰厚的历史面貌，彰显出与其他三种文学样式不同的艺术风格与魅力。不仅如此，在一个更加广阔的历史视野中，"静穆"观念的作用似乎更加分明，值得关注和考察。

"现在我们回顾民国六年（1917）到民国十年（1921）这五年的期间，（这是中国新文学史上第一个"十年"的前半期），总会觉得那时的创作界很寂寞似的。作者固然不多，发表的机关也寥寥可数。然而我们再看看那时期的后半五年（1922~1926），那情形可就大不同了。从民国十一年起（1922），一个普遍的全国的文学的活动开始来到！"❶ 这是茅盾对中国现代文学第一个十年发展情况的描述，他所提及的重要变化和发展应归功于一批新文学社团的涌现。正是有了这些文学社团的集体努力，才使中国现代文学真正打开局面，站稳脚跟，在社会上产生愈发广泛的影响。在这个过程中，文学研究会和创造社是两个具有代表性的社团流派，它们发挥了最为关键的作用，不仅推动了新文学的繁荣，还以他们的文艺主张和创作实践开辟了中国现代文学的两种艺术传统。

文学研究会 1921 年 1 月成立于北京，在《文学研究会宣言》中，他们提出："将文艺当作高兴时的游戏或失意时的消遣的时候，现在已经过去了。我们相信文学是一种工

---

❶ 茅盾："《中国新文学大系·小说一集》导言"，见《中国新文学大系》，上海良友图书印刷公司 1935 年版，第 4~5 页。

作，而且又是于人生很切要的一种工作；治文学的人也当以这事为他终身的事业，正同劳农一样。"❶ 文学研究会同人对文学采取一种严肃的态度，使文学负有一种责任感，对人生具有正面的指导意义。在另一篇文章中，他们又说道："写实主义的文学，最近已见衰歇之象，就世界观之立点言之，似已不应多为介绍；然就国内文学界情形言之，则写实主义之真精神与写实主义之真杰作实未尝有其一二，故同人以为写实主义在今日尚有切实介绍之必要。"❷ 文学研究会同人虽不排斥其他类型的文学，但他们最看重的便是写实主义文学，这一点与他们对于文学的基本态度是一致的，即以写实主义的文学来达到用文学指导人生的目标，这在冰心、庐隐、王统照、叶绍均、许地山等人的作品中都有所表现。文学研究会的主张与志向产生了重要的影响，他们关注社会人生，如实、准确地描写、揭露社会现实，旨在以文学实践来促进社会的进步、民族的觉醒，这在中国现代文学中留下了鲜明的足迹。

创造社于1921年6月在日本东京成立，其志向用郭沫若的一句话说："只是本着我们内心的要求，从事于文艺的活动。"❸ 但在这"内心的要求"之外，他们还赋予文学三种使命，即对于时代、国语和文学本身的使命，他们对于文学的作用的期望或者评估甚至高过了文学研究会诸君。他们对

---

❶ "文学研究会宣言"，载《小说月报》第12卷第1号，1921年1月10日。

❷ 《小说月报》改革宣言"，载《小说月报》第12卷第1号，1921年1月10日。

❸ 郭沫若："编辑余谈"，载《创造》第1卷第2期，1922年8月25日。

于文学本身使命的理解更难凸显他们的不同,成仿吾表示:"我觉得除去一切功利的打算,专求文学的全 Perfection 与美 Beauty 有值得我们终身从事的价值之可能性。而且一种美的文学,纵或他没有什么可以教我们,而他所给我们的美的快感与慰安,这些美的快感与慰安对于我们日常生活的更新的效果,我们是不能不承认的。"❶ 对于美的快感的推崇与追求,使创造社文人侧重于自我的表现,直抒胸臆乃至大胆地描写病态心理,逐渐开启了浪漫主义的抒情风潮,郭沫若的诗集《女神》、郁达夫的小说《沉沦》以及田汉的戏剧等,给国内的读者带来了新异的艺术感受。"创造社的倾向虽然包含了世纪末的种种流派的夹杂物,但,它的浪漫主义始终富于反抗的精神和破坏的情绪。用新式的术语,这是革命的浪漫主义"。❷ 后期的创造社的确因而走向了革命文学。

  无论是文学研究会还是创造社,都较为看重文学创作的社会功能、现实作用,或者说都带有比较浓厚的功利色彩,这是特殊历史时期的产物,在那样一个急需启蒙与新思想的时代,文学理应如此。即或如创造社,虽然提倡"全与美",但这也要符合他们的"内心的要求",而这种"内心的要求"显然也是指向了人生与社会的。文学研究会与创造社的不同主要还是体现在创作方法上,前者重视实地考察和如实描写,讲究理性分析,整体风格偏于冷静;后者推崇直觉和灵感,重视激情,整体风格热狂、焦躁。在这样两种创作传

---

❶ 成仿吾:"新文学之使命",载《创造周报》第 2 号,1923 年 5 月 20 日。

❷ 郑伯奇:"《中国新文学大系·小说三集》导言",见《中国新文学大系》,上海良友图书印刷公司 1935 年版,第 13 页。

统的共同作用之下,中国现代文学逐渐表现出了多样的艺术风格。以京派而言,他们的以"静穆"为精髓的艺术风格,从这两种不同的创作传统之中都吸收了一部分,接受了他们的共同影响。他们推崇美,重视直觉的作用,这一点是他们与创造社有所联系,但他们对过分张扬的抒情的反对,最终使他们与创造社迥然不同。与20世纪30年代的"左翼"、海派相比,京派更接近于文学研究会的传统,他们在某些方面甚至是后者的一种延续,这既有偏于冷静的艺术风格的延续,也有对于理性、理智的重视的延续,这在20世纪30年代的中国文坛尤其显得重要,但京派显然不仅仅是延续,他们在这条历史脉络上有更多的创造。

三

京派"静穆"观念关注的首先或主要不是作品的内容而是形式,不是写什么而是怎样写,其最终的目标是文艺作品的意境,特别是其中的精髓——神韵,它可以通过对创作心态与方法的探讨来创造、生发文艺作品的神韵;它虽然也提出一些具体的操作方法,但更有价值的则是思想观念上的启发性,显现出形而上的特征。简言之,京派"静穆"观念是一种关于文艺作品的神韵的方法论,京派作家文人通过他们的各类文章、作品阐释并实践这种理论学说。

对于文艺作品神韵的探讨在中国悠久的文艺、美学史上有非常丰富的资源可供提取借鉴,其中最闻名的当属宋代文人严羽及其批评著作《沧浪诗话》。"神韵"一词虽不始自严羽,但经他妙语深言阐释、发挥之后,遂成为一种影响后世相当深远的学说、观念。严羽的"神韵说"源自于他对宋诗发展倾向的不满，这种倾向便是"以文字为诗，以议论为诗，以才学为诗"，情感、情趣逐渐淡化，被议论或者某种文字游戏所取代。而严羽从"诗有别才"入手，倡言诗应"不涉理路，不落言诠。羚羊挂角，无迹可求。妙处莹彻玲珑，不可凑泊，如空中之音，相中之色，水中之月，镜中之象。言有尽而意无穷，一唱三叹之音"。严羽创立"神韵说"的思想资源主要来自佛教禅宗，钱钟书对此有颇为精深的研究，他引述古人诗文讲道："曾季貍《艇斋诗话》：'后山说换骨，东湖说中的，东莱说活法，子苍说饱参，其实皆一关捩，要知非悟入不可'；实胥本山谷说'识取关捩'。沧浪以前'喻诗以禅'，用意不过如艇斋所言而已。"又讲："沧浪别开生面，如骊珠之先探，等犀角之独觉，在学诗时工夫之外，另拈出成诗后之境界，妙悟而外，尚有神韵。不仅以学诗之事，比诸学禅之事，并以诗成有神，言尽而味无穷之妙，比于禅理之超绝语言文字。他人不过较诗于禅，沧浪遂欲通禅于诗。"❶严羽引禅入诗，以禅喻诗，终至于"通禅于诗"，其成为一种文艺观念的结晶，便是所谓"神韵说"了。这种染上了浓郁的佛教禅宗色彩的文艺观念，大大拓展了我国古代文人对于诗歌意境的认识与体会，同时影响到其他艺术领域，成为中国古典诗学、美学的最重要、最醒目的知识内涵之一。

在中国神韵诗学及美学的发展史上，严羽之后的主要人

---

❶ 钱钟书："八四以禅喻诗"，见《谈艺录》，三联书店2001年版，第642页。后山是陈师道，东湖是徐俯，东莱是吕本中，子苍是韩驹，山谷是黄庭坚，皆为宋代文人。

物是清代文人王士禛，他综合前人所论予以阐发，在"神韵说"的谱系之内有一种集大成的地位，"神韵"二字便由他而出。《池北偶谈》卷十八讲道："汾阳孔文谷云：诗以达性，然须清远为上。薛西原论诗，独取谢康乐、王摩诘、孟浩然、韦应物，言'白云饱幽石，绿篠媚清涟'，清也；'表灵物莫赏，蕴真水位传'，远也；'何必丝与竹，山水有清音'，'景昃鸣禽集，水木湛清华'，清远兼之也。总其妙在神韵矣。神韵二字，予向论诗，首为学人拈出，不知先见于此。"王士禛不仅提出以神韵论诗，而且以"清远"标举神韵，常为后人所引用。郭绍虞曾讲道："沧浪只论一个神字，所以是空廓的境界，渔洋连带说个韵字，则超尘脱俗之韵致，虽犹是虚无缥缈的境界，而其中有个性寓焉。"❶ 若以创造性而论，王士禛不如严羽，以学说的深度而言，则严羽不如王士禛，两人共同创立了"神韵说"，对后世及当世都有莫大的影响。"神韵说"尽管也引来了不少争议与质疑，但是从未被否定、抛弃，在中国古典诗学及美学领域占有重要的位置，是古人品诗、论诗的重要资源，这也表现出"神韵"在文艺创作中的某种本质性及其无可替代的价值。

京派"静穆"观念可谓这一神韵美学谱系上的重要发现与创造。京派虽也专意于神韵的生发，但他们的观念与严羽、王士禛的"神韵说"多有不同之处。严羽深受佛教禅宗思想的影响，这种思想对京派文人不可谓没有影响。朱光潜将"静穆"作为文艺创作的最高理想时，也强调了悟入的作用，但是他的思想资源、具体研究思路与佛教思想并没有明

---

❶ 郭绍虞：《中国文学批评史》，上海古籍出版社1979年版，第527页。

显而密切的关系。王士禛论神韵则多将其归入清远一格，风味失之简淡，视野略显狭窄，颇有不食人间烟火之感，境界难高。京派"静穆"观念则较此更为丰富而复杂。从整体上看，京派文人显然开辟了神韵的新境界，他们主要是从"情感和心理"的角度来探索、焕发文艺作品的神韵。古希腊文艺精神是京派文人共同的美学思想资源，其核心是对情感的焕发与控驭，是对生命力和大自然的赞颂与模仿，这种文艺精神对于创造文艺作品的神韵是具有启发性的；现代心理学对直觉、印象、潜意识等心理要素的发现，对于人类心理世界的深入开掘，拓展了文艺表现与想象的空间，它使现代文人看到了更加幽深的无意识、潜意识，这种文艺心理空间的大大拓展，对于文艺作品神韵的生发也是具有借鉴意义的。

本雅明（Walter Benjamin）在其《机械复制时代的艺术作品》一文中提出，资产阶级工业革命改变了人类社会，对机械复制技术的崇拜与滥用导致了艺术作品的贬值。他创造了一个词汇"灵韵"（aura）来概括艺术作品的价值，但他并未对这个术语作出清晰的界定，这种界定本身也是比较难以实现的。本雅明所谓"灵韵"实际上是指艺术品的本真性，它是独一无二的、无法复制的，它是"一种距离的独特现象，不管这距离是多么近。如果当一个夏日的午后，你歇息时眺望地平线上的山脉或注视那在你身上投下阴影的树枝，你便能体会到那山脉或树枝的灵晕。这个意象让人能够很容易地理解灵晕在当前衰败下去的社会根基。这建立在两种情形之中，它们都与当代生活中日益增长的大众影响有关。这种影响指的是，当代大众有一种欲望，想使事物在空间上和人情味儿上同自己更'近'；这种欲望简直就和那种用接受复制品来克服任何真实的独一无二性的欲望一样强烈"。❶ 本雅明的"灵韵说"内蕴着对资本主义社会、文化的不满与反抗,撇开这一点,他的说法的确是接触到了现代艺术的本质问题。现代人、现代社会轻慢艺术品的灵韵,不懂灵韵,与真正的艺术美渐行渐远,本雅明提出的补救方法是,保持艺术品独一无二的本真性(即发挥创造力),保持距离,保持凝视与沉思。

钱钟书综合前人所学提出,文艺创作的根本原则是着力追求、表现那"包孕最丰富的片刻"。他从莱辛的《拉奥孔》入手,旁征博引逐渐引出自己的观点,他讲道:"莱辛认为画家应当挑选全部'动作'里最耐寻味和想象的那'片刻'(Augenblick),千万别画故事'顶点'的情景。一达顶点,情事的演展到了尽头,不能再'生发'(fruchtbar)了,而所选的那'片刻'仿佛妇女'怀孕'(prägnant),它包含从前种种,蕴蓄以后种种。……时间的每一片刻无不背上负重而腹中怀孕。在具体人生经验里,各个片刻有不同的价值和意义;负担或轻或重,或则求卸却而不能,或则欲放下而不忍,胚胎有的尚未成熟,有的即可产生,有的恰如期望,有的大出意料。……黑格尔说,绘画不比诗歌,不能表达整个事件或情节的发展步骤,只能抓住一个'片刻'(Augenblick),因此画家该选择那集合在一点上继往开来的景象。"❷

---

❶ [德]本雅明:"机械复制时代的艺术作品",[美]见汉娜·阿伦特编,王斑译:《启迪:本雅明文选》,三联书店2008年版,第237~238页。"灵晕"即"灵韵"。

❷ 钱钟书:"读《拉奥孔》",见《七缀集》,三联书店2002年版,第48~49页。

"静穆"观念与京派文学

钱钟书所讲对"包孕最丰富的片刻"的选择与创造，与本雅明所谓夏日午后一瞥之间的"灵韵"闪现多有相似、相通之处，两者是可以相互阐发的。在艺术创作的领域，"灵韵"源自于"包孕最丰富的片刻"，"包孕最丰富的片刻"生发出"灵韵"，使人们平常所见的骤然间闪现出灵光神采，成为真正的、伟大的、独一无二的艺术作品。

这"包孕最丰富的片刻"可用来阐释京派的"静穆"观念，两者具有相近、相同的思想源流，"静穆"产生的时刻与"包孕最丰富的片刻"亦具有相通之处。不过钱钟书在阐发这项原则时，主要以叙事文学为例进行论证，而京派"静穆"观念则倾向于抒情作品及其神韵之生成，这种不同本身更加突显了京派"静穆"观念的价值。钱钟书与京派文人颇有渊源，有些京派文人便是他的师辈、前辈，他的"包孕最丰富的片刻"也许受到了京派"静穆"观念的启发，或者是有意避开了京派所长而另辟蹊径。

钱钟书在写于20世纪30年代后期的散文《一个偏见》中，直接运用了"静穆"这个词，他写道："寂静并非是声响全无，声响全无是死，不是静；……寂静可以说是听觉方面的透明状态，正好像空明可以说是视觉方面的静穆。"[1] 这篇文章是以一种独特、有趣的思路，表达了作者对于人类社会嘈杂声响的厌恶，深刻、机智而诙谐。综合上下文来看，钱钟书这里使用的"静穆"，意思可以理解为对嘈杂人籁的容忍、对斑驳凌乱的融合、对烦恼苦痛的超越，进而获得一

---

[1] 钱钟书："一个偏见"，见《写在人生边上》，三联书店2002年版，第45页。

第一章 "静穆":京派的一种审美观念

种不带偏见的、潇洒自然的生活、思想状态。这样的用法及其内涵,与京派文人,特别是朱光潜的理解又是颇为接近的,这似乎也可以印证钱钟书对于京派前辈们的文艺审美观念的赞同。

本雅明所说的"灵韵"实与我国文人所说的"神韵"极为接近,灵韵、神韵的淡化与消失是世界性的艺术问题,是人类社会越来越技术化的弊端之一。在本雅明看来,技术的突飞猛进使人的欲望不断膨胀,使人类自我异化,技术的滥用最终将导致人类的灭亡。在这样一种大背景之下,艺术作品对灵韵、神韵的重新召唤,显然具有超越艺术自身的意义,将使艺术如文艺复兴时期那样再次拯救人类社会及其文明。至今尚无明确的证据显示京派文人接受了本雅明的灵韵观念,本雅明生于1892年,与大多数京派文人相差无几,他在世时并没有多大的影响力,其学说在近20年来才受到全世界学人,特别是带有"左倾"色彩的学人的重视与激赏,因此京派文人恐怕无法接触到本雅明的学说及其艺术观念。朱光潜1928年前后曾在《谈在卢佛尔宫所得的一个感想》一文中,谈及一种"静穆的意境",他认为这种意境是艺术作品之所以永恒、伟大的根本原因,并且对这种意境在近现代社会的逐渐消失表示了极大的遗憾。❶朱光潜对"静穆的意境"的描述及看法实际上与同时期本雅明有关"灵韵"的基本观点不谋而合,体现出了这种"静穆的意境"本身所具有的某种理论价值,以及朱光潜作为一个理论家的敏锐与深刻。京派文人专意于文艺作品的神韵,并以此为长,

---

❶ 可参阅本章第一节的相关论述。

似乎也是暗合了大陆那一端本雅明的时代诉求，体现出京派文人的时代、艺术的敏感性与重大意义，他们融入了世界性的、先锋性的文化思想潮流。

在现代中国中外古今交杂汇流的时代语境中，京派占有一个独特的位置。总体而言，在推崇理性的文学观中他们是非理性的，在推崇非理性的文学观中他们是理性的，在西方/"现代"的潮流中他们是中国/古典的，在中国/古典的潮流中他们是西方/"现代"的。中国现代文学包含多种风格样式，激进的、保守的、颓废的、感伤的、幽默的、浪漫的、革命的、政治化的、趣味主义的等，"静穆"则表现出了不同的面貌，它是独特的，也是有价值的。

第二章

"静穆"观念与京派文学思想

第二章 "静穆"观念与京派文学思想

文学思想既体现于文学批评和理论,又体现于文学创作,它的内涵是相当驳杂而多元的;思想不仅仅是一种观念形态,它常常与情感、经验、精神等问题纠缠在一起。因为牵涉的问题较多,所以覆盖面较广,所指丰富,触类旁通,从文学思想出发研究某一文学流派,是可以更为深广地彰显出这个流派的特征与追求的。文学思想也不是指文学着意表达出来的某种时代思想,文学不一定要表达思想,"思想性"不是判断文学价值的唯一标准,也不是最高标准;但有价值的文学,特别是某一大时代或某一重要流派的文学,往往在整体上具有值得、需要探讨的思想成果。

文学思想忌讳泛泛而谈,"只要这些思想还仅仅是一些原始的素材和资料,就算不上文学作品中的思想问题。只有当这些思想与文学作品的肌理真正交织在一起,成为其组织的'基本要素',质言之,只有当这些思想不再是通常意义和概念上的思想而成为象征甚至神话时,才会出现文学作品中的思想问题"。[1] 本章将从文学思想的角度继续推进、拓展前文的研究,力图对京派"静穆"观念的内涵与表现形态作出更加深入的研究;将分别探讨京派的几种具备"基本要素"意义的文学思想,即古典主义、悲剧精神、心理视角与"纯正的趣味",它们体现着京派文人对于文学艺术的理解、塑造与引导,构成了京派文学对于中国现代文学的主要贡献。这四个方面的文学思想完整或者部分地包含"静穆"观念的内涵,既是"静穆"观念多元而具体的表现形态,也是

---

[1] [美]雷纳·韦勒克、奥·沃伦著,刘象愚,等译:《文学理论》,三联书店1984年版,第128页。

对京派"静穆"观念的进一步阐释与论证；同时，"静穆"观念对这四种文学思想具有一种沟通、昭示乃至"象征"的作用，使它们各自的内涵与意义更加清晰且易于把握，从而共同体现出鲜明的流派性。

第一节　古典主义

一

提起中国现代文学中的"古典主义"，必提"京派"。本章不是探讨京派的"古典主义"在中国现代文学史上的地位和作用，而是要考察"古典主义"在京派文学思想中的实存形态与表现方式，特别是古典主义与京派"静穆"观念的互证关系，即一方面是从"静穆"观念中抽绎出古典主义的文学思想，另一方面是通过对古典主义文学思想的探讨，进一步理解与把握京派"静穆"观念。

何谓"古典主义"？相对而言，古典主义似乎比现实主义、浪漫主义、现代主义更易于解释，它的所指范围比后三者更小、更清晰。尽管如此，准确地界定这一个概念仍然不是一件轻松的事。以往对于"古典主义"较为全面的理解都声明它主要包含了两个方面：其一是一种文艺思潮，其二是一种艺术精神与创作理念。但实际上这两个方面是不可分的，不能、也不应单独予以阐释。在思潮的影响之下才有相关的艺术精神与创作理念，相关的艺术精神与创作理念构成了一种文艺思潮，因此对于"古典主义"的理解应同时包含这两个方面。英国"文学批评术语丛书"之一的《古典主义》认为：

"古典主义"是一种美学倾向，它以适度的观念、均衡和稳定的章法、寻求形式的谐调和叙述的含蓄为特征；古典主义主张摹仿古代作家，弃绝对罕见事物的表现，控制情感和想象，遵守各种写作体裁所特有的规则，等等。"古典主义"被等同于美、理性、健康和传统。❶

这个定义比较侧重于对古典主义艺术精神与创作理念的阐释，对古典主义作为一种文艺思潮的特征有所兼顾，可以作为理解"古典主义"的一个基本依据，但它仍然显得有些模糊和粗糙，缺乏针对性。古典主义在文学艺术史上占有非常重要的地位，美国学者韦勒克讲道："古典主义象文艺复兴、浪漫主义、巴罗克和现实主义之类的术语一样在外延价值和内涵上无论怎样不稳定，有多少歧义，都凝聚着思想，形成了文学史上的不同时期和影响深远的风格，并成为历史编写不可或缺的工具。"❷ 韦勒克强调了古典主义思潮的复杂性，但对其具体内涵则语焉不详。

"古典主义"何时传入中国文坛？一般认为始于"学衡

---

❶ ［英］多米尼克·塞克里坦著，艾晓明译："作者引言"，见《古典主义》，昆仑出版社1989年版，第1页。
❷ ［美］雷纳·韦勒克著，刘象愚选编：《文学思潮和文学运动的概念》，中国社会科学出版社1989年版，第68页。

派"。1939年,李何林便在《近二十年中国文艺思潮论》中提出:"总观'学衡派'无论对于中国文学或西洋文学的主张,大有'古典主义'者的口吻,其站在守旧的立场,反对此次新文化运动和新文学运动,也很有点'古典主义'的气息;可惜因为只是代表旧势力的最后挣扎,未能像西洋似的形成一种'古典主义'的文艺思潮,而且没有什么作品。"❶这段论述中的个别观点已显陈旧,但将"学衡派"作为中国现代文坛"古典主义"的先声仍然是具有洞察力的。王富仁的文章《中国新古典主义文学论》将古典主义思潮作为现代中国的两大思想潮流之一,他讲道:"如果说'反传统'意味着部分中国现代知识分子已经失望于中国古典的传统而在浑茫的现代社会开始了自己艰难的独立追求的话,那么,'反现代'则意味着另一部分中国知识分子用中国古代固有的传统抵御中国社会及社会思想的现代变化的企图,他们总是努力在动荡着的现代世界上为自己找到一个精神的避风港,并从这个避风港里取得评价乃至指挥现代世界的权利。在前一种思想潮流的基础上产生了中国现代主义文学,而在后一种思想潮流的基础上则产生了中国的新古典主义文学。虽然一者在具体的文学作家和文学现象中的区分并不是那么绝对的,但只要我们承认这两种思想潮流确确实实是中国现代社会的两种主要思想潮流,我们就不能不意识到,中国现代文学也必然是由这两种主要的文学倾向构成的。"❷王富仁

---

❶ 李何林:《近二十年中国文艺思潮论》,陕西人民出版社1981年版,第62页。

❷ 王富仁:"中国新古典主义文学论(上)",载《天津社会科学》1998年第3期。

将古典主义与"反现代"对应起来论述,他对古典主义这个概念的运用是独特的,他将(新)古典主义作为现代中国的两大思想潮流之一,梳理了这一以"反现代"为核心的思想潮流在文学中的复杂表现,他的论文偏重于探讨现代中国的思想问题,缺乏对一些古典主义文学现象与问题的具体论析。白春超的《再生与流变——中国现代文学中的古典主义》对相关话题进行了更为细致的研究。该书是在一个较为严谨的层面上运用"古典主义"这个概念的,它首先介绍了西方古典主义及其文学观的具体内涵,其次概括性地评述了中国现代文学中的古典主义,随后对此进行了逐章的深入分析,主要涉及学衡派、新月派和京派等。❶武新军的《现代性与古典传统——论中国现代文学中的"古典倾向"》则试图用"古典倾向"这一术语来重新整合、探讨中国现代文学史上的古典主义思潮,他不以历史纵轴为论述的线索,而是以新旧文学、文学与政治、文学与道德、文学与科学等几个话题来组织材料,试图以此展示"古典倾向"的几个主要的维度。他用"古典倾向"而不用古典主义,主要是鉴于后者具有更多的不确定性,而前者的论域范围更加宽广。因此,他试图从"新人文主义的知识谱系中,概括出几个基本特征——尽管他们在观点上也存在不少的差异——作为分析中国现代作家的'古典倾向'的理论基点"。❷

总体来看,目前研究界对古典主义与中国现代文学的关

---

❶ 白春超:《再生与流变——中国现代文学中的古典主义》,河南大学出版社 2006 年版。

❷ 武新军:《现代性与古典传统——论中国现代文学中的"古典倾向"》,河南大学出版社 2005 年版,第 18 页。

系已经进行了比较深入的研究，确认了这种文学思潮的存在，并且将京派作为这一文学思潮在现代中国的主要代表之一。然而，对于古典主义文艺思潮的内部差异究竟如何？京派在中国现代古典主义文艺思潮中到底占据着什么的地位，两者具有怎样的关系？仍然缺乏具体而清晰的阐释，相关研究尚有未尽之处。

古典主义不是保守主义或复古主义，作为一个文学史概念，它原发于欧洲。在欧洲文学史上，古典主义作为一种文艺思潮，实际上包含两种道路指向：一种即所谓新古典主义，这一艺术思潮盛行于17世纪的法国，并传遍整个拉丁世界，同时影响了英国、德国等地区；另一种古典主义作为一种文艺思潮并不像新古典主义那样显豁一时，也没有获得一个不同的、易于辨识的能指，但是它对后世的影响绝不亚于新古典主义。这种古典主义的道路起于文艺复兴，盛于德国古典美学时期，他们的艺术理想是模仿、再现古希腊文艺的光彩，继承并发扬古希腊文化艺术的精神与风格；他们绝非墨守古希腊的一切成规，但"古希腊"可谓其艺术创作及研究的灵感之源与不竭动力。新古典主义并没有这样明确的指向，古希腊不是他们效仿的典范，他们的典范甚至也不是某种古典艺术类型，而是理性与规律，是对时代政治的一种调适与回应，他们借此确立新的艺术标准，他们自身就是"古典"。

古希腊的古典主义与法国的新古典主义的不同主要体现在哪里？历来对后者的研究与界定远多于前者，因为后者是一个确定存在的思潮，而前者则要模糊一些，好比一条河流，新古典主义是浮在上面明处的水流，而希腊古典主义则是沉在下面的暗流,虽然是暗流却发挥着更为根本和基础性的作用。新古典主义的主要特征体现于两大方面:第一,他们极端推崇理性的作用和价值,唯"理"是从,新古典主义的立法者布瓦洛在其代表作《诗艺》中便明确宣布"理性"是文学创作的最高原则。新古典主义的推崇理性具有多重的背景,一方面是启蒙主义的兴起使人类理性的地位迅速提高,逐渐动摇了神权在思想中的统治地位;另一方面也是出于要直接为法国王权服务的政治需要,这种理性是尊重、臣服于君主专制制度的政治理性。第二,新古典主义提倡模仿自然、严守艺术规范。但他们所讲的自然并不是独立于人而存在的大自然,正如韦勒克所言,在新古典主义理论所提倡的摹仿自然中的"自然"一词,其实际含义指的是"一般现实,尤其是指人性",而他们所尊崇的人性也不是自然人性,而是由规约理性或曰理性化的人性。❶ 在以上两个方面,希腊古典主义体现出了不同的特征。对此,朱光潜曾作过一个非常简明的解说:"把古典文学当成纯粹的谨守义法的文学,就显然把古典主义和十八世纪的假古典主义(neo-classicism)混为一谈了。真古典主义着重希腊文学的一种简朴冲和深刻诚挚的风味,假古典主义才主张谨守古人义法,以理胜情。"❷ 他的倾向与态度是显明的。

学衡派、新月派、京派虽然都接受了古典主义思潮的影响,但他们所接收的具体知识与方法,以及由此走出的古典

---

❶ [美]雷纳·韦勒克著,杨自伍译:《近代文学批评史》(第一卷),上海译文出版社1987年版,第18页。

❷ 朱光潜:"小泉八云",见《朱光潜全集》(第三卷),安徽教育出版社1992年版,第465~466页。

主义道路是不同的，学衡派、新月派更接近于新古典主义的标准，他们接受的新人文主义便是一种过分推崇理性、强调规范与纪律的学说，显得刻板而僵化，因此并不受欢迎。而京派则更接近于德国古典美学体系内的古典主义，具体表现则是后者远比前者更加真诚而热情地推崇古希腊，在谈及相关问题时几乎言必称希腊，表现出对古希腊文艺精神的崇敬与向往。这一点实际上已蕴涵在"静穆"观念的知识谱系之内。如前文所论，"静穆"作为一种文艺审美观念起源于德国古典美学的先驱温克尔曼，他提出这一个概念的目的是要表现古希腊的文艺精神与风格，即"高贵的单纯与静穆的伟大"。这个概念在随后德国古典美学的体系中得到了进一步的阐发，古希腊的静穆美被赋予了深刻而永恒的内涵，成为一种具有普世性的审美经验，成为艺术创作的最高理想。古希腊，虽来自过去却指向未来，是艺术世界里一种极端美好的愿景。德国古典美学的相关理论并不直接作用于文艺创作，但它的影响是深入而持久的，京派的文学思想中便蕴含有大量来自德国古典美学的知识要素，也是德国古典美学影响中国现代文坛的一个具体的例证。

二

"静穆"观念是极端重视情感的作用的，没有经历惊心动魄的情感体验，没有对透入骨髓的痛苦的征服，便没有艺术，没有艺术作品，没有美感。希腊的著名雕塑《拉奥孔》是这样，希腊的悲剧同样如此。希腊的艺术精神从来不以理性为最高标准，仿效古希腊而兴起的文艺复兴，推崇古希腊艺术精神的德国古典美学，都将情感放在比理性更为重要的地位。朱光潜便很重视情感的作用，他认为：

> 理智支配生活的能力是极微末，极薄弱的，尊理智抑感情的人在思想上是开倒车，是想由现世纪回到十八世纪。开倒车固然不一定就是坏，可是要开倒车的人应该先证明现代哲学和心理学是错误的。不然，我们决难悦服。……理智的生活是很狭隘的。如果纯任理智，则美术对于生活无意义，因为离开情感，音乐只是空气的展动，图画只是涂着颜色的纸，文学只是联串起来的字。如果纯任理智，则宗教对于生活无意义，因为离开情感，自然没有神奇，而冥感灵通全是迷信。如果纯任理智，则爱对于人生也无意义，因为离开情感，男女的结合只是为着生殖。……理智的生活是很冷酷的，很刻薄寡恩的。理智指示我们应该做的事甚多，而我们实在做到的还不及百分之一。所做到的那百分之一大半全是由于有情感在后面驱遣。❶

朱光潜以狭隘、冷酷来驳斥理智的重要性，几乎是以一种略显夸张的姿态，从生活到艺术到思想全面地将情感放在一个更为重要的位置，体现出他与新古典主义者的不同。朱光潜对17世纪法国的新古典主义的确充满了不满，他轻蔑地称之为"假古典主义"：

> 十七、十八两世纪的学者们想用几句简单的话把古典文

---

❶ 朱光潜："谈情与理"，见《朱光潜全集》（第一卷），安徽教育出版社1987年版，第43~44页。

学的风格解释得很清楚、他们只抓住形骸，把精神完全失去，所以酿成所谓"假古典古义"。……他们的信条很简单。"勿走极端!""跟着理性走!""模仿古人!""严守类型!""勿忘纪律!"……假古典主义的理论非常肤浅陈腐，所以常被人鄙视。有人因为讨厌假古典主义而讨厌古典主义，尤其是没有脱去浪漫派的偏见的人们。❶

那么，在朱光潜眼里，真正的古典主义应该是什么样的呢？他认为：

> 一般人以为浪漫主义是反古典主义的。这是一个大误解。浪漫主义是多方面的，其中很重要的一方面就是……回到希腊。……首开风气的人是德国学者温克尔曼（Winckelmann）。从他起，希腊古典主义才逐渐盛行。浪漫派以后的诗人大半都受希腊古典的影响，歌德是显著的例。❷

朱光潜将古典主义与浪漫主义融合论述，这为古典主义增添了新的内容，也进一步表现出了他与新古典主义者的不同。他还表示："第一流作品不能只是浪漫的，或是只是古典的，它必定同时具有浪漫的和古典的优点，这就是说，它一方面要有真纯的情感（浪漫主义所偏重的），一方面又要

---

❶ 朱光潜："什么是古典主义?"，见《朱光潜全集》（第八卷），安徽教育出版社1993年版，第387~389页。
❷ 同上书，第390页。

有幽美的意象（这是古典主义所偏重的）。"❶ 这种观点显然是受到黑格尔《美学》中关于艺术的三种类型理论的影响。这种带有浪漫气质的古典主义是朱光潜所标举、赞扬的古典主义，这与他对情感的重视，特别是对情感之控驭的重视有密切的关系。对浪漫主义的赞赏更多体现的是对浪漫主义重视情感，擅长表现情感的肯定，并不意味着对浪漫主义的普遍认同与完全接受。

沈从文曾将自己的文学实践比喻为建造一座"希腊小庙"，对古希腊文艺精神的推崇与向往使他站在了希腊古典主义的阳光之下。沈从文对古典主义的感情不想朱光潜那样深厚，在有些地方他把古典主义当做体面绅士的趣味，这首先受制于他的"乡下人"的自我认同，也在一定程度上表现出他对古典主义的误解与无知。但在更多地方，沈从文又表现出了他与古典主义之间的亲密关系，譬如，他认为好的文学作品应该结合了"古典主义绝端的理知"与"近代的表现主义浪漫的精神"，❷ 他所说的"表现主义浪漫的精神"并非就是浪漫主义精神，而更接近于前文所论"静穆"观念的基本内涵之一，即对直觉、印象等文艺心理因素的关注。

沈从文自称他的希腊小庙中供奉的是人性，而人性正是他文学创作的主要题材。但沈从文笔下的人性有其独特的魅力，他颂扬的人性是一种真诚而完全的自然人性、原始人性，对于这种人性的信仰可以看作他对于丑陋的现实与现代

---

❶ 朱光潜："什么是古典主义？"，见《朱光潜全集》（第八卷），安徽教育出版社1993年版，第388页。

❷ 沈从文："论汪静之的《蕙的风》"，见《沈从文全集》（第十八卷），北岳文艺出版社2002年版，第93页。

文明的反抗，因为这种人性及其信仰在人类资产阶级工业革命以来的文学中也是较为罕见的，它们往往与野蛮、未开化、落后的文明等说法联系在一起。

翠翠是这种人性美的一个典型：

> 翠翠在风日里长养着，故把皮肤变得黑黑的，触日为青山绿水，故眸子清明如水晶。自然既长养她且教育她，为人天真活泼，处处俨然如一只小兽物。人又那么乖，如山头黄鹿一样，从不想到残忍事情，从不发愁，从不动气，平时在渡船上遇陌生人对她有所注意时，便把光光的眼睛瞅着那陌生人，作成随时皆可举步逃入深山的神气，但明白了面前的人无机心后，就又从从容容的在水边玩耍了。

龙朱也是这种人性美的一个典型：

> 龙朱年十七岁，为美男子中之美男子。这个人，美丽强壮像狮子，温和谦驯如小羊。足人中模型。是权威。是力。是光种种比譬全是为了他的美。其他的德行则与美一样，得天比平常人都多。……使龙朱生长得如此壮美，是神的权力……

这些人物形象身上透出原始的、自然的、纯正的美，代表着人类对于自身的一种理想与愿望，与自然融为一体，体现着自然的规律与性情。

沈从文对人性的表现绝离不开情感，他是极端重视情感的作用的。在《媚金·豹子·与那羊》《月下小景》等小说中，他描写了青年男女不能相爱并以死相争的故事；在《龙朱》的前言里，他特别表示了对于现代社会中"情感近于被阉割的无用人"的厌弃；在《八骏图》的题记里，他再次表现了对"营养不足，睡眠不足，生殖力不足"的懒人的憎恶，这些都几无保留地表白了他对于情感的崇拜。沈从文曾感叹道："地方的好习惯是消灭了，民族的热情是下降了，女人也慢慢的像中国女人，把爱情移到牛羊金银虚事上来了，爱情的地位显然是已经堕落，美的歌声与美的身体同样被其他物质战胜成为无用的东西了。"❶ 以情感的遗失为核心，沈从文表达了对于人类文明进程的不满，这种不满使他自然地向过去的美好事物寻求拯救的资源，造成他的某种带有古典主义色彩的文学理想与艺术世界；而他对于完美的执著、对于神奇的向往、对于性爱的大胆抒写、对于情感的赞颂，又使他的古典主义文学世界染上一层浪漫的色彩，显得异常新鲜而独特。

然而，沈从文对于情感的推崇绝不意味着他在创作中会大肆张扬情感，夸张地、放纵地抒情，恰恰相反，这种做法是他极端反感的。沈从文对文学创作特别是小说创作有极为严苛的要求，而这主要体现在他对情感节制、文字精简的要求上。

我以为一件作品对外景只在说明充实背景的需要而存在。说明上文字的节制是必须的，这是我有意疏于写景的一

---

❶ 沈从文："媚金·豹子·与那羊"，见《沈从文全集》（第五卷），北岳文艺出版社 2002 年版，第 356 页。

种解释。我以为表现一个理想或讨论一种问题,既然是附丽到创作中,那么即或形式是小说的形式,在对话动作种种事情方面,适当节制为势所必须,过分的铺张应当是一样忌讳,观察详细又不可缺少,一切应当从需要作考虑。这是我在描写上不能夸张复有琐碎的一种解释。❶

沈从文尤其不满于一些"浪漫派"作家在文字上的无用铺演与感情上的有意夸张,在一篇批评文章中,他曾以挥霍文字为名严厉地批评了当时的几位大作家。

他不会节制。他的笔奔放到不能节制。这个天生的性格在好的一个意义上说是很容易产生那巨伟的著作。做诗,有不羁的笔,能运用旧的词藻与能消化新的词藻,可以做一首动人的诗。但这个如今却成就了他做诗人,而累及了创作成就。不能节制的结果是废话。废话在诗中或能容许,在创作中成了一个不可救药的损失。……废话很有机会成为琐碎。多废话与观察详细并不是一件事。……他详细的写,却不正确的写。词藻帮助了他诗的魄力,累及了文章的亲切。在亲切一点上,我们可以找出一个对比,是在任何时翻呀著呀都只能用那朴呐无华的文体写作的周作人先生,他才是我所说的不在文学上糟蹋才气的人。……一个对于艺术最小限度还承认它是"用有节制的文字表现一个所要表现的目的"的

---

❶ 沈从文:"《一个母亲》序",见《沈从文全集》(第七卷),北岳文艺出版社2002年版,第219页。

人，对这个挥霍是应当吃惊的。❶

在沈从文的批评文章中，特别是他的那些收入《沫沫集》的文章，对文字与情感的精简、节制的要求几乎随处可见，这构成了他对于文学创作的一个鲜明的、基本的要求，这种观念的背后自然有古典主义文学思想的作用。此外，沈从文还频频以"亲切""单纯""完全"作为标准来衡量文学作品、作家的好坏，这些看似简单的标准同样体现出了典型的古典主义式的文艺精神。

单论古典色彩、古典气度、古典情怀，在京派文人中，周作人无疑当属典范，即便是在全部现代中国文人中，大概也无几人能出其右。周作人的"古典主义"与朱光潜、沈从文有所不同，主要表现在他对中国传统文化有更为精深的观察与研磨，但他们也有明显的相同之处。周作人曾自言：

凡过火的事物我都不以为好，而不宽容也就算作其中之一。我恐怕我的头脑不是现代的，不知是儒家气呢还是古典气太重了一点，压根儿与现代的浓郁的空气有点不合，老实说我多看琵亚词侣的画也生厌倦，诚恐难免有落伍之虑，但是这也没有什么关系……❷

这种对和谐与适度的喜好、对"过火的事物"的反感是

---

❶ 沈从文：" 论郭沫若"，见《沈从文全集》（第十六卷），北岳文艺出版社2002年版，第155~156页。
❷ 周作人："后记"，见《谈虎集》，河北教育出版社2002年版，第393页。

典型的古典主义文艺观念。"闭户读书"以后的周作人更专意于探讨与古典相关、相近的人事,向古代寻求智慧的力量,用以指导现实人生与文学实践。古希腊是周作人的兴趣所在,是他的思想尤其是文艺思想的主要源泉,也是他内观自省的主要途径。他曾说:"希腊人有一种特性,也是从先代遗留下来的,是热烈的求生的欲望。他不是只求苟延残喘的活命,乃是希求美的健全的充实的生活。"❶ 古希腊人对美的热爱是周作人"隐居"之后主要的艺术动力之一,使他常常感受到一种情感的刺动,使他能够免于被中国传统文化淹没、掩埋。

周作人与废名、俞平伯的关系极为亲密,他十分欣赏废、俞二人的文章及其趣味,在他为废、俞二人的新作所作之序中,亦能看出他的古典情怀。譬如:"《桃园》的著者可以算是我的老友之一,虽然我们相识的年数并不大多,只是谈论的时候却也不少。所以思想上总有若干相互的了解。……我颇喜欢废名君的小说……在我的喜含蓄的古典趣味(又是趣味!)上觉得这是一种很有意味的文章",❷ "废名君用了他简炼的文章写所独有的意境,固然是很可喜,再从近来文体的变迁上着眼看去,更觉得有意义"。❸ 周作人提倡趣味,这是他对文艺创作的主要主张之一,"我很看重趣

---

❶ 周作人:"新希腊与中国",见《谈虎集》,河北教育出版社2002年版,第312页。

❷ 周作人:"桃园跋",见《苦雨斋序跋文》,河北教育出版社2002年版,第103~104页。

❸ 周作人:"枣和桥的序",见《苦雨斋序跋文》,河北教育出版社2002年版,第107页。

味,以为这是美也是善,而没有趣味乃是一件大坏事。这所谓趣味里包含着好些东西,如雅,拙,朴,涩,重厚,晴朗,通达,中庸,有别择等,反是者都是没趣味"。❶ 其中所列举的种种趣味几乎都是古典主义的美感特征,这些趣味即来自本土传统的熏陶,也和他追慕古希腊文化关系密切。

  周作人的古典主义思想还特别表现在对于晚明小品文的热爱上。他曾写道:"平伯所写的文章自具一种独特的风致。——喔,在这个年头儿大家都在检举反革命之际,说起风致以及趣味之类恐怕很有点违碍,因为这都与'有闲'相近。可是,这也没有什么法儿,我要说诚实话,便不得不这么说。我觉得还应该加添一句:这风致是属于中国文学的,是那样地旧而又这样地新。"❷ 从周作人的文章中看,这种风致无疑便是陶渊明、颜之推、"公安""竟陵"、张宗子等一路传递下来的风致,依据周作人所讲,这种风致的内涵大致可归纳为:文词气味的雅致,兼有思想之美,"加上明净的感情与清澈的理智,调合成功的一种人生观,以此言志,言志固佳,以此为道,载道亦复何碍"。❸ 此外,小品文也是最适合表情达意的文体,代表着文学创作方式的高峰,这里也体现了周作人对于情感的重视。"小品文是文学发达的极致,……在个人的文学之尖端,是言志的散文,它集合叙事

---

 ❶ 周作人:"笠翁与随园",见《苦竹杂记》,河北教育出版社 2002 年版,第 60 页。
 ❷ 周作人:"杂拌儿跋",见《苦雨斋序跋文》,河北教育出版社 2002 年版,第 116 页。
 ❸ 周作人:"杂拌儿之二序",见《苦雨斋序跋文》,河北教育出版社 2002 年版,第 120~121 页。

说理抒情的分子，都浸在自己的性情里，用了适宜的手法调理起来，所以是近代文学的一个潮头"。❶对晚明小品文的热爱是以周作人为核心的"小圈子"的主要话题，从俞平伯整理重刊《陶庵梦忆》到沈启无编选《近代散文钞》，再到周作人自己的《中国新文学的源流》，晚明文学特别是晚明以公安、竟陵、张岱等人为代表的小品文创作，经过他们的一再推崇，经过他们特别是周作人的深度阐释，乃至将其作为新文学运动的源头，俨然在社会上掀起了一场小品文的热潮。

由对小品文的热爱发展到对散文文体史的思考，周作人表现出他对古典传统的重视与敬仰以及对于新文学产生和发展过程的理解。"现代的散文在新文学中受外国的影响最少，这与其说是文学革命的还不如说是文艺复兴的产物，虽然在文学发达的程途上复兴与革命是同一样的进展"。❷在周作人看来，中国文学始终在"言志"与"载道"的二元对立格局中发展，所谓分久必合、合久必分，正如公安、竟陵（言志派）是对前后"七子"（载道派）的革命，"民国以来的这次文学革命运动，很有些相像的地方。两次的主张和趋势，几乎都很相同。更奇怪的是，有许多作品也都很相似"。❸周作人的"新见"实际上降低了新文学的革命性或曰创新性，它像中国文学历史中的其他变局一样，只是对前代文学的一

---

❶ 周作人："近代散文钞序"，见《苦雨斋序跋文》，河北教育出版社2002年版，第126~127页。

❷ 周作人："陶庵梦忆序"，见《苦雨斋序跋文》，河北教育出版社2002年版，第115页。

❸ 周作人：《中国新文学的源流》，河北教育出版社2002年版，第26页。

种扭转,是言志派文学的又一次复兴。在这种化繁就简的论调里,埋藏着周作人日趋保守、悲观、自恋的文化心态;但从另一方面来说,周作人的文化选择也自有它无可替代之处,在总体上不太明朗的空间里总还是有一些耀眼的光亮。周作人的古典主义风范,不是古板的而是宽容的,不是僵化的而是灵动的,这种风范、姿态深深地影响了京派文人乃至更多的人。

三

京派文人的古典主义文学思想还较为显著地体现于对新诗格律化的探索与要求,这是一个值得注意的方面。叶公超认为:

> 格律是任何诗的必需条件,惟有在适合的格律里我们的情绪才能得到一种最有力量的传达形式。没有格律,我们的情绪只是散漫的,单调的,无组织的,所以格律根本不是束缚情绪的东西,而是根据诗人内在的要求而形成的。假使诗人有自由的话,那必然就是探索适应于内在的要求的格律的自由,恰如歌德所说,只有格律能给我们自由。❶

梁宗岱认为:

> 我从前是极端反对打破了旧镣铐又自制新镣铐的,现在却两样了。我想,镣铐也是一桩好事(其实行文底规律与语

---

❶ 叶公超:"论新诗",载《文学杂志》创刊号,1937年5月1日。

法又何尝不是镣铐），尤其是你自己情愿带上，只要你能在镣铐内自由活动。……我很赞成努力新诗的人，尽可以自制许多规律；把诗行截得齐齐整整也好，把脚韵列得像意大利或莎士比亚底十四行诗也好；如果你愿意，还可以采用法文诗底阴阳韵办法……不过有一个先决的问题：彻底认识中国文字和白话底音乐性。❶

叶公超、梁宗岱精通现代诗艺，在他们看来，现代诗是不能不讲究格律、不能没有节奏的，这是诗的本质属性，过去、现在、将来莫不如此。新诗格律化是他们的艺术观念的具体表现，对新诗的发展产生了重要的作用，同时也构成了对当时文艺观念的冲击。

朱光潜的《诗论》也探讨了诗歌的声韵节奏问题，虽主要以中国古诗为例来阐说问题，但也可看出作者的观点和倾向。在《中国诗何以走上"律"的路》这一部分里，朱光潜从诗歌音韵史的角度试图说明，中国诗重视音韵的道路是必然而自然的，它是由汉语语言自身的特点决定的，这实际上为现代新诗的发展道路提供了一种标准。朱光潜还特别反对胡适"作文如说话"的观点，他讲道："这个口号不仅是《白话文学史》的出发点，也是近来新诗运动的出发点。《白话文学史》不过是白话诗运动中的一个重要事件！就许多事件说，做诗决不如说话。"❷ 对此，朱光潜进一步解释、阐

---

❶ 梁宗岱："论诗"，见《诗与真》，商务印书馆1935年版，第40~41页。
❷ 朱光潜：《诗论》，见《朱光潜全集》（第三卷），安徽教育出版社1993年版，第221页。

发道:

> 作文和说话都只贵达意,要能做到胡先生所推尊的"流畅通达",最忌重复;作诗所以言情,感情愈深刻愈缠绵,音节也因而愈低回往复,它的语言就义说是重复,而就性情说却不是重复,它要有严沧浪所推尊的"一唱三叹之音"。❶

> 诗和音乐一样,生命全在节奏(rhythm)。节奏就是起伏轻重相交替的现象,它是非常普遍的,例如呼吸循环的一动一静,四时的交替,团体工作的同起同止,都是顺着节奏。我们在说话时,声调顺情思的变化而异其轻重长短,某处应说重些,某处应说轻些,某字应说长些,某字应说短些,都不能随意苟且,这种轻重长短的起伏就是语言的节奏。散文和诗都一样要有节奏,不过散文的节奏是直率流畅不守规律的,诗的节奏是低回往复遵守规律的。❷

京派文人都很重视诗歌的韵律、节奏问题,对过分自由的现代白话诗写作表示反对,他们,尤其是朱光潜、梁宗岱、叶公超,对于白话作为一种语言、语音的内部特点皆有精深的体会与研究,这使他们坚信新诗创作一定要走讲究音律的道路,对此不遗余力地加以提倡。新诗格律化的要求既源于对诗美的追求与塑造,也源于控驭情感的古典主义审美观念,是这种文艺观念的非常具体的表现,格律对于情感的

---

❶ 朱光潜:《诗论》,见《朱光潜全集》(第三卷),安徽教育出版社1993年版,第229页。
❷ 同上书,第236页。

过度自由的表达是有一种约束、延宕与整合作用的。

学衡派、新月派与京派体现着两种不同的古典主义精神和理念在现代中国文坛的传播，在宏观的层面上，三者可以被涵盖于同一种文艺思潮，即古典主义文艺思潮之下，然而它们之间的差异，即古典主义的历史性差异，不能因而遭到忽视。古典主义是丰富而复杂的，新古典主义的规则现在看来早已过时，但是它曾经在历史上产生了重要而巨大的影响。这种影响用历史的辩证眼光来看，也有其积极而重要的一面，即在某种程度上推动了历史（艺术史）的前进。学衡派、新月派那倾向于新古典主义作风的文艺主张与实践，在中国现代文学文化史上是具有同样的作用的。京派带有浪漫气质的古典主义精神，掀起了一场希腊古典主义的热潮，一种追求和谐与健康之美的艺术趋向，对文艺创作与实践更是具有重要的、多元的价值，这些内涵都是包孕在京派文艺审美观念，亦即"静穆"观念之中的。

第二节　悲剧精神

一

"悲剧"在西方具有深厚、悠久的传统，这主要不是指它作为一种文体所具有的传统，而是强调它作为一种艺术理论学说的深厚传统，从亚里士多德经文艺复兴、德国古典美学、叔本华、尼采直至20世纪的存在主义理论家,悲剧,从发生机制到艺术效果,从美学性质到社会功用,从具体的艺术技巧、人物形象到思想史、文化史,从所指极为明确到极为宽泛,始终都是西方学者关注的艺术史核心话题之一,有关悲剧的种种理论学说几乎可以构成一部丰富的历史,相关著作亦可谓汗牛充栋。然而,悲剧、悲剧性、悲剧美,至今仍然像"谜"一样困扰着人们,从不同的角度出发,这些问题便会呈现不同的形态。

悲剧似乎总是显得比喜剧更深刻、更伟大。在人类的文化史、艺术史上,悲剧、悲剧家的地位总体而言在喜剧、喜剧家之上;我们耳熟能详的那些伟大的艺术杰作,十之八九都是悲剧,或者具有悲剧的精神。正如朱光潜所宣扬的:"悲剧向来被认为是最高的文学形式,取得杰出成就的悲剧家也是人间最伟大的天才。"[1] 悲剧那惊心动魄的情节、那令人警醒回味的结局、那引人不断思考与反顾的主题、那美好的东西的丧失,无不体现着悲剧艺术永恒的价值。悲剧理论的探讨不是本章的研究目标,本章试图揭示、探讨京派文人对于悲剧所怀有的共同兴趣,这种兴趣不仅体现在文学创作与批评之中,也体现在文学思想、审美观念与学术研究之中,京派文人的这种兴趣在中国现代文学史上显得较为突出。

对"悲剧精神"历来缺乏一个明确、普遍的界定。王富仁认为:"人类与宇宙、自然、世界的对立意识是人类悲剧

---

[1] 朱光潜:《悲剧心理学》,见《朱光潜全集》(第二卷),安徽教育出版社1987年版,第214页。

观念产生的基础。……在这种对立中，人的力量永远也无法最终战胜宇宙、自然和世界的力量，宇宙、自然、世界的力量较之任何一个人的力量都是无比强大的。这决定了人永远无法摆脱自己的灾难，人永在灾难和灾难的威胁之中，人的生存没有安全感。与此同时，人的存在也永远是独立的，人有自己的独立意志。人的这种独立性，人的这种独立意志，也是人所无法摆脱的，也是人的自然的本能。这决定了人将永远反抗宇宙的意志，反抗大自然的威胁，这种反抗永远没有取得最终胜利的一天，这种反抗是无望的，是悲剧性的，但人却不能放弃这反抗。人在这反抗中才表现着自己的独立性，表现着自己的独立意志，表现着自己主体性的力量。显而易见，这就是贯穿在悲剧中的悲剧精神。悲剧给人产生悲哀的感觉，但同时给人产生力量的感觉。这种悲哀与力量的混成感觉，就是我们常常说的悲剧精神。"❶尹鸿认为：悲剧精神是"一种自由的精神，一种为自由而生也为自由自由而死的精神""一种超越的精神""一种殉道的精神，一种自我牺牲的精神""一种逆进的激情"，"悲剧精神的意义不在于它的道德说教，而在于它对人所具有的巨大的情感力量，和在这种情感驱动下所产生的无穷的勇气和智慧的渲染、强调和赞颂"。❷邱紫华认为："人本能地具有自我保存、自我保护的欲望和意识。……生命的本质特征之一，尤其是人的生命、人性的根本特征之一，就是这种自我保存、自我保护

---

❶ 王富仁："悲剧意识与悲剧精神"，载《江苏社会科学》2001年第1~2期。

❷ 尹鸿：《悲剧意识与悲剧艺术》，安徽教育出版社1992年版，第48~61页。

的特性，而这种特性就是生存的抗争性，就是人的生命抗争意识和生存欲望。这种抗争冲动凝聚为意识、观念，就叫做悲剧性抗争精神——悲剧精神。"❶ 可以说，悲剧精神就是一种悲剧性的反抗、超越精神，与环境抗争，与命运抗争，与苦难抗争，并最终超越它们。尼采在其《悲剧的诞生》中虽然没有明确提及悲剧精神，但他探讨的显然不是悲剧这种文体的诞生，而实际上是悲剧精神的诞生，相关论述对于解读、界定悲剧精神也是适用的。尼采的核心观点来自经过亚里士多德、黑格尔等人阐释的古希腊悲剧精神，又经过他自己的发现与创造，自有一套深广的知识谱系，简言之，即酒神与日神精神的辩证融合，日神对酒神的终极超越，归根结底，就是一种"静穆"的理想境界。

一切存在的基础，世界的酒神根基，它们侵入人类个体意识中的成分，恰好能够被日神美化力量重新加以克服。所以，这两种艺术冲动，必定按照严格的相互比率，遵循永恒公正的法则，发挥它们的威力。酒神的暴力在何处如我们所体验的那样汹涌上涨，日神就必定为我们披上云彩降落到何处；下一代人必将看到它的蔚为壮观的美的效果。❷

尼采也强调人世苦难的本质性，但对征服苦难怀有一种自信与乐观，他所谓的征服不是实际的而是抽象的，是一种

---

❶ 邱紫华：《悲剧精神与民族意识》，华中师范大学出版社2000年版，第4页。

❷ [德]尼采著，周国平译：《悲剧的诞生》，三联书店1986年版，第108页。

心灵和传统的力量,是对人的主观意志力的信任,这是他的悲剧精神的主要特征之一。"古希腊悲剧着意在'严肃',而不着意在'悲'"。❶ 悲剧不是要人悲伤、悲恸欲绝,不是要给人以恐惧与惊吓,而是给要人以力量——思想的力量、精神的力量,最终在平静、庄严中达到一种新的理想境界。

本章主要是将"悲剧精神"作为一种流派的艺术特征,作为京派作家文人秉持的一种文艺观念来加以探讨。总体而言,悲剧精神比悲剧性、悲剧感、悲剧体验、悲剧倾向都更适合于本章的研究,但后几种说法仍然具有一定的意义。

京派文学蕴涵着一股浓郁的悲凉之气,其文学思想中体现着一种深邃的悲剧精神,作为一个流派的整体特征这是足以令人瞩目并加以思考的。京派文人喜欢悲剧的美感,崇尚悲剧的精神,他们的文学实践中体现着一种对于"悲剧美"的追求。其中,有人是着意地加以塑造,有人则是无意地流露与表现,这是一种深切而自然的感受与体验,既来自内部,也来自外部。京派文学的悲剧精神与"静穆"观念的关系极其密切。"静穆"观念诞生于一种悲剧化的感悟与体认,其思想资源中包含多种西方悲剧的观念与学说。"静穆"本身便是对悲痛、苦痛的征服,是征服之后产生的美,静穆美便是一种充满悲剧精神的美。京派文学的悲剧精神充实着它的"静穆"观念,"静穆"观念应证着这种艺术精神,高度概括了它的思想内涵。

---

❶ 罗念生:《论希腊戏剧》,见《罗念生全集》(第八卷),上海人民出版社2004年版,第6页。

二

作为悲剧精神的一种表现，"苦"，可谓周作人文学思想的核心成分之一，他有《苦茶随笔》《苦竹杂记》《苦口甘口》《药味集》《药堂杂文》等以"苦"为名的文集，他的书房叫苦雨斋，后来又改为苦茶庵、苦住庵，他终其一生对"苦"有一种痴迷与敬仰。"苦"，不仅是周作人追求的艺术风格，更是他对人生、对人世的根本体验。周作人的"苦"不是令人无法忍受的痛苦，而是一种苦中作乐式的苦，虽苦不胜苦，却苦中有甜。周作人喜欢喝茶、品茶、说茶、聊茶、研茶，茶是他人生的一大爱好。茶与苦相伴相生，苦得自茶，茶以苦名世；不同的茶有不同的苦，有些茶苦到极处，没几个人喝得下去。周作人自言不喜欢亦不能喝太苦的茶，这实际上蕴藏着一种人生态度：苦超过了一个限度，便不再有趣味了。周作人喜欢《诗经》中的一句："谁谓荼苦，其甘如荠"；他还喜欢杜牧的一句诗："忍过事堪喜"。两句诗都是这个意思，苦在能忍受的范围内才有意义，可以从这苦中得到乐趣，得到启迪，看到人生与人世的某些真谛。但无论如何，苦就是苦，再怎样"甘如荠"，都无法改变它的本味、本色。这两句诗倒不是要体现周作人的中庸美学，而是着意体现他对于苦的一种深沉的理解，正因为这苦还能忍受，所以它才苦得有味道，才能去品味。在周作人笔下、心中，苦，不是悲惨，不是悲恸，不是悲愤，而是悲凉、悲哀、悲从中来化于无形，这些悲情融化在他的文学实践中，便自然地体现出一种浓厚的悲剧精神、悲剧感。

周作人悲剧精神、悲剧感的产生具有多方面的、说不清道不明的原因，这是一个逐渐发展形成的过程。他曾说：

民国十年以前我还很是幼稚，颇多理想的，乐观的话，但是后来逐渐明白，却也用了不少的代价，……我知道了人是要被鬼吃的，这比自以为能够降魔，笑迷迷地坐着画符而突然被吃了去的人要高明一点了，然而我还缺少相当的旷达，致时有"来了"的豫感，惊扰人家的好梦。❶

社会人生种种的不满与无端无由，一件件、一桩桩累积起来，直到使人无法呼吸，无边的绝望与空虚之感于此油然而生。在周作人的精神结构中，"鬼"是一个常常出现的意象，鬼的出现加强了他对于苦的体验，使苦的内涵丰富、复杂起来。周作人常说自己心中住着"两个鬼"，一个是绅士鬼，一个是流氓鬼，他说起来颇有些自我调侃的意思，但时常被这"两个鬼"牵扯又何尝不是一种苦、一种悲哀、一种命运。周作人还有一种自况却不常为人提起，那就是"寻路的人"。1923年，这比"两个鬼"的诞生还要早几年，周作人便自称为"寻路的人"：

我是寻路的人。我日日走着路寻路，终于还未知道这路的方向。

现在才知道了：在悲哀中挣扎着正是自然之路，这是与一切生物共同的路，不过我们意识着罢了。

---

❶ 周作人："后记"，见《谈虎集》，河北教育出版社 2002 年版，第 393 页。

路的终点是死,我们便挣扎着往那里去,也便是到那里以前不得不挣扎着。❶

相比"两个鬼"而言,这个"寻路的人"更接近于一种真正的自我形象的体认与塑造。两个鬼既是外在也是内在的,但无论内在或外在,都是附属的东西,这个"寻路的人"才是他自己,他便是那处在两个鬼的牵扯中的"寻路的人"。他一生都在寻找出路,在这条路上感受着苦涩,体会、表达着悲剧的精神。

周作人的悲剧精神里也有一种奉献的诚心、一种传递文化薪火的责任心,这其实也是他的寻路心态的表现。周作人很喜欢蔼理斯的一段话:

在道德的世界上,我们自己是那光明使者,那宇宙的顺程即实现在我们身上。在一个短时间内,如我们愿意,我们可以用了光明去照我们路程的周围的黑暗。正如在古代火炬竞走——这在路克勒丢思(Lucretius)看来似是一切生活的象征——里一样,我们手里持炬,沿着道路奔向前去。不久就要有人从后面来,追上我们。我们所有的技巧,便在怎样的将那光明固定的炬火递在他手内,我们自己就隐没到黑暗里去。❷

---

❶ 周作人:"寻路的人",见《谈虎集》,河北教育出版社2002年版,第250页。

❷ 周作人:"蔼理斯的话",见《雨天的书》,河北教育出版社2002年版,第90页。

周作人所寻找的路以及这寻找本身都包含深广的历史内容，而对于历史以及历史映射下的人生与现实，周作人尤不拥有一种彻底的、绝端的虚空体验：

我读了中国历史，对于中国民族和我自己失了九成以上的信仰与希望。"僵尸，僵尸！"我完全同感于阿尔文夫人的话。世上如没有还魂夺舍的事，我想投胎总是真的，假如有人要演崇弘时代的戏，不必请戏子去扮，许多脚色都可以从社会里去请来，叫他们自己演。❶

历史是如此可怕、可厌、可鄙，现实更是一片虚空中的虚空。

对于世事略加省察，便会明白，现代中国上下的言行，都一行行地写在二十四史的鬼账簿上面。……即如我胡乱写这篇东西，也何尝不是一种鬼画符之变相？……已有的事后必再有，已行的事后必再行，此人生之所以为虚空的虚空也欤？传道者之厌世盖无足怪。他说，"我又专心察明智慧狂妄和愚昧，乃知这也是捕风，因为多有智慧就多有愁烦，加增智识就加增忧伤"。❷

面对历史的循环，周作人徒生一种恐惧和悲哀，仿佛一

---

❶ 周作人："历史"，见《永日集》，河北教育出版社2002年版，第134页。

❷ 周作人："伟大的捕风"，见《看云集》，河北教育出版社2002年版，第48~49页。

切都是命中注定,是命运使然;面对如此真实的虚空,周作人更加感到无所适从,仿佛有无尽的悲凉的风从黑暗的尽头吹来,这不是人人能感受到的。这虚空不由得让人想到鲁迅笔下的"无物之阵",一样的绝端的虚空却产生了不一样的美学体验,鲁迅那里是一种绝望的反抗,"绝望之于虚妄正与希望同";而周作人却将这种绝望化作一种反讽、一种自我解嘲、一种"伟大的捕风",最终归于一片绝端的宁静之中。

察明同类之狂妄和愚昧,与思索个人之老死病苦,一样是伟大的事业,积极的人可以当一种重大的工作,在消极的也不失为一种有趣的消遣。虚空尽由他虚空,知道他是虚空,而又偏去追迹,去察明,那么这是很有意义的,这实在可以当得起说是伟大的捕风。❶

在这种反讽与自我解嘲里,蕴涵着周作人式悲剧精神的精义,在《三礼赞》《草木虫鱼》《五秩自寿诗》等大量经典篇章中亦都有所体现。

三

在精神的本质上,沈从文与他周围的人事有一种抹不掉的隔阂,他虽然与京派各个圈子的文人保持着良好的关系,但在内心深处他是孤独的,一种不能被理解、不能被接纳的

---

❶ 周作人:"伟大的捕风",见《看云集》,河北教育出版社2002年版,第49页。

孤独，这种孤独孕育了痛苦，造就了他的一种悲剧精神。他常自称"乡下人"，写的是"乡下"的故事，赞美的是"乡下"的人情与人性。他自称乡下人时，总是很骄傲、很自信，以此为荣，但冷酷的现实摆在面前，这个世界、这个社会早已不再属于"乡下人"，人类田园时代的风光一去不复返，城市已成为人类生活的中心，所以这种骄傲与自信里也包含一种痛苦与悲凉，世界不是他们的了，历史不是他们的了。沈从文自称"乡下人"时，他的声调越高昂，悲情便越浓厚，这是一种带有历史宿命色彩的反讽；他试图反抗，可是注定要失败，因而无法避免地成为一出悲剧。

我这种乡下人的气质倘若得到你的承认，你就会明白我的作品目前与多数读者对面时如何失败的理由了，即或有一两个作品给你们留下点好印象，那仍然不能不说是失败。我作品能够在市场上流行，实际上近于买椟还珠，你们能欣赏我故事的清新，照例那作品背后蕴藏的热情却忽略了，你们能欣赏我文字的朴实，照例那作品背后隐伏的悲痛也忽略了。原因简单，你们是城市中人。❶

这个"乡下人"的悲剧被后世研究者反复阐释，但多数人只看到引文中的"隐伏的悲痛"，却没有注意到这几个字陷在一个排比句中，沈从文感到可惜的不仅是隐伏的悲痛，还有"蕴藏的热情"，这两点都是他所看重的。

---

❶ 沈从文："习作选集代序"，见《沈从文全集》（第九卷），北岳文艺出版社2002年版，第4页。

李健吾特别能体会沈从文的良苦用心与难以捕捉的深意。他讲道:"废名先生仿佛一个修士,一切是内向的;他追求一种超脱的意境,意境的本身,一种交织在文字上的思维者的美化的境界,而不是美丽自身。沈从文先生不是一个修士。他热情地崇拜美。在他艺术的制作里,他表现一段具体的生命,而这生命是美化了的,经过他的热情再现的。"❶在李健吾看来,沈从文与废名的不同之处在于,后者着力表现的是一种意境,而前者着力表现的是生命本身,或曰一种生命力。沈从文赞美强有力的求生意志,他笔下的妓女、船夫、愚夫愚妇在极偏僻的乡野、龌龊的环境中乐观的生活,体现出来的便是这样一种不息的生命力。沈从文厌恶的则是城市里萎靡不振、变态亢奋的生命形式,他赞美的生命力就是自然本身,是自然、原始的生命力,也就是那"蕴藏的热情"。

李健吾又指出,沈从文的"人物虽说全部良善,本身却含有悲剧的成分。唯其良善,我们才更易于感到悲哀的分量。这种悲哀,不仅仅由于情节的演进,而是自来带在人物的气质里。自然越是平静,'自然人'越显得悲哀:一个更大的命运影罩住他们的生存。这几乎是自然一个永久的原则:悲哀"。❷沈从文语焉不详的"隐伏的悲痛"实际上就是李健吾所讲的命运,悲剧性的命运。这种悲剧性的命运不仅属于他笔下的每一个形象,也属于所有的乡下人。这个悲

---

❶ 刘西渭:"边城——沈从文先生作",见《咀华集》,文化生活出版社1936年版,第70页。

❷ 同上书,第74页。

剧是乡下人的悲剧，是生命力的悲剧，是"蕴藏的热情"的悲剧，是自然的悲剧。具有原始乡野文明背景、又在大城市生活久了的沈从文，可以感受到这种巨大而又隐微的悲剧，他是多么痛苦，然而他只能用创作用笔去表现这个悲剧的情趣和历史。

《边城》便是这样的一出悲剧，但它不是《雷雨》《金锁记》那样凶险的、梦魇般难以摆脱的、带有浓郁命运色彩的悲剧，也不是《阿Q正传》《骆驼祥子》那样时代性极强、现实批判色彩极重的社会悲剧，它是一种看似不温不火、无怨无悔，却有透彻骨髓的苍凉感的悲剧，与"静穆"的美感特征极为亲近，正是那种"曲终人不见，江上数峰青"的理想意境。大悲剧在沈从文的笔下几乎从来不是声嘶力竭、鲜血淋漓的，它们往往转化成一种悲凉的力量，那正是"蕴藏的热情"与"隐伏的悲痛"的结合。这种悲剧精神、悲剧体验与尼采的悲剧观有非常相近的地方，张扬激躁的酒神要用和平静穆的日神来感召、融合、超越，否则便没有悲剧，没有艺术，两者跨越时间与空间，达成了心灵的相通与共鸣。沈从文曾说：

> 应当极力避去文字表面的热情。我的意见不是反对作品热情，我想告给你的是你自己写作时用不着多大兴奋，神圣伟大的悲哀不一定有一摊血一把眼泪，一个聪明作家写人类痛苦是用微笑表现的。❶

---

❶ 沈从文：" 给一个写诗的"，见《沈从文全集》（第十七卷），北岳文艺出版社 2002 年版，第 185~186 页。

这里显现了沈从文悲剧精神的特征，即用微笑来表现伟大的悲哀与痛苦，这也是尼采等人对于悲剧精神的理解。热情是蕴藏着的，悲痛也是隐伏着的，热情与悲痛更是结合在一起的，不是作者要刻意隐藏、结合，而是他认为本来应该如此，这样才是自然而然的，才能造就成功的艺术作品。

沈从文亦曾专写一文，描述自己的创作与"水"的关系，他写道：

我的生活同一条辰河无从离开，我在那条河流边住下的日子约五年。这一大堆日子中我差不多无日不与河水发生关系。走长路皆得住宿到桥边与渡头，值得回忆的哀乐人事常是湿的……从汤汤流水上，我明白了多少人事，学会了多少知识，见过了多少世界！我的想象是在这条河水上扩大的。……这条河水有多少次差一点儿把我攫去，又幸亏他的流动，帮助我作着那种横海扬帆的远梦，方使我能够依然好好的在人世中过着日子！……我虽离开了那条河流，我所写的故事，却多数是水边的故事。故事中我所最满意的文章，常用船上水上作为背影，我故事中人物的性格，全为我在水边船上所见到的人物性格。我文字中一点忧郁气分，便因为被过去十五年前南方的阴雨天气影响而来，我文字风格，假若还有些值得注意处，那只因为我记得水上人的言语太多了。❶

---

❶ 沈从文："我的写作与水的关系"，见《沈从文全集》（第十七卷），北岳文艺出版社2002年版，第209页。

沈从文十分动情地回忆起他早年的生活，把自己的创作与故乡的水紧紧地联系在一起，水不仅是他的灵感，不仅是他作品的内容，而且还是他心灵与生命的最终归宿。水，是柔软的，是灵动的，是无形的；水，又是多情的，多愁的，无情的。不仅如此，水在沈从文的笔下还有更为深远的内涵。

我轻轻的叹息了好些次。……我们平时不是读历史吗？一本历史书除了告我们些另一时代最笨的人相斫相杀以外有些什么？但真的历史却是一条河。从那日夜长流千古不变的水里石头和砂子，腐了的草木，破烂的船板，使我触着平时我们所疏忽了若干年代若干人类的哀乐！我看到小小渔船，载了它的黑色鸬鹚向下流缓缓划去，看到石滩七拉船人的姿势，我皆异常感动且异常爱他们。……这些人不需我们来可怜，我们应当来尊敬来爱。他们那么庄严忠实的生，却在自然上各担负自己那分命运，为自己，为儿女而活下去。不管怎么样活，却从不逃避为了活而应有的一切努力。……我看久了水，从水里的石头得到一点平时好像不能得到的东西，对于人生，对于爱憎，仿佛全然与人不同了。我觉得惆怅得很，我总像看得太深太远，对于我自己，便成为受难者了。❶

人类古今的多少悲情、多少恨皆与水、与江河湖海有关，从"子在川上曰，逝者如斯夫""东临碣石，以观沧

---

❶ 沈从文："历史是一条河"，见《沈从文全集》（第十一卷），北岳文艺出版社2002年版，第188~189页。

海""抽刀断水水更流,举杯销愁愁更愁""曲终人不见,江上数峰青",到"问君能有几多愁,恰似一江春水向东流""滚滚长江东逝水,浪花淘尽英雄""落花有意,流水无情",再到所谓"大河小说"、《静静的顿河》等,水,蕴涵着太多悲情,这是人类固有的情感指向。水不像钢铁、石头那样坚硬,它的悲情也不是尖锐锋利以至于伤人的,它会冲刷,它会濯洗,它的悲情是含蓄的,激流隐伏在平静的水面之下,永远都在流动着、生息着。

朱光潜与周作人、沈从文的不同之处在于,他的悲剧精神主要体现在大量的理论批评文章中,但他们对悲剧精神的基本看法几乎没有不同。朱光潜在法国完成的《悲剧心理学》便是研究悲剧的,更准确地说,是研究悲剧快感的发生机制,正如该书开门见山所讲:"我们在下文准备讨论的问题可以用一句话来概括:我们为什么喜欢悲剧?"❶ 这个问题在该书的最后一章得到了集中的回答,而在第一章和最后一章之间的十一章里,朱光潜详细地引述、分析了西方文艺史上探讨悲剧快感的、具有代表性的各种学说。我们可以用朱光潜自己的言论来解析他对悲剧精神的理解。

首先,在朱光潜看来,悲剧是一种严肃的艺术,悲剧精神体现着一种严肃的艺术态度和理想。"悲剧和其他戏剧艺术形式的区别在于它表现最严肃的行动。人生最严肃的方面不是天真的欢乐或全然的幸福,而是受难和痛苦,所以悲剧

---

❶ 朱光潜:《悲剧心理学》,见《朱光潜全集》(第二卷),安徽教育出版社1993年版,第212页。

表现的是恶、不幸和灾祸"。❶ 但悲剧所表现的"恶、不幸和灾祸"与现实中的不是一回事,朱光潜多次强调过要将作为艺术的悲剧与现实生活中的悲剧区分开来:"悲剧是一回事,可怕的凶灾险恶又另是一回事。悲剧中有人生,人生中不必有悲剧。我们的世界中有的是凶灾险恶,但是说这种凶灾险恶是悲剧,只是在用比譬。悲剧所描写的固然也不外凶灾险恶,但是悲剧的凶灾险恶是在艺术锅炉中蒸馏过来的。"❷ 至于这个蒸馏的过程究竟怎样实现,朱光潜并未继续解说,但实际上他已经反复提及,那便是静穆美产生的过程,一个征服与融合的艺术过程。他在谈及"严肃"问题时,也印证了这种判断,他说:"我所懂得的最高的严肃只有在超世观世时才经验到,我如果有时颓废,也是因为偶然间失去超世观世的胸襟而斤斤计较自己的利害得失。"❸ 这种超世观世的心态显然也是获得静穆美的关键因素。

其次,在朱光潜看来,悲剧蕴涵着一种命运感,体现着一种"超自然的气氛",一种"非凡的光辉"。"悲剧往往使我们觉得,宇宙之间有一种人的意志无法控制、人的理性也无法理解的力量,这种力量不间善恶是非的区别,把好人和坏人一概摧毁。我们这种印象通常被描述为命运感。如果说

---

❶ 朱光潜:《悲剧心理学》,见《朱光潜全集》(第二卷),安徽教育出版社 1993 年版,第 464 页。
❷ 朱光潜:"悲剧与人生的距离",见《朱光潜全集》(第三卷),安徽教育出版社 1987 年版,第 374 页。
❸ 朱光潜:"谈学文艺的甘苦",见《朱光潜全集》(第三卷),安徽教育出版社 1987 年版,第 344 页。

这不是悲剧唯一的特征，也至少是它的主要特征之一"。❶ 这种"超自然的气氛""非凡的光辉"赋予悲剧一种崇高的美感。朱光潜也认为："悲剧感基本上类似崇高感……悲剧感是崇高与可怜两种效果的结合，而以崇高为最主要的成分。……在悲剧中，人的尊严的意识和命运观念同等重要。没有冲突，没有对灾难的反抗，就不会有悲剧。悲剧人物在那冲突之中总是失败，但精神上却总是获胜，始终顽强不屈。"❷

朱光潜对中国文学中缺乏这种超自然的气氛与色彩有些耿耿于怀，他说："中国文学另有一个特点，也许是缺点，就是偏重人事而伦理的色彩太浓厚。……神奇诙诡的成分很少。……艺术贵能引动想象，所以神秘也是美的条件之一。中国诗词做得太滥熟了，应该极力另辟新境界。在许多新境界中，超自然是一种很重要的。"❸ "超自然"成分的缺乏是中西文学一个重要的区别，是中国文学未开辟的领土，中国文学在这一方面体现出了与西方文学的某种差距。朱光潜的艺术观点是明确的，尽管或许得不到多少赞同。

京派文学思想中的悲剧精神是对其"静穆"观念的一种极佳的表现，"静穆"观念中的基本内涵之一，即对情感的控驭以及其他一些重要元素，皆在此得到进一步的阐释。这种悲剧精神显然也提升了京派文学的艺术品位与艺术价值，

---

❶ 朱光潜：《悲剧心理学》，见《朱光潜全集》（第二卷），安徽教育出版社1987年版，第465页。

❷ 同上书，第466页。

❸ 朱光潜："中国文学之未开辟的领土"，见《朱光潜全家》（第八卷），安徽教育出版社1993年版，第137～138页。

而在对于历史、命运的思考与神秘色彩的营造上也表现出相当明显的独特性，使京派文学散发出非同一般的艺术光彩。

第三节　心理视角

一

京派"静穆"观念紧紧关乎文艺心理，它不仅是一种文艺审美观念，也是一种美感经验与文艺心理现象。京派文人对心理学知识有一种共同的兴趣，在他们的文艺实践中存在一种心理视角，他们喜欢探讨种种幽微的心理现象，特别是20世纪初西方心理学革命中新发现的印象、直觉和潜意识等心理现象，他们擅长从这些心理现象入手，运用新的心理学知识去阐释相关的文艺现象，更擅长于在文学创作中表现细腻、丰富、隐秘的心理世界。

19世纪末至20世纪20年代，西方心理学发生了革命式的飞跃发展，心理学从哲学中分化出来成为一门独立的科学，构造主义、机能主义、行为主义、完形主义、精神分析等心理学派别，齐头并进，百家争鸣。这是人类历史上的一次心理大发现，人类从未对自己的心理世界有过如此清晰而深刻的认识，知觉、直觉、潜意识等心理因素逐渐成为人们认识自我的较为普遍的途径。这些学说最为明显而相近的特征是非理性，这种非理性是对此前笼罩欧洲人文研究界的黑格尔理性思辨哲学的反动,但非理性不是反理性,非理性是受到科学主义制衡的。在这股学术思潮的影响下,文艺学、美学乃至哲学等相关领域都受到了波及,心理学,特别是这次心理大发现的相关成果,成为一种比较流行的研究视角与途径。譬如从"直觉"的视界出发而产生的克罗齐的表现主义美学与柏格森的直觉主义美学,而弗洛伊德以"潜意识"为核心的精神分析学更是对文学艺术产生了莫大的影响。弗洛伊德认为人的精神活动不仅包括意识,而且还有前意识("the preconscious",又称下意识)与潜意识("the unconscious",又称无意识)。在人的全部精神活动中潜意识的比重远远大于意识与前意识,潜意识蕴藏着人类一切行为最原始的动力,它无时无刻不在流动,如无底的黑暗深渊一样不可把握。精神分析学的相关知识进入文学领域之后,带来了新的视野,推动了作家文人对于人类心理世界的深入开掘,"意识流"这种文学形式的出现与此密切相关。对西方"意识流"的接受与运用是京派文学心理视角的一个重要的方面,体现出京派作家文人对"潜意识"等新的心理现象的关注与思考。

在京派作家中,废名是较早运用"意识流"方法的,他于1927年创作的短篇小说《追悼会》《桃园》等,就被认为具有"意识流"的因素。进入20世纪30年代,京派文人对"意识流"的热情显著提高,对意识流的译介、批评,创作中的积极运用都相继出现。1931年,叶公超率先翻译了英国"意识流"代表作家弗吉尼亚·吴尔芙(Virginia Woolf)的《墙上一点痕迹》(*The Mark on the Wall*),并在"译者识"中指出,吴尔芙"所注意的不是感情的争斗,也不是社会人生的问题，乃是极渺茫，极抽象，极灵敏的感觉，就是心理分析学所谓下意识的活动"。❶ 这篇短文显示出叶公超对英国文坛现状的熟悉程度，他对"意识流"的基本学说有相当准确的把握。李健吾1933年出版了长篇小说《心病》，朱自清不久便发表评论将《心病》与施蛰存的小说《石秀》对比，认为"施先生的描写还依着逻辑的顺序，李先生的却有些处只是意识流的纪录"。❷ 在朱自清看来，《心病》比《石秀》更接近于西方"意识流"，更像意识流小说。李健吾曾自言受到吴尔芙小说的影响，他的一些批评文章也肯定了意识流这种文学形式；卞之琳曾翻译过吴尔芙和乔伊斯的相关作品，对这种文学形式也有浓厚的兴趣与较为深刻的认识；朱光潜亦曾在多篇文章中论及意识流，他特别注重对西方意识流理论渊源与观念基础的评介，对引进西方意识流理论有较多贡献。

京派中的"欧美派"文人大都曾于20世纪20年代留学欧美，正好赶上欧美学术界的心理学大发现，这股学术及艺术思潮势必对他们产生巨大的影响；即便没有留学经历的京派文人，也会在林徽因的客厅、朱光潜的"读诗会"、《大公报·文艺副刊》的每月聚会等场合中，耳濡目染地接触并接受这股文艺思潮的影响。一批大多是从西欧留学归国的文艺家们，恐怕不会对一种正流行于西欧地区，并产生了广泛影响的、新的文学创作风潮一无所知、漠不关心，新的艺术主张与观念在同仁之间扩散，相互影响，对京派文学的发展产

---

❶ 叶公超："墙上一点痕迹·译者识"，载《新月》第4卷第1期。
❷ 佩弦："读《心病》"，载《大公报·文艺副刊》1934年2月7日。

生着作用。在20世纪30年代，京派作家相继发表、出版了众多优秀的具有意识流特色的文学作品，诸如废名的《桥》《莫须有先生传》、常风的《那朦朦胧胧的一团》、林徽因的《九十九度中》《窗子以外》、萧乾的《蚕》、芦焚的《哑歌》等；萧乾1937年出版的长篇小说《梦之谷》也被认为具有意识流的因素，有些段落比较典型；进入40年代，京派作家继续创作了一些意识流特色明显的文学作品，如沈从文的《看虹录》《绿魇》、汪曾祺的《复仇》《小学校的钟声》、冯至的《伍子胥》、废名的《莫须有先生坐飞机以后》等。在中国现代文学史上，就一个流派或作家群而言，有如此众多成员关注并热心译介西方"意识流"文学作品和理论，而且积极尝试运用西方"意识流"手法的，并不多见。然而，就目前的研究状况来看，对"京派意识流"不仅缺乏正面、深入的研究，甚至在论述现代中国的意识流文学时都很少列举京派的例子，这不仅与当时文坛的实际情况不符，也低估了"京派意识流"的成就。

二

废名的《莫须有先生传》1932年由上海开明书店出版。作为一部长篇小说，它的故事情节非常简单，主要描述莫须有先生隐居北京西山的生活，这段生活平淡而琐碎，没有什么令人印象深刻的事情。小说的内容可分为两个层面：其一是外在的，即莫须有先生隐居之乡村的种种人事，在作者的笔下，这些人事基本上没什么意义和乐趣可言；其二是内在的，是莫须有先生那没完没了、不受控制的潜意识活动。后者是这部小说的重心，前者的出现往往是为了引出后者，即便是外在的人事，作者也是以一种极强的主观视角叙写，字里行间带有揣测和猜疑的情绪，蕴藏着莫须有先生丰富的潜意识活动。与此相对应，《莫须有先生传》中的文字亦由两部分构成：一是对话，二是内心独白，除了开头和一些简短的过渡段落，小说里几乎没有其他写景、抒情或叙述的文字，真可谓极端"简练"。对话的作用首先是为了交代外在的人事，其次是通过对话推动情节的发展，表现莫须有先生的潜意识，因此小说中的对话也常常呈现出一种无序的、失控的状态，让人"看不懂"。

内心独白，非理性、非逻辑的内心独白，是意识流小说的基本技巧，是表现潜意识的基本手法。在《莫须有先生传》中，作者将这种技巧发挥到了一种令人赞叹的地步，它们有时体现于对话的字里行间，大多数时候是直接跳跃涌现，如浪潮一般扑面而来，这是最能体现、证明这部小说意识流特色的地方。譬如：

光阴似箭，日月如梭，不觉又到了莫须有先生睡午觉的时候，但很不容易眼睛一闭心里就没有动静了，世上没有一个东西不干我事，静极却嫌流水闹，闲多翻笑白云忙，房后头那个野孩子还把我的墙上写一个我是王八，他以为莫须有先生一看见就怒目了。天皇皇，地皇皇，我家有个夜啼郎，今天早晨我上街我还念了它一遍，我倒好笑我以为有什么新的标语，我又被它骗了。至于那个剃头店之对我生财，则全无哲学上的意味，令我讨厌。这叫做我我歌。我还是睡不着。狗吠深巷中，鸡鸣桑树巅，但与我何干？然而听它越有诗情我越不成眠，我就詈而骂之，无父无君是禽兽也！乡邻有斗者。或乞醯焉。有孺子歌曰八月十五月光明。七月七日穿针夜，夜半无人私语时我都听得见！针落地焉。于是我大概睡着了，因为有点儿说梦话。非非凡想，装点我的昼寝门面。但你们不晓得，与木石居，与鹿豕游，并不若你们戏台底下令人载困也。但你们也有万万赶不了我的地方，我虽然神经过敏，形影相随，瞻之在前，忽焉在后，总算自己把自己认得清清楚楚了。但我也不可丢了我的好梦，于是我就梦，梦，方其梦也不知其梦也，我梦见她，她，她虽然总是一个村姑娘的本来面目，父为富家翁，但最是静女如姝啊，月姊如今听说是一个商人之妇啊，那时湘云宝钗最是要好，姊妹二人总在一块儿做女红，满庭萱草长，她绣着个荷包儿，忽然若有所思了，……我在梦里也巴不得一下子知道，一个梦也悭吝什么呢，舍不得告诉人呢？她，她，她总是一个悭吝人似的，但一点也不像北京的女大学生叫老妈子上街买花生米怕老妈子赚钱，她才不是小气啊，实在比浪子的豪华更是海阔天空鸟不藏影啊，一枚钥锁它之所有才真是一个忠实的给予啊。

这段独白出自《莫须有先生传》第十章《莫须有先生今天记日记》，这是非常典型、成功的潜意识描写，较为充分地体现出了"意识流"内心独白的主要特色。这段独白以莫须有先生将睡未睡、半梦半醒的状态为依托，淋漓尽致地写出了他混乱、焦虑、孤独、百无聊赖的精神状况，为理解莫须有先生的心态打开了一片广阔的天地，这是单单描绘一个意识清醒的莫须有先生所难以呈现的，它对丰富、深化莫须有先生的形象与小说的主题是大有必要的。

面对莫须有先生的这段"意识流",我们很难把握到它的叙事或抒情线索,它的最大特征就是无序性、混乱性与不可阻逆的流动性,阅读过程要么强迫终止,要么随波逐流。早在小说出版当年,周作人便已发现了这种特性:"《莫须有先生》的文章的好处,似乎可以旧式批语评之曰,情生文,文生情。这好像是一道流水,大约总是向东去朝宗于海,他流过的地方,凡有什么汊港湾曲,总得灌注潆洄一番,有什么岩石水草,总要披拂抚弄一下子才再往前去,这都不是他的行程的主脑,但除去了这些也就别无行程了。"❶周作人敏锐地把握到了废名小说的新质,但只是将这种"好像是一道流水"似的形式与中国传统文论结合起来,把它看做一种传统的抒情方式,而新奇之处是因为枝蔓太多、目的不明确以至不好懂罢了。这种看法影响深远,后人往往只是将《莫须有先生传》的新形式当做一种独特的、不好懂的抒情方式,并没有将其归入意识流小说的范畴。周作人颇能理解废名以及俞平伯文章的晦涩,他说:"据友人在河北某女校询问学生的结果,废名君的文章是第一名的难懂,而第二名乃是平伯。本来晦涩的原因普通有两种,即是思想之深奥或混乱,但也可以由于文体之简洁或奇僻生辣,我想现今所说的便是属于这一方面。在这里我不禁想起明季的竟陵派来。……庸熟之极不能不趋于变,简洁生辣的文章之兴起,正是当然的事。"❷周作人等不避晦涩难懂,认为这是文学发展的正常规

---

❶ 周作人:"莫须有先生传序",见《苦雨斋序跋文》,河北教育出版社2002年版,第111页。

❷ 周作人:"枣和桥的序",见《苦雨斋序跋文》,河北教育出版社2002年版,第107~108页。

律，是有价值的新变，是对平庸和烂熟的超越，是个性和创作的自由。京派文人大多对"晦涩"表示认可与赞赏，这亦可看出他们对于复杂、深邃的心理现象及其多样表现的理解与接受。

从作品表达的内在情绪上看，《莫须有先生传》与稍早于它的西方意识流经典小说颇为合拍。如果不深入到潜意识的层面，莫须有先生好像生活得很自在，"不喜亦不惧"，"其乐也融融"；然而一旦进入他的潜意识层面，便立即产生一种"生之无聊、生之孤独"的带有现代性体验的情感，蕴涵着浓厚的悲观厌世情绪，体现出典型的虚无主义与存在主义的倾向，这些情感、情绪、心态无一不是西方意识流小说所着力表现的。然而，从更高的层面来评价《莫须有先生传》，它对潜意识的开掘与表现仍显得不够深入。小说中的潜意识描写还没有像西方意识流经典小说那样成为推动情节发展的主要动力，它的叙事动力仍比较多地寄托于外在的人事上，这可能与这部小说对场面、空间的调度、切换不够活跃有关。林徽因的《九十九度中》恰好对《莫须有先生传》的"缺陷"形成一定的弥补。如果说《莫须有先生传》作为一部意识流小说的长处在于对潜意识的描写，短处是空间跳跃上的迟缓，那么《九十九度中》几乎正与此相反。

《九十九度中》，1934年发表于北京的《学文》杂志。从潜意识的描写来看，《九十九度中》几乎不像意识流小说。整篇小说写到潜意识的地方只有五处，潜意识的特征也并不是很明显，比之于《莫须有先生传》，它距离经典意识流的标准更远一些。然而，《九十九度中》毕竟与一般的、传统的叙事小说不同，这一点也是很明显的，而不同之处即在于它积极、有效地运用了"意识流"的主要技巧之一——时空蒙太奇。小说的时间背景被设置在10个小时之内,从上午将近12点到晚上9点左右,小说没有核心情节,而是纷然杂陈地同时描述了几个不同空间里的人物事件,空间场景的切换极为频繁,并结合大量穿插、对照、闪回等手段。在作者的笔下,小说的叙事空间总是处于大幅度跳跃的运动态势之中,在万余字的篇幅内产生令人目不暇接的艺术效果,较为充分地表现出了意识流作品非逻辑、非理性的艺术特色。

《九十九度中》的场景变换如下:马路上,三个挑夫给张宅送菜——马路上的洋车中,卢二爷去东安市场——张宅大厨房,二掌柜和大师傅对话,奶妈和陈升调情——从张宅里院到外院,老太太准备过70大寿,上下忙做一团(穿插胡同东头车场院里的事),赵妈到外院传话——从东安市场到喜燕堂,卢二爷的车夫杨三找另一车夫王康讨债,结果发生斗殴,引来了巡警——喜燕堂里的婚礼,新娘阿淑的回忆,她暗恋着九哥——转入后房,阿淑身边的人事——东安市场,老卢、老孟和逸九聊天,逸九看着邻座的女人想起了幼时的玩伴琼,还有阿淑,三个人起身去电影院(急转到车夫去警局)——马路上的洋车中,刘太太去张宅拜寿——张宅胡同口,三个挑夫刚喝玩酸梅汤,卖酸梅汤的老头算计生意——张宅内,丁大夫、少奶奶们、刘太太等依次拜寿——张宅后院,小丫头寿儿坐在房外出神,幼兰小姐和羽少爷在书房内私语——三挑夫之一的家,这个挑夫得了霍乱——从挑夫家到大街上再回到挑夫家,邻居张秃子找医生,医生没找到,挑夫死了——张宅跨院,大家看戏,张家大爷和侄女慧石相见对话——张宅厢房,丁大夫接电话,有人找他看病,他没去——报馆,正在排印明天的报纸,有张宅演戏,车夫斗殴,挑夫因霍乱死亡等消息——老卢家,老卢打电话找关系保释他的车夫杨三。

由此可见,《九十九度中》显然具有一种时空跳跃性设置的创作思维。小说中的将近20个场景先后或者不分先后地发生于几个不同的空间,虽然略有关联,但总体上呈现出一种无序、随意、非逻辑的特征,而且在场景与场景的变换之间也没有任何过渡性的文字或交代,在写法上具有较强的试验性,避免了用传统方法叙写这些凌乱、关联性不强的生活场景时所难以避免的单调、啰唆、死板与迟缓,产生独特而新奇的艺术效果。从这个角度上说,《九十九度中》弥补并丰富了京派意识流的成果。

林徽因的试验并不止于《九十九度中》,她的另一篇作品《窗子以外》,同样是一篇优秀的意识流作品,而且其试验重心与前者又有所不同。《窗子以外》于1934年发表在《大公报·文艺副刊》,习惯上人们常将它当作散文,但把它看做小说亦无不可。《窗子以外》通篇是以第二人称展开的内心独白,从内容到形式都很像弗吉尼亚·吴尔芙的名作《墙上的斑点》。两位女作家都是通过一种注视,通过眼睛感官作用的发挥来组织全篇,吴尔芙是盯着屋内墙上的一块斑点,林徽因则是盯着窗子;不同的是,吴尔芙始终盯着同一块斑点任意识随意流动,林徽因则是在不断地变换着那个注视的窗子,一会儿是车窗,一会儿是自家的窗子,一会儿又是客栈的窗子,充满了运动感与流动性。吴尔芙在《墙上的斑点》中感叹道:"生活是多么神秘!思想是多么含混!人类是多么无知!"林徽因在《窗子以外》中发出相似的感叹:

"窗子以外的事,你看了多少也是枉然,大半你是不明白,也不会明白的。"两位女作家都充分地发挥了自由联想的功能,紧紧抓住重要的瞬间感受,最大限度地拓展了时空的跨度,"在有限的时间与空间内集中表现了传统小说无法表现的思想与内容"。❶

注视带来的还有对人物潜意识的挖掘与表现,对人物感官印象的充分开掘。《窗子以外》的创作稍晚于《九十九度中》,如果说后者偏于时空蒙太奇的尝试,那么前者显然尝试了通过内心独白来表现潜意识。但《窗子以外》对潜意识的描写还没有达到《墙上的斑点》的水平,它还是过多地依赖于对外部世界的注视与描绘,很少真正地深入到潜意识的层次,这并不是林徽因的特长。潜意识的幽深、意识与潜意识的关系,似乎暗合了温克尔曼对大海表面与深层关系的描述,温克尔曼从中体会到"静穆的伟大",人类的整体意识世界似也内蕴着这样一种"静穆"的博大境界。

三

朱光潜早期的美学思想建立在克罗齐的直觉论基础之上,他早年对弗洛伊德的译介也是相当准确的,体现出他对弗氏精神分析学的熟悉和了解,而精神分析学与直觉论是有不少相通之处的。朱光潜写过两本专门介绍西方心理学大发现的书——《变态心理学派别》与《变态心理学》,比较详细地梳理了 19 世纪末至 20 世纪初西方心理学的发展状况。

---

❶ 李维屏:《英美意识流小说》,上海外语教育出版社 1996 年版,第 144 页。

在《变态心理学》一书中,他讲道:"英文 unconscious 德文 Unbewuszten 和法文 inconscient 这个名词最易误解,学者入手即须分别清楚。这个词在日常语言中有一个意义,在弗洛伊德心理学中又另有一个意义,绝不相同。日常语言中的 unconscious。可译为'无意识',弗洛伊德所用的则应译为'隐意识'。'无意识'是指暂时不在意识界内的记忆以及不用意识支配的习惯动作和反射动作。'隐意识'是被压抑欲望的藏身之所。例如行路时双腿更动是无意识的动作而却不能谓为隐意识的动作;作梦是隐意识作用而却不能谓为无意识作用。隐意识是通常不易召回的带有痛感的记忆。通常容易召回的记忆,弗洛伊德称之为'前意识'(the preconscious)。法国派心理学者所用的 sub-conscient 应译为'潜意识',它一方面不是'无意识',因为在主意识失其作用时,它可以全盘回到意识界,例如催眠状态睡行症等等;一方面它又和弗洛伊德的'隐意识'有别,因为它和意识虽分裂而却不必处对敌的地位。"❶ 朱光潜对"变态心理学"的熟识使他能够看到人类意识活动的某些本质,隐意识的躁动不安是危险的,但人类必须克服它、超越它,否则将走向毁灭。这种带有科学主义色彩的观念为"静穆"观念提供了另一种支撑,使人相信"静穆"观念具有符合人类福祉的成分,这一点早在黑格尔的著作就有所体现。

朱光潜提出的"静穆"观念可以成为沟通西方直觉主义与京派文艺审美观念的桥梁,它深化和拓展了后者的内涵,

---

❶ 朱光潜:《变态心理学》,见《朱光潜全集》(第二卷),安徽教育出版社 1993 年版,第 117~118 页。

使其具有更加浓郁的西方理论色彩。"静穆"观念强调静思默想，超脱功利与道德的判断，强调一种自由自在的、逍遥游的状态，经过心灵与情感、情趣与意象的不断调和，在某一瞬间获得大彻大悟，一如禅宗的"顿悟"、道家的"坐忘"，"酒神"深沉激烈的苦痛化为"日神"光辉宁静的形象，从而产生一种深远、广大、平衡、包容、纯净、永恒的美。如何获得这种美？不能靠知识、经验、理智或想象，只能通过直觉、抒情的直觉、灵感的顿悟。而"静穆"观念体现出的审美心理与乔伊斯源自阿奎那学说、带有"精神顿悟"色彩的审美体验说具有极为相似的性质，乔伊斯认为：心灵感受到美的最高特性——美的形象的清晰光彩——的一瞬间，是一种"心灵陶醉"的意境，它是一种"明晰而安谧的静态平衡"；❶ 吴尔芙对"重要的瞬间"这一创作经验的阐述，也与"静穆"观念的基本观点颇有相似之处。

西方意识流小说在早期试验阶段，都是以印象主义去表现内心世界的，在叙事上普遍带有印象主义的色彩。它的形成一方面源自"意识流"本身注重感官印象的特质，另一方面也与19世纪下半叶盛行于欧洲的印象派艺术密切相关。事实证明，西方意识流作家不同程度地都受到了印象派艺术观念的影响。发挥感官印象的作用是西方"意识流"的主要技巧之一，感官印象非常接近于内心独白，不同的是"感官印象所涉及的是距离注意力的焦点最远的，……感官印象是作家纪录纯粹感觉和意象的最彻底的作法，它把音乐与诗的

---

❶ 瞿世镜：《意识流小说理论》，四川文艺出版社1989年版，第42页。

效果移植到小说方面"。❶ 所谓"纯粹感觉",就是直觉,感官印象是表现直觉的,同时它的发挥又依赖于直觉的灵敏与活跃。同时,感官印象的通感特性,也将音乐与诗歌的成分带进了小说,这在乔伊斯、吴尔芙等人的作品中得到较为充分的体现。❷ 印象主义是19世纪后半期至20世纪初期流行于法国、欧美乃至世界的一种艺术流派与文艺思潮。印象主义在19世纪70年代以后进入文学领域,西欧的一些文学家使用类似印象派绘画和音乐的创作方法,致力于捕捉模糊不清的转瞬即逝的感觉印象,探讨如何将这种瞬间感觉经验转化为情感状态。印象主义文学与象征主义文学有相通之处,两者的不同主要在于印象主义反对使用象征手法表达思想,而倾向于感觉的描述。

李健吾在中国现代文学史上大批评家的地位,主要建基于他的印象主义批评。印象是个人的心理、精神活动,带有浓郁的个人色彩,印象主义批评同样尊重自我的发现,强调不受外在经验或知识干扰的自我发现,李健吾认为:

批评的成就是自我的发现和价值的决定。发现自我就得周密,决定价值就得综合。一个批评家是学者和艺术家的化合,有颗创造的心灵运用死的知识。他的野心在扩大他的人格,增深他的认识,提高他的鉴赏,完成他的理论。创作家根据生料和他的存在,提炼出来他的艺术;批评家根据前者

---

❶ [美]梅尔文·弗里德曼著,申丽平等译:《意识流,文学手法研究》,华东师范大学出版社1992年版,第5页。
❷ 李维屏:《英美意识流小说》,上海外语教育出版社1996年版,第243~244页。

的艺术和自我的存在，不仅说出见解，进而企图完成批评的使命，因为它本身也正是一种艺术。❶

批评与创作一样也是艺术，面对自己的内心，发挥创造力，注重阅读作品时的瞬间感受和第一印象，批评便是"灵魂在杰作之间的奇遇"。李健吾还特别强调，批评对于美的感悟和创造，注重整体的审美体验，崇尚灵感，印象主义的批评往往带有浓厚的顿悟色彩。基于这样的追求，李健吾的批评虽然也讲求一定的理性条例，但是反对纯理性的、逻辑化的批评、分析与归纳，他把批评也当做一种创作，需要有一种意识的指引，却不能太强烈乃至为其左右，他对此讲道：

有的艺术家，而且伟大的艺术家，根据直觉的美感，不用坚定的理论辅佐，便会自然天成，创造惊天地泣鬼神的杰作。不过，这不是说他没有意识。我们通常逢到一部杰作，由于过分敬畏，不是解做神秘，便是委之机会，而实际没有比这再失敬，再蔑视作者高贵的全人存在的。一个作者可以不写一句理论，然而这不是说，从开端到结尾，他工作的过程只是一团漆黑。正相反，如若最初是一团漆黑，越往前走，他会从自心生出光明，做为他全程的路灯。不看第二遍便罢，否则一个作家，没有不带着（哪怕十九是自钦，十一是）批评的眼光，有所斟酌与其间的。他期望某种效果（艺术的，宣传的，通俗的等等），已属一种意识：他要达到他

---

❶ 刘西渭："跋"，见《咀华集》，文化生活出版社1936年版，第1页。

的效果,而达到,正乃所有艺术家的苦难。❶

　　同样对印象、感觉情有独钟的还有沈从文。他在一封信中说:"这世界有一些人在'生活'里'存在',有一些人又在'想象'里'生活'。我自然应属于后面的一种人。"❷这种生命的状态使他在创作时执迷于印象和感觉的发现与表现,他在《从文小说习作选》的"序言"中便强调,自己的创作俨然是"用文字捕捉感觉与事象",还强调在进入创作状态时创作主体应与外界完全隔绝,只相信自己的感觉和独断,其他一切都不要管、不用管。

　　李健吾极为敏锐而准确地抓住了沈从文作品中重视印象感官的特色,他讲道:

　　有些人的作品叫我们看,想,了解;然而沈从文先生一类的小说,是叫我们感觉,想,回味……沈从文先生从来不分析。……他知道怎样调理他需要的分量。他能把丑恶的材料提炼成功一篇无瑕的玉石。他有美的感觉,可以从乱石堆发现可能的美丽。这也就是为什么,他的小说具有一种特殊的空气,现今中国任何作家所缺乏的一种舒适的呼吸。……他不分析;他画画,这里是山水,是小县,是商业,是种种

---

❶ 刘西渭:"画梦录——何其芳先生作",见《咀华集》,文化生活出版社1936年版,第196页。

❷ 沈从文:"中年",见《沈从文全集》(第七卷),北岳文艺出版社2002年版,第9页。

人,是风俗是历史而又是背景。❶

　　李健吾的评论中有一点特别值得注意,即他反复说沈从文"从不分析"。所谓"分析"多指较为正规的现实主义方法,针对描写叙述的对象要有价值的判断,要条分缕析地去解释现象,说明事理,而"不分析"则接近于印象主义的方法,是一种自觉的表现,表现一种具体化的抽象的意境美。李健吾在沈从文的作品中发现的正是这样一种印象主义式的叙述风格,他在沈从文这里找到了一种艺术上的共鸣,甚至找到了他理想中的未曾达到的艺术境界,因此几乎毫无保留地流露出对于后者的超出一般的赞美、赞颂。

　　对于眼前笔端的任何描写对象,沈从文都善于运用各种感官来获得一种混溶的、综合的印象,这种创作方式是主动的、完全的、反功利的、自然而然的,同时也是天才的,他曾对学习写作的人说:

　　我要他们先忘掉书本,忘掉所谓目前红极一时的作家,忘掉个人出名,忘掉文章传世,忘掉天才同灵感,忘掉文学史提出的名著,以及一切名著一切书本所留下的观念或概念。末了我还再三说及希望他们忘掉"做国文""缴卷"!能够把这些妨碍他们对于"创作"工作认识的东西一律忘掉,再来学习应当学习的一切,用各种官能向自然中捕捉各种声音,颜色,同气味,向社会中注意各种人事,脱去一切

---

❶ 刘西渭:"边城——沈从文先生作",见《咀华集》,文化生活出版社1936年版,第70~72页。

陈腐的拘束,学会把一支笔运用自然,在执笔时且如何训练一个人的耳朵、鼻子、眼睛,在现实里以至于在回忆同想象里驰骋,把各样官能同时并用,来产生一个"作品"。❶

又说:"你也许过分使用过了你的眼睛,却太吝啬了你那其余官能","你得习惯于应用一切官觉,就因为写文章原不单靠一只手"。❷ 不带功利目的地积极运用各种感官,调动各种感官的功能,充分发挥各种感官的综合作用,以获得对于描写对象的一种独特而新颖的印象,这是印象主义艺术的经典准则,沈从文显然与此达成一种与生俱来的默契。在各种感官的深度综合运用之下,沈从文似乎达到一种幻境:"墙壁上一方黄色阳光,庭院里一点花草,蓝天中一粒星子,人人都有机会看见的事事物物,多用平常感情去接近它,对于我,却因为常常和某一个偶然某一时的生命同时嵌入我印象中,它们的光辉和色泽,就都若有了神性,成为一种神迹了"。❸ 这种神性的获得、神迹的创造使沈从文的作品表现出一种独特的、神秘的、激动人心的力度与美感。这种力度与美感使人将其与"静穆"的博大境界联系起来,从"静穆"中获得神性的体验,神性的体验即神迹又为"静穆"添加了丰富的内容,同时印证了这种艺术审美观念的存在。

---

❶ 沈从文:"《幽僻的陈庄》题记",见《沈从文全集》(第十六卷),北岳文艺出版社2002年版,第331页。

❷ 沈从文:"情绪的体操",见《沈从文全集》(第十七卷),北岳文艺出版社2002年版,第217~218页。

❸ 沈从文:"水云",见《沈从文全集》(第十二卷),北岳文艺出版社2002年版,第120页。

第四节 "纯正的趣味"

京派文人常讲的"趣味"不只是一种趣味、一种情调、一种好恶倾向,它还是一种思想,一种文学思想,可与"静穆"观念相互阐发,并通过"静穆"观念得以表现。京派文人的趣味究竟是什么样的趣味?这种趣味究竟蕴涵、体现着怎样的文学思想?这种文学思想又如何参与了"静穆"观念的建构?

周作人是最讲究趣味的现代文人之一,他在一篇文章中写道:"我很看重趣味,以为这是美也是善,而没有趣味乃是一件大坏事。"❶ 他还将趣味之道细细地分出没趣味、假趣味、恶趣味、低级趣味等,对"趣味"表现出了异乎寻常的用心。沈从文虽在一些文章中多次表示对趣味把持文坛方向的不满,但他反对的只是某些趣味,如废名的孤芳自赏、老舍的诙谐逗乐、郭沫若的耽于煽情等,他其实也很在意文艺作品是否有趣味。在《〈阿黑小史〉序》一文中,沈从文便自评这篇作品的价值在于"有趣味":"或者还有人,厌倦了热闹城市,厌倦了眼泪与血,厌倦了体面绅士的古典主义,厌倦了假扮志士的革命文学,这样人,可以读我这本书,能

---

❶ 周作人:"笠翁与随园",见《苦竹杂记》,河北教育出版社 2002 年版,第 60 页。

得到一点趣味"。❶

朱光潜在《谈趣味》一文中,从拉丁成语"趣味无争辩"入手,现身说法,大谈趣味的内涵、特征及其培养。在文章最后,他提出:

趣味无可争辩,但是可以修养。文艺批评不可抹视主观的私人的趣味,但是始终拘执一家之言者的趣味不足为凭。文艺自有是非标准,但是这个标准不是古典,不是"耐久"和"普及",而是从极偏走到极不偏,能凭空俯视一切门户派别者的趣味,换句话说,文艺标准是修养出来的纯正的趣味。❷

在朱光潜看来,趣味应该是广博的,不偏执于一端,只有这样的趣味才是值得培养与提倡的,才是"纯正的趣味"。在另一篇文章中,他又讲道:

文艺上的纯正的趣味必定是广博的趣味,不能同时欣赏许多派别诗的佳妙,就不能充分地真确地欣赏任何一派诗的佳妙。趣味很少生来就广博,将比开疆辟土,要不厌弃荒原瘠壤,一分一寸地逐渐向外伸张。❸

---

❶ 沈从文:"《阿黑小史》序",见《沈从文全集》(第七卷),北岳文艺出版社2002年版,第231页。
❷ 朱光潜:"谈趣味",见《朱光潜全集》(第三卷),安徽教育出版社1987年版,第348页。
❸ 朱光潜:"谈读诗与趣味的培养",见《朱光潜全集》(第三卷),安徽教育出版社1987年版,第352页。

本章便用"纯正的趣味"来概括京派文人所讲求的趣味，并由此入手详细分析、解读这种趣味的内涵，及其背后蕴涵的文学思想。这将从以下五个方面展开：第一，反对文学创作过分夸张地表现情感，反对情感的泛滥，反对"伪浪漫"；第二，反对文学的政治化与商业化，倡导文学是一项事业；第三，提倡诚实与"本色"，追求完整和谐的艺术；第四，反对一味地、刻意地模仿，推崇创造与个性；第五，提倡自由的表达与"坚持的努力"。

一

京派文人对抒情尺度与方式的观点，与他们所秉持的古典主义艺术观念有很大的关系，这本身也是"静穆"观念的一个重要的方面。但从趣味这个角度来看，抒情尺度的把握无疑也体现着他们的艺术趣味与思想。

情感的激越与夸张乃至流于泛滥，这是"五四"新文学以来逐渐形成的一种空疏的文学潮流，不是"血呀泪呀"，便是"花呀爱呀"。京派文人大多对此表示反感，"静穆"观念出现的一个重要的背景和动力便是调合流于肤浅、泛滥的情感主义倾向。前文曾多次接触过这一问题，并引述了朱光潜、沈从文、萧乾等众多京派文人的相关言论，譬如朱光潜对于"眼泪文学"的反感与批评，沈从文、李健吾、梁宗岱等人控驭情感、节省文字的观点，萧乾对"五四"文艺风气的直接批评等。

沈从文曾批评郭沫若"不会节制。他的笔奔放到不能节制。……不能节制的结果是废话。废话在诗中或能容许，在创作中成了一个不可救药的损失。……他详细的写，却不正确的写。词藻帮助了他诗的魄力,累及了文章的亲切"。❶ 又说,施蛰存的《上元灯》"文字奢侈,致从作品中失去了亲切气味,而多幻想成分,具抒情诗美的交织,无牧歌动人的原始的单纯"。❷ "亲切"是沈从文的一个重要的批评标准,譬如说鲁迅的《故乡》《社戏》亲切,说许地山的散文亲切,说刘半农的新诗亲切等,"亲切"来自温和、有节制地抒情与健康、自然的情调。沈从文认为:冰心、朱自清、废名"这三个作家,文字风格表现上,并无什么相同处。然而同样是用清丽素朴的文字抒情,对人生小小事情,一例俨然怀着母性似的温爱,从笔下流出时,虽方式不一,细心读者却可得到同一印象,即作品中无不对于'人间'有个柔和的笑影。少夸张,不像徐志摩对于生命与热情的讴歌;少愤激,不像鲁迅对社会人生的诅咒"。❸ 少夸张,少愤激,母性的温爱,这是沈从文赞尚的文学品质,与他对于"亲切"感的追求也是一致的。

　　沈从文并不拒绝、排斥激情,他认为创作中应该有"属于人性的真诚情感,浸透了矜持的忧郁和轻微疯狂,由此而发生种种冲突,这种冲突表面平静内部却十分激烈,因之装饰人性的礼貌与文雅,和平或蕴藉,即如何在冲突中松弛其束缚,逐渐失去平衡,必在完全失去平衡之后,方可望重新

---

　　❶ 沈从文:"论郭沫若",见《沈从文全集》(第十六卷),北岳文艺出版社2002年版,第155页。
　　❷ 沈从文:"论冯文炳",见《沈从文全集》(第十六卷),北岳文艺出版社2002年版,第149页。
　　❸ 沈从文:"由冰心到废名",见《沈从文全集》(第十六卷),北岳文艺出版社2002年版,第274页。

得到平衡。时间流注，生命亦随之而动与变，作者与书中角色，二而一，或在想象的继续中，或在事件的继续中，由极端纷乱终于得到完全宁静"。❶ 让沈从文感到厌烦与不屑的是，文艺作品只有浮在表面的激情而缺乏内里动人心魄的真情实感，他讲道："一个作家必需使思想澄清，观察一切体会一切方不至于十分差误：他要'生活'，那只是要'懂'生活，不是单纯的生活。他需要有个脑子，单是脊髓可不成。更值得注意处，是应当极力避去文字表面的热情。……神圣伟大的悲哀不一定有一摊血一把眼泪，一个聪明作家写人类痛苦是用微笑表现的。"❷ 沈从文的看法非常符合"静穆"观念对于情感表达的基本观点，起于激情而终于宁静，用微笑表现痛苦，体现出的是母性博大而深厚的爱，这样的作品才是可以走向神圣伟大的，这也是他自己的理想。

  沈从文的独特视角几乎是与生俱来的，"要我在一件事上生五十种联想，我办得到这个事，并不以为难。……我自己，认为我自己是顶平凡的人的。在一种旧观念下我还可断定我是一个坏人，这坏处是在不承认一切富人专有的'仁义道德'。在新的观念下看我，我也不会是好人，因为我对一切太冷静，不能随到别人发狂。……我憎我自己时是非常爱我自己的。我憎我自己的错误行为，就比一切人不欢喜我的总分量还多。但是，一种错误的轻蔑，从别个人的脸嘴上，

---

 ❶ 沈从文："《看红摘星录》后记"，见《沈从文全集》（第十六卷），北岳文艺出版社2002年版，第343～344页。
 ❷ 沈从文："给一个写诗的"，见《沈从文全集》（第十七卷），北岳文艺出版社2002年版，第185～186页。

言语上，行为上，要我来领受，我领受这个像是太多了点了！"❶ 沈从文有些天不怕地不怕的劲头，作为一个异常勤奋而有才华的职业作家，他正逐渐在文坛竖起自己的旗帜。从他的那些表示不满的评论中，可以看到他已经找到自己的路，那既不是"坏人"的也不是"好人"的，既不是旧观念的也不是新观念的；但亦可说他还没有找到自己的路，他仍旧在痛苦、愤怒和羞辱中跋涉，在写给朋友的信中，他多次说自己想要放弃写作，可又总是食言。

二

沈从文对文学商业化与政治化的反对，在由他挑起的"京海之争"里表现得比较突出，他对上海文人的不满主要体现在这两个方面，倒不是在文学创作的方法上有什么根本性的分歧。政治与商业的结合是20世纪30年代上海文坛的重要特色，政治要借商业来扩大影响，商业要借政治来赚钱盈利，双方各取所需，一拍即合，但是这种媾和给文学的发展带来双重压力，特别是在京派文人看来，它加速了文学的堕落与腐败，形成了一种不良的风气乃至历史趋势。

与沈从文的反商业、反政治立场相比，周作人在此方面表现得并不那样显豁，却更为深刻而且由来已久。1928年年初，周作人便在一篇文章里表示："文学家是必跳出任何一种阶级的；如其不然，踏足在第二或第四阶级中，那是决不会有成功的。"又说："文学既然仅仅是单纯的表现，描写出

---

❶ 沈从文："《阿丽斯中国游记》后序"，见《沈从文全集》（第三卷），北岳文艺出版社2002年版，第4~5页。

来就算完事了。那末现在讲革命文学的，是拿了文学来达到他政治活动的一种工具，手段在宣传，目的在成功。"❶ 周作人的态度明确，表述上也毫不含糊，反对的目标直指当时的革命文学、政治文学。他还曾以一种警告的语气讲道："治学术艺文者须一依自己的本性，坚持勇往，勿涉及政治的意见而改其趋向，终成为二重的生活，身心分裂，趋于毁灭，是为至要也。"❷ 可见其与政治划清界限的决绝心态。

1930年，周作人又写下一文继续以革命文学为反例，批评政治与商业的合流：

文士的职业是资本主义的私生儿，在合理的社会人人应有正当的职业，而以文学为其表现情意之具，有如写信谈话一样，这就是说至少要与利得离开。现今文学的堕落的危机，无论是革命的或非革命的，都在于他的营业化，这是落到了资本主义的泥坑里去了，再也爬不上来。❸

周作人此番言论针对上海文坛的新动向而发，充满了他特有的反讽与不屑。他继续说道："老实说，我对于郁达夫、郭沫若诸位先生，一直有相当敬意，但看上海滩上的文坛战讯，好像是许多的剪刀店，不知为什么那样地在那里混战恶

---

❶ 周作人："文学的贵族性"，见《周作人文类编》（第三卷），湖南文艺出版社1998年版，第114页。
❷ 周作人："偶感"，见《谈虎集》，河北教育出版社2002年版，第180页。
❸ 周作人："半封回信"，见《周作人文类编》（第三卷），湖南文艺出版社1998年版，第124页。

斗。我连这个都不能明燎，更岂可冒昧的窜进核心去，无端被人家认为某一集团的士兵？"❶ 周作人不仅反对文学具有功利目的，而且反对文学以营利为目的，也就是反对文学的商业化、营业化。明确地指名道姓并不是周作人的作风，此处竟毫不避嫌，可见出他对上海文坛风向的厌恶。为了扭转当时很多人将文学的地位捧得太高、作用看得太重的社会潮流，周作人还多次表示，文学不过是一种表情达意的工具，没有那么高的地位和那么重要的作用，但周作人对文学的艺术性还是充满期许并有很高要求的。

京派文人对文学创作实有一种崇高的理想与神圣的期待，尤以沈从文为代表，他在京海之争中便已明确表示文学需要一种严肃的精神，他还倡言要以一种事业心来对待文学。

文学是一种事业，如其他事业一样，一生相就也不一定能有多少成就。同时这事业上因天灾人祸失败又多更属当然的情形，这就要看作者个人如何承当这失败而纠正自己，使它同生活慢慢的展开，也许经得住时代的风雨一点。把文学作企业看，却容许侥幸的投机，但基础是筑在浮沙上面，另一个新趣味一来，就带走了所已成的地位，那是太游戏，太近于"白相的"文学态度了。❷

---

❶ 周作人："半封回信"，见《周作人文类编》（第三卷），湖南文艺出版社1998年版，第124页。
❷ 沈从文："给一个写小说的"，见《沈从文全集》（第十七卷），北岳文艺出版社2002年版，第189页。

文学不是"企业",不能任由趣味左右,文学是一种事业,需要长期的、投入的、认真的工作才能有所成绩,沈从文的文学态度体现出一种严肃的、真诚的理想主义精神,对文学充满期望,但对它的困难性也有比较充分的准备。

与沈从文关系密切的杨振声同样具有这样的文学事业心。1933年夏,杨振声辞去青岛大学校长的职务,返回北京,其间受教育部的委托,开始主编《高小实验国语教科书》和《中学国文教科书》。杨振声非常重视这项面对中小学的新工作,为了解小学生的实际情况,收集相关的信息,他亲自来到北师大实验小学,走上小学的讲台教书。据说他讲起故事来绘声绘色,与小学生玩游戏,打成一片,很受他们的欢迎。1933年冬天,杨振声与胡适等人应邀去武汉大学讲演,东道主竟突发奇想安排他们与小学校、幼稚园的孩子们见面,要考考几位大学者运用"大众语"的水平。胡适回忆道,尽管他"久经大敌",在国内外的讲坛上"毫不觉得心慌",但没有经受住这次"考试",他讲的故事虽然孩子们也能听懂,却不大明白其中含义,相比之下,"只有杨金甫说的一个故事是全体小主人都听得懂,又都喜欢听的"。[1] 杨振声在北京不仅主持编选中小学教科书,而且还邀集沈从文创编、主编《大公报·文艺副刊》,这个每周出两期、每期一个版面的报纸副刊,由此迅速成为京派文人发表创作的园地,在北方乃至全国文坛产生重要影响。如果没有纯正的事业心,一个人恐怕不会轻易放下国立大学校长的职务去编小

---

[1] 胡适:"大众语在那儿",见《胡适全集》(第四卷),安徽教育出版社2003年版,第575~576页。

学教科书或者报纸副刊。

杨振声还是一个作家，20世纪20年代他创作了不少小说、散文，中篇小说《玉君》作为商务印书馆"现代文艺丛书"第一种，1925年2月一出版便引起了轰动，一年内再版两次。这篇小说写青年女性玉君受到"五四"新文化运动的影响，反抗包办婚姻，毅然与家庭决裂，走向社会，与社会、命运抗争，是同类小说中写得较早、较为成熟的佳作。杨振声对文学创作有很高的期许，"文学家能改变人性，能补天公的缺憾，就今日的中国说，文学家应当提高中国民族的情感，思想，生活，使她日即于光明"。❶ 这是一种事业心的体现，杨振声是把文学当做一项事业来看待的。

朱光潜亦非常赞同这种事业心和理想主义精神，他在一篇文章中讲道："无论是讲学问或是做事业的人都要抱有一副'无所为而为'的精神，把自己所做的学问事业当作一件艺术品看待，只求满足理想和情趣，不斤斤于利害得失，才可以有一番真正的成就。伟大的事业都出于宏远的眼界和豁达的胸襟。"❷ 文学在他们的眼中，当然属于这"伟大的事业"的行列，它不能过于计较利害得失，不能有狭隘、浅薄的功利性目的，而是以理想与情趣作为旨归的。

正是这样的一种严肃的事业心与创作态度，赋予京派文学一种崇高感，这种崇高感也来自他们的古典主义文学思想与悲剧精神，在三者的共同作用之下，崇高感成为京派文学

---

❶ 杨振声："新文学的将来"，见《杨振声选集》，人民文学出版社1987年版，第279页。

❷ 朱光潜："开场话"，见《朱光潜全集》（第二卷），安徽教育出版社1987年版，第6页。

的一种较为明显的审美特征,这种审美特征与"静穆"观念形成一种呼应,为"静穆"观念提供了一种现实的、具象的支撑,它与"静穆"所蕴含的美感及精神是一致的。

三

对文学商业化、政治化的反对,引发京派文人对于诚实、本色的重视与推崇。周作人曾专作一文《本色》,多方取譬,借谈作文之道,来阐述"本色"对于文学创作、文人性情的重要。"写文章没有别的诀窍,只有一字曰简单。这在普通的英文作文教本中都已说过,叫学生造句分章第一要简单,这才能得要领,不过这件事大不容易,所谓三岁孩童说得,八十老翁行不得者也。"写文章要简单,但这个简单的道理不是那么容易实现的,这是为什么呢?周作人进一步讲道:"平常说话原也不容易,盖因其中即有文字,大抵说话如华绮便可以稍容易,这只要用点脂粉工夫就行了,正与文字一样道理,若本色反是难。为什么呢?本色可以拿得出去,必须本来的质地形色站得住脚,其次是人情总缺少自信,想依赖修饰,必须洗去前此所涂脂粉,才会露出本色来,此所以为难也。"❶

简单就是本色,本色难以达到和实现,首先是因为本色本身须有价值,能拿得出去,这就要求写文章的人一定要有高拔的志趣、丰富的知识、深刻的思想、新颖的观念,缺少这些因素的本色难免令人失望;更有甚者,有些本色质地不

---

❶ 周作人:"本色",见《风雨谈》,河北教育出版社2002年版,第29页。

良、品性不佳，不堪入目，臭不可闻，根本就不能拿出去。前者虽然会让人失望，但只要真诚坦白，亦能令人接受，后者便实在无法存于光天化日之下了，人心大多虚荣自私，前者尚怕露丑，后者自然更要死死地捂住，于是本色便总是难有实现、袒露的机会。本色难以实现的另一原因在于，一旦养成涂脂抹粉、矫揉造作、自欺欺人的习惯，再想回归本色，那是难上加难的，所谓"由俭入奢易，由奢入俭难"。本色的反面是深文周纳、忸怩作态，这也就成了文人的通病。"作文章最容易犯的毛病，其一便是作态，犯时文章就坏了。我看有些文章本来并不坏的，也有意思要说，有词句足用，原可好好的写出来，不过这里却有一个难关。文章是个人所写，对手却是多数人，所以这与演说相近，而演说更与做戏相差不远……我读古今文章，往往看出破绽，这便是同演说家一样，仿佛听他榨扁了嗓子在吼叫了，在拍桌了，在怒目厉齿了……文人在书房里写文章，心目却全注在看官身上，结果写出来的尽管应有尽有，却只缺少其所本有耳"。❶ 周作人所讲的虽是作文之道，又何尝不是做人之道呢？

沈从文也是一个颇为看重诚实、本色的作家。他说："我的文章没有什么惊人的地方，但每一句话必求其合理且比较接近事实。文章若毫无可取处，至少还不缺少'诚实'。（不要看轻诚实，到如今的世界，看完了一本书，看懂了这

---

❶ 周作人："谈文章"，见《知堂乙酉文编》，河北教育出版社2002年版，第113页。

个人作品,再来说话的批评家,实在就不多了!)"❶这段话说得既谦虚又自信,体现出了沈从文的批评风格,他所说的诚实与本色是一回事。他是这样要求自己的,同时也用这个尺度来衡量别的作家与作品,这在他的评论选《沫沫集》中常有体现。沈从文对作家诚实、本色的要求,有极高的标准:

> 我们实在是很需要作家的。这作家他最先就必是个无迷信的人,他不迷信自己是天才,也不迷信某一种真命天子一个人就可以使民族强大起来。他明白自己在这社会上的关系,在他作品上,他所注意的,必然是对于现状下一切坏处的极端憎恨,而同时还能给读者一个新的人格的自觉。他努力于这种作品产生,就为得是他还明白,只有从这种作品上,方能把自己力量渗入社会里去!
>
> 我们需要的是这种朴实作家,倘若我们还相信文学可以修正这个社会制度的错误,纠正这个民族若干人的生活观念的错误,使独善其身的绅士知耻,使一切迷信不再存在,使……缺少这种作家,是不能产生我们所理想的这种作品的。❷

沈从文欣赏的作家必须首先是一个朴实的、本色的作家,这样的作家必须具有崇高的人格与旨趣,他的作品必须对人类生活的现实有所裨益,在沈从文眼里,这样的作家才

---

❶ 沈从文:"《现代中国作家评论选》题记",见《沈从文全集》(第十六卷),北岳文艺出版社2002年版,第327页。
❷ 沈从文:"元旦日致《文艺》读者",见《沈从文全集》(第十七卷),北岳文艺出版社2002年版,第205页。

是理想的，才是时代所需要的。

朱光潜亦曾强调自己对本色的偏好，他是这样说的："我担任的是文学课程。那些经院气味十足的文艺理论不但诸位已听腻了，连我自己也说腻了。平时习惯的谦恭不容许我说我自己，现在和朋友们通信，我不妨破一回例。我以为切己的话才是切实的话，所以我平时最爱看自传、书信、日记之类赤裸裸地表白自己的文字。"❶ 虽然不是直接谈文学创作，谈的是自己的兴趣好恶，但亦可从中看出朱光潜对文学活动中诚实、本色的提倡。

四

朱光潜对本色的推崇更多与他对模仿的反对、对创造与个性的提倡结合在一起。初看起来，本色与创造原是风马牛不相及，本色意味着对本质的回归，而创造则意在超越原有的东西，两者的方向看起来正相反。但是在一个缺乏真诚和本色、惯于涂脂抹粉与虚张声势的时代，回归本色便蕴涵着一种勇气可嘉的创造力，本色也就成为一种创造了。朱光潜对文坛现状似乎很不满，他讲道：

> 文章忌俗滥，生活也忌俗滥。俗滥就是自己没有本色而蹈袭别人的成规旧矩。西施患心病，常捧心颦眉，这是自然的流露，所以愈增其美。东施没有心病，强学捧心颦眉的姿态，只能引人嫌恶。在西施是创作，在东施便是滥调。滥调

---

❶ 朱光潜："谈学文艺的甘苦"，见《朱光潜全集》（第三卷），安徽教育出版社1987年版，第340～341页。

起于生命的干枯,也就是虚伪的表现。"虚伪的表现",就是"丑",克罗齐已经说过。"风行水上,自然成纹",文章的妙处如此,生活的妙处也是如此。在什么地位,是怎样的人,感到怎样情趣,便现出怎样言行风采,叫人一见就觉其谐和完整,这才是艺术的生活。❶

朱光潜借艺术谈生活,从生活反观艺术,实现艺术与生活的结合。结合的高妙境界便是自然,便是本色,便是创造,它们的反面便是媚俗、俗滥、滥调,而这些应予抛弃的东西都起于一味的、没头没脑的模仿。朱光潜对此是深恶痛绝的,他说:"我从前颇爱看康南海的字,后来看到许多人模仿康南海写的字,皮貌未尝不象,但是总觉得它有些俗滥,因此我现在对于康南海字的情感也淡薄了许多。我对于晚明小品文也有同样的感觉,它自身本很新鲜,经许多人一模仿,就成为一种滥调了。我始终相信在艺术方面,一个人有一个人的独到,如果自己没有独到,专去模仿别人的一种独到的风格,这在学童时代做练习,固无不可,如果把它当作一种正经事业做,则似乎大可不必。"❷ 看似谈的是小品文,实则谈的是文学创作中模仿与创造的问题,朱光潜并不是完全反对小品文,反对的是模仿小品文的风气与风潮;他也不是完全反对模仿,反对的是专意、一味的模仿而吞没了创造。

---

❶ 朱光潜:"'慢慢走,欣赏啊!'",见《朱光潜全集》(第二卷),安徽教育出版社1987年版,第92页。
❷ 朱光潜:"论小品文",见《朱光潜全集》(第三卷),安徽教育出版社1987年版,第427页。

朱光潜对文艺创作中创造精神的推崇不止于此,他看到了更深的时代问题,他对创造的强调也是具有某种时代指向性的。"我们刚从旧传统的桎梏解放过来,现在又似在作茧自缚,制造新传统的桎梏套在身上,这未免太愚笨。新传统将来自然会成立的,我们不必催生堕胎。在任何方面,我们的思想成就都还很幼稚。如果把这幼稚的成就加以凝固化,它就到了止关。我们现在所急需的不是统一而是繁富,是深入,是尽量地吸收融化,是树立广大深厚的基础"。❶ 正因为如此,这个时代文学创作的主要方向应该是创造,自由的创造,大胆的创造,作家们应勇于创造,评论家们应鼓励创造,使不同的艺术个性充分展开,共同构成一个丰富的文艺局面,而不能强求统一,对于模仿风气则更须警惕,因为它很可能是走向一个单调的统一局面的开端。

  朱光潜的言论在沈从文那里得到了呼应,这便是沈从文挑起的关于"差不多"的争论。沈从文对当时的文学创作比朱光潜更为不满,他指斥的核心问题是文学创作普遍缺乏个性和创造力,他认为:"大多数青年作家的文章,都'差不多'。文章内容差不多,所表现的观念也差不多。……这个现象说得蕴藉一点,是作者大都关心'时代',已走上了一条共通必由的大道。说得诚实一点,却是一般作者都不大长进,因为缺少独立识见,只知追逐时髦,所以在作品上把自己完全失去了。一个作品失去了自己的见解,自己的匠心,

---

 ❶ 朱光潜:"我对本刊的希望",载《文学杂志》创刊号,1937年5月1日。

还成个什么东西？"❶ 在沈从文看来，个性与创造性就是文学作品的基础与核心，要诚实地表现出来，而当时的文学创作缺少的恰恰是这个核心基础。沈从文认真地分析了这种状况出现的原因，首先是一种民族积习的不良影响，国人"历史负荷太久，每个国民血液中自然都潜伏一种奴隶因子"；但时代因素的影响则是更显著、更根本的，"凡稍有冒险精神，想独辟蹊径走去的，就极容易被看作异类。凡写作文字特具风格，与众不同，又不免成为乖僻。（异类乖僻，一加转译，即成落伍。）……一般从事文学创作者，大多数把工作同生活都打成一片，不可分开。除写作无以为生，不追逐时代虽写作也无以为生。自甘落伍，则精神物质，两受其害，生活无法支持。因此一来，作品当然便从'差不多'一条路上走去了。'差不多'的现象也就俨然是一个无可避免命定的结局"。❷ 时代与积习的强大作用力迫使作家就范，形成一种声势巨大的潮流，不媚俗就无法成功，媚俗因而成为一种潮流中的潮流，"差不多"也就应运而生了。如何挽救这种堕落的媚俗倾向，使文学创作重新走上一条具有创造力的个性之路？沈从文提出：

> 唯一的希望是在作者本身。作者需要有一种觉悟，明白如果希望作品成为经典，就不宜将它媚悦流俗，一切伟大作品都有它的特点或个性，努力来创造这个特点或个性，是作

---

❶ 沈从文："作家间需要一种新运动"，见《沈从文全集》（第十七卷），北岳文艺出版社2002年版，第101页。

❷ 同上书，第104～105页。

者责任和权利。作者为了追求作品的壮大和深入,得自甘寂寞,略与流行观念离远,不亟亟于自见。作者得把作品"差不多"看成一种羞辱,把作品"差不多"看成一种失败。如此十年,一切或者会不同一点点!❶

个性与创造,也是周作人的一贯追求,比起朱光潜和沈从文的高调推崇来,周作人的主张仍然是平和、深沉的,却掷地有声,他在早期的一篇文章中说:"假的,模仿的,不自然的著作,无论他是旧是新,都是一样的无价值;这便因为他没有真实的个性。"❷几年后,他进一步说道:"文学的路是要自己走出来的,不是师父传授,更不是群众所得指定的。由有权力者规定,非讲第四阶级不可的文学与非讲圣功王道不可的文学都是同样的虚伪。郁达夫先生有一篇《血泪》在他的《茑萝集》内,这虽然并不是他的最好的作品,但其中非笑那种浅薄的功利主义的文学的意思我是很以为然的。"❸在一定的语境中,反对文学政治化与提倡创造力和个性是一个事物的两个方面,难以明确区分。周作人对虚伪十分反感,他曾说:"文人里边我最佩服这行谨重而言放荡的,即非圣人,亦君子也。其次是言行皆谨重或言行皆放荡的,虽属凡夫,却还是狂狷一流。再其次是言谨重而行放荡,此

---

❶ 沈从文:"作家间需要一种新运动",见《沈从文全集》(第十七卷),北岳文艺出版社2002年版,第107页。
❷ 周作人:"个性的文学",见《谈龙集》,河北教育出版社2002年版,第146页。
❸ 周作人:"文学与主义",见《周作人文类编》(第三卷),湖南文艺出版社1998年版,第101页。

乃是道地小人"。❶ 言行不一致便是虚伪，这是周作人最厌恶的，厌恶虚伪，自然喜爱真诚，真诚里面便有个性和创造力。谈的是文人品性，但也可看出他的文学观念来。不仅如此，在周作人看来，只知模仿而缺乏真诚的、没有个性的作品是"死"的，"无论作那种文学，总得出自己心得作出来，写出来，才有活气，不然，专一摹仿旁人，结果是死的东西。"❷ "死的东西"哪里会有价值？周作人批模仿、批没有真诚和个性，看似平淡简单，实则充满力度。

五

京派文人推崇自由抒写，认为文学是自我的表白。在20世纪30年代复杂而对峙的中国文坛，自由抒写不是一件容易做到的事，说话写文章都有很多掣肘，一不留心就会招来祸端。京派文人对自由抒写的推崇，因而便显示出它的时代意义。

反对模仿，对创造力和个性的推崇，本身便蕴涵着对自由的要求，后者不过是更接近于现实问题，与文学创作以外的社会有更多牵扯。沈从文几乎是京派文人中最喜欢批判现实的一位，文坛的不良风气对文学创作自由的压抑与干涉令他极端反感。

在受主义统治和流行趣味所支配时，好作品不易产生。

---

❶ 周作人："文章的放荡"，见《苦竹杂记》，河北教育出版社2002年版，第69~70页。

❷ 周作人："死文学与活文学"，见《周作人文类编》（第三卷），湖南文艺出版社1998年版，第104页。

要中国新文学有更好的成绩,在民主式的自由发展下,少受凝固的观念和变动无时风气所控制,成就也许会大一些。并且当朝野都有人只想利用作家来争夺政权巩固政权的情势中,作家若欲免去帮忙帮闲之讥,想选一条路,必选条限制最少自由最多的路。换言之,作家要救社会还得先设法自救,自救之道第一别学人空口喊叫,作应声虫,第二别把强权当作真理,作磕头虫。若说信仰是必需的,也得有点真信仰,别随风气压力自己老是忽左忽右,把近十年来新文学在读者间建设的一点点信用完全毁去。❶

作家如何避免成为某阶级、某集团、某阵营的附属品,沈从文开出的药方是追求自由,这首先要求自尊,要有自己的头脑和信仰,要敢说自己的话。对于一些文人献媚乞怜的姿态,甘愿不自由的品性,他是不屑一顾的。"我始终不了解一个作者把'作品'与为'多数'连缀起来,努力使作品庸陋,雷同,无个性,无特性,却又希望它长久存在,以为它能够长久存在,这一个观念如何能够成立"。❷

中国新文学的发展在整体上显出一种急功近利的弊病,这在新文学产生不久便有人站出来予以批评。20世纪30年代京派文人对这个历史弊病看得更加清楚,对其十分警惕,他们提倡,文艺的健康发展需要一种稳妥的姿态,一种持久的耐心,一种"坚持的努力",这一方面是针对新文学近20

---

❶ 沈从文:"再谈差不多",见《沈从文全集》(第十七卷),北岳文艺出版社2002年版,第150页。

❷ 沈从文:"沉默",见《沈从文全集》(第十四卷),北岳文艺出版社2002年版,第107页。

年来逐渐形成的问题,另一方面也是希望对20世纪30年代弥漫文坛的浮躁风气有所扭转与澄清。这一点在朱光潜的文章中表现得尤其突出。

中国文学的一个大缺点,就是缺乏伟大艺术所应有的"坚持的努力"。我并非说作品的价值大小完全可以篇幅长短为准。但是拿中国文学和欧洲文学相较,相差最远的是大部头的著作,这是无可讳言的。写一部《红楼梦》比写一篇《杜秋娘传》,写一部《西厢记》比写一篇《会真记》,都需要较大的"坚持的努力",这也是大家所公认的事实。❶

这"坚持的努力"不仅是对具体的作品,更多是对文学创作的整体而言,建设中的文学需要一种不断的探索与持久的努力,不急功近利,专心深入下去,一代又一代的知识累积、成果叠加,才能创造出真正辉煌灿烂的文学与文化时代。

梁宗岱在给徐志摩的一封信中说道:

我不相信一个伟大的文艺时代这么容易产生。试看唐代承六朝之衰,经过初唐四杰底虚明,一直至陈子昂才透露出一个璀璨的黄金时代底曙光。我们现代,正当东西文化(这名词有语病,为行文方便,姑且采用)之冲,要把二者尽量吸取,贯通,融化而开辟一个新局面——并非中学为体西学

---

❶ 朱光潜:"论小品文",见《朱光潜全集》(第三卷),安徽教育出版社1987年版,第428~429页。

为用，更非明目张胆去模仿西洋——岂非一朝一夕，十年八年底事！所以我们目前的工作，一方面自然要望着远远的天边，一方面只好从最近最卑一步步地走。我底意思是：现在应该由各人自己尽力去实验他底工具，或者，更准确一点，由各人用自己底方法去实验，洗炼这共同的工具。正如幼莺未能把黑夜的云石振荡得如同亚坡罗底竖琴的时候，只在那上面一啄两啄，一凿两凿地试它底嘴，试它底喉。又如音乐队未出台之前，各各试箫，试笛，试弦；只要各尽己能，奏四弦琴的不自矜，打鼓的不自弃，岂止，连听众底虔诚的静穆也是不可少的，终有一天奏出绝妙的音乐来。❶

朱光潜在《文学杂志》的"发刊词"中呼吁：

中国新文化运动至多才不过有四五十年的历史，而这四五十年的期限在一个文化进展的途程上，所含的意义尽管极重大，所占的阶段实在非常短促渺小。在四五十年中，一个极大的政治变动可以由发生而完成，一个极大的文化运动则至多可以稍见端倪。我们试想想：四五十年的光阴在欧洲文艺复兴的初期算得什么？在中国佛教流布的初期又算得什么？我们要承认文化运动现在还在它的幼稚期。……对于文艺本身，我们所抱的态度与对于文化思想的相同。中国的新文艺也还是幼稚的生发期，也应该有多方面的调和的自由发展。我们主张多探险，多尝试，不希望某一种特殊趣味或风

---

❶ 梁宗岱："论诗"，见《诗与真》，商务印书馆1935年版，第50~51页。

格成为"正统"。这是我们的新文艺试验时期。在试验时期，我们免不着要牺牲一点，要走些曲路甚至于错路，不能马上就希望有如何惊人的成就。不过多播下一些种子，将来会有较丰富的收获。❶

　　从本色到创造再到自由抒写、独立思考，这一系列主张既是针对现实的，又与京派文艺审美观念一脉相承。京派文人推崇、信奉"静穆"，这就要求他们在混乱、功利、喧嚣的现实中能保持一颗平静的心、一个清醒的头脑，能够冷静地观察，静观纷纭、复杂的世事，不人云亦云，不随波逐流，不做附属品，在一种无为自守的心态中，在一种坚持不懈的信念中去做自己认同的事业。这样的心态与信念促进了京派文艺审美观念，即"静穆"观念的形成，同时，这也是"静穆"观念对于现实人生的一种指导与借镜。

---

　　❶ 朱光潜："我对本刊的希望"，载《文学杂志》创刊号，1937 年 5 月 1 日。

第三章

"静穆"观念与京派文人心态

"心态"对应的英文词是"mentality",在西方史学界,心态史的研究也属于新鲜事物,代表着相关学术研究的新趋势。"心态"的所指范围极为广泛,至今没有形成确切的定义,有学者将心态与意识形态对照解说:"心态与意识形态这两个概念乃来自两个不同的思想传统、模式,前者是经验的,后者是系统的。……心态一词所涵盖的内涵似乎较之意识形态更为宽广,心态可以很自然地呈现在意识形态之中,而意识形态却只是心态的某一方面、层次,……心态一词所指涉的是尚未系统化(unformulated)、无意义而潜藏在无意识层次的'心灵实体'(mental reality)。由此可知,心态所指者在于人类心灵中属于未经系统化、非意识,甚至无意识的层面"。❶

　　文人心态近年来成为相关学术研究的热门话题,本章对京派文人心态的研究是基于这个问题的必要性,文人心态的变化是文学发展变化的重要因素与主要推动力,缺乏对这一环节的研究,很多问题的探讨或将成为空中楼阁。在中国古典文学研究领域,心态研究颇类似于"士风"研究,即研究某一时代或地域的风气与文人言行德操之间的关系,相关研究成果已有很多,如罗宗强《明代后期士人心态研究》、赵园《明清之际士大夫研究》及其续编等。本章所讲的京派文人心态主要涉及四个方面,即自然情怀、隐逸风气、人生美学、客厅与城市造就的不同心态,这四个方面比较鲜明地体现出了京派文人与时代、社会、文化的独特关系。四个方面

---

❶ 潘宗亿:"论心态史的历史解释",载《新史学》(第四辑),大象出版社2005年版,第81~82页。

尤其是前三个互有牵涉，并不能截然分开，譬如隐逸风气的形成与对自然的崇尚及信仰大有关系，而人生美学的形成又是以自然情怀及隐逸风气为基础的，四个方面在整体上形成一种"心灵实体"（mental reality），彰显了京派文人的流派性与时代性。这四个方面的内涵可与"静穆"观念互证阐发，它们是"静穆"观念多元的表现形态，同时构成"静穆"观念的重要内涵。

第一节　自然情怀

一

"静穆"观念与自然、自然崇拜有着密切的关系。朱光潜在提出他的"静穆"理想时，特别标举、推崇陶渊明。陶渊明是一位亲近自然、融入自然的大诗人，他以对大自然的热爱与深描创造了中国古代山水田园诗的一段高山仰止的神话。朱光潜最喜爱的西洋诗人是华兹华斯，他的文章中常常出现这位英国大诗人的身影，华兹华斯同样是一位以亲近自然、描绘自然而著称的诗人，他与好友一起隐居于英格兰乡间的湖区，共同组成影响深远的"湖畔诗派"，他们专意于描绘自然山水，表达乡村生活情怀；华兹华斯有句名言："诗起于经过在沉静中回味来的情绪（emotions recollected in tranquility）"，也被朱光潜反复征引来论述他的审美观念。

"自然"是京派文人的共同热爱,京派文人普遍有一种自然情怀,这种情怀深刻地影响着他们的文学实践,成为支配他们的心态的主要力量之一。京派文人的自然情怀在总体上呈现为:描摹大自然,探索大自然,表现大自然,具有一种神秘主义的色彩与泛神论的思想倾向。在他们看来,自然之美、自然之奥妙是无法用文字、色彩、乐歌来表现的,它不能被转化为物质的艺术形态,而只能通过感悟、神启来加以传达。"天上的云霞有多么美丽!风涛虫鸟的声息有多么和谐!用颜色来摹绘,用金石丝竹来比拟,任何美术家也是作践天籁,糟蹋自然!无言之美何限?让我这种拙手来写照,已是糟粕枯骸!这种罪过我要完全承认的。倘若有人骂我胡言乱道,我也只好引陶渊明的诗回答他说:'此中有真味,欲辨已忘言!'"❶

　　朱光潜还提出这样的观点:

　　中国艺术家欣赏自然,和西方人欣赏自然似乎有一个重要的异点。中国人的"神"的观念很淡薄,"自然"的观念中虽偶杂有道家的神秘主义,但不甚浓厚。中国人对待自然是用乐天知足的态度,把自己放在自然里面,觉得彼此尚能默契相安,所以引以为快。陶潜的"众鸟欣有托,吾亦爱吾庐","平畴交远风,良苗亦怀新"诸句最能代表这种态度。西方人因为一千余年的耶稣教的浸润,"自然"和"神"两种观念常相混合。他们欣赏自然,都带有几分泛神主义的色

---

❶　朱光潜:"无言之美",见《朱光潜全集》(第一卷),安徽教育出版社1987年版,第72页。

彩。人和自然仿佛是对立的。自然带着一种神秘性横在人的眼前，人捧着一片宗教的虔诚向它顶礼。神是无处不在的，整个自然都是神的表现，所以它不会有什么丑恶。在卢梭看，自然本来尽善尽美，有人于是有社会，有文化，有了社会和文化，丑恶就跟着来了。诗人华兹华斯也是这样想。他在一首诗里向书呆子们劝告："站到光明里来，让自然做你的师保"，"自然所赋予的智慧是甜蜜的，好事的理智把事物意义弄得面目全非，我们用解剖去残杀。"❶

　　这段话虽不是对京派自然情怀、自然观的夫子自道，却也在不经意间与京派文人的自然情怀合拍对应。朱光潜的说法也许并不完全准确，有些具体的观点可以商榷，但他确实揭示出京派文人的自然情怀、自然观的主要特征，正如他所讲的，京派的带有神秘主义色彩的自然情怀是具有重要的意义与价值的。

　　废名以钟情于自然山水而闻名，自然山水是他的小说不可或缺的组成部分，赋予他的小说一种独特的诗情画意。从《竹林的故事》《桃园》到《桥》，甚至到《莫须有先生传》，莫不以山水、田园、自然为背景，其中的人物也沾染着山水自然的气息，顺应着自然的规律，与世无争。《竹林的故事》里的三姑娘自幼与竹林为伴，在竹林里生长，天真乖巧，钟灵毓秀；八岁丧父，却不沉于悲伤，体贴母亲，辛勤劳作；喜欢安静，城里赛龙灯也不能吸引她；不爱脂粉，一身竹布

---

❶ 朱光潜：《文艺心理学》，见《朱光潜全集》（第一卷），安徽教育出版社1987年版，第327~328页。

旧衣，色淡如月。《桥》中的小林周旋于妙龄女子琴子和细竹之间，前者是她青梅竹马的未婚妻，后者是他心驰神往的红尘知己，但小林纯以审美的心态观照她们，没有掺杂丝毫的情欲念头；他畅游于山水之间，陶醉在自然风景之中，嬉戏赋闲，悠然自得，不时沉入冥思遐想之中。《莫须有先生传》中的莫须有先生隐居深山之中，深细地体味着自然无穷无息的变幻，感受着乡野人家的琐碎生活，思考人生世态，走入玄幻之境，着意于探寻、感悟人生世相的本真。

周作人提起废名的小说时总是赞赏有加："冯君的小说我并不觉得是逃避现实的。他所描写的不是什么大悲剧大喜剧，只是平凡人的平凡生活，——这却正是现实。特别的光明与黑暗固然也是现实之一部，但这尽可以不去写他，倘若自己不曾感到欲写的必要，更不必说如没有这种经验。文学不是实录，乃是一个梦：梦并不是醒生活的复写，然而离开了醒生活梦也就没有了材料。"❶ 又说："废名君的小说里的人物也是颇可爱的。这里边常出现的是老人，少女与小孩。这些人与其说是本然的，无宁说是当然的人物；这不是著者所见闻的实人世的，而是所梦想的幻景的写像，特别是长篇《无题》中的小儿女，似乎尤其是著者所心爱，那样慈爱地写出来，仍然充满人情，却几乎有点神光了。"❷ 周作人的评论接触到一个重要问题，即废名作品中的情景、情境即似实写又非实写，既是实录又是梦的表现，似是而非，亦真亦

---

❶ 周作人："竹林的故事序"，见《谈龙集》，河北教育出版社2002年版，第34～35页。

❷ 周作人："桃园跋"，见《永日集》，河北教育出版社2002年版，第73页。

幻，体现出了极为独特的韵味。王国维在其《人间词话》中，将意境一分为二，一为"有我之境"，"有我之境，以我观物，故物皆著我之色彩"；一为"无我之境"，"无我之境，以物观物，故不知何者为我，何者为物"。周作人所论废名小说的特征，不是单指小说的韵味实则便是这"无我之境"，便是"采菊东篱下，悠然见南山"的意境，叙述者自我陶醉于自然之中，深切的体会自然的奥妙，物我同一，与山水自然融为一体，莫分彼此。

废名的自然情怀还特别表现于对"树"的喜爱，他爱树，爱看树，特别爱看一棵大树，这"一棵大树"的形象内涵异常丰富，耐人寻味。废名在一篇文章中写道：

> 我生平喜欢看树，年既老而不衰。……三年以前，暑假回家，坐篷船，渡"白湖"，除了荡船的就只有我一人，我背着他坐在篷里，只看见水，水又似乎没有岸，我就仿佛坐在监牢里似的，度日如年，只要让我上岸就好，不管是什么地方，忽然水外看见山，很小的山，而又看见山上一棵树，渐渐我的天地就只有这一棵树，觉得很好玩，船一桨一桨的移动，那个弓形的篷口慢慢只能让我看见那一棵树了。[1]

树，在废名的眼里，不仅仅是自然的一种造物，它是有生命的，更是有神灵的，它仿佛是一尊佛，远远地放出慈善、悲悯的光，导引废名渡过看似无边的苦海。这自然之树

---

[1] 废名："看树"，见《废名集》（第三卷），北京大学出版社2009年版，第1271~1273页。

到了他的笔下，也是那样神乎其神，意蕴丰赡，充满无穷无尽的奥妙。这种奥妙的情境在废名的诗歌中体现得亦相当精彩，譬如，"深夜一支灯，/若高山流水，/有身外之海。/星之空是鸟林，/是花，是鱼，/是天上的梦，/海是夜的镜子。/思想是一个美人，/是家，/是日，/是月，/是灯，/是炉火，/炉火是墙上的树影，/是冬夜的声音"。这是一幅多么奇妙的冬夜风景。废名深受佛教禅宗的影响，喜欢参禅悟道，他曾表示："中国人的思想大约都是'此间乐，不思蜀'，或者就因为这个原故在文章里乃失却一份美丽了。我尝想，中国后来如果不是受了一点儿佛教影响，文艺里的空气恐怕更陈腐，文章里恐怕更要损失好些好看的字面。"❶佛教禅宗推崇"静虑""参禅"的修炼，以此达到"顿悟""入定"的境界，这种思想使废名在自我与自然之间建立了一种神秘的、不可言喻的关系，使他对于自然的观照走进一个通禅的、虚静的世界，不同凡俗。这一点使周作人都不得不感叹："我的朋友中间有些人不比我老而文章已近乎道。"❷

沈从文虽然不喜欢《莫须有先生传》这样的作品，但对废名此前的田园小说仍表达了赞美之情：

作者的作品，是充满了一切农村寂静的美。差不多每篇都可以看得到一个我们所熟悉的农民，在一个我们所生长的乡村，如我们同样生活过来的活到那地上。不但那农村少女

---

❶ 废名："中国文章"，见《废名集》（第三卷），北京大学出版社2009年版，第1371页。

❷ 周作人："莫须有先生传序"，见《苦雨斋序跋文》，河北教育出版社2002年版，第110页。

动人清朗的笑声,那聪明的姿态,小小的一条河,一株孤零零的长在菜园一角的葵树,我们可以从作品中接近,就是那略带牛粪气味与略带稻草气味的乡村空气,也是仿佛把书拿来就可以嗅出的。

作者所显示的神奇,是静中的动,与平凡的人性的美。用淡淡文字,画一切风物姿态轮廓……❶

沈从文对乡村、乡土、自然同样充满深厚而独特的情感。他生于乡村,长于自然,乡土自然的气质已深深地融入他的血脉之中,他执著地描写、表现乡土自然之美,营造了一个"桃花源"式的、艺术化的湘西世界。沈从文的自然情怀首先表现为一种自我的身份认同,他多次反复强调自己是个"乡下人",表示出对于城市及其文化的反感。

在都市住上十年,我还是个乡下人。第一件事,我就永远不习惯城里人所习惯的道德的愉快,伦理的愉快。

我崇拜朝气,欢喜自由,赞美胆量大的,精力强的。一个人行为或精神上有朝气,不在小利小害上打算计较,不拘拘于物质攫取与人世毁誉,他能硬起脊梁,笔直走他要走的道路,……我爱这种人也尊敬这种人。❷

沈从文笔下那些被赞美的人物,翠翠、龙朱、柏子、媚

---

❶ 沈从文:"论冯文炳",见《沈从文全集》(第十六卷),北岳文艺出版社2002年版,第146页。

❷ 沈从文:"萧乾小说集题记",见《沈从文全集》(第十六卷),北岳文艺出版社2002年版,第324页。

金、豹子、萧萧、三三等，无一不是朝气蓬勃、健康有力的，他们的身上蕴藏着自然的力量，他们是自然奇妙的赋形，沈从文有时写来很大胆而直露，有时甚至显得有些粗鄙，可是他全不管，他有自信，他只写他真诚而独特的感觉与印象。

沈从文又说：

> 我实在是个乡下人，说乡下人我毫无骄傲，也不在自贬，乡下人照例有根深蒂固永远是乡巴老的性情，爱憎和哀乐自有它独特的式样，与城市中人截然不同！他保守，顽固，爱土地。也不缺少机警却不甚懂诡诈。他对一切事照例十分认真，似乎太认真了，这认真处某一时就不免成为"傻头傻脑"。这乡下人又因为从小飘江湖，各处奔跑，挨饿，受寒，身体发育受了障碍，另外却发育了想象，而且储蓄了一点点人生经验。❶

这是一种自我表白，重复着凸显自己的乡下人身份。沈从文如此不厌其烦地强调自己的乡下人身份，主要还是在自勉、自醒，以此与他看不惯的城市文明对抗，后者是病态的、虚伪的、邪恶的，轻则使文学创作沾染不良趣味，重则使民族走向颓败的深渊。尽管如此，他道白出的这个"乡下人"实在是过于被理想化和美化了，这里的乡下人不大可能是泛指，实则就是确指他自己。他赞扬的不是乡下人，而是

---

❶ 沈从文："习作选集代序"，见《沈从文全集》（第九卷），北岳文艺出版社2002年版，第3页。

一种自然人，一种优美、健康的自然人，这种人在任何适宜的时候与地域都可以出现。

二

沈从文对废名的态度是复杂的，他先说自己是中国当时与废名风格最接近的作者，后又详细阐述他与废名之间的不同，这不同主要落脚于作品的现实价值上。但他对于自然的深度体会实在与废名极为相似，这一点他却没有讲。他们对于自然风景不止于热情的、投入的描绘，而是对自然风景怀有一种宗教式的、神秘主义的信仰，这种情况在他们两人身上体现得特别明显，在其他京派文人，如林徽因、梁宗岱那里也有较为鲜明的体现，这是京派文人的自然情怀独特而引人注目的地方。

沈从文对于自然的奇诡信仰在《凤子》这篇小说中表现得尤为显明，他通过"城里客人"这一人物形象的心理活动写道：

> 来到这个古怪地方，真是一种奇遇。人的生活与观念，一切和大都市不同，又恰恰如此更接近自然。一切是诗，一切如画，一切鲜明凸出，然而看来又如何绝顶荒谬！是真有个神造就这一切，还是这里一群人造就了一个神？本身所在既不是天堂，也不像地狱，倒是一个类乎抽象的境界。我们和某种音乐对面时，常常如同从抽象感到实体的存在，综合兴奋，悦乐，和一点轻微忧郁作成张无形的摇椅，情感或灵魂，就俨然在这张无形椅子上摇荡。目前却从实现中转入迷

第三章 "静穆"观念与京派文人心态

离。一切不是梦，惟其如此，所得正是与梦无异的迷离。❶

这段描写的是"城里客人"初入乡野时的奇特而强烈的内心感受，它类似于审美高潮时的如梦似幻，又类似于宗教祈祷时与神交流的忘我与升华。这个"城里客人"在观看了当地土著敬神的宗教仪式之后，更加兴奋地讲道：

我自以为是个新人，一个尊重理性反抗迷信的人，平时厌恶和尚，轻视庙宇，把这两件东西外加上一群到庙宇对偶像许愿的角色，总拢来以为简直是一出恶劣不堪的戏文。在哲学观念上，我认为神之一字在人生方面虽有它的意义，但它已成历史的，已给都市文明弄下流，不必需存在，不能够存在了。在都市里它竟可说是虚伪的象征，保护人类的愚昧，遮饰人类的残忍，更从而增加人类的丑恶。但看看刚才的仪式，我才明白神之存在，依然如故。不过它的庄严和美丽，是需要某种条件的，这条件就是人生情感的素朴，观念的单纯，以及环境的牧歌性。神仰赖这种条件方能产生，方能增加人生的美丽。缺少了这些条件，神就灭亡。我刚才看到的并不是什么敬神谢神，完全是一出好戏；一出不可形容不可描绘的好戏。是诗和戏剧音乐的源泉，也是它的本身、声音颜色光影的交错，织就一片云锦，神就存在于全体。在那光景中我俨然见到了你们那个神。我心想，这是一种如何奇迹！我现在才明白你口中不离神的理由。你有理由。我现

---

❶ 沈从文："凤子"，见《沈从文全集》（第七卷），北岳文艺出版社2002年版，第151页。

在才明白为什么二千年前中国会产生一个屈原,写出那么一些美丽神奇的诗歌,原来他不过是一个来到这地方的风景纪录人罢了。屈原虽死了两千年,九歌的本事还依然如故。若有人好事,我相信还可从这口古井中,汲取新鲜透明的泉水!❶

这种自然是一种神性的自然,这种自然便是一种宗教信仰,但这种神性与宗教不是高高在上的,它是自然,是亲近的,既神奇又普遍,既遥不可及又在身边。沈从文借此表白了他的"宗教信仰",他信仰自然,对自然顶礼膜拜,自然就是他的神,他的宗教。

沈从文对自然的发现令人印象极端深刻,这种发现有赖于他写景、借景抒情的艺术功力,夏志清对此赞叹备至:"最能表现他长处的倒是他那种凭着特好的记忆,随意写出来的景物和事件。他是中国现代文学中最伟大的印象主义者。他能不着痕迹,轻轻几笔就把一个景色的神髓,或者是人类微妙的感情脉络勾画出来。他在这一方面的工夫,直追中国的大诗人和大画家。现代文学作家中,没有一个人及得上他。"❷ 短篇小说《月下小景》的开端,便是一段难以超越的自然风景描摹:

初八的月亮圆了一半,很早就悬到天空中。傍了××省

---

❶ 沈从文:"凤子",见《沈从文全集》(第七卷),北岳文艺出版社2002年版,第163~164页。
❷ 夏志清:《中国现代小说史》,复旦大学出版社2005年版,第147页。

边境由南而来的横断山脉长岭脚下,有一些为人类所疏忽历史所遗忘的残余种族聚集的山砦。他们用另一种言语,用另一种习惯,用另一种梦,生活到这个世界一隅,已经有了许多年。当这松杉挺茂嘉树四合的山砦,以及砦前大地平原,整个为黄昏占领了以后,从山头那个青石碉堡向下望去,月光淡淡的洒满了各处,如一首富于光色和谐雅丽的诗歌。山砦中,树林角上,平田的一隅,各处有新收的稻草积,以及白木作成的谷仓。各处有火光,飘扬着快乐的火焰,且隐隐的听得着人语声,望得着火光附近有人影走动。官道上有马项铃清亮细碎的声音,有牛项下铜铎沉静庄严的声音。从田中回去的种田人,从乡场上回家的小商人,家中莫不有一个温和的脸儿,等候在大门外,厨房中莫不预备有热腾腾的饭菜,与用瓦罐炖热的家酿烧酒。

薄暮的空气极其温柔,微风摇荡,大气中有稻草香味,有烂熟了山果香味,有甲虫类气味,有泥土气味。一切在成熟,在开始结束一个夏天阳光雨露所及长养生成的一切。一切光景具有一种节日的欢乐情调。❶

这样的写景文字放在中国文学所有同类文字中皆堪称最好、最美妙的,与一切伟大而令人难忘的写景文字并举亦无愧色。但这样的风景描写绝不能只靠一手好文笔,所谓妙笔生花还远远不够,它凭借的是对自然与生俱来的长久、细致入微的观察与观照,凭借的是一种绝端的、赤诚的信仰,一

---

❶ 沈从文:"月下小景",见《沈从文全集》(第九卷),北岳文艺出版社2002年版,第217~218页。

种对于自然神性的、无所保留的、融入骨髓的信仰，这种信仰在城市、城市文明中的确是找不到的，这构成了沈从文崇尚自然、反城市文明的主要的、不能不令人信服的依据，同时也是沈从文及其创作的重大价值与意义。

"诗人陶醉在自然底怀里时，心灵与自然底脉搏息息相通，融会无间地交织出来的仙境：一片迷茫澄澈中，隔绝了尘嚣与凡迹，只闻色，静，香，影底荡漾与潆洄"。❶ 这是梁宗岱在一篇谈象征主义的文章中讲到的，其中蕴涵的对自然的亲近、对自然的感悟与沈从文、废名等人非常相似，在他们的眼中，自然都是具有神性的。

梁宗岱最崇拜的西洋诗人是法国象征主义诗人梵乐希（Valery），这位法国诗人以善于抒写、发现自然风景而闻名，在自然风景的描摹中寄予存在与幻灭、变化与永恒、行动与冥思的哲学思索，而他笔下的自然风景也往往被赋予神性乃至神的形象。梁宗岱深受其影响，他自己的诗歌绝大多数都是从自然风景入手，着意于发现自然之奥妙，从自然的奥妙中找到永恒的艺术美。譬如这首《晚祷》："我独自地站在篱边。/主啊，在这暮霭底茫昧中，/温软的影儿恬静地来去，/牧羊儿正开始他野蔷薇底幽梦。/我独自地站在这里，/悔恨而沉思着我狂热的从前，/痴妄地采撷世界底花朵。/我只含泪地期待着——/祈望有幽微的片红/给春暮阑珊的东风/不经意地吹到我底面前。/虔诚地，轻谧地/在黄昏星忏悔底温光中/完成我感恩底晚祷。"

---

❶ 梁宗岱："象征主义"，见《诗与真》，商务印书馆1935年版，第93页。

林徽因何尝不是这样。她与梁思成经常在外寻访、考察古代建筑，1931年又专在北京西郊香山养病，她有更多接近自然的机会，这培育、滋养了她与自然的感情。林徽因的诗歌大多以自然为题，草长莺飞，花柳缤纷，雨后星前，光影的交错，一年四季的风景变幻，清晨夜晚黄昏，无不落入她细腻、温存的笔端。林徽因还有一篇散文，写梅花上的蛛丝带给她的启示：

你向着那丝看，冬天的太阳照满了屋内，窗明几净，每朵含苞的，开透的，半开的梅花在那里挺秀吐香，情绪不禁迷茫缥缈的充溢心胸，在那刹那的时间中振荡。同蛛丝一样的细弱，和不必需，思想开始抛引出去；由过去牵到将来，意识的，非意识的，由门框梅花牵出宇宙，浮云沧波踪迹不定。是人性，艺术，还是哲学，你也无暇计较，你不能制止你情绪的充溢，思想的驰骋，蛛丝梅花竟然是瞬息可以千里！❶

在自然中思考，在自然中静思默想，使物我契合无间，到达一种混融的艺术境界。梁宗岱和林徽因对自然风景的描述不像沈从文那样细致而丰富，他们更注重自然所引发的感觉、印象与思想，他们没有沈从文那样的人生经历，与自然的距离不比沈从文那样亲近、长久，但他们同样有一种深厚的自然情怀。他们的艺术创作离不开自然，离不开对自然的感悟，自然是他们艺术创作的灵感之源。梁宗岱提出："我

---

❶ 徽因："蛛丝与梅花"，载《大公报·文艺》1936年2月2日。

以为中国今日的诗人，如要有重大的贡献，一方面要注重艺术底修养，一方面还要热热烈烈地生活，到民间去，到自然去，到爱人底怀里去，到你自己底灵魂里去，或者，如果你自己觉得有三头六臂，七手八脚，那么，就一齐去，随你底便！总要热热烈烈地活着。"❶民间与自然实为一体，合起来便是乡土自然，在梁宗岱的看来，对于乡土自然的感情是中国现代新诗走向成功、产生重大贡献的两种关键因素之一，可见自然在他的诗艺视野中是具有非常重要的作用，并占有极高地位的。

三

周作人的自然情怀体现出更多的文化批判色彩，也有更沉重的历史内涵，他讲道："中国人拙于观察自然，往往喜欢去把他和人事连接在一起。最显著的例，第一是儒教化，如乌反哺，羔羊跪乳，或枭食母，都一一加以伦理的解说。第二是道教化，如桑虫化为果蠃，腐草化为萤，这恰似'仙人变形'，与六道轮回又自不同。"❷周作人对于古代文人不能细心、深入地体会、理解自然的奥妙与神秘，而总是将其转化、引述为一种人世的行为之道，表示了不满和不屑，这与朱光潜的看法颇为接近。周作人对于自然、乡土文化、民俗等有着极为浓厚的兴趣，致力于发现自然的奥妙道理，这也是他改造中国传统文化的一种手段。他的这种兴趣体现于

---

❶ 梁宗岱："论诗"，见《诗与真》，商务印书馆1935年版，第31页。
❷ 周作人："螟蛉与萤火"，见《风雨谈》，河北教育出版社2002年版，第53页。

两个方面，一是对自然抱有一种科学主义的态度，利用所学研究探索自然现象、草木鸟兽的生存机理等问题；二是对自然抱有一种人文主义的态度，着意于发现自然的美妙之处，将其联系于人生、人格及文化，探索其间的神秘关系。前者显示出周作人的多元兴趣，后者使他与京派文人的自然情怀紧密相关。废名准确地描绘出了这种形象："'渐近自然'四个字大约能以形容知堂先生，然而这里一点神秘没有，他好像拿了一本自然教科书做参考。中国圣经贤传，自古以及如今，都是以治国平天下为己任的，这以外大约没有别的事情可做，唯女子与小孩的问题，又烦恼了不少风雅之士，我常常从知堂先生的一声不响之中，不知不觉的想起了这许多事，简直有点惶恐，我们很容易陷入流俗而不自知，我们与野蛮的距离有时很难说，而知堂先生之修身齐家，直是以自然为怀，虽欲赞叹之而不可得也。"❶ 人生境界的"渐进自然"，同样也是一种人格、一类文化的体现，而那一本"自然教科书"形象地表现出周作人与自然的关系的另一面，但两个方面又是合为一体的，目的都在于指导人生，正如周作人自言：

在好许多年前我曾这样说过，我不信世上有一部经典可以千百年来当做人类的教训的，只有记载生物的生活现象的比阿洛支，才可供我们参考，定人类行为的标准。这话似乎说的太简括一点，但是我至今还是这样想，觉得知道动植生

---

❶ 废名："知堂先生"，见《废名集》（第三卷），北京大学出版社2009年版，第1297~1298页。

活的概要，对于了解人生有些问题比较容易，即使只是初中程度的博物知识，如能活用得宜，也就可以应用。分类的一部分看去似不甚重要，但是如《论语》上所说，多识于鸟兽草木之名，与读诗有关，青年多认识种种动植物，养成对于自然之爱好，也是好事，于生活很有益，不但可以为赏识艺文之助。生理生态我想更为重要，从这里看出来的生活现象与人类原是根本一致，要想考虑人生的事情便须得于此着手。❶

周作人对自然的接触也不像沈从文那样直接，他是通过"学"——生物学、人类学、民俗学等学问来接近自然的。自然，在他的眼里，首先并不是一种真实的、客观的存在，而是存现在他的知识视野里，是知识的汇合。对周作人而言，自然是一种学问，一类文化，一件指导人生的工具，这与卢梭"回归自然"的思想本意却很接近。周作人对自然界中的神异现象也特别有兴趣，因为这里蕴藏着极为丰富的民俗文化，生动地体现了自然与社会的奥秘。周作人写了大量这类文章，《水里的东西》开篇即讲："我是在水乡生长的，所以对于水未免有点情分。"可接下来并不像沈从文那样大谈自己与水的亲密关系，而是转而谈论一种奇怪的东西——河水鬼。从河水鬼怎样生成，到怎样害人，再到怎样消解，又讲到它的种种形态，并与日本神鬼文化中的"河童"比较，写得可谓详细而自得其乐。在文章结尾，周作人写道：

---

❶ 周作人："十堂笔谈"，见《立春以前》，河北教育出版社2002年版，第136~137页。

第三章 "静穆"观念与京派文人心态

人家要怀疑,即使如何有闲,何至于谈到河水鬼去呢?是的,河水鬼大可不谈,但是河水鬼的信仰以及有这信仰的人却是值得注意的。我们平常只会梦想,所见的或是天堂,或是地狱,但总不大愿意来望一望这凡俗的人世,看这上边有些什么人,是怎么想。社会人类学与民俗学是这一角落的明灯,不过在中国自然还不发达,也还不知道将来会不会发达。我愿意使河水鬼来做个先锋,引起大家对于这方面的调查与研究之兴趣。我想恐怕喜欢顿铜钱的小鬼没有这样力量,我自己又不能做研究考证的文章,便写了这样一篇闲话,要想去抛砖引玉实在有点惭愧,但总之关于这方面是"伫候明教"。❶

这既是对文章主旨的说明,又是对他个人的兴趣与自然观的一种解释和表白。周作人甚喜谈鬼,"河水鬼"只是其中之一,他还有大量以"鬼"名篇的文章,如《疟鬼》《鬼的生长》《说鬼》《谈鬼论》《变鬼人》《鬼夜哭》《怕鬼》《鬼头》等,"鬼"是周作人观察历史与现世人生的一个重要的渠道,"鬼"与自然关系密切,因此"鬼"也成了周作人接近自然、探索自然的一种方式。

我不信鬼,而喜欢知道鬼的事情,此是一大矛盾也;虽然,我不信人死为鬼,却相信鬼后有人,我不懂什么是二气之良能,但鬼为生人喜惧愿望之投影则当不谬也。陶公千古

---

❶ 周作人:"水里的东西",见《看云集》,河北教育出版社2002年版,第36页。

旷达人，其《归园田居》云，"人生似幻化，终当归空无。"《神释》云："应尽便须尽，无复更多虑"，在《拟挽歌词》中则云，"欲语口无音，欲视眼无光，昔在高堂寝，今宿荒草乡。"陶公于生死岂尚有迷恋，其如此说于文词上固亦大有情致，但以生前的感觉推想死后况味，正亦人情之常，出于自然者也。❶

与沈从文等人倾心于自然的神性与神性的自然相比，周作人似乎反其道而行之，关注自然的"鬼性"与"鬼性"的自然，这使他"对于自然还是畏过于爱，自己不敢相信已能克服了自然"。❷然而，他们又是殊途同归的，落脚点都在神秘的自然与自然的神秘，这便是他们的"自然情怀"的核心与精髓。自然因其神秘而伟大，因其伟大而具有神启的作用与意义，正如沈从文所说：

自然既极博大，也极残忍，战胜一切，孕育众生。蝼蚁蚍蜉，伟人巨匠，一样在它怀抱中，和光同尘。因新陈代谢，有华屋山丘。智者明白"现象"，不为困缚，所以能用文字，在一切有生陆续失去意义，本身亦因死亡毫无意义时，使生命之光，煌煌照人，如烛如金。❸

---

❶ 周作人："鬼的生长"，见《夜读抄》，河北教育出版社2002年版，第164～165页。
❷ 周作人："中秋的月亮"，见《药堂语录》，河北教育出版社2002年版，第102页。
❸ 沈从文："烛虚"，见《沈从文全集》（第十二卷），北岳文艺出版社2002年版，第9～10页。

同沈从文一样，京派文人都从自然那里找到了灵感与力量，获得了认识永恒与本真的智慧，他们的自然情怀在20世纪中国文学史和文化史上也是罕见而可贵的。自然的神秘性构成了京派"静穆"观念的内涵，与"静穆"观念尤其是它对于艺术作品神韵的创造与生发极为合拍，是对"静穆"观念的一种既具体又抽象的表现。

第二节　隐逸风气

一

朱光潜在推崇"静穆"理想时，曾特别以陶渊明为例来加以阐发，他指出静穆"这种境界在中国诗里不多见。屈原、阮籍、李白、杜甫都不免有些像金刚怒目，愤愤不平的样子。陶潜浑身是'静穆'，所以他伟大"。❶ 在其主要著作《诗论》中，朱光潜还专写一章《陶渊明》，讨论陶渊明的身世、交游、思想、情感生活、人格与风格各个方面，并指出陶渊明"和我们一般人一样，有许多矛盾和冲突；和一切伟大诗人一样，他终于达到调和静穆。我们读他的诗，都欣

---

❶ 朱光潜："说'曲终人不见江上数峰青'"，见《朱光潜全集》（第八卷），安徽教育出版社1993年版，第396页。

赏他的'冲澹',不知道这'冲澹'是从几许辛酸苦闷得来的"。❶ 在朱光潜的眼里,陶渊明便是"静穆"理想的赋形与表现,其人格与文格莫不如此。《诗论》中的这一章与其他各章体例大为不同,显得扎眼而且不协调,但朱光潜执意添上这一章,也是有意要表明他对陶渊明的敬仰与推崇,是他向这位古代大诗人的致敬;此外,在朱光潜众多谈文论艺的文章中也多次从正面举陶诗为例阐发问题,处处彰显他对陶渊明的追慕之情。历史上的陶渊明不仅是一位大诗人,还是一位大隐士,他的个人形象将二者完美地融合为一,正如钟嵘在《诗品》中所说,陶渊明乃"千古隐逸诗人之宗"。朱光潜在阐发"静穆"观念时总以陶渊明为例,便将"静穆"与"隐逸"挂上钩,将隐逸情怀引入"静穆"理想,使"静穆"观念多增一层内涵。

中国传统文化丰富而复杂,时常令人觉其亲切而陌生、朴素而诡异。隐逸文化作为中国传统文化的一支重要流脉,源远流长,始终对中国文人有所影响。中国古代的隐士几乎没有什么共同特征,隐士作为一个概念未被清楚地定义过,一个人是不是隐士,往往依据一些约定俗成的标准加以判断。韩兆琦《中国古代的隐士》一书,介绍了上起三代、下迄清中叶的百余名有名的隐士,这些人面貌各异、性情不一、身世多样,对待归隐的态度和隐逸的方式皆大有不同。韩兆琦将这些人分为七类:节士型、道德型、学者型、和尚道士型、才子型、懒散放诞型和干略型。换个角度说,历史

---

❶ 朱光潜:《诗论》,见《朱光潜全集》(第三卷),安徽教育出版社1987年版,第256页。

上的隐士只有两种，一为真隐，一为假隐。真隐者，真心归隐，只求内心一片平静，此外无复多求；假隐者，看似归隐，实有他求，或待价而沽，或等人来请。对隐士的另一种两分法是大隐与小隐，到了唐代又发展出一种新的类型，叫做"中隐"。白居易有诗《中隐》云："大隐住朝市，小隐入丘樊。丘樊太冷落，朝市太嚣喧。不如作中隐，隐在留司官。似出复似处，非忙亦非闲。……人生处一世，其道难两全。贱即苦冻馁，贵则多忧患。唯此中隐士，致身吉且安。"白居易的"中隐"化解了大隐与小隐、喧嚣与冷落的矛盾，进退亦可，深得文人之心。

"隐逸"实则代表一种深厚的文人传统，它不只是规避现实的扰攘、隐居自适，还是或曰终究是追求精神的自由，并在精神的自由中到达自我人格的完善。"自由"一般应有两重含义，其一是人身自由，其二是精神自由，前者在中国的传统中从未形成，而后者实际上很早就产生了，这在中外许多著名学者的文章中都有所阐释。❶ 20 世纪前期的中国文人奋力追求的主要是第一种自由，是民主与人权，是一个强国强种的政治梦与民族梦，因此自我添加了许多沉重的历史责任，而第二种自由往往被忽略，并未得到新的发展，其中某些与西方现代文明不符的成分甚至遭到排斥。由是言之，中国现代文人并不比古代、传统文人更加自由。而归隐和隐逸文化作为中国文人生活中的重要内容，实乃中国传统文化

---

❶ 参阅胡适《中国中古思想史长编》（关于"吕氏春秋""淮南王书"等章节）、徐复观《中国艺术精神》、张佛泉《自由与人权》、狄百瑞（William Theodore de Bary）《中国的自由传统》与李孝悌《恋恋红尘：中国的城市、欲望和生活》等。

中精神自由的一种表征。一个文人若是真心归隐，便能摆脱内在欲望和外在知识的奴役，通过"参禅"达到"入定"，获得精神上的自由。在中国延续千余年的封建社会里，真正的隐士往往是思想最独立、最自由的人，而经典的隐逸文化也是最自由的文化之一。对隐逸文化的继承与传递实际上是对精神自由传统的继承与传递，其意义至为深远。归结到本书的主题，精神自由、自我完善无疑是"静穆"理想得以实现的重要条件，是"静穆"观念的应有之意。从现实的层面上看，京派文人中也流行一种隐逸风气，一种向往隐逸的文化心态，他们不愿与人争论，特别重视自我人格的完善，追求精神上的自由，尤以周作人为典范，在他的影响与感召之下，京派文人共同造就了现代中国的隐逸文化。

二

20世纪20年代中后期，周作人开始逐渐远离社会，"闭户读书"，过起了隐士似的生活。然而实际上，从1906年夏秋之际，周作人随长兄鲁迅等人东渡日本，他的隐士生活便已初露端倪。周作人在日本的经历没有其兄那样跌宕起伏，与同时期留学日本的一些名气较大的中国学生相比，诸如同盟会等团体中的人物，都显得平静而默默无闻。常被提起的事业便是翻译，特别是与鲁迅合译《域外小说集》，但周作人显然并不积极主动，所做之事大都是在长兄的催促之下进行。1909年3月间，周作人与日本女人羽太信子结婚，接着鲁迅回国，他便开始了闲居优游的隐士生活。

庚戌秋日，偕内人，内弟重九及保坂氏媪早出，往大隅川钓鱼。经蓬莱町，出驹入病院前，途渐寂静，赁但容车，两旁皆树木杂草，如在山岭间。径尽忽豁朗，出一悬崖上，即为田端。下视田野罗列，草色尚青，屋宇点缀其间，左折循崖而下为大路，夹路流水涓涓然。行未十丈许，雨忽集，以雨具不足，踌躇久之，遂决行。……至铃木亭前下车，雨已小霁。归家饥甚，发食盒取团饭啖之甚旨，其味为未尝有也。未几雨复大至，旁午重九亦返，言至川畔而雨甚，因走至羽太家假伞而归，所持饵壶钓竿，则已弃之矣。是日为月曜，十月顷也。❶

这篇早年的记游文章，写得情景并茂、声韵和谐，那份怡然自得之情、自由洒脱之态，皆跃然于纸上，颇有"行到水穷处，坐看云起时"的忘我境界。然而，时代风云际会，巨变正在眼前，年纪轻轻的周作人却能如此"无论魏晋"，深居异国他乡闹市之中而乐不思蜀，甚至对"市井间的琐闻俗事"亦能津津乐道，其耽于隐逸优游生活的心态实在是根深蒂固。

1911年，周作人极不情愿地偕妻回到绍兴，适值辛亥革命爆发，他却"一直躲在家里，虽是遇着革命这样大件事，也没有出去看过"。❷ 在家闲居大半年，他"所做的事大约只是每日抄书，便是帮同鲁迅翻看古书类书，抄录《古小说钩沉》和《会稽郡故书杂集》的材料，还有整本的如刘义庆的

---

❶ 周作人："俳谐"，见《知堂回想录》，河北教育出版社2002年版，第282～283页。
❷ 周作人："辛亥革命二——孙德卿"，见《知堂回想录》，河北教育出版社2002年版，第294页。

《幽明录》之类"。❶ 10 月中旬,他还写了一首古诗,云:"远游不思归,久客恋异乡。寂寂三田道,衰柳徒苍黄。旧梦不可道,但令心暗伤。"❷ 对以前的优游生活念念不忘。1912 年春节过后,周作人经人介绍终于有了第一份正式工作,是去浙江军政府教育司任职,可是因为妻子即将分娩,直到同年 6 月才前往就职,先被委任为课长,后又改任视学。7 月 27 日他便寄鲁迅一信,内有一诗哀悼范爱农,云:"天下无独行,举世成萎靡。皓皓范夫子,生此寂寞时。傲骨遭俗嫉,屡见蝼蚁欺。坎壈终一世,毕生清水湄。会闻此人死,令我心伤悲。峨峨使君辈,长生亦若为。"❸ 可见其心境不佳,工作不顺利,其中"傲骨遭俗嫉,屡见蝼蚁欺"一句庶几就是自况。果然,任职仅一月,周作人便因病辞归。

辛亥革命发生之后,周作人也写了几篇颂革命、斥封建的文章,看似大有用事之情,然而离家外出工作仅一个月便铩羽而归,不能不令人怀疑这用事之情只是久居家中、年轻气盛的一时之情,一遇到现实的冷酷与生硬便顿时消散,而他真正倾心的还是那闲居优游的隐逸生活。1913 年 3 月间,周作人就近赴绍兴县教育会任职,同时在当地几所中小学任教,从此直到 1917 年年初北上,周作人便一直在家乡从事教育工作。除了日常教书讲学,他还办教育杂志,收集儿

---

❶ 周作人:"卧治时代",见《知堂回想录》,河北教育出版社 2002 年版,第 309 页。
❷ 周作人:"辛亥革命一——王金发",见《知堂回想录》,河北教育出版社 2002 年版,第 292 页。
❸ 周作人:"辛亥革命三——范爱农",见《知堂回想录》,河北教育出版社 2002 年版,第 303 页。

歌、童话、古书甚至奇闻轶事,调查故乡的民俗风物和古迹,搞翻译,并最爱为一种刊物《笑报》写闲适文字……在1906~1917年的10余年间,"隐逸"始终是周作人日常生活的主流状态,他显然不惯于官场,对家庭或家乡以外的世界亦无太大兴趣,而在家乡"设坛讲学"、教书育人、著书立说,自古就是许多才学之士归隐后或出仕前的生活方式,如宋之林逋、种放,元之王冕,明之袁中郎、陈继儒,明清之际李笠翁,清之袁简斋等。与这些名隐相比,周作人几乎没有什么不同,只是他的兴趣志向看起来多了一些"启蒙"色彩;而在与李笠翁和袁简斋的纵情任性相比时,他却显得更加"传统"了,他更严于律己,更注重文人的操守与作风。

1917年4月,周作人偕家眷抵达文化政治中心北京,随即掉进了大时代的漩涡,成为"五四"新文化的旗手之一,写出了不少革命式的文章。然而,与陈独秀和钱玄同的"火气"、胡适"天降大任"般的激情相比,周作人此一时期的言行皆显得内敛温和、冷静理智许多。他在1925~1926年"三·一八"惨案和"女师大事件"中的表现出来的愤怒情绪,首先是出于一个正派文人的正直品格与道德自觉,看到青年学生或被屠杀,或被拘捕,或被驱逐,作为老师,赤手空拳的文人,除了写文章抨击现实的黑暗与残忍之外,还能做些什么?在这条激越的道路上,周作人从1921年就开始动摇、退避。1920年年底,周作人患肋膜炎,此后病情出现反复,1921年6月去香山碧云寺养病,直至9月下旬才下山。其间,周作人陷入了一段思想混乱至极的危机时期,对以前所抱有的种种学说和主义一一进行了反思,但并未得到满意的回答。❶ 经此极度混乱之后，周作人的热情渐趋于冷却，他自言："民国十年以前我还是很幼稚，颇多理想的，乐观的话，但是后来逐渐明白。"❷ 明白的结果是，针对社会时事的批评渐少，而关于文艺、读书和思想的谈话文章多起来，笔端也多了一层深沉、含蓄和周全。周作人"五四"时期的言行并非其是隐士的反证，恰恰丰富了这位现代隐士的形象内涵，具体而言，周作人可谓一位道德型、学者型、懒散放诞型的"中隐"。

道德型的隐士周作人特别在意文人的清心寡欲和洁身自好，看似与古人相同，但实际内容有较大差异。譬如他们兄弟失和之后，周作人每提起鲁迅必责其两点：一为纳妾，一为投机。"说老当益壮，已经到了相当年纪，却从新纳妾成家，固然是不成话，就是跟着青年跑，说时髦话，也可以不必"。❸ 不论其是非对错，可见出他的一般道德标准。周作人虽喜谈生活的艺术，但是对于前代一些名士的生活趣味，却表示了极端的不满，斥之为"没趣味、恶趣味、低级趣味"，他说："只有帮闲文人像李笠翁那样的人，才将买女人时怎样看脚的法门，写到《闲情偶寄》里去。"❹ 对于妇女和儿

---

❶ 收入《雨天的书》和《周作人书信》中的"山中杂信"，第一封信写道："我近来的思想动摇和混乱，可谓已至其极了，托尔斯泰的无我爱与尼采的超人，共产主义与善种学，耶佛孔老的教训与科学的例证，我都一样喜欢尊重，却又不能调和统一起来，造成一条可以行的大路。"

❷ 周作人："后记"，见《谈虎集》，河北教育出版社2002年版，第393页。

❸ 周作人："十堂笔谈"，见《立春以前》，河北教育出版社2002年版，第125页。

❹ 周作人："天足"，见《谈虎集》，河北教育出版社2002年版，第47页。

童的一贯尊重体现出周作人作为现代文人不同的一面,也体现出其道德标准的时代进步意义。相对于文人的言论来说,周作人更重视文人的德行,尤其是言行一致,所谓"文人里边我最佩服这行谨重而言放荡的,即非圣人,亦君子也。其次是言行皆谨重或言行皆放荡的,虽属凡夫,却还是狂狷一流。再其次是言谨重而行放荡,此乃是道地小人"。❶周作人对文人道德的要求介于严苛与宽容之间,有底线亦有灵活性,显得沉稳而通达。

学者型的隐士周作人首先表现出的是一种宽容的气度。他提倡对待文艺要宽容,"各人的个性既然是各各不同,那么表现出来的文艺,当然是不相同。……文艺的生命是自由不是平等,是分离不是合并,所以宽容是文艺发达的必要的条件";❷对待历史上有争议的文人,他也很宽容,论及袁中郎时他说:"我们不能拿现在的眼光,批评他的'优人驺从,共谈雅道'为有封建趣味,那是时代使然的。"❸周作人写文章很少猛烈或激烈,即使是面对十分可恶的事情时,在他的笔下也多化为一种反讽与影射,收入其自编文集的文章更是如此,这也得自于他宽容、开通的气度。以《谈虎集》为例,这一册算是周作人文集中言辞、态度最"猛烈"的,但其中的大多数文章如《碰伤》《天足》《小孩的委屈》《资本主义的禁娼》《先进国之妇女》《可怜悯者》《浪漫的生活》

---

❶ 周作人:"文章的放荡",见《苦竹杂记》,河北教育出版社2002年版,第69~70页。

❷ 周作人:"文艺上的宽容",见《自己的园地》,河北教育出版社2002年版,第9页。

❸ 周作人:《中国新文学的源流》,河北教育出版社2002年版,第24页。

《问星处的豫言》《读经之将来》《男子之裹脚》《革命党之妻》《怎么说才好》《野蛮民族的礼法》等一系列社会时事评论，都采用了反讽与影射的笔法，大多不是正面的批判。《永日集》以后的文章更是如此，名篇《三礼赞》便是代表作，主旨在于严厉的批判，但写法完全是"反讽"，含而不露，隐而不发，很耐人寻味。周作人堪称思想家，这是他学者型隐士的重要内涵。周作人的思想与学问相当驳杂，但追根溯源也大都不离隐逸玄奥的这一方面。周作人痴迷于神话，他说："我是一个嗜好颇多的人。……但是有一样东西，我总是喜欢，没有厌弃过，而且似乎是以统一我的凌乱的趣味的，那便是神话。"❶ 周作人一生致力于希腊神话的译介，晚年尤胜，这在别人，特别是信奉或者倾向于儒家思想的文人，是极为少见的。周作人又是一个宗教迷，他从小便喜读佛经，1905年在南京读书时读《大乘起信论》《楞罗经》《诸佛要集经》《菩萨投身饲饿虎经》；留学日本期间，一面跟随章太炎学习梵语，一面又对《圣经》等基督教文献发生兴趣；1921年在香山养病期间，他借阅、购置了《佛本行经》《起世经》《楼坛经》《当来变经》《梵网戒疏》等十几种佛经。神话与宗教都是玄虚的学问，玄学与谈玄自古就是隐士的爱好，魏晋时尤其如此。

说周作人懒散其实不够准确。不确在一"懒"字，周作人不是一个懒人，为人为文都不是。但说他"散"又没错，其文学创作钟情于散文，散文之特性大合其禀性是一个主要

---

❶ 周作人："发须爪序"，见《谈龙集》，河北教育出版社2002年版，第36页。

原因。而其内容题材之散漫更是无以复加，宇宙之大，苍蝇之微，千载万里之外，无不备其笔端。"散"极易发展成为糊涂，成为"昏"，有人说他"大事糊涂，小事不糊涂"，其实他是大事小事无一不糊涂，但有时又很精明，总之是一个"散"字。说周作人"放诞"是就其文章而言，生活中他显然是一个谨重平淡的人，但也不够准确，周作人的文章实为放而不诞。其一主要表现在"五四"时期，毕竟是初来乍到，急需表现实力，于是痛陈时弊，破旧立新，力倡思想与个人的解放；其二又表现在他时常无所顾忌地大谈国人传统所避讳的性、性爱与性教育，并用心译介霭理斯的性心理学等，这在其较早的文集《自己的园地》《谈龙集》《谈虎集》中尤为常见。他甚至放言，判断中国文人的一条标准，就是"看他关于女人和佛教的意见，如通顺无疵，才可算作甄别及格"。❶

周作人成为"中隐"的一个主要因素是，鲁迅的不断督促乃至强迫使周作人无法彻底归隐。在周氏兄弟之间，长兄几乎完全处于主导和支配的地位，对弟弟的思想和精神产生了举足轻重的影响。在日本留学期间，周作人的行动便是在鲁迅的主导下被动进行；周作人人生中的重大决定——北上，鲁迅的影响无疑是主要原因；到了北京之后直至失和之前，这种督促与强迫想必都是如影随形。那么在失和之后周作人为何不彻底隐居？始终难以摆脱的经济压力是另一个关键因素。周作人的家庭经济状况一向说不上好，不是收入不

---

❶ 周作人："我的杂学"，见《苦口甘口》，河北教育出版社2002年版，第76～77页。

高，而是开销太大。周氏合家搬入北京八道湾之后，兄弟二人收入合在一起，经济状况还算不错。可是1920年以后，北京政局不稳，政府欠薪不发，周氏兄弟一家人口众多，很快便陷于困顿。鲁迅搬走之后，周作人的家庭经济状况更差了，一家近十口都等他来养活，虽然他竭尽所能四处兼课，不断创作和翻译，鬻文贴补家用，甚至变卖藏书，但仍难以做到富足有余。现实状况迫使周作人不得不为生计奔走，欲隐而不得，只好折中于进退之间，做一位"中隐"了。

周作人常自言心中有两个鬼："其一是绅士鬼，其二是流氓鬼"，❶ 后来又自言是"叛徒与隐士"的共生体云云。然而，周作人的内心深处其实只住着一个鬼，这个鬼既不是流氓鬼，也不是绅士鬼，而是一个"隐士鬼"。

读周作人的文章，容易掉进他精心设置的陷阱，被他的言辞所左右。钱钟书说："'心画心声'，本为成事之说，实鲜先见之明。然所言之物，可以饰伪：巨奸为忧国语，热中人作冰雪文，是也。"❷ 话里的意思也是叫人要警醒一些。周氏小品文远不是自由洒脱的，其中原因十分复杂，既有思想传统与外在环境的制约，更有他自我强加的因素以及一种自我塑造的心态。1930~1931年间，周作人写了一组小品文，总题为《草木虫鱼》，所言之物尽是金鱼、虱子、白杨、乌桕、苋菜、水里的东西等。明明是一些轻松惬意的"闲文"，前面却要加上一篇异常含蓄、隐晦的《小引》，仔细读完方

---

❶ 周作人："两个鬼"，见《谈虎集》，河北教育出版社2002年版，第252页。

❷ 钱钟书："四八 文如其人"，见《谈艺录》，三联书店2001年版，第426页。

能领会,其大意是强调作者在无所可写、无所可说的情况下,谈论这些草木虫鱼,一方面实属无奈,可另一方面也是寄予了深意的,在写法上总是鉴赏里混有批判,可以见微知著。回头再读读那些小品文,不能说它们没有"批评的深意",但何必偏偏在"小引"中特别加以强调呢?周作人喜欢在文章中标榜自己积极用事、入世的一面,对自己的隐逸情怀和心态却总是躲躲闪闪、欲言又止,他偶尔会说:"不过我不知怎地总是有点'隐逸的'";❶ 抑或只说:"我对于这些隐者向来觉得喜欢,现在也仍是这样……我从小读《论语》,现在得到的结果除中庸思想外乃是一点对于隐者的同情"。❷ 周作人几乎从未写诗作文直接赞美过隐士或者隐逸文化。

隐逸文化在中国传统文化中虽然一直存在,有时也备受推崇,但显然从来不是主流,占据主流位置的是儒家正统文化,这种文化培养出来的文人几乎无一不抱有"朝为田舍郎,暮登天子堂""致君尧舜上,再使风俗纯"的人生理想与价值观,而隐逸文化顶多是一个没有被完全排挤掉的潜流,一种锦上添花的点缀。同时,国人臧否、品评文人多首重其人品,所谓人品,看重的无外乎"长太息以掩涕兮,哀民生之多艰""穷年忧黎元,叹息肠内热""先天下之忧而忧,后天下之乐而乐""鞠躬尽瘁,死而后已"的忧世、治世和用事的精神;一个文人如果只图"独善其身""修身养

---

❶ 周作人:"竹林的故事序",见《谈龙集》,河北教育出版社2002年版,第34页。
❷ 周作人:"论语小记",见《苦茶随笔》,河北教育出版社2002年版,第18页。

性"无论如何比不上那"大济苍生""兼济天下"的,而洁身自好、耿直正派、"不愿为五斗米折腰"、不肯"摧眉折腰事权贵"之类好像倒在其次了;至于"两耳不闻窗外事,一心只读圣贤书"的,则几乎被放进了可供嘲笑的行列。

周作人对以上法门自然熟稔于胸,他不想让后人将他看成一个不合潮流的"隐士",于是下笔便多说些入世、用事的话,摆出一副"铁肩担道义"的高姿态,常常自称是"儒家的",着力塑造出自己儒者积极进取、关心社会民生的一面。不仅如此,周作人还经常在文章里反复责备自己"太积极""太热心",似乎要极力摆脱儒者的一面。❶ 初读至此,不明就里的,也许真会以为他是一个很热心、很积极的人,但这些"自责"无论是有心营造的反语还是无意间的自我解嘲,不过是证明了他一心向往着隐逸的生活,他反复自称的那种积极热心的状态,在当时很多人的眼里已经是太消极而落伍了。在中国的文化传统中,儒者与隐者的关系本身是复杂而纠结的,自古由儒而隐、由隐而儒的例子比比皆是,二者有时对立有时融合,表现形态千差万别,难以划出一条截然两分的界限。正是这种暧昧、交错的状态,不仅给当事者本人留下一个自我塑造的空间,也给外人理解、把握儒者亦或隐者的真实心态增加了难度。周作人讲:"说到底,二者还是一个源流。"❷ 言下之意是让世人别只当他是隐者,他也

---

❶ 参阅周作人《苦茶随笔》之"关于命运""关于命运之二""弃文就武",与《关于十九篇》中的"关于写文章""关于写文章二",以及该文集之"后记"等。

❷ 周作人:"论语小记",见《苦茶随笔》,河北教育出版社2002年版,第18页。

是儒者，二者皆备于一身。但明眼人一看便知，周作人的那些"杂学"，比如喜欢谈性、谈神话、谈花鸟虫鱼以及痴迷宗教等，是与古今的哪一类儒者都不相符合的，倒是与历史上那些以反叛儒家传统规范而著称的文人隐士颇为接近，这种心态里蕴藏着一个文人对现实社会及人生巨大的失望与悲哀，虽煞费苦心却情有可原。

三

与周作人交往密切、深受周作人影响、并以周作人为偶像的废名，对隐逸生活的向往及其怀有的隐逸心态皆不逊色于周作人。废名的小说一贯以静谧的、与世隔绝的田园乡村为背景，从早期的《柚子》《竹林的故事》到稍后的《浣衣母》《桃园》等莫不如此，蕴涵着一股凄凉的乡愁与归隐田园的情绪。周作人对此极为欣赏，他几次为废名的小说集作序皆对那些小说中蕴涵的隐逸风气表示赞赏。在《竹林的故事》的"序"中，周作人便从众多"乡土"描写中发现了"隐逸"的情怀，他因而有些动情地写道，自己尽管趣味广泛，欧洲各式各样的小说，叛逆的、怪诞的、先锋的，都喜欢拿来一读，但私下里总是更倾心于"隐逸的"，"有时很想找一点温和的读，正如一个人喜欢在树荫下闲坐，虽然晒太阳也是一件快事。我读冯君的小说便是坐在树荫下的时候"。❶ 在为《桃园》所作的"跋"里，周作人再次赞赏了废名的"隐逸"：

---

❶ 周作人："竹林的故事序"，见《苦雨斋序跋文》，河北教育出版社2002年版，第101页。

废名君小说中的人物,不论老的少的,村的俏的,都在这一种空气中行动,好像是在黄昏天气,在这时候朦胧暮色之中一切生物无生物都消失在里面,都觉得互相亲近,互相和解。在这一点上废名君的隐逸似乎是很占了势力。❶

周作人与废名二人性情相投,心有灵犀,堪称知音,这中间的桥梁便是"隐逸"情怀。废名信仰佛教,崇尚老庄,其情感与心态皆深受禅宗与道家哲学影响,他不但懂得禅宗之打坐入定,而且常常亲身践行参禅悟道。不仅如此,废名于现实生活中亦曾两度隐居,成了一位名副其实的隐士,这在现代中国文人里是相当罕见的。前一次是1927年,奉系军阀张作霖解散北京大学,驱逐遣散北大教员,将北大与北京其他几个国立高校合并为"京师大学校"。废名当时在北大英文系读书,他离校表示抗议,隐居于京郊西山正黄旗农舍一年多,他的名作《莫须有先生传》便据此隐居经历写成。后一次是1937年卢沟桥事变后,废名携家眷归隐故乡湖北黄梅,此后直至1946年日本投降后,他一直在黄梅乡间教书、写作,彻底体验了一回隐士的生活。

废名曾在一篇文章中讲道:"中国文章里简直没有厌世派的文章,这是很可惜的事。我这话虽然说得有点游戏,却也是认真的话。我说厌世,并不是叫人去学三闾大夫葬于江鱼之腹中,那倒容易有热中的危险,至少要发狂,我们岂可轻易喝彩。我读了外国人的文章,好比徐志摩所佩服的英国

---

❶ 周作人:"桃园跋",见《苦雨斋序跋文》,河北教育出版社2002年版,第104~105页。

哈代的小说，总觉得那些文章里写风景真是写得美丽，也格外的有乡土的色采，因此我尝戏言，大凡厌世诗人一定很安乐，至少他是冷静的。"❶废名这里说的厌世派其实就是隐逸派，古今的真隐士大都因为厌世而归隐，他列举的英国作家哈代便是一位大名鼎鼎的西方隐士，他不提倡学习屈原亦从另一面流露出他偏于温和与静穆的性情。

　　隐逸心态使废名的精神进入一种自由自在的境界，这对他的文学创作大有裨益，促使他写出许多空灵、神妙的文字。在小说《桥》中，废名笔下的主人公小林带两个心爱的女孩过桥，琴子和细竹先上了桥，小林却呆立桥头望着她俩的背影……小说接着写道：

细竹掉转头来，看他还站在那里，嚷道：
"你这个人真奇怪，还站在那里看什么呢？"
说着她站住了。
　　实在他自己也不知道站在那里看什么。过去的灵魂愈望愈渺茫，当前的两幅后影也随着带远了。很像一个梦境。颜色还是桥上的颜色。细竹一回头，非常之惊异于这一面了，"桥下水流呜咽"，仿佛立刻听见水响，望她而一笑。从此这个桥就以中间为彼岸，细竹在那里站住了，永瞻风采，一空倚傍。

　　似乎是平静的水流中突起一个波澜，让人有些惊讶，有

---

❶ 废名："中国文章"，见《废名集》（第三卷），北京大学出版社2009年版，第1370页。

些措手不及，但旋即又会被它感动，一个生命的瞬间凝固成永恒的画面，刹那之间蕴涵着人生的无常与无奈、生命的悲哀与苍凉。这段文字着实令人印象深刻，它所表现的便是消逝之中有永恒、刹那之中见终古的艺术境界，也便是"静穆"的境界。

朱光潜有一句名言："人要有出世的精神才可以做入世的事业。"❶ 出世的精神便是不慕名利、与世无争的精神，这是他理想人生的一个出发点。他劝导青年人不要急于走上"十字街头"，因为"十字街头的叫嚣，十字街头的尘粪，十字街头的挤眉弄眼，都处处引诱你汩没自我。……十字街头上握有最大权威的是习俗。习俗有两种，一为传说（Tradition），一为时尚（Fashion）。儒家的礼教，五芝斋的馄饨，是传说，新文化运动，四马路的新装，是时尚。传说尊旧，时尚趋新，新旧虽不同，而育从附和，不假思索，则根本无二致。社会是专制的，是压迫的，是不容自我伸张的"。❷ 朱光潜认为，急于走上"十字街头"不利于青年人的人格发展，因为在"十字街头"是无法"伸张自我"的，而只有自我得到伸张，才能产生自由的精神与思想，后者是自我完善、接近真理的必由之路。从反对"十字街头"到提倡出世的精神，这一路的观念与隐逸思想是颇为接近的。

朱光潜还曾提倡一种"看戏"的人生态度与理想：

---

❶ 朱光潜："《谈美》开场话"，见《朱光潜全集》（第二卷），安徽教育出版社1987年版，第6页。
❷ 朱光潜："谈十字街头"，见《朱光潜全集》（第一卷），安徽教育出版社1987年版，第23页。

第三章 "静穆"观念与京派文人心态

世间人有生来是演戏的,也有生来是看戏的。这演与看的分别主要地在如何安顿自我上面见出。演戏要置身局中,时时把"我"抬出来,使我成为推动机器的枢纽,在这世界中产生变化,就在这产生变化上实现自我,看戏要置身局外,时时把"我"搁在旁边,始终维持一个观照者的地位,吸纳这世界中的一切变化,使它们在眼中成为可欣赏的图画,就在这变化图画的欣赏上面实现自我。因为有这个分别,演戏要热要动,看戏要冷要静。打起算盘来,双方各有盈亏:演戏人为着饱尝生命的跳动而失去流连玩味,看戏人为着玩味生命的形象而失去"身历其境"的热闹。能入与能出,"得其圜中"与"超以象外",是势难兼顾的。❶

朱光潜虽然没有明说自己倾向于哪种人生理想,但从他在该文中的其他描述,以及他历来的相关文字看,他的倾向其实是明确的。朱光潜在另一篇文章中自我表白道:"如果向旁人检讨自己不是一桩罪过,我可以说:我大体上欢喜冷静、沉着、稳重、刚毅,以出世精神做入世事业,尊崇理性和意志,却也不菲薄情感和想象。我的思想就抱着这个中心旋转,我不另找玄学或形而上学的基础。我信赖我的四十余年的积蓄,不向主义铸造者举债。"❷ 这样的性格显然就是"看戏的人生理想"的圆满表现。

看戏的理想是对人生的一种观照,而这观照的达成则需

---

❶ 朱光潜:"看戏与演戏",见《朱光潜全集》(第九卷),安徽教育出版社1993年版,第257页。

❷ 朱光潜:"《谈修养》自序",见《朱光潜全集》(第四卷),安徽教育出版社1988年版,第4~5页。

要一种静的修养、静修的功夫。朱光潜早在《给青年的十二封信》中，便倡言："静的修养不仅是可以使你领略趣味，对于求学处事都有极大帮助。释迦牟尼在菩提树阴静坐而证道的故事，你是知道的。古今许多伟大人物常能在仓皇扰乱中雍容应付事变，丝毫不觉张皇，就因为能镇静。现代生活忙碌，而青年人又多浮躁。你站在这潮流里，自然也难免跟着旁人乱嚷。不过忙里偶然偷闲，闹中偶然觅静，于身于心，都有极大裨益。你多在静中领略些趣味，不特你自己受用，就是你的朋友们看着你也快慰些。我生平不怕呆人，也不怕聪明过度的人，只是对着没有趣味的人，要勉强同他说应酬话，真是觉得苦也。你对著有趣味的人，你并不必多谈话，只是默然相对，心领神会，便可觉得朋友中间的无上至乐。"❶ 朱光潜向来重视人格修养，特别是青年人的修养，青年人健全人格的养成，他有一本书就叫《谈修养》，开列近20个有关人格修养的专题，譬如，谈立志、谈处群、谈恻隐之心、谈羞恶之心、谈读书、谈交友、谈消遣、谈价值意识、谈美感教育等，一一道来，娓娓而谈，旨在帮助青年读者提高人格修养。实际上从早年的《给青年的十二封信》到这本《谈修养》，前后20年，人格修养的提高与完善始终是朱光潜关注的主要问题。

---

❶ 朱光潜："谈静"，见《朱光潜全集》（第一卷），安徽教育出版社1987年版，第16~17页。

第三节　人生美学

一

20世纪30年代的中国文坛,壁垒森严,气氛不调谐,文人的阵营、派别意识皆很强,信仰便成为一个热门话题。信仰的内涵很宽泛,政治倾向、文化取向、道德操守、宗教、艺术、学问等皆可为信仰,本章关注的则是人生观,人生的目标与价值何在?人生的本质与最高理想究竟是什么?京派文人以他们的实践为这些问题提供了什么样的答案?

京派文人对"美"有一种无条件、无目的、无功利的热爱与追求,"美"便是他们的信仰,这种信仰不仅体现在文学创作与批评的层面,他们对于美的发现与推崇在整体上形成一种"人生美学":美不仅关乎艺术,更关乎人生,美不只是一种形态,更是一种思想与精神。正如朱光潜所说:"每种文艺观都必同时是一种人生观。"❶

朱光潜的人生便是一个探索美、创造美的人生,这首先表现在学术研究的层面。他说:"我原来的兴趣中心第一是文学,其次是心理学,第三是哲学。因为欢喜文学,我被逼到研究批评的标准、艺术与人生、艺术与自然、内容与形

---

❶ 朱光潜:"我对本刊的希望",载《文学杂志》创刊号,1937年5月1日。

式、语文与思想诸问题；因为欢喜心理学，我被逼到研究想象与情感的关系、创造和欣赏的心理活动以及趣味上的个别的差异；因为欢喜哲学，我被逼到研究康德、黑格尔和克罗齐诸人讨论美学的著作。这么一来，美学便成为我所欢喜的几种学问的联络线索了。我现在相信：研究文学、艺术、心理学和哲学的人们如果忽略美学，那是一个很大的欠缺。"❶美学不仅能沟通几种亚学科，而且是人文学科的基础学术领域，懂得美学才能更好地懂得文学和艺术，这说明美学的内涵丰富、外延广博，对于美的研究不仅需要多学科的知识，同样需要丰富的人生经验。

美对于朱光潜而言，不仅是兴趣，而且是他的工作和事业，或者说他将兴趣与工作完美地结合在一起，呈现出一种较为理想的人生状态。朱光潜对于美的考察几乎涉及美的所有领域，从美的起源到美的效用，从美的发现到美的接受及再创造，从美感经验到美感类型等，他的所有著作几乎都围绕一个主题展开，那就是"美"，悲剧的美，诗的美，艺术的美直至人生的美，这样的主题在被阐释的过程中又走出两条路，一条是专业化、学术化的探讨，如《文艺心理学》《悲剧心理学》等，另一条则是生活化、普及化的讲述，如《谈美》《孟实文钞》等，这后一条也许更能体现"人生美学"的意义与内涵。

朱光潜早年便撰文阐述美对于实际人生的作用，这作用在消除人生烦闷之时体现得尤其清晰。他表示：人们"如果

---

❶ 朱光潜："文艺心理学·作者自白"，见《朱光潜全集》（第一卷），安徽教育出版社1987年版，第200页。

想解除烦闷,就要在美术中寻慰情剂,因为美术也很能使人超脱现实的。美术何以使人能超脱现实呢?一,就创作美术的人说,美术虽借现实做资料,但是对于资料的应用支配,美术家能够本自己的创造理想,伸缩自由。在现实范围里说话,空中决计不能起楼阁。美术便没有这种限制。所以现实界不能实现的理想,在美术中可以有机会实现。二,就欣赏美术的人说,美术能引起快感,而同时又不会激动进一步的欲望;一方面给心灵以自由活动的机会,一方面又不为实用目的所扰"。❶ 无论对于创造美还是欣赏美的人而言,美都能给他们的心灵带来一种陶冶和愉悦,烦闷、忧郁、焦躁等不良情绪随即消解。他接着讲道:

生机不一定要在现实界才能发泄,美术也是一个极好的发泄生机的尾闾。在美术中发泄生机,所感的快乐比在现实界还更加纯粹深厚,因为没有实用的目的来滋扰。譬如在现实界看见父子三人都被恶蛇捆绞在一起,心里只有恐惧哀矜种种的不快之感。可是欣赏希腊著名雕刻《拉奥孔》(Laocoon),这种哀矜恐惧虽还有若干存在,但是他们都变成愉快的感觉了。这就是因为心里没有实用目的来烦扰。哀矜恐惧两种感情发泄了,然而心目中没有生死存亡的念头,没有逃脱抵抗的打算,所以虽哀矜恐惧而还能十分愉快。……美术不但可以使人超脱现实,还可以使人在现实界领悟天然之美,消受自在之乐。自然界有多少美致,人生有多少妙趣,

---

❶ 朱光潜:"消除烦闷与超脱现实",见《朱光潜全集》(第八卷),安徽教育出版社1993年版,第92页。

在粗心浮气的人看,都忽略过去。经美术家一指点,美就确乎是美,妙就确乎是妙。谁没有看过流水?不过在普通人看,流水只是流水罢了,孔子一看到,便叹气说:"逝者如斯夫,不舍昼夜!"这样一指点,滚滚东流的水便含有无限生机,无限悲感。谁没有看见乌鹊在树林里度日子?陶渊明看见,便推出一种极乐的人生哲学。"众鸟欣有托,吾亦爱吾庐"两句诗把宇宙写得多么可爱?……我相信人肯受美术陶冶,世界和人生决不至干燥无味。❶

朱光潜提倡以"美"来转移、解救人生现实之病苦,其深层目标主要是人格、内心修养的完善,情感、情绪的健康发展,他一方面要求文人、知识者大胆地宣扬美的功效与创造力,另一方面要普通人锻炼自己发现美、创造美的能力,培养对于美的热爱,领悟美对于人生的莫大意义。朱光潜在《谈美》的一篇文章中,将艺术(美)与人生紧紧地贴附到一起,提倡"人生的艺术化"。他说:"离开人生便无所谓艺术,因为艺术是情趣的表现,而情趣的根源就在人生;反之,离开艺术也便无所谓人生,因为凡是创造和欣赏都是艺术的活动,无创造、无欣赏的人生是一个自相矛盾的名词。"❷艺术的终极目标是美,美的价值是超出实用功利目的的,艺术的人生、美的人生同样不是以狭隘、浅薄的实用功利为目标的。艺术的人生应该充满情趣,"情趣愈丰富,生

---

❶ 朱光潜:"消除烦闷与超脱现实",见《朱光潜全集》(第八卷),安徽教育出版社1993年版,第93~94页。
❷ 朱光潜:"'慢慢走,欣赏啊!'",见《朱光潜全集》(第二卷),安徽教育出版社1987年版,第90~91页。

活也愈美满"；而情趣来自自由的创造与欣赏，欣赏就是一种"无所为而为的玩索"（disinterested contemplation）。在西方哲人那里，"'无所为而为的玩索'是唯一的自由活动，所以成为最上的理想"，对于艺术与人生而言莫不如此。所以，朱光潜最后讲道："'觉得有趣味'就是欣赏。你是否知道生活，就看你对于许多事物能否欣赏。欣赏也就是'无所为而为的玩索'。在欣赏时人和神仙一样自由，一样有福。"❶

在另一篇文章里，朱光潜将这个道理讲说得更加明白：

朱子有一首诗说："半亩方塘一鉴开，天光云影共徘徊。问渠那得清如许？为有源头活水来。"这是一种绝美的境界。你姑且闭目一思索，把这幅图画印在脑里，然后假想这半亩方塘便是你自己的心，你看这首诗比拟人生苦乐多么惬当！一般人的生活干燥，只是因为他们的"半亩方塘"中没有天光云影，没有源头活水来，这源头活水便是领略得的趣味。❷

如何更有效地达到欣赏的目标呢？朱光潜提出那首先要保有一种闲静、空灵的心态，他说道：

我所谓"静"，便是指心界的空灵，不是指物界的沉寂，物界永远不沉寂的。你的心境愈空灵，你愈不觉得物界沉寂，或者我还可以进一步说，你的心界愈空灵，你也愈不觉

---

❶ 朱光潜："'慢慢走，欣赏啊！'"，见《朱光潜全集》（第二卷），安徽教育出版社1987年版，第96页。
❷ 朱光潜："谈静"，见《朱光潜全集》（第一卷），安徽教育出版社1987年版，第15页。

得物界喧嘈。所以习静并不必定要逃空谷,也不必定学佛家静坐参禅。静与闲也不同。许多闲人不必都能领略静中趣味,而能领略静中趣味的人,也不必定要闲。在百忙中,在尘市喧嚷中,你偶然丢开一切,悠然遐想,你心中便蓦然似有一道灵光闪烁,无穷妙悟便源源而来。这就是忙中静趣。❶

在朱光潜看来,美产生于"静",得自于"静",是"静"中的妙悟所得,他常引用宋儒程颢的一句诗:"万物静观皆自得,四时佳兴与人同"。他非常赞赏这句诗中蕴涵的那种怡然静观的人生境界,其中也透露出他对于美、对于美的人生、有趣味的人生的一种理解。朱光潜对"静"的理解与阐释,与他的"静穆"观念密切相关、一脉相承,美亦来自"静穆","静穆"是艺术美的最高理想。因此,"静穆"自然也成为人生的真谛,是人生的最高理想,朱光潜还希望以"静穆"观念来指导混乱的现实人生,成为"人生美学"的核心与精髓,对于创造美、欣赏美的人来说都应如此。

二

林徽因同样是美的忠实的追寻者与发现者。林徽因12岁进入英国教会在北京开办的培华女子中学,接受英国贵族式教育。1920年初夏,她随父出使欧洲,游历了法国、意大利、瑞士、德国、比利时等地,大开眼界。9月以优异成绩考入伦敦的圣玛丽学院(St. Mary's College),1921年秋随父回国,并逐渐确立

---

❶ 朱光潜:"谈静",见《朱光潜全集》(第一卷),安徽教育出版社1987年版,第15页。

了学习建筑（Architecture）的人生目标。1924年6月，林徽因与梁思成一道赴美，入宾夕法尼亚大学美术系、建筑系学习。1927年林徽因从宾大毕业，她选择了耶鲁大学戏剧学院继续研修，攻读舞台美术设计，而梁思成去了哈佛大学研究东方建筑。1928年秋，林徽因与梁思成夫妇回国，并一道进入沈阳的东北大学建筑系，梁思成任系主任，这个建筑系是当时中国大学中仅有的两个建筑系之一。在这里，他们教学育人，同时招揽了一批海外留学归来的建筑学人才，并成立了一个营造事务所。1930年秋冬，林徽因因病回北京疗养，1931年"九一八"事变后，东北大学被迫关闭，林徽因、梁思成夫妇返回北京，两人共同加入了朱启钤创办的"中国营造学社"，正式安家于东城北总布胡同三号。

故都北京四郊遍布着几百年间留存下来的各种建筑，这些文化资源深深地吸引着林徽因夫妇，他们开始遍访古迹，获得了意外的收获。

> 北平四郊近二、三百年间建筑遗物极多，偶尔郊游，触目都是饶有趣味的古建。……这些美的存在，在建筑审美者的眼里，都能引起特异的感觉，是"诗意"和"画意"之外，还使他感到一种"建筑意"的愉快。这也许是个狂妄的说法——但是，什么叫做"建筑意"？我们很可以找出一个比较近理得含义或解释来。……无论哪一个巍峨的古城楼，或一角倾颓的殿基的灵魂里，无形中都在诉说，乃至于歌唱，时间上漫不可信的变迁；由温雅的儿女佳话，到流血成渠的杀戮。他们所给的"意"的确是"诗"与"画"的。但是建筑师要郑重郑重的声明，那里面还有超出这"诗"、

"画"以外的"意"存在。眼睛在接触人的智力和生活所产生的一个结构,在光影可人中,和谐的轮廓,披着风露所赐予的层层生动的色彩;潜意识里更有"眼看他起高楼,眼看他楼塌了"凭吊与兴衰的感慨;偶然更发现一片,只要一片,极精致的雕纹,一位不知名匠师的手笔,请问那时锐感,即不叫他做"建筑意",我们也得要临时给他制造个同样狂妄的名词,是不?❶

林徽因深深陶醉在这份难以名状的"建筑意"之中,她的文字几乎使人忘记了这是一篇介绍建筑发现的专业文章。这"建筑意"里蕴涵着她的人生经历与感悟,蕴涵着她对于美的深度体验,它得自于现实与历史,更与人生难以分离。1931年,林徽因肺病加重,不得不到香山双清别墅养病,病中的寂寞和痛苦使她越来越倾心于文学创作,尤其是现代诗,使她专注于在文艺中创造美,将自然之美、将那种"建筑意"唤醒在她的诗歌中,"斩断这时间的缠绵,/和猥琐网布的纠纷,/剖取一个无瑕的透明,/看一次你,纯美,/在一穹匀净的澄蓝里,/书写我的惊讶与欢欣,/献出我最热的一滴眼泪,/我的信仰,至诚,和爱的力量,/永远膜拜,/膜拜在你美的面前!"❷ 美便是林徽因的信仰,便是她的宗教,也是她的人生观。

---

❶ 林徽因:"平郊建筑杂录",见《林徽因文存》(散文书信评论翻译),四川文艺出版社2005年版,第9页。该文原载《中国营造学社汇刊》第三卷第四期,署名梁思成、林徽音。

❷ 林徽因:"激昂",见《林徽因文存》(诗歌小说戏剧),四川文艺出版社2005年版,第9页。

林徽因在给沈从文的一封信中谈及她的人生体悟：

我认为最愉快的事都是一闪亮的，在一段较短的时间内迸出神奇的——如同两个人透彻的了解：一句话打到你心里，使得你理智和感情全觉到一万万分满足；如同相爱：在一个时候里，你同你自身以外另一个人互相彼此存在为极端的幸福；如同恋爱，在那时那刻眼所见，耳所听，心所触无所不是美丽，情感如诗歌自然的流动，如花香那样不知其所以。这些种种便都是一生中不可多得的瑰宝。世界上没有多少人有那机会，且没有多少人有那种天赋的敏感和柔情来尝味那经验，所以就有那种机会也无用。❶

生活的美与艺术的美都在那"一闪亮"之间，没有几个人能把握得住、感悟得到，追求理想的人生要重视、追求细节的完美，要认真、要有热情、要倾情投入，心无旁骛，这样才能塑造美丽的人生，才能达到那个"美"的境界。

1926年，叶公超自英国剑桥大学学成归来，23岁便担任北京大学教授，可谓一举成名，春风得意。叶公超有较高的西洋文学造诣，长于文学批评，对现代诗尤其有深湛的看法与修养。1929年，叶公超与徐志摩、梁实秋等人合编《新月》杂志，成为"新月"这个欧美绅士群体的重要成员，并与徐志摩结下了深厚的情谊。徐志摩死后，他几乎凭一己之力主编了1932~1933年最后几期的《新月》。《新

---

❶ 林徽因："1934年2月27日致沈从文"，见《林徽因文存》（散文书信评论翻译），四川文艺出版社2005年版，第80页。

月》停刊不久，叶公超又联合闻一多、林徽因等旧日同仁，共同创办了一份新的刊物——《学文》，它虽然只出了四期，但内容丰富，刊登的各类文章水平相当高，譬如创刊号上林徽因的小说《九十九度中》和诗歌《你是人间的四月天》、卞之琳翻译的 T. S. 艾略特的《传统与个人才能》、叶公超的批评《从印象到评价》、废名的小说《桥》、沈从文的《湘行散记》以及何其芳、李健吾等人的创作和翻译、钱钟书等人的学术文章等，体现出欧美派中上层文人的品味与风度。

叶公超对于介绍欧美文化、文学界的新动向、新成果十分热心，他在编辑《新月》杂志时，便独立开设"海外出版界"这个栏目，旨在"用简略的文字介绍海外新出的名著""从出版界到著作家的重要消息"，从而"使读者随时知道一点世界文坛的现状"。❶ 1928 年夏，他还编辑了一套《近代英美短篇散文选》，共四辑，第一至二辑由新月书店 8 月出版，"包含近二十年英美杂感文（Informal Essay）杰作 50 余篇。此类文章，虽已盛行于欧美各国，我国尚鲜介绍之者，且我国亦向无此体裁。"第三至四辑，仍由新月书店 10 月出版，收文 40 余篇，"其题材为文艺及生活之批评与鉴赏。此二辑之选择标准，在能引导或激动国内一般具有文艺思想者之注意，亦可用作研究现代英美散文者之参考"❷。叶公超曾在一篇文章中谈及办刊物的心得：

刊物和为人同样的难，都贵在能与世不间接不离。我们

---

❶ "编辑余话"，见《新月》第 1 卷第 7 期。
❷ 见《新月》第 1 卷第 6 期末尾的"新书预告"。

第三章 "静穆"观念与京派文人心态

虽说是不得不在潮流中挣扎着,但是自身的庄严和处世的常态却不能置之于不顾。文艺的刊物首要维持态度的庄严;庄严的意义就是要用历史的眼光来检讨一切潮流中的现象,要认定现代生活中的传统的连续,和这些传统的价值。所以,抱定宣传主义的刊物没有能维持到三年五载的,不用说四十年了,如新民丛报,时务报,甲寅杂志等如今看来不过是时代过程中的暴发而已,那配享受什么寿命。佩兹说得很对,他说:"但凡刊物至少要带着一点 Classic-mindedness 才值得存在。"❶

"Classic-mindedness"大意为古典的胸怀、对经典的执著,虽然谈的是办刊物,但实际上也蕴含他对艺术、对人生的态度与看法,"Classic-mindedness"同样亦可作为一种"美"的阐释,昭示出一种美的风格。叶公超对"Classic-mindedness"的提倡、对"庄严"的推崇,与朱光潜、林徽因对美、情趣的态度是接近、相同的。

梁宗岱早年亦曾留学欧洲,来到法国巴黎后结识了一批作家和艺术家,并受到梵乐希和罗曼·罗兰两位大师的赏识,在法国较为纯粹的艺术环境中,梁宗岱接受着美的熏陶,培养了他对于美的执著与热爱。梁宗岱钟情于诗美的探寻,但也不忘记将这种美与人生产生联系,这在他是一个明晰的判断诗艺的标准:"一切伟大的诗都是直接诉诸我们底整体,灵与肉,心灵与官能的。它不独要使我们得到美感的

---

❶ 公超:"施望尼评论四十周年",载《新月》第4卷第3期,1932年10月1日。

悦乐，并且要指引我们去参悟宇宙和人生底奥义。而所谓参悟，又不独间接解释给我们底理智而已，并且要直接诉诸我们底感觉和想象，使我们全人格都受它感化与陶熔。"❶ 在梁宗岱看来，艺术与人生、人生与艺术是结合在一起，艺术美可以指引人生，陶冶并养成人格，这种过程并不靠理智而是靠感觉与想象来完成的，当然也需要富有智慧的参悟、领悟，这便是一种人生的艺术化，一种人生美学。在对于"美"的理解上，梁宗岱与朱光潜显然是志同道合、彼此欣赏的，他们合住在慈慧殿三号的古宅中，共同倡集"读诗会"，他们的客厅为京派的出现提供了诗意的、美的空间。

三

将人生与艺术（美）结合到一起不仅是朱光潜等人，还有周作人。周作人早在20世纪20年代中期便宣扬一种"生活之艺术"，他讲道："生活不是很容易的事。动物那样的，自然地简易地生活，是其一法；把生活当作一种艺术，微妙地美地生活，又是一法；二者之外别无道路，有之则是禽兽之下的乱调的生活了。"❷ 怎样才能"微妙地美地生活"？周作人对此没有更多的阐发，但他接着引用蔼理斯的话讲道："一切生活是一个建设与破坏，一个取进与付出，一个永远的构成作用与分解作用的循环。要正当地生活，我们须得模仿大自然的豪华与严肃。……生活之艺术，其方法只在于微

---

❶ 梁宗岱："谈诗"，见《诗与真二集》，商务印书馆1936年版，第23页。

❷ 周作人："生活之艺术"，见《雨天的书》，河北教育出版社2002年版，第93页。

妙地混和取与舍二者而已"。这样的说法似也过于笼统，如何微妙的取舍呢？周作人留下了一个谜局，人生的事本没有那样简单的。

周作人喜欢喝茶，从茶里悟出人生的道理，他说："苦茶并不是好吃的，平常的茶小孩也要到十几岁才肯喝，咽一口酽茶觉得爽快，这是大人的可怜处，人生的'苦甜'，如古希腊女诗人之称恋爱，《诗》云，谁谓荼苦，其甘如荠。"❶ 先苦后甜，由苦而甜，所谓"忍过事堪喜"，这样的人生才是丰富多彩的。这种道理实际上与"静穆"观念暗合，正是一种对于痛苦的征服与超越、对信仰的坚守，并从中获得一种宁静、崇高的美。周作人不仅借"茶"说人生，更能借"酒"说人生，虽然他并不怎么喝酒，酒量也不高。在《谈酒》一文中，他讲道：

有人说，酒的乐趣是在醉后的陶然的境界。但我不很了解这个境界是怎样的，因为我自饮酒以来似乎不大陶然过，不知怎的我的醉大抵都只是生理的，而不是精神的陶醉。所以照我说来，酒的趣味只是在饮的时候，我想悦乐大抵在做的这一刹那，倘若说是陶然，那也当是杯在口的一刻罢。醉了，困倦了，或者应当休息一会儿，也是很安舒的，却未必能说酒的真趣是在此间。昏迷，梦魇，呓语，或是忘却现世忧患之一法门；其实这也是有限的，倒还不如把宇宙性命都

---

❶ 周作人："小引"，见《苦茶随笔》，河北教育出版社2002年版，第3~4页。

投在一口美酒里的耽溺之力还要强大。❶

在周作人看来,在刹那之间体会永久,这才是美的,令人愉悦的,兴许这便是生活之艺术。周作人的"生活之艺术"与朱光潜的"人生的艺术化"异曲同工,周作人有段关于生活之艺术的阐述常为人提及:"我们于日用必需的东西以外,必须还有一点无用的游戏与享乐,生活才觉得有意思。我们看夕阳,看秋河,看花,听雨,闻香,喝不求解渴的酒,吃不求饱的点心,都是生活上必要的——虽然是无用的装点,而且是愈精炼愈好。"❷ 这不是粗浅、浮薄的享乐主义,而是一种人生美学的表现形式,所谓"看夕阳,看秋河,看花,听雨,闻香",便是朱光潜所说的欣赏人生,因为不是必需的所以才能自由欣赏,因为不是必需的所以更容易接近美,那是一种无功利、非实用的"无所为而为的玩索",立意从生活中发现美、创造美,培养纯正的情趣,培养美的人生观。

沈从文也是"美"的忠实信徒与热烈提倡者,但他对于美的追求与朱光潜、周作人等人又有所不同,他心中的美是与自然、人生更为接近的,更为具体而实在。沈从文抱定一种"乡下人"的执拗与信仰,要在混乱纷繁的人性中寻找美、发现美,他自诩为"人性的治疗者",不知疲倦地追求、塑造他的理想的人生形式:"一种'优美,健康,自然,而

---

❶ 周作人:"谈酒",见《泽泻集》,河北教育出版社2002年版,第25～26页。

❷ 周作人:"北京的茶食",见《雨天的书》,河北教育出版社2002年版,第52页。

又不悖乎人性的人生形式'"。❶在他的笔下，人性几乎都是美的、简单的、朴素的，因而也是崇高的。沈从文很少抽象地赞颂美，在他那里，美总是以具体的形象出现，或者是善良、真诚的人物，譬如《边城》中老船夫、翠翠、傩送，《会明》中的会明，《萧萧》中的萧萧，《虎雏》中的虎雏，《柏子》和《一个多情水手与一个多情夫人》中的水手与妓女，或者是清透、神妙的自然风景，譬如《月下小景》《边城》中的山水意境，《湘行散记》中的天光云影等，这些精细的刻画与描摹之中无不浸透着、表现着沈从文对于美的深切的感受与由衷的崇拜。

沈从文对美的感悟与理解还有与众不同的地方，对于绝美、至美、无以复加的美，沈从文专意描写了它的悲哀与孤独。在《龙朱》中，他写道：

> 白耳族，以及乌婆、猩猩、花帕、长脚各族，人人都说龙朱相貌长得好看，如日头光明，如花新鲜。……龙朱走到水边去，照过了自己，相信自己的好处。又时时用铜镜观察自己，觉得并不为人过誉。然而结果如何呢？因为龙朱不像是应当在每个女子理想中的丈夫那么平常，因此反而与妇女们离远了。
>
> 女人不敢把龙朱当成目标，做那荒唐艳丽的梦，并不是女人的错。在任何民族中，女子们，不能把神做对象，来热烈恋爱，来流泪流血，不是自然的事么？任何种族的妇人，

---

❶ 沈从文："习作选集代序"，见《沈从文全集》（第九卷），北岳文艺出版社2002年版，第5页。

原永远是一种胆小知分的兽类,要情人,也知道要什么样情人为合乎身分。纵其中并不乏勇敢不知事故的女子,也自然能从她的不合理希望上得到一种好教训。相貌堂堂是女子倾心的原由,但一个过分美观的身材,却只作成了与女子相远的方便。谁不承认狮子是孤独?狮子永远是孤独,就只为了狮子全身的纹彩与众不同。

美如何能成为一种负担?美如何能妨碍人获得幸福?在沈从文笔下,这些问题得到了回答,他以文学的形式、小说的笔法道出了难以言表、难以评价的人生道理,它能让人思考,让人对美有更深的认识,对人生的美、美的人生、美与人生的关系有更深的理解,启发人去塑造、践行一种更加可行的人生美学。

如何塑造理想的人生?沈从文强调要"自信":"人应当自己有自信,不必担心别人不相信。一个人常常因为对自己缺少自信,总要从别人相信中得到证明。"❶ 又说:

我讨厌一般标准,尤其是伪"思想家"为扭曲压扁人性而定下的庸俗乡愿标准。这种思想算是什么?不过是少年时男女欲望受压抑,中年时权势欲望受打击,老年时体力活动受限制,因之用这个来弥补自己并向人们复仇的人病态的行为罢了。这种人照例先是显得极端别扭表示深刻,到后又显得极端和平表示纯粹,本身就是一种矛盾。这种人从来就是

---

❶ 沈从文:"水云",见《沈从文全集》(第十二卷),北岳文艺出版社2002年版,第95页。

不健康的，那能够希望有个健康人生观。❶

虽然说得有些偏激，但那种对于美的、自然的、健康的人生形式的追求不能不令人信服与赞赏，所谓"讨厌一般标准"清晰地描画出了一种人生轨迹，而对自然、和谐状态的渴望又充实了这种人生轨迹的内涵。

沈从文的"自信"得自于他对知识的信仰，他极为重视读书以加强自身的修养，这是他的聪明之处，也是他——一个远离自然乡土而不喜欢周围环境的文人——追求美、创造美的一种方式，更是他人生观的一个重要的方面。沈从文在书信中多次提到要勤奋读书，如告诫萧乾："大家生活有办法，如何来努力读书方好。总莫自弃，莫懒散，莫玩得太久，死死的扣着每个日子作下去，铁杵磨针不是难事情！"❷又如："在这里生活倒很好，八月七月也许还得过北平，因为在这边学校教书，读书太少，我总觉得十分惭愧，恐怕对不起学生。只希望简简单单过一阵日子，好好的来读一些书。书读得好一点，再教书也像样一点。"❸再如："这里一切皆好，有时三个人一同过北海图书馆去，我在小房子，他们在大房子，看书到十二点时，又一同回家。且来回皆走路，不以为累。有时则我过杨家编书，他们在家看书，总而

---

❶ 沈从文："水云"，见《沈从文全集》（第十二卷），北岳文艺出版社2002年版，第94页。
❷ 沈从文："致萧乾信（19340105）"，见《沈从文全集》（第十八卷），北岳文艺出版社2002年版，第205页。
❸ 沈从文："致胡适信（19330504）"，见《沈从文全集》（第十八卷），北岳文艺出版社2002年版，第179页。

言之则是无日不看书，一时虽仿佛无多大成绩可言，久些则大有进步了。"❶

沈从文提倡读书，相信读书，但又对读书有所提防，他写道：

> 您读了许多书，这些书既不能调和您的感情，使您作人处世保持常态，又不能扩大您的人格，使您真的超然物外，洒脱豪放，不拘小节。你读儒家的典籍，儒家中庸与勇于维护真理体会人情的精神您得不到，您欢喜浪漫文学，浪漫文学解放人的全部心灵，却不曾将您解放。一切书不能帮助您，使您聪明一点，大派一点，只是束缚您；紧紧的束缚您。结果弄得您这样办不妥，那样办又不成，要活下去可不知道怎么样活下去，要死更不能死。总觉得这世界太不好，社会太坏，自己太受委屈。于是不可免的多疑，小气，支配了全部生活。……我的年龄学问比你少得多，可是对于观察人事或者"冷静"一点也就"明白"一点。我很同情您，且真为您担心。从您看我小说而难过一件事说来，可以知道您看书虽多，却只能枝枝节节注意；对于自己恋爱或教书有关的便十分注意，其余不问。您看书永远只是往书中寻觅自己，发现自己，以个人为中心，因此看书虽多等于不看（无怪乎书不能帮助您）。❷

---

❶ 沈从文："复沈云麓信（19331113）"，见《沈从文全集》（第十八卷），北岳文艺出版社2002年版，第194页。
❷ 沈从文："给某教授"，见《沈从文全集》（第十七卷），北岳文艺出版社2002年版，第194~195页。

第三章 "静穆"观念与京派文人心态

对此,沈从文提出一些解决之道,虽然没有直接说到美,但那意思也就是劝人去追求美、感受美、创造美,怀抱一种人生美学,只有这样才能走出人生的某些误区。沈从文自信他作为一个"人性的治疗者"开出的药方是值得注意的。

如果读书是实现美的人生的一种方法,那么沈从文还有更简要的方法,他说:"你不妨学学情绪的散步,从从容容,五十米,两百米,一哩,三哩,慢慢的向无边际一方走去。只管向黑暗里走,那方面有得是炫目的光明。你得学控驭感情,才能够运用感情。你必需静,凝眸先看明白了你自己。你能够冷方会热。"❶ 这样的观点与朱光潜"慢慢走,欣赏啊"的人生态度极为接近,表现出一种对于人生的审美化的视角,也是一种践行人生美学的具体方法;而其中先静后动、由冷而热的艺术表现方式,拉近了沈从文与京派"静穆"观念的距离,代表着他与"静穆"观念之间深深的共鸣。

京派文人的"人生美学",一方面体现于他们对美的真诚的信仰与执著的追求,将美引入人生,以美引导人生,即所谓"人生的艺术化";另一方面又体现出他们对美的理解与塑造,美,千差万别,没有绝对,他们推崇的美显然具有一种文人的趣味,自然、严肃、纯正、健康,其内核仍可用"静穆"来概括,就是"静穆"的美,在京派文人看来,这样的美才是完满的美,这样的人生才是完满的人生。

---

❶ 沈从文:"情绪的体操",见《沈从文全集》(第十七卷),北岳文艺出版社2002年版,第217页。

"静穆"观念与京派文学

在朱光潜与梁实秋之间曾有一次关于"文学的美"的争论,梁实秋的主要观点是:美"是文学上最不重要的一部分";"我的态度是道德的";"欣赏音乐图画,可以用'无所为而为'的态度,可以采取适当的'距离',若是读文学作品而亦同样的停留在美感经验的阶段,不去探讨其道德的意义,虽然像是很'雅',其实是'探龙额而遗骊珠'!"❶朱光潜对这种过分强调"道德性"而轻视乃至无视"美"的观点表示反对,并逐一予以批驳,他讲道:

(一)你以为"道德性"是文学与其它艺术的相异点,文学不纯粹的是艺术,我以为它是一切艺术的公同点,文学是一种纯粹的艺术;(二)你以为"道德性"在文学中是超于美的,我以为它在文学中可以成为美感观照的对象,"真"与"善"可以用"美"字形容,正犹如"美"可以用"真"字或"善"字形容;(三)因为上述两种分歧,你所谓"美"意义比较狭窄,专指文字所给的音乐和图画,所以你认为"美"在文学中最不重要;我所谓"美"涵义较广,指文字所传达的一切——连情感思想在内,所以我认为"美"在文学中的重要不亚于其它艺术。❷

这进一步解释了京派文人对于"美"的理解,它是形式与内容的和谐统一,既是"真"也是"善",是一种完满的

---

❶ 梁实秋:"文学的美",见《梁实秋自选集》,黎明文化事业股份有限公司1981年版,第121~138页。
❷ 朱光潜:"与梁实秋先生论'文学的美'",见《朱光潜全集》(第八卷),安徽教育出版社1993年版,第512页。

艺术，也是一种完满的人生。

第四节　客厅与城市

一

京派文人以私家客厅作为主要的社交场所，客厅便是京派文人的"公共空间"，他们对客厅的喜好成为一种文化情结。客厅这个空间即不过分私密又不过分公开，既是传统的也是现代的，既是西方的也是中国的，它比较充分地揭示出京派文人的独特面貌。京派文人是客厅里的文人，他们不是俱乐部、咖啡厅、茶馆里的文人，不是十字街头、广场上的文人，不是集会、党派、官场中的文人，也不只是大学象牙塔里的文人。客厅，培养、造就了京派文人不趋时、不迎合、不媚俗、不刻板、灵活变通的心态，这种心态在很大程度上催生了"静穆"观念，使他们在时代的大潮中始终保持文人的自尊、自省与自守。

李欧梵在《上海摩登》一书中，较为详细地考察了海上文人的社交场所与社交方式，在他的笔下，海上文人常常流连于大城市的咖啡馆和舞厅，闪现于公园和跑马场，栖身于狭小的"亭子间"，在城市的大街上"游手好闲"。李欧梵的研究表明，这种社交方式（同时也是生活方式）参与了海上文人的文学想象与创作，影响乃至决定了他们的审美观念与文化心态。海上文人也有他们的客厅,但客厅在他们的文学实践中的地位与作用远不像京派文人的那样显眼与重要,取而代之的首先是更具公共性的咖啡馆,"上海的作家把咖啡馆当作朋友聚会的场所却是无疑的。从当时记载和日后的回忆来看,这种法国惯例加上英国下午茶风俗在当时成了他们最重要的日常仪式。下午茶时间的选择经常是出于经济的考虑,因为两手空空的作家和艺术家常去的几家咖啡馆都在饭店里,那里在下午时卖的咖啡、茶和点心都比较便宜"。❶同时,海上文人的客厅在风格上也与京派文人的大为不同,李欧梵在《上海摩登》中以曾朴的客厅为例显示了海上客厅的风貌,总体而言,海上文人的客厅更接近于一个宴会厅、集会场,场面大,几乎是完全开放的,客人想来就来,想走就走,无拘无束,不由得让人想起巴尔扎克笔下的那些形形色色的法国沙龙。❷

所谓"客厅"这样的空间和场所,也有一个比较洋气的名字——沙龙。"沙龙"最初是意大利语,意为大客厅,17世纪传入法国时专指卢浮宫的画廊,因此与艺术结缘。现在所说的"沙龙",即法语"Salon"的音译,原指法国上层人士住宅中的豪华会客厅。巴黎是艺术之都,巴黎的贵族喜欢

---

❶ 李欧梵:《上海摩登——一种新都市文化在中国1930～1945》,北京大学出版社2001年版,第25页。

❷ 曾朴的儿子曾虚白回忆道:"我家客厅的灯不到很晚是很少会熄的。我的父亲不仅特别好客,而且他身上有一种令人着迷的东西,使每一个客人都深深地被他的谈吐所吸引……谁来了,就进来;谁想走,就离开,从不需要繁文缛节。我的父亲很珍惜这种无拘无束的气氛;他相信,只有这样,才能处处像一个真正的法国沙龙。"(见《上海摩登》,北京大学出版社2001年版,第25页。)李欧梵引述了这段文字来说明问题。

在自己的客厅里接待、推崇各种艺术家，这种风气不久便风靡欧美各国文化艺术界，19世纪达到鼎盛期。在中国，"沙龙"作为一种文化现象，出现于20世纪初，曾在上海这个洋场流行一时。本书所讲的客厅与沙龙有所不同，它没有沙龙那样大的规模，也不是完全开放的，它是一种私人聚会、小团体的空间，它在社会之中却与社会没有直接的关系。

文人需要自己的空间，一个趋向于接近的文人团体尤其如此，京派的出现以至成型便与客厅这种独特的空间关系密切，京派有三个类似的空间与场所，即林徽因家的客厅、朱光潜家的读诗会、《大公报·文艺副刊》的午餐会，这三个文人客厅在京派形成的过程中发挥了非常重要的实际作用。林徽因的客厅、朱光潜的"读诗会"几乎成为中国现代文学史上最著名、最令人遐想与向往的文人客厅。

林徽因于1931年秋搬入北京东城北总布胡同三号，这是一个标准的四合院，林徽因家的客厅坐北朝南，光线很好，房间里摆着他们野外考察捡回来的残损石雕，墙上贴着梁启超手书的条幅："清水出芙蓉，天然去雕饰；白鸥没浩荡，万里谁能驯"。林徽因热情好客，常来这里的是一帮留学欧美的知识精英，是林徽因夫妇的同学、朋友以及朋友的朋友，譬如哲学家金岳霖、政治学家张奚若、钱端升、社会学家陶孟和、物理学家周培源、考古学家李济、艺术学家邓叔存，这些人虽然不搞文学，但是都有较高的艺术素养，对文艺问题抱有兴趣，而且早年大多参与过文艺活动。除了这些人，常来客厅的还有徐志摩、常书鸿等文艺家以及从美国来华作研究的学者费正清、费慰梅夫妇。他们的话题往往从时事问题开始，涉及社会生活、学术研究的各个方面，随性而谈，气氛随意而宽松，徐志摩与陶孟和便曾为王国维等人的自杀问题争论不休。后来，随着林徽因个人兴趣的转移，加上客厅里的文艺家越来越多，沈从文是常客，朱自清、李健吾等人亦曾受邀参加，这个客厅的文艺色彩随之越来越浓。林徽因家的客厅每逢星期六下午开放，这也体现着它的英式风格，英国人有喝下午茶的习惯，林徽因等人深受这一异域风俗的影响，而健谈、有才华、风姿绰约、充满亲和力的女主人林徽因绝对是这个客厅的中心。客厅中人回忆道："话题从诙谐的轶事到敏锐的分析，从明智的忠告到突发的愤怒，从发狂的热情到深刻的蔑视，几乎无所不包。她总是聚会的中心和领袖人物，当她侃侃而谈的时候，爱慕者们总是为她那天马行空般的灵感中所迸发出来的精辟警句而倾倒。"[1] 林徽因的客厅在当时的北京文化界闻名遐迩，能进入这个客厅成为一种身份的象征，很多人来此只是想一睹名人风采，特别是女主人——才女林徽因的风采，但也有人专门写文章讥讽、调侃它，但也可由此见出这个客厅的名气和影响。

林徽因的客厅是京派出现的一个重要的空间，林徽因开放她的客厅，最初的意愿大概不是为了促成一个新的文艺派别，而是要帮助徐志摩更新"新月派"。曾经围绕在《新月》杂志周边的文人一方面说起来很"纯"，都是留学欧美的西洋派绅士，但另一方面又有着明显的分歧，一些人更热衷于政治实务，一些人则更热衷于文学艺术，两派之间的分

---

[1] 费慰梅："回忆林徽因"，见《林徽因》，人民文学出版社1992年版，第333页。

歧最终导致了《新月》杂志的名存实亡，因无稿可用而致水准大跌，随即前一部分人创办了《独立评论》，后一部分人则创办了《诗刊》。徐志摩是属于后者的，他想把"新月"拉回到艺术的道路上，这不是说他不关心政治，只是相对而言他更关心文艺，特别是诗歌。他重返北京之后，便开始了他改造、更新"新月"的计划。徐志摩性情真率、为人随和浪漫、易于相处，而且也喜欢结交各方面人士、组织人员共同进行文艺实践。可以想见，在徐志摩的努力之下，一个真正的、文艺的"新月派"会逐渐成形。但徐志摩的骤然离世，无疑断送了"新月"的复兴前程。论政的脱离了文艺去专心论政、从政，搞文艺的却没有了精神领袖，无法再专注于缪斯的召唤，成了暗夜里的散兵游勇。"没有了他，《新月》也就失去了灵魂；'新月'原本固定每次两桌的饭局，在他死后也就没有了"。❶ 不久，《新月》杂志终刊，新月派随之风流云散。林徽因赞赏、钦佩徐志摩的文艺才华，她也许想继续完成徐志摩的意愿，可是毕竟能力有限，一是她的专业领域首先不在文艺，她在文艺界的影响力、号召力无法与徐志摩相比；二是因为新月旧将叶公超、沈从文等人对此似乎并不热心，胡适更是早已不再热心于文艺问题了，再加上林徽因当时的家务又比较繁琐，分去了很多精力，种种因素叠加在一起，决定了林徽因的客厅无法推动实现那个文学愿景。然而，随着沈从文的加入，以及林徽因对一些新作家如萧乾、卞之琳等人的扶持，这个客厅却在无意之间为京派

---

❶ 叶公超："新月旧拾"，见《新月怀旧——叶公超文艺杂谈》，学林出版社1997年版，第177页。

的形成创造了一定的条件。

二

　　1933年夏，朱光潜自欧洲学成归国，身披博士学位，并以他的手稿《诗论》赢得当时主持北京大学文学院的胡适的赏识，进入北大西语系任教，把家安在了后门大街慈慧殿三号。这是一座前清皇族的故宅，院落幽深，古树森森，屋宇轩昂，与世隔绝。在英法留学八年之久，深受西洋文艺氛围与习惯熏陶的朱光潜，随即便在这座古老的院落里打开自家的客厅，组织了看上去非常摩登的"读诗会"。❶

　　与林徽因的客厅有所不同，朱光潜的客厅从一开始就具有明显而浓郁的文艺色彩，它的目的更加明确，人员更为集中而专业，对京派的出现、成型的推动比之林徽因的客厅，显得更加重要而有效。这个"读诗会"差不多每月举行一次，地点都在慈慧殿三号的大客厅里，主持者除了朱光潜，还有与他合租这座大宅子的梁宗岱。梁宗岱亦曾留学欧洲多年，1931年回国后受聘于北京大学。梁宗岱与朱光潜有同样的兴趣，他们对现代汉语诗歌具有非同一般的热情，但是也有不一样的地方：朱光潜长于理论，不搞创作，而梁宗岱不仅能谈理论，并且写得一手好诗。两人合力，将这个独特而重要的读诗会办得有声有色，迅速吸引了北京文艺界的很多

---

　　❶ 朱光潜谈及"读诗会"时曾说："我在伦敦时，大英博物馆附近有个书店专门卖诗，这个书店的老板组织一个朗诵会，每逢周四为例会，当时听的人有四五十。我也去听，觉得这种朗诵会好，诗要能朗诵才是好诗，有音节，有节奏，所以到北京后也搞起了读诗会。"（见商金林：《朱光潜与中国现代文学》，安徽教育出版社1995年版，第91~92页。）

名人。这个聚会首先由某人读诗,然后大家讨论,话题主要集中于新诗的写作,特别是它的韵律问题,有没有诵读的可能,是否可以将以有利于诵读作为新诗写作的一个重要的目标?

除了朱光潜、梁宗岱两位主人,经常参加这个读诗会的人有:林徽因、叶公超、李健吾、卞之琳、何其芳、冯至、林庚、孙大雨、罗念生、周作人、废名、朱自清、俞平伯、沈从文、王了一、曹葆华、周煦良、徐芳等,几乎汇聚了后来京派各方面的重要人物,京派的人员构成可谓初具模型。"这些人或曾在读诗会上作过有关于诗的谈话,或者曾把新诗,旧诗,外国诗,当众诵过,读过,说过,哼过","当时长于填词唱曲的俞平伯先生,最明中国语体文字性能的朱自清先生,善法文诗的梁宗岱、李健吾先生,习德文诗的冯至先生,对英文诗富有研究的叶公超、孙大雨、罗念生、周煦良、朱光潜、林徽因诸先生,此外还有个喉咙大,声音响,能旁若无人高声朗诵的徐芳女士,都轮流读过些诗。朱、周二先生且用安徽腔吟诵过几回新诗旧诗,俞先生还用浙江土腔,林徽因女士还用福建土腔同样读过一些诗"。❶读诗会的气氛相当热烈,有人善读,有人不善读,有人大声地读,有人哼哼唧唧,有人干脆不读诗而读散文,竟也能让听者很欣赏;而梁宗岱和林徽因似乎要争夺聚会的领导权与中心位置,往往发生激烈的争论,双方面红耳赤,促进了问题的解决却不伤和气,争论的人和听的人都乐在其中。这个读诗会

---

❶ **沈从文**:"谈朗诵诗",见《**沈从文全集**》(第十七卷),北岳文艺出版社 2002 年版,第 247~248 页。

在人员齐整的那段时期，可谓盛极一时。

1933年暑假中，沈从文辞去青岛大学教职，追随杨振声来到北京参加中小学教科书的编纂工作。8月12日，沈从文买下北京西城府右街达子营28号作为他与张兆和的新居，两人于9月9日在中山公园水榭正式举行了婚礼，沈从文的生活终于安定下来。到北京以后不久，杨振声便与沈从文商量接编《大公报》副刊的事情，他们决定大干一场，按照自己的想法好好办一个"文艺副刊"。同年8月底，沈从文与杨振声一起举办午宴，邀请朱自清、林徽因、郑振铎等人出席，商讨《大公报》开辟《文艺副刊》的事宜。9月10日，沈从文再次以《大公报》的名义举办茶话会，商谈开办《大公报·文艺副刊》，这次周作人等也受邀参加。9月23日，《大公报·文艺副刊》正式创刊，由沈从文、杨振声主编，第一期刊载五篇作品，分别是：岂明（周作人）的《猪鹿狸》、徽音（林徽因）的《惟其是脆嫩》、卞之琳的《倦》、杨振声的《乞雨》和沈从文的《〈记丁玲女士〉跋》，阵容整齐，水平甚高，打响了第一炮。京派作家文人有了自己的文艺园地，并借助《大公报》的声誉开始呈现在全国读者面前。

《大公报·文艺副刊》有一个固定的活动，即"午餐会"，每月中下旬举办一次，此外他们还有一些不定期的聚会插空举行。第一次午餐会于1933年10月22日在北海漪澜堂举办，沈从文、杨振声做东，出席的有周作人、俞平伯、废名、余上沅、朱光潜、郑振铎等；第二次午餐会于同年11月26日在丰泽园举办，出席的有沈从文、周作人、朱自清、杨振声、李健吾、巴金、郑振铎、林徽因和梁思成等；第三次午餐会于同年12月16日在忠信堂举办，出席的有沈从文、周作人、朱自清、杨振声、郑振铎等。从1934年开始，这个午餐会基本上定在丰泽园举办，沈从文、杨振声、周作人、朱自清、李健吾等人几乎每次必到，叶公超、林徽因、废名等人也是积极配合出席。1935年7月萧乾接编《文艺副刊》，并将其改版为《文艺》，又常在中央公园来今雨轩举办茶会。尽管是在公共场合举行的午餐会，但依然秉持了京派文人惯有的客厅的样式与风貌。

《大公报·文艺副刊》的午餐会、茶会，虽然名义上是为组稿而开，实际上务虚的意义可能远大于务实，每月一次的聚会对于上述人员联络感情、讨论问题、交流思想，创设了一个非常美妙的空间。"副刊"刊登的文章，特别是那些议论性较强，用意明显、意义重大的，不能不说与同仁之间较为频繁的聚会有关系，与在这些聚会上逐渐形成的某种集团、流派的力量与共识有关系。对于京派的形成具有标志性意义的"京海之争"，也是由这个"副刊"发起的，这场争论恐怕与上述几个聚会，特别是在"副刊"的午餐会中达成的某些共识有必然的联系，相关言论绝不仅仅代表沈从文一人。

朱光潜在一篇文章中谈到，搞文学的人一般可分为三类：第一类叫做"经院派"，这些人栖身于大学，偏于考据、批评和研究；第二类叫做"新闻纸派"，这类人混迹于社会，迎合大众口味，不是商业化就是政治化；第三类叫做"地道的文人派"。

> 他们有经院派的训练而没有经院派的陈腐，有新闻纸派

的流动新颖而没有新闻纸派的油滑肤浅。文学是他们的特殊工作，有时也是他们的特殊职业，但是他们的文学却没有完全走上职业化的路。他们能保持一种超然的态度，不泥古也不超时，只是跟着自己的资禀和兴趣向前走。好的文学创作大半是从他们手里出来的。他们有时也做经院派所做的考据批评，做新闻纸派所做的通俗化的工作，但是都比这两派人做的更好。❶

朱光潜表示这第三类是文人中最重要的，但也是当时中国最缺少的。这显然是一种理想与自我定位，可以代表京派文人某种具有"集体无意识"特征的共同追求，他们那样热衷于举办、参加文艺聚会，在自家的客厅里自由随意地谈论各种问题，一个重要的愿景想必也是要塑造一种"地道的文人派"、一个名副其实的文人群体，其中蕴涵着他们对于人生意义与价值、人生最高理想的表述，而"客厅"的确在这个过程中发挥了无可替代的作用。

对于京派文人的社交生活，保存下来的资料不多，这也使得相关研究难以走向深入，限制了对于这些文人及其时代的深度考察与认识，然而文人社交生活的重要性自不必赘言，对于一个文学流派中的文人来说更是如此。流派的形成需要一定的空间和场所，有合成流派意愿的文人在这些空间和场所里，建立话题，交流心得，增进了解，达成必要的共识；对外则传递了一种信息，即这些文人是"同声相应、同

---

❶ 朱光潜："中国文坛缺少什么？"，见《朱光潜全集》（第八卷），安徽教育出版社1993年版，第474~475页。

气相求"的圈子、派别、集团。作为京派文人共同信仰的"静穆"观念的生成,与这些社交活动必然有所关联,在所谓"新文化史"的研究视野中,文人的社交活动受到不同于以往的重视。在作家文人的生活中,社交,"逸乐是一个不容忽视的因素,甚至衍生成一种新的人生观和价值体系。研究者如果囿于传统学术的成见或自身的信念,不愿意在内圣外王、经世济民或感时忧国等大论述之外,正视逸乐作为一种文化、社会现象及切入史料的分析概念的重要性",那么对研究对象的理解"势必是残缺不全的"。❶ 日常社会交往的方式与内容造就了文人不同的文化心态,不同的心态使他们创造出不同的成果,使他们走向不同的人生道路;而多人之间共同的心态又会外化为一种风气,影响于更多文人的艺术审美观念,两者无疑是具有一种因果关系的。

三

谈到京派文人的客厅,谈到他们的日常生活,便不能忽视他们身处的这座城市——北京。城市与文学的关系不是一个新话题,本雅明的《发达资本主义时代的抒情诗人》是这一领域的发轫之作,它新颖而详细地论述了巴黎对波德莱尔及其创作的影响,将城市气质、城市文化与文人心态、艺术风格的关系问题引向深入,其中的某些观点、思路与方法启发了研究者去探讨城市及城市中的具体场所在文学发展中的作用。

---

❶ 李孝悌:《恋恋红尘:中国的城市、欲望和生活》,上海人民出版社2007年版,第8页。有关"新文化史"的内涵亦可参阅这本书的序言。

1927年"北伐"成功之后，中国的政治中心南移。翌年6月，国民政府改直隶省为河北省，将北京改称北平，划为特别市。北京逐渐从时代的风口浪尖上退了下来，成为一座较为纯粹的文化城，与南方的上海共同担负起中国文化中心的角色。郁达夫对北京有一个著名的描述——"典丽堂皇，幽闲清妙"，❶八个字极为简约而形象地刻画出了这座城市的历史气质与现实风貌；鲁迅在家书中亦写道，北京"天气仍暖和，但静极，与上海较，真如两个世界，明年春天大家来玩个把月罢"。❷又道："旧友对我，亦甚好，殊不似上海之专以利害为目的，故倘我们移居这里，比上海是可以较为有趣的"。❸"静穆"观念的认同与确立不能不说与北京这座城市有关，几乎不能想象"静穆"这种文艺审美观念会产生在上海那样摩登的城市、喧嚣的文坛，即使产生也难有在北京那样广泛的影响力与号召力。京派文人对他们生活的这座城市，也有一种极为接近的、细致的体察与感悟，这为他们在艺术观念上彼此认同与共鸣创造了一个宽广的、适宜的语境。

常年居于北京的周作人，把北京当做自己的第二故乡，他对这座城市的体悟是细腻而深湛的，北京的气质与他的文章亦可谓相得益彰。

---

❶ 郁达夫："北平的四季"，见《北京乎》，三联书店1992年版，第322页。
❷ 鲁迅："321115 致许广平"，见《鲁迅全集》（第十二卷），人民文学出版社2005年版，第340页。
❸ 同上书，第346页。

第三章 "静穆"观念与京派文人心态

我说喜欢北平，究竟北平的好处在哪里呢？这条策问我一时有点答不上来，北平实在没有什么了不得的好处。我们可以说的，大约第一是气候好吧。据人家说，北平的天色特别蓝，太阳特别猛，月亮也特别亮。习惯了不觉得，有朋友到江浙去一走，或是往德法留学，便很感着这个不同了。其次是空气干燥，没有那泛潮时的不愉快，于人的身体总当有些益处。民国初年我在绍兴的时候，每到夏天，玻璃箱里的几本洋书都长上白毛，有些很费心思去搜求来的如育珂的《白蔷薇》，因此书面上便有了"白云风"似的瘢痕，至今看了还是不高兴。搬到北京来以后，这种毛病是没有了，虽然瘢痕不会消灭，那也是没法的事。第二，北平的人情也好，至少总可以说是大方。大方，这是很不容易的，因为这里边包含着宽容与自由。我觉得世间最可怕的是狭隘，一切的干涉与迫害就都从这里出来的。中国人的宿疾是外强中干，表面要摆架子，内心却无自信，随时怀着恐怖，看见别人一言一动，便疑心是在骂他或是要危害他，说是度量窄排斥异己，其实是精神不健全的缘故。❶

自然的天朗气清，人的大方平和，文化的宽容自由，拥有这些特质的城市是易于培养生活其中的文人一种静朗、静穆的情感与趣味的，这也相应地影响了他们的艺术观与审美观。

不怎么搞创作的朱光潜，面对这样一座充满静穆情调的

---

❶ 周作人："北平的好坏"，见《瓜豆集》，河北教育出版社2002年版，第76页。

城市，也不禁要拿起笔来描写它了。在朱光潜的笔下，这座城市的细部情景被鲜活而准确地呈现出来。他的居所、"读诗会"的所在——慈慧殿三号，虽深处北京这座大城市的中心，却是一个极为幽静、宜于隐居的去处。

如果是早晨的话，你会立刻想到"清晨入古寺，初日照高林。曲径通幽处，禅房花木深"，几句诗恰好配用在这里的。百年以上的老树到处都可爱，尤其是在城市里成林，什么种类都可爱，尤其是松柏和楸。这里没有一棵松树，我有时不免埋怨百年以前经营这个园子的主人太疏忽。柏树也只有一棵大的，但是它确实是大，而且一走进隔墙门就是它，它的浓阴布满了一个小院子，还分润到三间厢房。柏树以外，最多的是枣树，最稀奇的是楸树。北平城里人家有三棵两棵楸树的便视为珍宝。这里的楸树一数就可以数上十来棵，沿后院东墙脚的一排七棵俨然形成一段天然的墙。我到北平以后才见识楸树，一见就欢喜它。……如果任我自己的脾胃，我觉得对于园子还是取绝对的放任主义较好。我的理由并不像浪漫时代诗人们所怀想的，并不是要找一个荒凉凄惨的境界来配合一种可笑的伤感。我欢喜一切生物和无生物尽量地维持它们的本来面目，我欢喜自然的粗率和芜乱，所以我始终不能真正地欣赏一个很整齐有秩序，路像棋盘，长青树剪成几何形体的园子，这正如我不喜欢赵子昂的字，仇英的画，或是一个中年妇女的油头粉面。❶

---

❶ 朱光潜："慈慧殿三号"，见《朱光潜全集》（第八卷），安徽教育出版社1993年版，第435~436页。

第三章 "静穆"观念与京派文人心态

生活环境对于写作者的影响是深入而不易察觉的，它虽然往往不是决定因素，却能在时机恰好成熟之时产生决定的作用。位于城市中心的慈慧殿三号，闹中取静，仿佛是"静穆"对于苦痛和恐惧的征服与超越，朱光潜获得的不仅是生活的感悟，而且是艺术的启迪，是美的愉悦。但他获得还有更多。

有一天晚上，我躺在沙发上看书，凌坐在对面的沙发上共着一盏灯做针线，一切都沉在寂静里，猛然间听见一位穿革履的女人滴滴搭搭地从外面走廊的砖地上一步一步地走进来。我听见了，她也听见了，都猜着这是沉樱来了，——她有时踏这种步声走进来。我走到门前掀帘子去迎她，声音却没有了，什么也没有看见。后来再四推测所得的解释是街上行人的步声，因为夜静，虽然是很远，听起来就好像近在咫尺。这究竟很奇怪，因为我们坐的地方是在一个很空旷的园子里，离街很远，平时在房子里绝对听不见街上行人的步声，而且那次听见步声分明是在走廊的砖地上。这件事常存在我的心里，我仿佛得到一种启示，觉得我在这城市中所听到的一切声音都像那一夜所听到的步声，听起来那么近，而实在却又那么远。❶

这既远又近的声音，这神秘的启示，似曾相识，这与朱光潜对"静穆"理想的描述其实是相通的，如在《说"曲终

---

❶ 朱光潜："慈慧殿三号"，见《朱光潜全集》（第八卷），安徽教育出版社1993年版，第437～438页。

人不见江上数峰青"》一文中,他指出静穆的风味"是那么亲切,但同时又那么辽远!"在《谈在卢佛尔宫所得的一个感想》中,他形容"静穆"的意境是"在微尘中见出大千,在刹那中见出终古",近似的描述还出现在《诗论》等论著当中。

同样的启示,住在北京东城的林徽因或许也有过。"你说这院子深深的——/美从不是现成的。/这一掬静,/到了夜,你算,/就需要多少铺张?/月圆了残,叫卖声远了,/隔过老杨柳,一道墙,又转,/初一?凑巧谁又在烧香,……/离离落落的满院子,/不定是神仙走过,/仅是迷惘,像梦,……/窗槛外或者是暗的,/或透那么一点灯火。/……静,真的,你可相信/这平铺的一片——/不单是月光,星河,/……那玄微的细网/怎样深沉的拢住天地,/又怎样交织成/这细致飘渺的彷徨!"❶ 这样的悠远、神秘、通脱的心境与心态,不是当时的文人都能够轻易拥有和体会的;这样的心境与心态,是北京这座城市的独特意境培养出来的;这样的心境与心态,也为京派"静穆"观念的生成与建构营造了一个相宜的空间。

沈从文曾在上海生活多年,他更善于发现京沪两座城市的不同,在《北平的市民》一文中他写道:

> 住居北平稍久的外省人,大致皆看得出北平市大街上人,多数皆显得很闲暇很从容,若拿它与上海马路上人比较,上海人匆忙得简直是充军。北平大街上两个自行车碰了

---

❶ 徽因:"静院",载《大公报·文艺》1936年4月12日。

一下,可以裹起一大堆闲人看热闹。送冰块的小驴被汽车轧了,也同样有一堆人围着。推而至于竖电线杆,翻造街道,以及车轮瘪了用打气筒送气,无一事不足引起行路人注意,无一事不能使他们停步停车看个半天。一件街头小小纠纷,若果应当过区里解决时,不管路途远近,还一定有许多闲人跟随前去!这种市民性值得注意。分析一下,不外两点,第一,北平市民富于研究性,凡事皆能引起研究的兴味。第二,这种好管闲事的兴味,由于市民生活中剩余时间太多而起。从好处看,这种人能欣赏艺术,具有领略一切艺术的本质,与艺术接近时能"忘我"。❶

沈从文也许没有周作人、朱光潜、林徽因那样的心境与心态,但这个"乡下人"观察城市的视角是异常准确而"现代"的。勒安(Richard Lehan)在《文学中的城市》一书中讲道:"城市常常通过人群以一种转喻的方式自我呈现,我们则通过人群来看城市,艾略特和波德莱尔笔下的行尸走肉,狄更斯、左拉、德莱赛、韦斯特(West)和艾利逊(Ellison)笔下的流氓暴徒,莫不如此。无论这些集合、人群有多么不同,他们都是十九、二十世纪城市小说的主角。……每一类人群都提供了一种阅读城市的途径。"❷大街上的行人被沈从文抓住来表现他对北京城市气质的理解,他对那些大街上的行人充满了一种宽容的善意,那些人的"闲

---

❶ 沈从文:"北平的市民",见《沈从文全集》(第十四卷),北岳文艺出版社2002年版,第84页。
❷ Richard Lehan, *The City in Literature*, Berkeley:University of California Press, 1998, pp. 8~9.

暇从容""富于研究性""能欣赏艺术"的特色，在潜移默化之中影响了他的审美观念。对沈从文而言，城市确实改变了他，城市造就了他，尽管他一向对城市生活、城市文化表示反感。但对沈从文影响最大的城市既不是北京也不是上海，虽然他在这两座城市生活时间最长，创作成果最多；对沈从文的人生、个人气质与心态影响最大的城市实际上是青岛，在这个安静自适、风景怡人而神秘的海滨城市里，他几乎完成了一种至关重要而影响深远的转变。青岛的一部分气质与北京有极为接近之处，在某些方面甚至有过之而无不及，两者没有冲突只有互补。❶

京派文人对北京日常生活场景的描述，为探讨"静穆"观念的生成背景提供了另一种资料。"假如有朝一日，我们对历代主要都市的日常生活场景'了如指掌'，那时，再来讨论诗人的聚会与唱和、文学的生产与知识的传播，以及经典的确立与趣味的转移，我相信会有不同于往昔的结论"。❷这段议论虽不是针对京派而发，但以此视角来看京派文人笔下的北京，特别是这座城市对他们的影响，同样是对路而适用的。"日常生活场景"是文人形成他们的文艺审美观念的背景因素，它的作用也许并不能超越时代思潮的大背景，但也是切实可循、值得探讨的。

---

❶ 青岛对于沈从文的影响，本书将在第四章第二节中结合沈从文的具体创作予以详细讨论。

❷ 陈平原："'五方杂处'说北京"，见《北京：都市想象与文化记忆》，北京大学出版社2005年版，第549页。

第四章

京派文学作品中的"静穆"美

第四章　京派文学作品中的"静穆"美

美是文学创作的理想与目标，对于某些作家和流派而言，美是他们的最高理想与终极目标。京派文学作品在整体上生发出一种"静穆"的美感，形成一种相对稳定而成熟的艺术风格，这是京派"静穆"观念的重要体现，也是它作为京派审美观念的重要构成。黑格尔说"美是理念的感性显现"，本章所谓"静穆"美便是"静穆"观念的感性显现。观念对于创作的影响甚或指导是潜移默化的，刻意在创作中表现某种观念往往导致创作的失败。美是具体而抽象的，艺术对于美的塑造与表现又是复杂而微妙的，挖掘文学作品中具有特征性的美不是一件容易的事，或许正如前人所言，那是"灵魂在杰作之间的奇遇"。

基于前文的研究，"静穆"美主要包含这样几个方面：其一，它是一种具有古典风格的美，情感饱满却不事张扬，不刻意求新求变，如古希腊神像一般典雅、博大、平和；其二，它是一种具有悲剧感的美，但并不悲伤亦非悲壮，而是一种悲凉、悲痛，更是一种对于悲痛的征服与超越，给人崇高感；其三，它是一种表现直觉、印象、深层心理世界微妙变化的美，善于表现稍纵即逝、难以捕捉的瞬间感受；其四，它是一种表现自然、崇拜自然、发现自然、回归自然的美，强调本色与真诚，推崇智慧与修养；其五，它追求的是一种神韵，无可言说，恒久不变，蕴涵着消逝之中有永恒、刹那之中见终古、微尘之中显大千的艺术美感。在具体的文学作品中，上述几个方面互有重合，形式繁复，变化多端。要而言之，"静穆"美是一种超达、深湛、讲求神韵的美。前文对京派作家的文学作品已有所论述，下文将专门以具体作品为例、以个案研究的方式探寻京派文学作品中的"静穆"美,亦即"静穆"观念在文学作品中的表现,它们共同体现了以"静穆"为精髓的文艺审美观念对京派作家的深入影响。

第一节 神逸与静穆:周作人与何其芳的散文

本节选取了周作人的《夜读抄》、何其芳的《画梦录》两本散文集来论述"静穆"美在京派文学作品中的表现,进一步阐发"静穆"观念的内涵。中国古人论画有神品与逸品之别,❶诗画之道相近,神与逸亦可论诗、论文,神即神韵天成,逸即隐逸自适。本节试以"逸"来描述周作人的《夜读抄》,而以"神"来描述何其芳的《画梦录》,并从中探寻它们的静穆之美。

一

《夜读抄》于1934年7月由上海北新书局出版,除小引与后记外,共收入文章37篇,其中绝大多数作于1933~1934年。这期间,周作人的生活非常平稳、清静,他在家读书,去大学上课,做讲座,与诗友应酬,无外乎此,但也有一些波澜,譬如由《五十自寿诗》引起的纷争。

1934年1月中旬是周作人的50岁生辰,他相继写了两

---

❶ 徐复观:《中国艺术精神》(第七章),见《徐复观文集》(第四卷),湖北人民出版社2002年版。

第四章 京派文学作品中的"静穆"美

首打油诗自遣,其一云:

前世出家今在家,不将袍子换袈裟。街头终日听谈鬼,创下通年学画蛇。老去无端玩古董,闲来随分种胡麻。旁人若问其中意,且到寒斋吃苦茶。

其二云:

半是儒家半释家,光头更不著袈裟。中年意趣窗前草,外道生涯洞里蛇。徒羡低头咬大蒜,未妨拍桌拾芝麻。谈狐说鬼寻常事,只欠功夫吃讲茶。

这两首诗以书赠林语堂《偶作打油诗二首》的手迹形式、以《五十自寿诗》为题发表于1934年4月5日出版的《人间世》创刊号,前一页刊有"京兆布衣知堂(周作人)先生近影",后几页是几位友人的和诗,有刘半农《新年自咏次知堂老人韵》四首、沈尹默《和岂明五十自寿打油诗韵》两首、《自咏二首用裟韵》两首、《南归车中无聊再和裟韵得三首》的三首和林语堂《和岂明先生五十寿诗原韵》一首。❶ 此后,又有蔡元培、沈兼士、钱玄同等人的和诗发表,另有胡适、俞平伯、马幼渔等人的和诗为人所知,场面一时颇为壮观,成为当年文坛的一项盛事。然而不久便引来了上海左翼文人的集体攻讦,周作人几乎成了旧派文人的代

---

❶ 两诗此前曾以不同形式见于1934年2月1日的《现代》月刊第4卷第4期与3月16日的《论语》半月刊第37期。

表，被"从年头直骂到年尾"，❶ 这令周作人颇不愉快，亦使他更加对世事感到无聊，更加远离社会的纷争。

1928年11月，周作人作《闭户读书论》一文，1929年5月收入《永日集》由上海北新书局出版，对外高调宣布了他的人生选择。该文直言当今社会，人心不古，世道大乱，人生凶险，"一失足成千古恨，再回头已百年身"，不平与不满郁结心中，无法排遣。"那么怎么办好呢？我看，苟全性命于乱世是第一要紧，所以最好是从头就不烦闷。不过这如不是圣贤，只有做官的才能够……平常下级人民是不能仿效的。其次是有了烦闷去用方法消遣。抽大烟，讨姨太太，赌钱，住温泉场等，都是一种消遣，但是有些很要用钱，有些很要用力，寒士没有力量去做。我想了一天才算想到了一个办法，这就是'闭户读书'。……趁现在不甚适宜于说话做事的时候，关起门来努力读书，翻开故纸，与活人对照，死书就变成活书，可以得道，可以养生，岂不懿欤？"❷ 言出必行，周作人隐入书斋，专心致志地用文字营造、建构一套现代文人的乱世生存哲学与美学，他的毫不抽象的"宣言"，极得要领的"对策"，逐渐使他成为众多文人的精神领袖与思想资源。《夜读抄》可谓他奉行"闭户读书"之后的第一部典型著作。

《夜读抄》中的37篇文章几乎无一谈及社会问题，全为读书笔记、读书录一类文章，多数篇目径直以所读之书名为

---

❶ 周作人："弃文从武"，见《苦茶随笔》，河北教育出版社2002年版，第120页。

❷ 周作人："闭户读书论"，见《永日集》，河北教育出版社2002年版，第114～115页。

篇名，譬如：《黄蔷薇》是匈加利人育珂·摩尔（Jokai Mor）的小说，是弱小民族不见经传的作品；《远野无语》是日本柳田国男的笔记，"凡地势时令，风俗信仰，花木鸟兽，悉有记述，关于家神，山人，狼狐猿猴之怪等事为尤详"；❶《习俗与神话》是安特路·朗（Andrew Lang）的著作，与《神话仪式与宗教》是姊妹篇，两书共同研究了人类历史上的法术、符咒、鬼魂等现象，是人类学和神话学的专著；《颜氏学记》的作者乃明人颜习斋，"习斋以时文与僧道娼为四秽，我则以八股雅片缠足阉人为中国四病，厥疾不瘳，国命将亡，死者之中时文相同，此则吾与习斋志同道合处也"；❷《性的心理》是蔼理斯的著作，以"性欲的病的变态"为主要研究对象，并由此探讨人生观的问题；《猪鹿狸》是日本早川孝太郎的民俗学著作，专门研究日本的地方宗教仪式，视角奇妙；《螟范》的作者乃清人李元，这是"一部生物概说，以十六项目包罗一切鸟兽虫鱼的生活状态，列举类似的事物为纲，注释各个事物为目，古来格物穷理的概要盖已具于是"；❸《兰学事始》是日本杉田玄白的一本小册子，但有学术史的价值，"所谓兰学本指和兰传来的医学，但实在等于中国西学一语，包含西洋的一切新知识在内"；❹

---

❶ 周作人："远野无语"，见《夜读抄》，河北教育出版社2002年版，第9页。

❷ 周作人："颜氏学记"，见《夜读抄》，河北教育出版社2002年版，第25～26页。

❸ 周作人："螟范"，见《夜读抄》，河北教育出版社2002年版，第39页。

❹ 周作人："兰学事始"，见《夜读抄》，河北教育出版社2002年版，第45页。

《听耳草纸》是日本佐佐木喜善的一部杂著，专门搜集记录民俗故事，内容丰富，方法精密，堪称典范；《一岁货声》系周作人于书市发现的一册抄本，"盖近人所编，记录一年中北京市上叫卖的各种词句与声音"；❶《希腊神话》两篇介绍哈理孙（Jane Ellen Harrison）女士的有关希腊神话的几部书，如《古代希腊的宗教》《希腊罗马的神话》等，并言明正在翻译古希腊神话；《金枝上的叶子》是茀来则（Lilly Frazer）夫人所编，其中文章"大都奇诡可读，我最喜欢那些讲妖婆的，因为觉得西方的妖婆信仰及其讨伐都是很有意义的事"；❷《清嘉录》乃清人顾禄所作，"记述吴中岁时土俗，颇极详备"；❸《五老小简》不知何人所编，收集苏东坡、孙仲益、卢柳南、方秋崖和赵清旷五人的尺牍；《花镜》清人西湖花隐翁所作，专门讲养花、护花、识花的学问；《塞尔彭自然史》的作者是吉尔伯特·怀特（Gilbert White），以书信体讲草木虫鱼的事，文笔优美清明，可以当做文艺作品来读；《男化女》（Man into Woman）作者是诃耶尔（Niles Hoyer），他以小说的形式记录了自己的女友从男人变成女人的事，关注变性人的心理与病理；《甲行日注》《文饭小品》《五杂组》都是明清之际文人所作。

除以上各篇之外，《夜读抄》尚有数十篇文章介绍了大

---

❶ 周作人："一岁货声"，见《夜读抄》，河北教育出版社2002年版，第54页。

❷ 周作人："金枝上的叶子"，见《夜读抄》，河北教育出版社2002年版，第81页。

❸ 周作人："清嘉录"，见《夜读抄》，河北教育出版社2002年版，第83页。

量书籍，周作人读书之杂多由此可见一斑，中外古今无所不包，小说诗文、杂著笔记、希腊神话、日本文史、人类学、民俗学、性心理学、医学、动植物学、人文地理等，皆有涉及，其范围之广、程度之深，令人惊叹。所谈之话题丰富多彩，灵动而诡异，深入浅出，读之使人受益匪浅。讲求学问、尊重知识，是京派文人的共同志趣，同时也构成京派"静穆"观念的内涵，这种文艺观念是看重学养与知识的厚度的，其丰富的思想资源也说明了这一点。《夜读抄》里的文章涵盖"静穆"观念思想资源的各个方面，亦可谓"静穆"之书，提升了京派文艺观念的知识含量，此其一。其二，《夜读抄》从头至尾只是不动声色、平心静气地谈书、谈读书的妙趣，读者若真能钻进去，必为之感动，无论多么混乱动荡的心情、心绪都会得到平复，这里也蕴涵着"静穆"观念的某些内涵。

《夜读抄》在周作人的所有文集中占有重要的地位，这不仅因为他在这本书中所涉及的书籍最多、知识范围最为广泛，此后出版的《苦茶随笔》《苦竹杂记》两书，所涉书籍多为中国古书、日人著作、序跋一类，而此前出版的《看云集》等，记事抒情散文尚占主要篇幅；更为重要的是，从这本《夜读抄》开始，周作人逐渐建立、完善一种现代散文文体——"书话体"或曰"文抄公"体。周作人曾自言：

我写文章，始于光绪乙巳，于今已有三十六年了。这个期间可以分做三节：其一是乙巳至民国十年顷，多翻译外国作品，其二是民国十一年以后，写批评文章，其三是民国廿一年以后，只写随笔，或称读书录，我则云看书偶记，似更

简明的当。❶

这第三阶段便是从《夜读抄》开始的。将《夜读抄》与前此诸集相比,文章的风格体式大为不同,周作人不再谈论世事,甚至也不再直接地谈论自己的性情,而是沉入书的世界之中,他"所说的话常常是关于一种书的",❷ 正如上文所论,集子当中的每一篇文章都谈书,甚至只谈书;具体的写法便是以摘录各书中文字为主,间以自己的议论、心解,抑或引他人书评,再谈自己看法。

周作人选择这样的文体,自有他的苦衷:"古人云,祸从口出。我写文章向来有不利,但这第三期为尤甚,因为在这里差不多都讲自己所读的书,把书房的一角公开给人家看了。可是这有什么办法呢。我的理想只是那么平常而真实的人生,凡是热狂的与虚华的,无论善或是恶,皆为我所不喜欢;又凡有主张议论,假如觉得自己不想去做,或是不预备讲给自己子女听的,也决不随便写出来公之于世,那么其结果自然只能是老老实实的自白,虽然如章实斋所说,自具枷杖供状,被人看出破绽,也实在是没有法子。"❸ 这一类文章篇幅都不长,不作长篇大论、高头讲章,只是娓娓而谈,不事张扬,其涵养、气度与风范颇有影响力与渗透力;作者摈

---

❶ 周作人:"原序",见《书房一角》,河北教育出版社2002年版,第3页。

❷ 周作人:"后记",见《夜读抄》,河北教育出版社2002年版,第202页。

❸ 周作人:"原序",见《书房一角》,河北教育出版社2002年版,第3页。

弃热狂与虚华,态度诚恳,情绪内敛,以其深湛的学养与渐近自然的性情平叙成文,读之似有读佛家经典之功效,使人忘却世事凡尘,进入一种极端平静、自由的境界,这便是"静穆"的意境了。郁达夫曾评述此"文抄公体":"近几年来,一变而为枯涩苍老,炉火纯青,归入古雅遒劲的一途了",❶这种古雅的风格不仅仅属于周作人,也通过他及其文章影响了身边的文人,不仅塑造了自我形象,也影响了流派形象的建构。

在《鬼的生长》一文中,周作人摘录清人纪昀《如是我闻》、宋人邵伯温《闻见录》、清人俞曲园《茶香室三钞》、清人钱鹤岑《望杏楼志痛编补》等书,大谈鬼是否生长的民间传说,其中讲道:

常人更执着于生存,对于自己及所亲之翳然而灭,不能信亦不愿信其灭也,故种种设想、以为必继续存在,其存在之状况则因人民地方以至各自的好恶而稍稍殊异,无所作为而自然流露,我们听人说鬼实即等于听其谈心矣,盖有鬼论者忧患的人生之雅片烟,人对于最大的悲哀与恐怖之无可奈何的慰藉,"风流士女可以续未了之缘,壮烈英雄则曰二十年后又是一条好汉",相信唯物论的便有祸了,如精神倔强的人麻醉药不灵,只好醒着割肉。关公刮骨固属英武,然实亦冤苦,非凡人所能堪受,则其乞救于吗啡者多,无足

---

❶ 郁达夫:"《中国新文学大系·散文二集》导言",见《中国新文学大系》,上海良友图书印刷公司1935年版,第14页。

怪也。❶

把有鬼、有来世的信仰比作麻醉药和吗啡,似易引发误解,但周作人其实并无褒贬之意,只求无痛无苦,平和清静,其中深意又可引到所读之书上来:

"八月初一日,野鬼上乩,报荨贞投生。问何日,书七月三十日。问何地,曰城中。问其姓氏,书不知。亲戚骨肉历久不投生者尽于数月间陆续而去,岂产者独盛于今年,故尽去充数耶?不可解也。杏儿之后能上乩者仅留荨贞一人,若斯言果确,则扶鸾之举自此止矣。"读此节不禁黯然。《望杏楼志痛编补》一卷为我所读过的最悲哀的书之一,每翻阅辄如此想。如有大创痛人,饮吗啡剂以为良效,而此剂者乃系家中煮糖而成,路人旁观亦哭笑不得。自己不信有鬼,却喜谈鬼,对于旧生活里的迷信且大有同情焉,此可见不佞之老矣,盖老朽者有些渐益苛刻,有的亦渐益宽容也。❷

上文中的引文出自《乩谈日记》,日记作者借扶乩与死去的亲人对话,以此知道鬼也有生死,人死尚可招魂得见,鬼死则为真正之永别。在周作人看来,鬼之信仰实在是人对于生之痛苦和恐惧的一种征服与超越,文人之读书的目的亦在于此,也是对于现世苦难和恐惧的一种征服与超越,或者

---

❶ 周作人:"鬼的生长",见《夜读抄》,河北教育出版社2002年版,第164~165页。
❷ 同上书,第165页。

也是一种逃避,但逃避实则就是征服与超越,敢谈、敢写、敢于自我剖析、自我暴露,敢于正视人性和历史的阴暗面,便是文人征服与超越痛苦和恐惧的方式,这里面是蕴涵着"静穆"观念的精义的。

二

何其芳是京派的后起之秀,在诗歌、散文两个领域都取得令人瞩目的成就,尤以散文集《画梦录》最令人赞赏。何其芳1931年进入北京大学哲学系学习,但他生性多愁善感、心思绵密、富于幻想,其情趣更适合于文学。《画梦录》中的散文便写于1933~1935年,那正是他大学读书的后半段。这本薄薄的散文集出版于1936年,随后便获得了《大公报》"文艺奖金",同时获奖的还有曹禺的戏剧《日出》和芦焚的小说集《谷》。以京派文人为主的评委会对《画梦录》的评语是:"在过去,混杂于幽默小品中间,散文一向给我们的印象多是顺手拈来的即景文章而已。在市场上虽曾走过红运,在文学部分中,却常为人轻视。《画梦录》是一种独立的艺术制作,有它超达深渊的情趣。"❶ 正是这种情趣奠定了这本散文集及其作者在文学史上的地位,也是这种情趣表现出了浓厚的"静穆"之美以及"静穆"观念给予作者的影响。

《画梦录》共收散文17篇,第一篇即代序《扇山的烟云》以一节描述少女悲思的诗开端,抒发内心的混乱与迷惘,表现莫名的哀怨与凄凉,同时也对"画梦"做了题解。

---

❶ "本报文艺奖金揭晓",载《大公报》1937年5月15日。

何其芳写道："首先我想描画在一个圆窗上。每当清晨良夜，我常打那下面经过，虽没有窥见人影却听见过白色的花一样的叹息从那里面飘坠下来。但正在我踌躇之间那个窗子消隐了。我再寻不着了。后来大概是一枝梦中彩笔，写出一行字给我看：分明一夜文君梦，只有青团扇子知。醒来不胜悲哀，仿佛真有过一段什么故事似的，我从此喜欢在荒凉的地方徘徊了。一夏天，当柔和的夜在街上移动时，我走入了一座墓园。猛抬头，原来是一个明月夜，《齐谐》志怪之书里最常出现的境界。我坐在白石上。我的影子像一个黑色的猫。我忍不住伸手去摸它一摸，唉，我还以为是一个苦吟的女鬼遗下的一圈腰带呢，谁知拾起来乃是一把团扇。于是我带回去珍藏着，当我有工作的兴致时就取出来描画我的梦在那上面。"这段文字不仅是对"画梦"这一心理过程的阐释，也比较充分地体现了《画梦录》的文字风格，奠定了《画梦录》的情感基调——柔和、神秘、悲凉、稍纵即逝。

何其芳所画之梦，在内容上大致包含两类，其一是怀乡病之倾诉，其二是自然景物之咏叹，两者有时独立成篇，有时又结合起来、相互促成某一篇章。《黄昏》《岩》等是比较专注于描摹、咏叹自然景物的篇章，其中尤以《秋海棠》最为特出。在这一篇里，何其芳倾注了大量情感去描摹庭院里的秋海棠，他的视角极为独特，初读起来似乎不是在描写秋海棠，而是在描写一个美丽少女，亦此亦彼，似真似幻。作者赋予自然景物以人性、灵性，自然在他的笔下不仅仅是客观存在的自然，而是一个可以倾诉的对象化的人化自然，作者完全陶醉在这种奇妙的想象性关系之中。何其芳的自然咏叹再次体现京派作家与自然的亲近关系，从中也体现出

"静穆"的美。

《哀歌》《楼》《货郎》则是倾诉怀乡病的典型篇章。《哀歌》写故乡的几个姑姑落寞、孤独、凄凉的人生,她们在那座"高大的空漠的古宅"里"嫁了,或者死了",使"我不能不对这古老的国家抱一种轻微的怨恨";《楼》写一个富贵家庭的败落,这家几代单传,最末一代有"建筑宅舍的癖好",从不满足,总是建了又拆,拆了有建,最终耗尽家产。《楼》与《哀歌》情调极为相似,又融进了何其芳自己的生活体会,那大门紧闭的古宅里的故事在他眼里,是"一切悲惨故事的代表"。然而,值得关注的是,何其芳并不深挖这些悲惨故事的来龙去脉,那完全不是他的兴趣所在,他的兴趣在于专心描写那些"悲惨故事的袅袅余音",正是这"袅袅余音""推波助澜,又成一支哀曲。我想起了那位出名的波斯女子,睡在暴虐的苏丹的床上,生命悬于呼吸之间,还能很巧妙的继续她的故事。那是一个很好的态度,使我十分惭愧。"这"袅袅余音"自然便是他对于笔下文章的神韵的生发与追求。

《货郎》写故乡一个上门卖各种小玩意的货郎,"没有人问他的家在哪儿,家里还有甚么人,他已多大岁数了。人们都和他太熟识,反而不问这些了",多少年,他总是来了又走了,他"卖不了甚么也得走走。而这些大宅第的主人呢,向来是不缺乏甚么也得买点他的货"。这种似有还无的情感纽带多么奇妙,令何其芳难以忘怀。《货郎》结尾写道:"这倔强的瘦瘦的朋友又戴上他的宽边草帽了。夕阳灿烂。他挑着黄木箱走出门外,陡然觉到自己的衰老和担子的沉重。将赶到一个市集里去吃晚饭么?将歇宿在一家小客店里吗?将在木板床上辗转不寐,想着一些从来没有想到的事么?他已走下草地,拐弯,经过一亩稻田,毫不踟蹰的走到大路上了。他又举起手里的鼓,正如我们向我们的朋友告别是高高举起帽子,摇得绷绷,绷的响了起来。"这夕阳中的身影留下浓浓的人生况味,同样令何其芳难以忘怀。在《墓》一篇中他又一次专心地写到了夕阳中的身影。《墓》写一个叫做雪麟的男孩来到自己的初恋情人铃铃的墓前,回忆起他们交往中最美好的瞬间,结尾这样写:

晚秋的薄暮。田亩里的稻禾早已割下,枯黄的割茎在青天下说着荒凉。草虫的鸣声,野蜂的翅声都已无闻,原野被寂寥笼罩着,夕阳如一枝残忍的笔在溪边描出雪麟的影子,孤独的,瘦长的。他独语着,微笑着。他憔悴了。但他做梦似的眼睛却泛出异样的光,幸福的光,满足的光,如从 Paradise 发出的光。

这不仅是一个叫做雪麟的男孩夕阳中的身影,也是何其芳的一幅自画像,这夕阳中的身影,那围绕在周围的异样的光,同样也蕴涵着对于神韵的追求。那"悲惨故事的袅袅余音"混合着夕阳中远去的瘦长的身影,何其芳为我们描画、编织了多么美妙的梦,"梦中无岁月。数十年的卿相,黄粱未熟。看完一局棋,手里斧柯遂烂了。倒不必游仙枕,就是这床头破敝的布函,竟也有一个壶中天地,大得使我迷惘——说是欢喜又像哀愁"。❶ 这欢喜与哀愁混合着的梦,如同那个男孩雪麟眼中"幸福的光,满足的光,如从 Paradise 发出的光",都特别能使作者与读者共同"在刹那间捉住了永恒",❷ 感悟到一种不可言说、无法言喻的神韵之美,那也是"静穆"的魅力。如果说周作人的《夜读抄》是京派散文中的"逸品",那么何其芳的《画梦录》便是京派散文中的"神品"。

《画梦录》中的文章,前八篇以抒情为主,近于诗,如《墓》开篇的文字分行便是优美的诗;后九篇则多有叙事的因素,体制上颇似小说,如前文提及的《哀歌》《楼》《货郎》等,几乎与废名等京派作家的小说形神相似。从整体上看,《画梦录》虽云散文集,却综合了诗歌与小说的多种因素,确实是"一种独立的艺术制作",表现出作者不同凡响的艺术才华。何其芳的好友卞之琳多年后回忆道:"我们都倾向于写散文不拘一格,不怕混淆了短篇小说、短篇故事、短篇评论以至散文诗之间的界限,不在乎写成'四不像',但求艺术完整,不赞成把写得不像样的坏文章都推说是'散文'。"❸ 这表明何其芳他们不是偶然、无意识地将三种体裁综合起来,这里面是包含精巧的艺术构思的,甚或是有意为之,旨在试验,写出不一样的新文章来,这也很符合年轻人

---

❶ 何其芳:"梦后",见《何其芳全集》,河北人民出版社 2000 年版,第 93 页。
❷ 何其芳:"扇上的烟云",见《何其芳全集》,河北人民出版社 2000 年版,第 73 页。
❸ 卞之琳:"《李广田散文选》序",见《卞之琳文集》(中卷),安徽教育出版社 2002 年版,第 366 页。

的心态，他们的艺术探险给京派注入了活力。在何其芳的笔下，抒情、叙事甚至议论等笔法的融合，造成一种独特的美学效果，正如他在一篇散文中自言的："清晰，一种模糊的清晰。"[1] 正是在这种"模糊的清晰"之中，我们更能体会到那样一种富有神韵的艺术风味。

《画梦录》的最后一篇名为《静静的午后》，文章通过一位老太太与一个小女孩的对话，讲到一个极为偶然的悲惨故事，文章最后写道：

"是的，为甚么有些古怪的念头跑到我脑子里来了呢？我觉得时间静得可怕，你听，甚么声音也没有。"

是的，树叶子没有声音，开着的窗子也没有声音。全乡村都仿佛入睡了，在这静静的午后。但突然壁钟响了起来：十二点。

慢慢的，女孩子从柏老太太怀里抬起头来：
"我听见了铃声，和马蹄声。"

这便是《画梦录》的匠心，这便是《画梦录》的"静穆"之美。

---

[1] 何其芳："哀歌"，见《何其芳全集》，河北人民出版社2000年版，第117页。

第二节　融合与静穆：沈从文与废名的小说

本节以沈从文的《中年》《凤子》《静》与《边城》四篇小说，以及废名的长篇小说《桥》为例，论述"静穆"美在京派文学作品中的表现，进一步开掘"静穆"观念的内涵。京派小说大多表现出一种文体融合的历史特征，虽云小说，但兼有散文之神与浓郁的诗情画意，散文与诗赋予京派小说一种深远的意境和神韵；同时，融合也体现在京派作家的心态上，即与描写对象、与自然的融合，物我无间，表现出宽容、随和与智慧，进一步促成小说静穆之美的形成。

一

《中年》与《凤子》两篇小说带有浓郁的自传色彩，或者可以说，这是沈从文的"自叙传"小说。两篇小说结合起来阅读，便可以大致看到沈从文一生中一段极为关键的时期——从上海来到北京再到青岛，在这两三年的时间里，沈从文从一个激越的、愤愤不平的职业作家逐渐变成一个纯正的、温文尔雅的文人，完成了人生定位与自我认同。沈从文写过一些自传，但几乎都不如这种自叙传精彩与耐人寻味，后者淋漓尽致地展现出他心灵的历史。

沈从文写过两篇以《中年》为题的小说，此处所论之《中年》创作于1931年6月，发表于《新月》第3卷第10

期，并收入1932年1月出版的小说集《虎雏》。《中年》以第一人称叙述了"我"从上海来到北京，暂住在一所大学里幽僻无人的地方，安静的环境使"我"的心也静下来，可以更加专注地投入创作中去。"我"住处的花园本是年轻人幽会的好去处，他们不知道"我"已住在这里，于是使"我"听到许多情人之间的甜言蜜语，这使"我"倍感失落与寂寞，看着每日悄悄来去的黄昏，"我"想回上海了。这篇小说没有复杂的故事情节，小说比较集中地描绘一次偷听情人约会的过程，而写景的段落在整篇小说中占去较大的篇幅。

1931年1年1月，沈从文的朋友胡也频被捕，沈从文与丁玲多方设法营救；2月初，胡也频等五人遇难，3月，沈从文护送丁玲母子回老家湖南；4月，沈从文回到上海。5月底，沈从文接受徐志摩的建议，从上海到北京谋职，借住在燕京大学达园教师宿舍。

从1928年年初来到上海，沈从文始终是极端勤奋的，1929年被他自称为"最勤快的工作的年份"，事实情况的确如此，他不仅协助徐志摩为中华书局编辑《新文艺丛书》，而且还与丁玲等人合办《红黑》《人间》两份刊物，同时发表了30余篇作品，出版了5本作品集。从1926年11月在北新书店出版第一本作品集《鸭子》以来，短短三年的时间里，沈从文已累计出版作品集20多种，几年里发表的作品也达到了200多篇，社会上已有人将他称为"多产作家"。沈从文，这个湘西来的"怪客"，凭借自己的勤劳、才华与出人头地的信念，终于在当时的文坛打开局面，赢得一些名气。

尽管如此，沈从文的日子并不好过，作为一个职业作

第四章 京派文学作品中的"静穆"美

家,他要不停地写作才能维持生计,然而发达兴旺如上海的出版界也不能使沈从文靠稿费而安逸生活。虽然他发表出版了不少作品,但是稿费本来不怎么高,而出版商又往往要拖欠甚至克扣,再加上上海较高的生活费用,沈从文在生活中恐怕找不到什么成名、成功的喜悦。为了生活,他要不停地写作、写作,因此而长期遭受头痛的侵扰,经常流鼻血、面色苍白。在写给朋友王际真的信中,他处处流露出苦闷、自卑、自闭甚至绝望的情绪:

我这时是觉得生活在我只是一种苦事……我发烧到不知多少度,三天内瘦了三分之一,但又极怕冷,窗子也不敢开。无事做,坐在床边,就想假若我是死了又怎样?❶

我流鼻血太多,身体不成样子,对于生活,总觉到勉强在支持。我时时总想就是那样死了也好,实在说我并不发现我活的意义。❷

近月来人瘦得像鬼,一切事皆不能发生兴味,乃不知如何重新来做人。文章是写也永远不会好的,画也不再画了,玩也无味,做事也无味,我是常常想我活在世界上是很可怜的,因为不高兴活了,也仍然不能死。❸

---

❶ 沈从文:"致王际真信(19290915)",见《沈从文全集》(第十八卷),北岳文艺出版社2002年版,第19~20页。
❷ 沈从文:"致王际真信(19291019)",见《沈从文全集》(第十八卷),北岳文艺出版社2002年版,第21~22页。
❸ 沈从文:"致王际真信(19291107)",见《沈从文全集》(第十八卷),北岳文艺出版社2002年版,第26页。

当时的中国文坛没有给沈从文这样的职业作家留出生活的空间，他不得不另谋出路，而以当时的种种情况来看，只有教书是最现实的出路。沈从文经胡适介绍进入中国公学，后又去武汉大学寻找机会，教书的生活使他感到很不适应，但是大学的环境却正在改变着他。因教学的需要，沈从文开始深入考察中国文坛的状况，并相继写了一些批评文章。然而要在大学谋发展，自然还是去北京更好，那里的机会比上海更多，于是沈从文踏上了北上的行程。

小说《中年》便是对沈从文自己这段时期内心生活的纪录，是他的自叙传，是他的心灵生活的艺术呈现，写得颇有情趣，意境幽美。《中年》开端写道：

我虽被上海方面人说到"很从容"的留在上海过日子，实际上人并不从容，我的表面生活沉静，心上却十分暴躁。因为任何人皆只见到我一个倦于生存的外表，所以任何人皆不知道我的心如何跳跃。久留在上海，我在糊涂中，也许终会做出一些朋友们认为很糊涂的事情。所以北京一方面来信要我去，上海一方面熟人就劝我走。都以为不妨到北京看看，到后另一个朋友且为我把钱筹好，把一切全预备好了。

这段文字并未说明他在上海究竟遭遇到怎样的现实问题，然而问题是严重的，已使他心情暴躁，要做糊涂事，上海的喧闹、商业气以及严峻的生活状况显然不适合他。那么，北京怎样呢？《中年》的叙述转到北京之后，气氛和情调不同了。

第四章 京派文学作品中的"静穆"美

我住的是一个亭子,这亭子据说原从圆明园搬移来的,刻镂极精细的白石亭基,古怪的撑柱横梁,可以使人想象到一些已成为精灵了的故事人物。……亭子前面有一段缺少芦苇处,全是种有细秧的水田,日里只能见到白腹青羽的燕子,掠水贴地飞去,到了晚上,许多藏在芦苇里的水鸡,皆追逐出来了。朦胧里望到这些黑色小小东西的游戏,这几天又正是真珠梅开放的时节,坐在栏杆上的我,隐约嗅到花香,常常一坐下来就很久很久。

到这个地方来我的确安静多了。上海我住的是地当法租界电车总厂的要道,每日从早到晚我耳朵里都是隆隆的车声,作事总作不好,性情就变成特别容易生气的人了。这几日,上海大致更热了,如果我还留在上海,窗上的西晒使房子像一个甑子,我的文章一定是写不出的。如今我到了这里,每天总能很安静的作我所要作的事情,朋友来看望我时,见到我桌上的成绩,都觉得十分高兴。有时我们坐到栏杆上去谈天,谈到两人平生所经历的地方,谈到六月时清风的可爱,这亭子,实在就是园中一个最好迎受晚凉的亭子,朋友的科学态度,给我的印象,同到这亭子给我的浪漫情绪相纠结,我照例是要发笑的。这地方,使我的确安静多了。

静谧的生活环境使沈从文的心态趋于平稳、安静,使他常常沉入"静静的思索"当中,唤醒了他多方面的审美感官,使他融入一种典雅、平和的美的世界之中。

然而《中年》始终弥漫着一种寂寞、感伤、悲凉的情调,作者将这篇小说命名为《中年》,本身也蕴涵着一种对青春已逝的感叹。沈从文创作这篇小说时尚未到30岁,这实际上是个可上可下的生命阶段，沈从文却毫不吝惜地将其划入中年的范畴，可见出他极端落寞的心情。他在小说中借他人之口称自己是"永远寂寞的男子"；他多次描写黄昏，"我很羡慕这个黄昏里的一切，本来这黄昏，应当是一个能领略黄昏的人所占有的，但那时节我仿佛与黄昏无分"；而作为主要情节来描述的"偷听"行为，也可以被转化成一种静观的状态，静观生命，静观世事，静观自然……这篇小说因此可以成为一个代表，它比较充分地体现出沈从文的中年人心态，这种心态是他走进京派，融入京派"静穆"观念的重要前提，这种心态的形成，自然有不少因素，但与他1931～1933年的生活经历无疑是密不可分的。

沈从文在北京停留的时间很短，1931年8月，徐志摩推荐他到青岛大学任教。其时，杨振声正担任青岛大学校长，四处招揽人才，沈从文到了那里，遂与杨振声结下深厚的交情。沈从文没有在北京待下去的原因似乎并不复杂，以他当时的学历、资历和能力，他还难以在北京较好的大学找到一份合适的教职，而北京的报刊出版水平又不高，没有那么多版面和机会提供给这个职业作家，两方面的状况迫使他不得不暂时离开这座城市。《中年》结尾处说道："上海关心到我生活的人，来信问，是不是人到了北京好一点？回信却说，很愿意再回上海。"这大概也不是表示他对上海这座城市有何依恋与不舍，他想念的大概不是这座城市，而是当时尚在上海中国公学读书的梦中情人张兆和，《中年》里反复描写的情侣之间的幽会及其在沈从文心上引起的落寞与忧伤，显然能与此形成呼应。这段苦恋在过去的三四年里始终纠缠着沈从文，使他身心俱疲，他曾在给好友的一封信中说："三年来因为一个女子，把我变到懒惰不可救药，什么事都做不好，什么事都不想做。人家要我等十年再回，一句话，我就预备等十年。有什么办法，一个乡下人看这样事永远是看不清楚的！或者是我的错了，或者是她的错了，支持这日子明是一种可笑的错误，但乡下人气分的我，明知是错误，也仍然把日子打发走了。"❶然而，这段苦恋也终于在青岛时期开花结果，沈从文的性情与心态由此大为改观。从各个方面来看，青岛近两年的生活都是沈从文生命的一个转折点，它几乎彻底改变、重造了沈从文。在沈从文的笔下，青岛的幻美也被表现到了一种臻于极致、令人难以忘怀的境界，这是青岛生活、青岛风光深刻启迪、影响了他的一种艺术的证明。

《凤子》是一篇相当奇特的作品，在沈从文描写青岛的所有文章中，这篇小说是应该多加注意的。《凤子》第一至九章发表于1932年4～6月的《文艺月刊》。1933年7月，以《凤子》为名由杭州苍山书店初版，1934年由当时的北平立达书局再版《凤子》时增加《〈凤子〉题记》，1937年7月作者又在《文学杂志》上发表《神之再现——凤子之十》一章。《凤子》的创作前前后后延续多年，这在沈从文的创作经历中是极为罕见的。如果说《凤子》这篇小说与《中年》有一脉相承之处，那么它承继的首先是那种中年人的心态，其次是那种沁人心脾的"静穆"之美。这种心态与这种美在《凤子》一类作品中获得更加深刻的、几近于登峰

---

❶ 沈从文："致王际真信（19320228）"，见《沈从文全集》（第十八卷），北岳文艺出版社2002年版，第163页。

造极的表现。

1932年的中国发生了不少大事件,但青岛仿佛一座世外桃源,怡然自得,正如沈从文所说:"青岛方面一切还是原样子十分清静,不知有年也不知有上海事情,学校还是照常上课,地方安静,不会出什么事故。"❶青岛大学的生活比较清闲,对于奔波惯了的沈从文来说,有点不适应。"我有点稀奇的是我在安静的生活中人有成为懒汉的趋势,正如在激流里长大的鱼不能在水田里过日子,说也说不明白那种理由"❷。按理说,有了时间,一向勤奋的他应该写出更多作品来,可实际情况却是"我在此事情不多,有很多——几乎是全部空暇,作自己事。不过近年来性情特别不好,文章也写不好了。近日来在研究一种无用东西,就是中国在儒、道二教以前,支配我们中国观念与信仰的巫,如何存在,如何发展,从有史以至于今,关于他的源流、变化,同到在一切情形下的仪式,做一种系统的研究"❸。沈从文的工作压力不大,他似乎应付自如,此时的他有了极为难得的、充分的自由。这种安逸的环境几乎是沈从文从未经历过的,他从其中获得对于生命和生活的新的认识。总体说来,在青岛的两年里,沈从文发生了很大的改变,他依然很勤奋,但这勤奋主要体现于文化知识的吸收与积累,他写得不多,读得却不

---

❶ 沈从文:"致胡适信(19320212)",见《沈从文全集》(第十八卷),北岳文艺出版社2002年版,第161页。
❷ 沈从文:"致徐志摩信(19311113)",见《沈从文全集》(第十八卷),北岳文艺出版社2002年版,第150页。
❸ 沈从文:"致王际真信(19311119)",见《沈从文全集》(第十八卷),北岳文艺出版社2002年版,第151页。

少，他正在从一个单纯的职业作家，逐渐转变成一名大学教师、一位学者，一种新的"中间物"的形象在沈从文的个人历史中渐趋成形。他深深陶醉在青岛美不胜收的天光云影之中，青岛的"一切都是静静的……美极了。一切都美极了"。❶

沈从文在多年后追忆这段生活时写道：

当时我正在青岛大学教散文习作。本人学习用笔还不到十年，手中一枝笔，也只能说正逐渐在成熟中，慢慢脱去矜持、浮夸、生硬、做作，日益接近自然。为了补救业务上的弱点，我得格外努力。因此不断变换作品的内容和形式，用不同方法处理文字组织故事，进行不同的试探。当时年龄刚过三十，学习情绪格外旺盛。加之海边气候对我又特别相宜；每天都有机会到附近山上或距离不及一里的大海边去，看看远近云影波光的变化，接受一种对我生命具有重要启发性的教育。因此工作效率之高，也为一生所仅有。前一段十年，基本上在学习用笔。后来留下些短短篇章，若还看得过去，大多数是在青岛这两年半内完成的。并且还影响此后十年的学习和工作。❷

这段文字未免显得有些过于理性和客观，那"远近云影波光的变化"究竟给了沈从文什么样的启迪呢？这样的启迪

---

❶ 沈从文："致程朱溪信（19320528）"，见《沈从文全集》（第十八卷），北岳文艺出版社2002年版，第168~169页。

❷ 沈从文："《从文自传》附记"，见《沈从文全集》（第十三卷），北岳文艺出版社2002年版，第366页。

如何影响了他"此后十年的学习和工作"呢？

《凤子》实由两大部分组成，前四章是一个部分，后六章是另一个部分。前者的故事背景是在青岛，后者的背景转移到了湘西某地。《凤子》作为一篇小说来看，似乎有不小的缺陷，这主要体现在它的结构上。小说的两大部分真是可以分成两篇小说来读，彼此之间缺乏统一性，青岛的故事若作为序幕则显得太长，若作为正经的故事情节又缺乏最后的呼应。小说本应在最后将叙事重新拉回青岛，从而形成一个完整的艺术结构，但小说从第五章直至结束，青岛再未出现。沈从文也许是意识到了这个问题，在小说出版三年之后，又补写了一章，即第十章《神之再现》，从题目来看，他是想与前一部分形成一种呼应，在结构上有一个弥补，但从内容及实际效果来看，结构上的残缺仍然比较明显。然而，从另一方面来看，这补写的最后一章将整个小说的主题明确地呈现出来，它告诉读者，这篇小说探讨、表现的是神的存在、神的形态、神的信仰、神的启示，从这个富有神秘主义与崇高感的主题思想出发，将整部小说统一、熔铸起来。

《凤子》讲述一个落寞、沉默、自觉失败的年轻人来到青岛教书，他的住处离大海不远，几乎每天都要去海边散步，"默思的朴素的生活的继续，给他一种知慧的增益，灵魂的光辉"；同时，青岛的"空气同日光，把他的性格开始加以改变，这年轻人某种受损害了的感情，为时不久就完全恢复过来了"。有一次，他从一条小道去海边，途经一个花园，遇到一位隐居于此的老年绅士，这绅士使他想起另一件事。去年秋天的一个黄昏，他来到海边散步休憩，却无意间听到一男一女的谈话，"两人关系既完全不像夫妇，又不大像父女，年龄思想皆极不相称，却同两个最好的朋友一样那么亲切的谈到一切"。

女人说："我承认一切都是美的。甚至于你所称赞到的，那船上人吹的角声，摇荡在这空气里，也全是美的。可是什么美会成为惊人的东西？任什么我也不至于吃惊。一切都那么自然，都那么永远守着一种秩序，为什么要吃惊？"

男子声音："一切都那么自然，就更加应当吃惊！为什么这样自然？匀称，和谐，统一，是谁的能力？……是的，是的，是自然的能力。但这自然的可惊能力，从神字以外，还可找寻什么适当其德性的名称？凤子，你是年青人，你正在生活，你就不会明白生活。你自己那么惊人的美丽，就从不会自己吃惊！你对着镜子会觉得自己很美，但毫不出奇。你觉得一切都要美一点，但凡属于美的，总不至于使你惊讶。你是年青人，使你惊讶的，将是一种噩梦，或在将来一个年青男子的爱情，或是夏天柳树叶上的毛毛虫，这一切都并不同，可同样使你惊讶！"

这个男人对自然怀有一种崇拜与敬畏之心，劝导、鼓励女人去发现美、敬畏美，并将问题引向一种不可知论的神秘境界。

男人说："谁能够支配自己？凤子。……是的，哲学就正在那里告给我们思索一切，让我们明白：谁应当归神支配，谁应当由人支配。科学则正在那里支配人所有的一部分。但我说得是另外一件东西,你若多知道一点,便可以明白,我们并无能力支配自己。一切都还是有一只看不见的手在捉弄,一切都近于凑巧。譬如说,我这样一个人,应当怎么样?能够怎么样?我愿意我年青一点,愿意同你一样,对一切都十分满意,日子过得快乐而康健,一个医生可以支配我吗?我愿意死了,因为你的存在,就不能死。……有一样东西就不许可我,即或我自己来否认我是一个老人……"

男人的一段话,将美、自然与神联系在一起,并将三者合成一个整体,裹在命运的外衣里。这一部分放在小说的神启主题之下,似乎是一个引子,他为后来的故事揭开序幕,同时奠定了一种神秘、静谧、幽玄的基调。

青年终于与老年绅士结识,两人找到了共同点,他们都曾去过那个魂牵梦绕的地方——湘西某地,青年突然觉得这绅士就是半年前海滩上的那个述说神启的男人。这个老年绅士的形象令人颇感兴趣,小说中写道:

这寂寞的人,年龄不可欺骗已过了五十以上的岁数,心情和外表皆似乎为了一种过去的生活,磨折到成了一个老人。一种长时间的隐居生活,更使他同人世一切取了一种分离态度,与这个世界日益相远。但自从与年青人相熟以后,在这个绅士感情上,却见出仍然有一种极厚的人间味。这个绅士由他年青的友人看来,仍然不缺少一个年轻男子的精神。生命的光焰虽然由于体质上的衰老,不能再产生那种对于人生固执的热力,已转成为一种风趣而溢出,但隐藏在那个中年的躯壳中的,依然是一颗既不缺少幻想也不倦于幻想的心。长时间的隐居，正似乎是这个绅士，有意把他由于年龄而来的不可免避的拘束，减少一点的手段，却在隐遁情形中，打量生活到那个过去已经生活了的年青时代里去的。

如果说《凤子》是沈从文的自叙传，处处应和着沈从文的人生轨迹，小说中的青年是沈从文的自我形象；那么这个隐士的形象便是小说叙述者或沈从文的一种本我同超我的形象，他也许更接近沈从文的内心宇宙，他所说的是沈从文真正的内心所思、所感、所想。争论小说中的一个形象是否确实存在并无意义，《凤子》中的这个隐士显然是一种虚构出来的形象，整篇小说都像是在写一个梦，即如小说中青年对隐士所说："我听到你用我那地方人的言语说我们那里的一切，我疑心是一个梦。"

青年与隐士熟悉以后，两人开始深入的畅谈，他们的话题主要围绕乡土自然展开，譬如：

我想起的是那栗树仁所结的无数带刺圆球。八月九月，焦黄的日头，疏疏地泼了一林阳光，在一切沉静里，山头伐树人的歌声，懒散的唱着，调节到他斧斤的次数。就是那种枝叶倔强朴野的栗树，带刺的球体，自动继续爆炸，半圆形的硬壳果实，乌金色的光泽，落地时微小的声音。这是一种圣境！自然在成熟一切，在创造一切，伐树人的歌声，即在赞美这自然意义中，长久不歇。这境界二十年来没有被时间拭去，可是，我今年已五十五岁了，就记到这个，多明朗的一个印象！

他们在共同的乡土记忆中找到共同的快乐，获得共同的美感愉悦，但是转而又突生悲凉，因为人生短暂，青春易逝，这使他们更加崇拜敬畏自然。

草木应当快乐，因为它有第二个春天可以等待。这一方面我们可仍然看出了人类的悲惨处，因为人类并没有未来。一个年青人在爱情中常常悬想到未来，便极胡涂的打发了现在。到了老年，明白未来永远不会来到了，想象的营养，便只好从过去那个仓库里支取他的储蓄。

《凤子》至此似乎已将可以发展的话题讲到了极处，接下去，小说格局大变，隐士开始独自讲述一个故事——15年前他在湘西某地的经历，小说由此进入第二大部分。《凤子》对于湘西的描述并未超出沈从文其他同类优秀作品的水平，这第二部分读起来，甚至有些似曾相识的乏味感，隐士回忆讲述的经历故事性并不强，不如前一部分那样吸引人，那些乡土自然风光的描写、那些边地人民淳朴、自然性情的刻画，在沈从文的作品中也是屡见不鲜。但《凤子》这部小说自有它与众不同之处，这个不同集中表现于它的神启主题上。

隐士在第二部分变成城里客人，小说又塑造了一个本地人总爷，城里客人是政府官员，由总爷陪同到当地一个矿场视察，这一行程使城里客人终生难忘，他见识了当地迷人的风光、当地神秘古朴的风俗人情，并获得神启，对神的有了一种认识和感悟。小说以两人之对话展开，总爷数次讲到对于神的看法，如：

第四章 京派文学作品中的"静穆"美

神是聪明的，他把一切创造得那么美丽，却要人自己去创造赞美言语。即或那么一小点露水，也使我们全历史上所有诗人容于言语来阿谀。从这事上我们可以见出人类的无能，与人类的贫乏。人类固然能够酿造烧酒，发明飞机，但不会对自然的创作，有所批评，说一句适当的话。

又如：

我们这地方的神不像基督教那个上帝那么顽固的：神的意义在我们这里只是"自然"，一切生成的现象，不是人为的，由于他来处置。他常常是合理的，宽容的，美的。人作不到的算是他所作，人作得的归人去作。人类更聪明一点，也永远不妨碍到他的权力。科学只能同迷信相冲突，或被迷信所阻碍，或消灭迷信。我这里的神并无迷信，他不拒绝知识，他同科学无关。科学即或能在空中创造一条虹霓，但不过是人类因为历史进步聪明了一点，明白如何可以成一条虹，但原来那一条非人力的虹的价值还依然存在。人能模仿神迹，神应当同意而快乐的。

利用这总爷之口，沈从文说出了他对于自然、对于神的理解：神即自然，自然是神性的。小说最后借人物之口写道：

"你一定不再反对我们这种对于神的迷信了。因为这并不是迷信！以为神能够左右人，且接受人的贿赂和谄谀，因之向神祈请不可能的福佑，与不可免的灾患，这只是都市中人愚夫愚妇才有的事。神在我们完全是另一种观念，上次我就说过了。我们并不向神有何苛求，不过把已得到的——非人力而得到的，当它作神的赐予，对这赐予作一种感谢或崇拜表示。今夜的仪式，就是感谢或崇拜表示之一种。至于这仪式产生戏剧的效果，或竟当真如你外路人所说，完全是戏，那也极自然。不过你说的神的灭亡，我倒想重复引申一下我的意见，我以为这是过虑。神不会灭亡。"

神与自然同体合一，自然不灭神亦不灭。沈从文描绘了一幅最美的返归自然、重获新生的人生图景，他不仅是个人自救的途径，也是人类自救的坦途。《凤子》中弥漫着一种神秘的气息，又像是一部哲理小说，沈从文对于神启的专注、沉浸、陶醉与表现，不由得使人想到朱光潜描述"静穆"观念的语句："'静穆'是一种豁然大悟，得到归依的心情。它好比低眉默想的观音大士，超一切忧喜，同时你也可说它泯化一切忧喜。"❶ 两者在本质上是相通的，"静穆"便是一种神启，是一种"灵韵"，是艺术的最高理想和境界，一如黑格尔所言："我们可以把那种和悦的静穆和福气……作为理想的基本特征而摆在最高峰。理想的艺术形象就像一个有福气的神一样站在我们的面前。"❷ 而沈从文对自然神性的描述与阐发，以一个天才作家的才情和文笔将这种理解发挥到了一种极致。

---

❶ 朱光潜："说'曲终人不见江上数峰青'"，见《朱光潜全集》（第八卷），安徽教育出版社1993年版，第396页。
❷ ［德］黑格尔著，朱光潜译：《美学》（第一卷），商务印书馆1979年版，第202页。

《凤子》还有一个未解之谜，便是这个题目及其所指的人物。小说为什么叫"凤子"？谁是"凤子"？《凤子》中"凤子"只在海滩出现一次，后来便踪迹全无，小说进入第二部分之前，青年和隐士谈到凤子，隐士说他的故事将揭开凤子的秘密，可是在后半部分里，凤子几乎被遗忘，只是偶尔被提及，城里客人遇到一个乡下女人，他猜想这就是凤子。对于这个神秘的"凤子"，可以有多种解释：她可以无关紧要、一闪即逝，她可以是叙述者的梦中情人，她可以是一种象征，即自然，即神，在现实的层面上，她甚至可以是张兆和的化身，小说蕴涵着沈从文的一片相思与苦恋……但"凤子"更是一种心态、一种境界，"凤子"与"疯子"谐音，沈从文也许借此转义来描述那样一种心态与境界，疯狂但又是和谐的，几乎就是酒神与日神精神的融合，酒神的狂欢迷醉融入日神的光辉宁静之中，只有这样才能从自然中感悟到神的存在，才能获得神启，才能走进那种"静穆"的境界。

二

《静》创作于1932年3月，《边城》创作于1933年年底至1934年年初。这是两个悲剧故事，《边城》是沈从文的小说代表作，《静》与《边城》相比，没有那么大的名气，甚少为人所注意。《静》讲了一个家庭因战乱而逃难的故事，这家里没有男人，男人都出去打仗了，逃难出来的妇女和孩子因交通阻断被耽搁在一个小城里，急切地盼着男人的消息和接应。母亲因心力交瘁身染重病、时常咯血，大女儿和媳妇没有办法，只能去求神问卜，而她们等着、盼着的父亲实际上已在战争中死去。这样的故事可以写成催人泪下的、十分具有煽情性的小说,但它在沈从文的笔下被赋予不一样的风格与内涵。《静》以这家最小的女孩子、14岁左右的岳珉为主人公,极为细致而富有想象力地刻画了这个小姑娘一天内的所见、所听、所感。沈从文并非不在意战争的破坏性,并非不痛恨战争对于人类的伤害以及由此造成的种种悲剧,没有战争的破坏便没有这篇小说中的悲剧故事。但他并不正面描写战争,他把战争的残酷和拼杀推到后台,使其成为一种背景,有时甚至都称不上是背景,而只是一个叙事元素;沈从文似乎也不想多写这家里成年人心上的苦衷和悲怨、他们急切的期待和盼望、他们对于灾难的恐惧、他们对于莫测的未来的担忧。沈从文着力描写的是混乱、焦虑的现实与心境之下的一种极端静谧、宁静、沉寂的意境,一种生活的、艺术的神韵,这也是小说取名为《静》的缘由。

《静》中写道:

"为什么这样清静?"女孩岳珉心里想着。这时节,对河远处却正有制船工人,用钉锤敲打船舷,发出砰砰庞庞的声音。还有卖针线飘乡的人,在对河小村镇上,摇动小鼓的声音。声音不断的在空气中荡漾,正因为这些声音,却反而使人觉得更加分外寂静。

过一会,从里边有桃花树的小庵堂里,出来了一个小尼姑,戴黑色僧帽,穿灰色僧衣,手上提了一个篮子,扬长的越过大坪向河边走来。这小尼姑走到河边,便停在渡船上面一点,蹲在一块石头上,慢慢的卷起衣袖、各处望了一会,又望了一阵天上的风筝,才从容不迫的,从提篮里取出一大束青菜,一一的拿到面前,在流水里乱摇乱摆。因此一来,河水便发亮的滑动不止。又过一会,从城边岸上来了一个乡下妇人,在这边岸上,喊叫过渡。渡船夫上船抽了好一会篙子,才把船撑过河,把妇人渡过对岸。不知为什么事情,这船夫像吵架似的,大声的说了一些话,那妇人一句话不说就走去了。跟着不久,又有三个挑空箩筐的男子,从近城这边岸上唤渡,船夫照样缓缓的撑着竹篙,这一次那三个乡下人,为了一件事,互相在船上吵着,划船的可一句话不说,一摆到了岸,就把篙子钉在沙里。不久那六只箩筐,就排成一线,消失到大坪尽头去了。

洗菜的小尼姑那时也把菜洗好了,正在用一段木杵,捣一块布或是件衣裳,捣了几下,又把它放在水中去拖摆几下,于是再提起来用力捣着。木杵声音印在城墙上,回声也一下一下的响着。这尼姑到后大约也觉得这回声很有趣了,就停顿了工作,尖锐的喊叫:"四林,四林",那边也便应着"四林,四林"。再过不久,庵堂那边也有女人锐声的喊着"四林,四林",且说些别的话语,大约是问她事情做完了没有:原来这就是小尼姑自己的名字!这小尼姑事作完了,水边也玩厌了,便提了篮子,故意从白布上面,横横的越过去,踏到那些空处,走回去了。

这篇小说是对京派"静穆"观念的一个绝妙的体现,展现出一种难以超越的"静穆"美:它把痛苦压抑到一个极低、极弱的地步,把激越的感情控制在一种平和安慰的叙述之中;它写的明明是一个悲剧,却让人在阅读的过程中几乎忘掉了这一点,陶醉在一种自然美的和谐与宁静之中;在小说的结尾处,作者一笔带过地交代了父亲的死,只是那么一刹那,痛苦划过静谧的空气。沈从文仿佛将"诗神阿波罗摆在山巅,俯瞰众生扰攘,而眉宇间却常如作甜蜜梦,不露一丝被扰动的神色"。❶读者能从中获得一种博大、无边、升华的美感,深深沉浸在"静穆"的意境之中。《静》对于"静"的描写登峰造极。"别有幽愁暗恨生,此时无声胜有声",白居易的这句诗是描写声音的千古名句,沈从文的这篇小说在意境美的营造上也几乎达到相当的水准。读者沉浸在"静"之中,却仿佛能够听到那战场上的厮杀喊叫、枪炮隆隆;读者似乎能够听到,但终于还是融化在"静穆"的意境之中,感悟到一种对于痛苦和恐惧的征服与超越,感悟到"静穆的伟大"。

《边城》比《静》更博大、更丰富,比《凤子》更写实、更平静,它将二者的美融合起来,创造出一种田园诗般的永恒意境。《边城》也是一出悲剧,那种悲凉感不仅来自故事中人物,还来自自然,来自"偶然与情感"的宿命,难以超越却又必须超越。

创作《边城》时的沈从文几乎处于一生中最为平和、幸福的阶段,他与苦恋多年的张兆和终成眷属,定居北京,有稳定的收入来源,而经过多年的努力,他的名气也愈发响亮。这种幸福快乐在当时的书信里体现得尤为明显:

北平气候甚好,尚不刮风,晴和朗畅,十分美丽。……

---

❶ 朱光潜:"诗的主观与客观",见《朱光潜全集》(第三卷),安徽教育出版社1987年版,第366页。

第四章 京派文学作品中的"静穆"美

家中有十二盏电灯,皆装得很好。椅子式样极美,若可照相当为照一式样来仿作。……兆和人极识大体,故家中空气极好,妈若见及弟等情形,必常作大笑不止,因弟自近年来处处皆显得如十三四岁时活跳,家中连唱带做,无事不快乐异常,诚意料不到之情形也。张家亲戚皆甚好,惟岳丈因后母不甚与诸女相叶,致稍疏远,然兄弟姐妹则殊友好亲密也。其大姐来此已一月,照料家事,处处十分合理,故弟不管家中诸事,诸事皆可安排得极有秩序。弟惟作事作文,时间亦太从容矣。❶

我在此一切尚好,作事极顺手,身体极佳,不能轰轰烈烈,为本地争取光荣,但却规规矩矩,用功负责,不敢遗羞乡里。近正在编书,每日至图书馆一小室中翻书,按时作息,回家则同二嫂九妹三人谈点书上事情以及过去几人事情。二嫂出自名门世家,明理懂事,又能勤学,故生活极有秩序。❷

沈从文在两三年前的书信中常常倾诉的那心上的阴霾已经一扫而光,轻松、愉悦、平和跃然纸上,不禁令人羡慕。

然而,就在这样的日子里,沈从文家乡传来消息,母亲病危,沈从文于是回乡探母。冬寒侵骨,草木凋零,阔别已久的家乡,静寂无语的自然,苍老慈祥的母亲,世事沧桑,物是人非,这一切会在沈从文的心上留下什么样的印象呢?

---

❶ 沈从文:"致沈云麓信(19331004)",见《沈从文全集》(第十八卷),北岳文艺出版社2002年版,第191页。
❷ 沈从文:"复沈荃信(19331116)",见《沈从文全集》(第十八卷),北岳文艺出版社2002年版,第198页。

我看到小小渔船，载了它的黑色鸬鹚向下流缓缓划去，看到石滩上拉船人的姿势，我皆异常感动且异常爱他们。我先前一时不还提到过这些人可怜的生，无所为的生吗？不，三三，我错了。这些人不需我们来可怜，我们应当来尊敬来爱。他们那么庄严忠实的生，却在自然上各担负自己那分命运，为自己，为儿女而活下去。不管怎么样活，却从不逃避为了活而应有的一切努力。他们在他们那分习惯生活里、命运里，也依然是哭、笑、吃、喝，对于寒暑的来临，更感觉到这四时交递的严重。三三，我不知为什么，我感动得很！我希望活得长一点，同时把生活完全发展到我自己这份工作上来。我会用我自己的力量，为所谓人生，解释得比任何人皆庄严些与透入些！三三，我看久了水，从水里的石头得到一点平时好像不能得到的东西，对于人生，对于爱憎，仿佛全然与人不同了：我觉得惆怅得很，我总像看得太深太远，对于我自己，便成为受难者了。这时节我软弱得很，因为我爱了世界，爱了人类。❶

这样的体验与印象，在《边城》中得到完美的表现。在《边城》中，沈从文"要读者抛下各自的烦恼，走进他理想的世界，一个肝胆相照的真情实意的世界。……这些可爱的人物，各自有一个厚道然而简单的灵魂，生息在田野晨阳的空气。他们心口相应，行为思想一致。……这些人都有一颗

---

❶ 沈从文："历史是一条河"，见《沈从文全集》（第十一卷），北岳文艺出版社2002年版，第188~189页。

伟大的心"。❶

安定、安逸的生活给了沈从文平和、平静的心态,湘西之行几乎重塑他对于生命的看法。融合着这样平和、从容的心态与这样对于人类的悲悯,沈从文赋予《边城》一种博大、丰富、平静的美,赋予《边城》一种荡涤灵魂、使生命升华的力量。这种美、这种力量,与京派"静穆"观念的核心气质相合相生;这种美、这种力量,便是"静穆"那所谓艺术最高理想的具体而完美的表现。

三

废名"面目清癯,大耳阔嘴,发作'和尚头'式(非剃光),衣衫不检,有点像野衲,说话声音有点沙嘎,乡土气重。……用毛笔答英文试题",❷"貌奇古,其额如螳螂,声音苍哑","眉棱骨奇高,是最特别处",❸"他最认真,最自信。……所以总认为自己已经明其究竟,凡是与自己所思不合者必是错误"。❹ 废名不仅人怪,作品也怪,常被人讥为晦涩、难懂,鲁迅就有些看不惯他的"有意低徊、顾影自怜之态"❺。废名实在是一个"怪"才。但周作人特别喜欢废名

---

❶ 刘西渭:"边城——沈从文先生作",见《咀华集》,文化生活出版社1936年版,第72~73页。
❷ 卞之琳:"《冯文炳选集》序",见《卞之琳文集》(中卷),安徽教育出版社2002年版,第336页。
❸ 周作人:"怀废名",见《药堂杂文》,河北教育出版社2002年版,第121~122页。
❹ 张中行:"废名",见《负暄琐话》,中华书局2006年版,第70页。
❺ 鲁迅:"《中国新文学大系》小说二集序",见《鲁迅全集》(第六卷),人民文学出版社2005年版,第246页。

这个后辈,他曾说:"我的朋友中间有些人不比我老而文章已近乎道……我实在很喜欢《莫须有先生传》。"❶ 而废名对周作人的感情亦近乎崇拜,他在为人与为文上都有意向这位偶像看齐,他在出版第一部小说集《竹林的故事》时便说:"我在这里祝福周作人先生,我自己的园地,是由周先生的走来。"❷ 废名自认创作是深受周作人的影响的,他的那些平和冲淡的诗化小说,以及蕴涵其中的苦涩的味道,的确都有周作人的影子。对周作人在文坛的地位,废名也有极高的评价,他在一封信中说:"我知道的西洋名字很少,用来比衬,怕难得与我眼中的周岂明相合,——大家近来说左拉等等如生在这样的中国一定怎样怎样,我却立刻反问我自己,那么,周岂明不正是怎样怎样吗?"❸

长篇小说《桥》创作于1925~1930年,1932年由开明书店出版,是废名的代表作之一。《桥》以其独特的形式引起文坛注意,朱光潜便称其为"破天荒"的作品:"它表面似有旧文章的气息,而中国以前实未曾有过这种文章;它丢开一切浮面的事态与粗浅的逻辑而直没入心灵深处,颇类似普鲁斯特与吴尔夫夫人,而实在这些近代小说家对于废名先生到现在都还是陌生的。《桥》有所蜕化而却无所依傍,它

---

❶ 周作人:"莫须有先生传序",见《苦雨斋序跋文》,河北教育出版社2002年版,第110页。
❷ 废名:"《竹林的故事》序",见《废名集》(第一卷),北京大学出版社2009年版,第12页。
❸ 废名:"给陈通伯先生的一封信",见《废名集》(第三卷),北京大学出版社2009年版,第1184页。

的体裁和风格都不愧为废名先生的特创。"❶朱光潜的眼光独到、精准,他不像周作人那样将废名的小说简单地归结为一种中国旧式风格的再现,而是从中看到了某些新质。废名的"特创"使他与现代西方的意识流小说接近,他并未直接受后者的影响,这种新质几乎完全是自生的,在中国现代文学的创作实践中这是相当难得的经验。

虽然是长篇小说,却不以叙事见长,《桥》里没有什么动人心魄、引人入胜、跌宕起伏的故事情节,人物的形象和性格也不像经典长篇小说那样独特、突出。不仅如此,作为一部长篇小说,《桥》甚至没有整体的情节构思与完整的故事框架。整部小说分为50余章,每章皆不长,几乎都是片断性的场景与事件,每一章几乎都可以独立成篇,内容大都是读书作画、抚琴吹箫、游山玩水、冥想遐思。男主人公小林和两位女主人公琴子、细竹虽然构成一种三角恋爱的情节模式,但他们的关系远不像《红楼梦》中宝、钗、黛三人间的那样牵带出复杂的关系和背景,更没有什么狭邪的成分。废名写《桥》专注的是对某种心境、意境的描摹与表现,特别是对艺术作品神韵的追求,正如朱光潜所言:"《桥》里充满的是诗境,是画境,是禅趣。每境自成一趣,可以离开前后所写境界而独立。"❷还有人认为,"读者从本书所得的印象,有时象读一首诗,有时象看一幅画,很少的时候觉得是在'听故事'"。❸诗画长于意境的营造,王国维在《人间词

---

❶ 朱光潜:"《桥》",见《朱光潜全集》(第八卷),安徽教育出版社1993年版,第552页。

❷ 同上书,第553页。

❸ 灌婴:"桥",载《新月》第4卷第5期,1932年2月1日。

话》讲道:"夫境界之呈于吾心而见于外物者,皆须臾之物,惟诗人能以此须臾之物镌诸不朽之文字。"一部长篇小说能以诗之长而见长,足以见出这部小说的与众不同。《桥》中50余章的标题,绝大多数都以一种景物(或事物)为题,诸如《金银花》《落日》《洲》《芭茅》《碑》《灯》《棕榈》《杨柳》《黄昏》《箫》《桥》《枫树》《梨花白》《塔》《桃林》《窗》《荷叶》《萤火》《牵牛花》等,仿佛是一副副风景画,又像是一首首写景的诗,各章的内容便围绕着景物展开,或以景物来起兴,阐发某种智慧和感悟。譬如,《洲》中便写出一段:

然而他最欢喜的是望那塔。

塔立在北城那边,比城墙高得多多,相传是当年大水,城里的人统统淹死了,大慈大悲的观世音用乱石堆成(错乱之中却又有一种特别的整齐,此刻同墨一般颜色,长了许多青苔),站在高头,超度并无罪过的童男女。观世音见了那凄惨的景象,不觉流出一滴眼泪,就在承受这眼泪的石头上,长起一棵树,名叫"千年矮",至今居民朝拜。

城墙外一切,涂上了淡淡的暮色,塔的尖端同千年矮独放光霞,终于也渐渐暗了下去,乌鸦一只只地飞来,小林异想天开了,一滴眼泪居然能长一棵树,将来妈妈打他,他跑到这儿来哭,他的树却要万丈高,五湖四海都一眼看得见,到了晚上,一颗颗的星不啻一朵朵的花哩。

《桥》里常常会有一些段落,从情节的叙述中"脱颖而出",表达一种感悟、智慧与神韵。类似的段落与描写在

《桥》中十分常见,它们不仅生发了这部小说的意境美,拓展、深化了它的思想内蕴,还使它的叙述节奏愈发缓慢,氛围愈发玄奥,这些段落具有一种延宕的艺术效果,增添了这部小说那种超达、深湛的美感。

废名笃信佛教,他与佛教禅宗渊源颇深,他喜坐禅悟道在当时也是出了名的。周作人回忆说,废名"喜静坐深思,不知何时乃忽得特殊的经验,趺坐少顷,便两手自动,作种种姿态,有如体操,不能自已,仿佛自成一套,演毕乃复能活动"。[1]佛教禅宗讲究"直指人心,见性成佛",强调内心的修为,通过"参禅"达到"入定",从而参透世间万象;在"参禅"的过程中,特别重视"顿悟",由此进入物我两忘的境界,体会"禅"的本质与真谛。废名的禅宗底蕴在《桥》中得到完美的体现,这也给小说带来非同一般的艺术美感,尤其是在作品神韵的生发上发挥了重要的作用。

> 树干上两三只蚂蚁,细竹稀罕一声道:
> "你看,蚂蚁上树,多自由。"
> 琴子也就跟了她看,蚂蚁的路线走得真随便。但不知它懂得姑娘的语言否?琴子又转头看猫,对猫说话:
> "惟不教虎上树。"
> 于是沉思一下。
> "这个寓言很有意思。"
> 话虽如此,但实在是仿佛见过一只老虎上到树顶上去

---

[1] 周作人:"怀废名",见《药堂杂文》,河北教育出版社2002年版,第126页。

了。观念这么的连在一起。因为是意象,所以这一只老虎爬上了绿叶深处,全不有声响,只是好颜色。

树林里于是动音乐,细竹吹箫。

这时小林走来了。史家庄东坝尽头有庙名观音寺,他一个人去玩了一趟,又循坝而归。听箫,眼见的是树,渗透的是人的声音之美,很是叹息。等待见了她们两位,还是默不一声。细竹又不吹了。

这一段出自第22章《树》,看似平常,细细体会起来却有无穷妙悟蕴涵其中,从具象到抽象,由实入虚,虚实相生,仿佛有无穷的波澜,但又是水波不兴,那种静穆的气韵沁人心脾。

废名的《桥》似小说又不似小说,似散文又不是散文,同时富有诗情画意,禅理意蕴,可谓熔多种体裁于一炉,这种文体融合的特征使小说《桥》具有诗与散文的韵味,实可谓废名的"特创"。《桥》穿透人生世相的纠缠和烦扰,直没入人类心灵的深处,描写那个世界的动静所感。正如温克尔曼所言,人类心灵的深处犹如大海的深处,永远都是平静的,《桥》因而具有一种超越烦扰、深湛静谧的美感。

第三节 象征与静穆:林徽因与卞之琳的诗歌

本节选取了林徽因的《山中一个夏夜》《你是人间的四

月天》、卞之琳的《距离的组织》《尺八》等诗歌来论述"静穆"美在京派文学作品中的表现,进一步阐发"静穆"观念的内涵。象征诗在中国诗坛的发展与京派诗人的努力密不可分,从梁宗岱、周作人有关纯诗的讨论,到20世纪30年代林徽因、卞之琳、何其芳等人的试作,直至20世纪40年代冯至及后学穆旦等人的作品,京派诗歌与象征诗几乎相生相随。本节将从象征,特别是意象的选择与营造方面,来探索林徽因、卞之琳诗歌中的静穆之美。

一

1931年2月左右,林徽因的肺病复发,且严重到必须停止工作、治疗静养的地步。此时,林徽因一人在北京,梁思成尚在沈阳东北大学任教。同年3月,林徽因从北京城内移居西郊香山疗养,直到9月下旬肺病好转后离开香山,梁思成亦辞去东北大学教职,全家定居于北京城内。这段历时半年的、隐居香山的"神仙生活",❶对林徽因影响深远,香山世界"不息的变幻"使她拿起笔,开始文学创作,一个富于知性美的女诗人、女作家便这样诞生了。

目前所见,林徽因的六七十首诗作中,描写香山感悟、香山印象,以香山世界为主题的诗作具有非常重要的地位。在林徽因那些写得最好的诗作中,以主题或以题材论,可分为两大部分,其一是以家中的庭院世界为对象,譬如《秋

---

❶ "徐志摩致林徽因信(1931年7月7日)",见《林徽因文存》(散文书信评论翻译),四川文艺出版社2005年版,第67页。林徽因此后亦曾多次入香山静养。

天，这秋天》《你是人间的四月天》《忆》《灵感》《深笑》《风筝》《静院》《除夕看花》等，其二便是以香山世界为对象，譬如《谁爱这不息的变幻》《激昂》《一首桃花》《莲灯》《中夜钟声》《无题》《题剔空菩提叶》《昼梦》《藤花前》《红叶里的信念》《山中》等，两部分共同合成林徽因的诗的世界。如果用最简洁的词汇来描述这个世界的特点与这些诗作的风格，那最合适的词莫过于"静"与"思"。

《山中一个夏夜》堪为林徽因"香山诗"的代表。

山中有一个夏夜，深得
像没有底一样；
黑影，松林密密的；
周围没有点光亮。
对山闪着只一盏灯——两盏
像夜的眼，夜的眼在看！

满山的风全蹑着脚
像是走路一样
躲过了各处的枝叶
各处的草，不响。
单是流水，不断的在山谷上
石头的心，石头的口在唱。

均匀的一片静，罩下
像张软垂的幔帐。
疑问不见了，四角里

模糊,是梦在窥探?
夜像在诉祷,无声的在期望,
幽馥的虔诚在无声里布漫。❶

    这首诗描摹对香山之夜的印象,先以视觉为主,次以听觉为主,最终将所有感官消融综合。总体上,它描摹的是山中夜晚的宁静,这种"静"像一张"软垂的幔帐"笼罩住一切印象,使心上的一切疑问都不见了,留下的是一片宁静,是从内而外、内外相生的"静"。然而,自然界的生息与变幻永不停止,黑影、夜的眼、山风、流水、石头的心,山中的一切都在倾诉,或是窃窃私语,或是大声歌唱,或是在悄悄地跳着自己的舞蹈。当人们熟睡,进入梦乡时,山中的夜却刚刚醒来,开始自己的祷告。山中的夜是不宁静的,心中的山中的夜却是极端宁静的。朱光潜曾说:"我所谓'静',便是指心界的空灵,不是指物界的沉寂,物界永远不沉寂的。你的心境愈空灵,你愈不觉得物界沉寂,或者我还可以进一步说,你的心界愈空灵,你也愈不觉得物界喧嘈。"❷ 心感于物,从自然的灵动里,感悟其中无尽的奥妙,这种动中之静,静中之动,是人心与自然的神妙契合,是动静无法言喻的不息的变幻,这便是一种"静穆"的意境,一种"静

---

❶ 该诗作于1931年,刊于1933年6月的《新月》第4卷第7期,署名"林徽音",手稿本有第三节:虫鸣织成那一片静,寂寞/像垂下的帐幔;/仲夏山林在内中睡着,/幽香四下里浮散。/黑影枕着黑影,默默的无声,/夜的静,却有夜的耳在听!

❷ 朱光潜:"谈静",见《朱光潜全集》(第一卷),安徽教育出版社1987年版,第15页。

穆"的美,仿佛有灵光交错闪现,无穷妙悟源源而来。

林徽因的香山印象、香山感悟,她的"香山诗",不禁令人想起王维描摹山中印象的《辋川集》,譬如"独坐幽篁里,弹琴复长啸。深林人不知,明月来相照"(《竹里馆》),又如"木末芙蓉花,山中发红萼。涧户寂无人,纷纷开且落"(《辛夷坞》)。从这个角度来看,林徽因的"香山诗"可与王维的《辋川集》相提并论,他们以诗的形式集中、深湛、精细地描摹了山中之美,山中的奥妙,并且都探讨、表现了"静"作为一种神启对于人的整体心灵世界的召唤与升华。

《你是人间的四月天》是林徽因的诗的代表作,要比《山中一个夏夜》更有名气,更为人所熟知。

> 我说你是人间的四月天;
> 笑响点亮了四面风;轻灵
> 在春的光艳中交舞着变。
>
> 你是四月早天里的云烟,
> 黄昏吹着风的软,星子在
> 无意中闪,细雨点洒在花前。
>
> 那轻,那娉婷,你是,鲜妍
> 百花的冠冕你戴着,你是
> 天真,庄严,你是夜夜的月圆。
>
> 雪化后那片鹅黄,你像;新鲜

初放芽的绿,你是;柔嫩喜悦
水光浮动着你梦期待中白莲。

你是一树一树的花开,是燕
在梁间呢喃,——你是爱,是暖,
是希望,你是人间的四月天!

　　这首诗写于1934年,此时林徽因的诗艺达到一个比较成熟与稳定的时期。这首诗表现一种令人遐想的、丰富的幸福感,处处蕴涵着诗人对于生活的满意,心情的愉悦,仿佛有一位通体闪烁着光亮的天使在美丽的花园里、晴朗的天光之中,飞来飞去,使人陶醉在一片祥和、博大、充满希望的世界里。无论是从诗型、词章,还是从情感、节奏来看,《你是人间的四月天》都具有深厚的古典主义之美。这首诗每节三句、一、三句押韵,一韵到底,用词典雅,既雍容华贵,又简洁明丽,富于美感;诗的节奏则不急不缓、起起伏伏,声韵极为和谐,类似长调,舒缓有致,但绝不拖延杂沓,极有节奏感;诗的情感充沛,但不张扬、不造作,清新灵动,像晶莹的露珠散射出跳跃多彩的阳光,堪称现代诗的精品,完全可以与徐志摩的《再别康桥》媲美。从中国现代诗歌史上著名的、古典主义式的"三美原则"来看,《你是人间的四月天》亦到达了一种圆满、完美的地步,比《死水》等诗作在艺术上更为成熟、精湛。
　　林徽因是中国现代文学史乃至整个中国文学史上少有的学者型女作家、女诗人,她的诗里蕴藏着常能给人以惊喜的妙悟,沉淀着深湛的思虑,流动着丰富而均匀的情感,体现着一种智慧的、知性的美，既有情感的力量又有思想的力量，既有词章之华丽又深具引人思考的内涵，在整体上表现出京派文学作品特别是诗歌的"静穆"之意境、"静穆"之美，亦是对"静穆"观念的一种精致的阐释。

二

卞之琳与何其芳同为京派后起之秀，不同的是他的才华更集中地表现于诗歌，他是一个天才诗人，他的诗歌可以代表20世纪30年代京派诗歌创作的水准与成就。1929年，卞之琳考入北京大学英文系，他对英文及法文诗歌一向怀有浓厚的兴趣，曾试译过柯勒律治的《古舟子咏》、莎士比亚《仲夏夜之梦》与波德莱尔、魏尔伦、马拉美等人的象征主义诗歌，这对他日后的创作产生了不可低估的影响。1931年，卞之琳的诗受到徐志摩、沈从文等人的赞赏，由此走上诗人之路。

《距离的组织》写于1935年年初。

想独上高楼读一遍《罗马衰亡史》，
忽有罗马灭亡星出现在报上。
报纸落。地图开，因想起远人的嘱咐。
寄来的风景也暮色苍茫了。
（醒来天欲暮，无聊，一访友人吧。）
灰色的天。灰色的海。灰色的路。
哪儿了？我又不会向灯下验一把土。
忽听得一千重门外有自己的名字。
好累啊！我的盆舟没有人戏弄吗？

友人带来了雪意和五点钟。

中国现代诗发展到20世纪30年代，开始走向纵深的层面。卞之琳的这首诗便体现了一种新的趋向，它不以表达情感为重，而是重在表现一种情思、一种智慧、一种知性的美。情思的表现绝非说理，它通过意象的选取、创造与综合来进行，非常重视意象（系统）的暗示作用。以梁宗岱、林徽因等人为先的京派诗人是这种趋向的探路者，而卞之琳、何其芳等京派后起之秀则将这种诗艺形式推到一个阶段性的高峰，其中尤以卞之琳的成就最高。

以《距离的组织》为例，卞之琳的诗写得最像西方现代诗，这与他对于英法诗歌的熟悉并长于译诗密不可分，尤其是这种翻译的过程带给他不同的思路、不同的艺术感觉及其表现方式。对《距离的组织》一诗的内涵，有些解读者将其向社会现实层面靠拢，认为诗中的"罗马衰亡史"、"罗马灭亡星"等，是对当时中国倍受日本等国侵略、剥削的一种隐喻和暗示，这样的解释似也不无道理。诗人的本义的确隐藏得很深，这本是现代诗的本质特征之一。若要一味地询问一首诗究竟要说什么，这其实是严重偏离了诗之本意，或者说是不懂诗。诗的价值本来不在意义。诗要表现的正是那种难以言说、或不可言说的情感、情绪、情思与智慧，这些情智长期累积于心中，不表达出来便会影响人之肌体的正常运作，于是发而为诗，可以说得清楚的便不需要用诗这种较高的艺术形式了。《距离的组织》的试验味道很浓，卞之琳将许多偶然之间看到、听到、感到的事物综合起来，营造出一种烟波浩渺、漫无边际的诗的意境，他要写的就是那种"距离的组织",相隔相间的不同事物被组织到一起的时候,会产生怎样的艺术效果?诗对于不同意象之间的距离及其组织究竟能承受到何种地步?诗意的界限在哪里?或者索性说,诗有这种界限么?卞之琳自言:"整诗并非讲哲理,也不是表达什么玄秘思想,而是沿袭我国诗词的传统,表现一种心情或意境。"❶ 这是一种什么样的意境呢?用"静穆"来形容显然也是最合适的,它的极端宽广的意义空间,将有限寓于无限,微尘之中显大千,刹那之中见终古,既是现代的又是古典的。

《距离的组织》更以诗的形式表现出"意识流"的某些特征。在文艺理论的领域,意识流本是专指某一类小说形式,诗以其意象体系的多元性与不确定性,本身也构成一种意识流的特色。《距离的组织》将这种特色表现得尤其明显,从这个角度来说,它是一首叙事性极强的诗、一首篇幅极短的戏剧诗,这也正是现代诗发展的主要方向。这种方向在20世纪40年代的"九叶诗派"及相关诗人那里得到更为充分的表现。

相对于《距离的组织》而言,《尺八》的情感成分与故事性似乎更浓,同时更显出一种古典美与悲凉之气。

像候鸟衔来了异方的种子,
三桅船载来了一枝尺八,
从夕阳里,从海西头。

---

❶ 卞之琳:"距离的组织",见《卞之琳文集》(上卷),安徽教育出版社2002年版,第57页。

长安丸载来的海西客
夜半听楼下醉汉的尺八,
想一个孤馆寄居的番客
听了雁声,动了乡愁,
得了慰藉于邻家的尺八。
次朝在长安市的繁华里
独访取一枝凄凉的竹管……
(为什么霓虹灯的万花间
还飘着一缕凄凉的古香?)
归去也,归去也,归去也——
像候鸟衔来了异方的种子,
三桅船载来了一枝尺八,
尺八乃成了三岛的花草。
(为什么霓虹灯的万花间,
还飘着一缕凄凉的古香?)
归去也,归去也,归去也——
海西人想带回失去的悲哀吗?

《尺八》作于1935年6月,其时卞之琳正在日本京都游历。卞之琳少年时期便知道尺八这种古乐器,但亲耳听到尺八愁怨凄凉的音色,则是在1935年3月底的东京的一个晚上,"那时候我正在早稻田附近一条街上,在若有若无的细雨中,正在和朋友C以及另一位朋友一块走路……心中怏怏的时候,忽听得远远地,也许从对街一所神社吧,送来一种管乐声,如此陌生,又如此亲切,无限凄凉,而仿佛又不能形容为'如怨如慕如泣如诉'。我不问(因为有点像箫)就料定是所谓尺八了"。❶ 回到京都之后,卞之琳再次听到这"如怨如慕如泣如诉"的尺八,"是在5月间的一个夜里吧,我听见尺八就在我们的楼下吹起来了。……啊,如此陌生,又如此亲切!"❷

"尺八"是一种古管乐器,亦称"箫管",相传产于印度,隋唐间已传入中国,唐人吕才定制为一尺八寸,故得名,宋以后失传。7~8世纪时传入日本,现仍流行于日本。在卞之琳的心目中,尺八与箫和笛相比,具有非同一般的意义。箫"常令我生'形存实亡'的怀疑,和则和矣,没有力量","而笛呢,(与尺八相比)深厚似不如"。尺八则是"梦里的风物,线装书里的风物,古昔的风物","尺八像一条钥匙,能为我,自然是无意的,开启一个忘却的故乡,悠长的声音像在旧小说书里画梦者曲曲从窗外插到床上人头边的梦之根"。❸

在异国两次听到古乐器尺八那"如此陌生,又如此亲切"的乐音,使卞之琳顿生思古忧今之情;而尺八这一特殊物件的文化史象征意义,更赋予这情思一种崇高的情感色彩。尺八美妙的乐音夹带着历史的沧桑,犹如"一缕凄凉的古香"从异国繁华的霓虹灯光色中传来,使诗人遥想故国千余年前的盛景,亦使诗人畅游于虚幻而真实、瞬息而永恒的历史空间之中。思古与忧今往往相生相随,终而产生一种浓

---

❶ 卞之琳:"尺八夜",见《卞之琳文集》(中卷),安徽教育出版社2002年版,第6页。

❷ 同上书,第7~8页。

❸ 卞之琳:"尺八夜",见《卞之琳文集》(中卷),安徽教育出版社2002年版,第9页。

重的悲凉之气,《尺八》便是如此,那海西人的悲哀表现出极为凄艳的情调,特别具有一种晚唐诗的古典之美。

卞之琳在创作《距离的组织》与《尺八》这些诗时,深受英国诗人T·S.艾略特的影响与启发。1934年5月,卞之琳发表了由他翻译的艾略特诗论《传统与个人的才能》,这篇诗论中的观点对于理解卞之琳的诗具有重要作用。对于诗人在历史中的位置,艾略特认为:"历史的意识是对于永久的意识,也是对于暂时的意识,也是对于永久和暂时的合起来的意识。就是这个意识使一个作家成为传统性的。同时也就是这个意识使一个作家最敏锐地意识到自己在时间中的地位、自己和当代的关系。"对于情感之表现的问题,艾略特谈道:"诗人的职务不是寻求新的感情,只是运用寻常的感情来化炼成诗、来表现实际感情中根本就没有的感觉。诗人所从未经验过的感情与他所熟习的同样可供他使用。……诗不是放纵感情,而是逃避感情。不是表现个性、而是逃避个性。"❶ 这种控驭情感的艺术观与"静穆"观念如出一辙,而历史意识又使卞之琳的诗具有一种古典主义的情怀与悲剧感,这些方面都使他的诗作体现出一种纯正的"静穆"之美。

---

❶ [英]T·S.艾略特著,卞之琳译:"传统与个人的才能",卞之琳译,载《学文》创刊号,1934年5月1日。

第四节　冲突与静穆：李健吾的戏剧

本节主要以李健吾的戏剧《这不过是春天》为例，来论述"静穆"美在京派文学作品中的表现，进一步探讨"静穆"观念的内涵。冲突是戏剧的核心因素之一，处理冲突的方式是一部戏剧作品最重要的风格特征之一。相对而言，戏剧是京派作家尝试较少的一种文体，但他们在这一领域依然取得了较高的成就，尤以李健吾为代表。在他的戏剧作品，特别是名作《这不过是春天》中，戏剧的冲突得到非常成熟而完美的表现或曰隐藏，本节将从这个方面来探索李健吾戏剧中的静穆之美。

《这不过是春天》创作于1934年。北京初春，一对阔别10年旧情人再度相遇，女的成了厅长夫人，男的则成了革命者，化名入城搞情报活动。男的主动来找女的，他的心思颇耐人寻味，可能是想利用女的掩护自己完成任务，但又似乎对女的还有感情，想看看曾经相恋至今怀念的旧情人。女的心思清楚得多，她显然对男的还有感情，眼前的生活虽然富足，作威作福，颐指气使，丈夫捧她，下人怕她，外人巴结奉承她，但她并不幸福，旧情人的出现唤醒了她对感情的渴望。

《这不过是春天》的故事情节并不复杂，三幕剧，篇幅也不算长，旧情人重逢的故事也不新鲜。李健吾没有激化矛盾或者刻意引发冲突，按照剧情的发展，他本可以把这个故事写得更加有趣，更加煽情，更加香艳。譬如，厅长奉命抓捕一名南方潜入的革命者，但没想到这个革命者就住在自己家里，名义上是夫人的亲戚实际上是旧情人；他手下的侦探、捕快，四处追查，终于知道了真相，眼见一场冲突就要上演，然而作者颇有些"不解风情"地将它化于无形，不了了之。该剧的结尾本可以十分出彩、十分好看，厅长夫人拿钱买通厅长的侦探、救了旧情人，但作者没有让他们做出任何出格的事情，两人最后只是握手告别，这样的结局未免令人失望，感到索然无味。这也许会构成某种初读的印象，与流俗的癖好完全不搭界，然而深思之后定会发觉之处戏剧其实是那样得自然通脱、潇洒不羁，自有一番悠长绵密的情韵蕴涵其中。

　　这种处理方式形成了李健吾戏剧独特的艺术风格。以《这不过是春天》为代表，李健吾20世纪30年代的几出剧作技巧圆熟，"一律是布局谨严、骨肉停匀的三幕，时间集中（不超过一、二天），地点集中（不超过一、二个场景），戏剧冲突集中在高潮边缘——正如箭在弦上，所谓'包孕最丰富的片刻'。这些特点表明作者对欧洲戏剧艺术传统的造诣……但这个极大的优点中却也包含着一些短处，因为静静地坐在戏院池座里的观众，固然欢迎轻轻的抚摩，有时却更需要冲击——猛烈的风暴和波涛，甚至打得他们心头作痛"。[1]然而，李健吾对"猛烈的风暴和波涛"没有兴趣，他的剧作大都情节平稳，没有大起大落，大开大合，更没有惯性期待中的戏剧冲突高潮，作者隐藏的情节场景似乎比他描写到的情节场景更加激动人心，但这绝

---

[1] 柯灵："序言"，见《李健吾剧作选》，中国戏剧出版社1982年版，第2～3页。

不意味着这样的剧作在艺术上要逊色一筹，或者说缺乏让人"心头作痛"的力量，只不过是痛的方式有所不同罢了。

《这不过是春天》一剧中，女主人当年因为虚荣、怕吃苦而离开相爱的男主人公，嫁给了现在的厅长。10年后，这种虚荣并没有改变，只是发生了一些转变，她知道自己的选择并不是正确的，她不幸福，可是时间如果倒回去的话，她也未必会作另一种选择，这是本性，难以克服的本性。男主人公在心底瞧不起甚至憎恶女主人公的虚荣与薄情寡义，但同样是在心底无法摆脱对于女主人公的刻骨深情，他难以取舍，想爱不能爱，想恨又恨不起来，这也是本性，难以超越的本性。李健吾对男女主人公上述心态的处理，极为细腻，不留痕迹，不动声色，耐人寻味，需要反复品味才能体会其中那让人"心头作痛"的力量。这在人物的对话中屡有精彩的表现。譬如，第二幕中男主人公捧一束桃花回府，作者写道：

夫人　你不回来用饭，也应该来个电话。（站住）喝！桃花！

（冯允平微笑着，迎上去，将花献在她的面前，她接过花来，放在颔下。）

（男仆由客厅下。）

夫人　还没有开，在屋子里搁上两天，我怕全会开开。倒说，我一手接过来，这可是送我的？

冯允平　我亲自从树上掐下来送你的。

夫人　我真得好好谢谢你。一小枝一小枝是花，没有叶子，你说这不象冬天的梅花？自然，长在树上一大堆，另是一个花世界。可是，你爱看春天哪种花儿呢？我自己，与其

第四章 京派文学作品中的"静穆"美

说欢喜桃花，不如说欢喜海棠花。

冯允平　它们不在一个时候开。

夫人　这正是大自然的美丽，美丽是从不同的变化得来的，好比——

冯允平　好比你一天换一身衣裳。

夫人　我在说大自然。真的，有好些美丽东西的美丽固然在它们本身，却也在它们的安排。好比桃花现时受人欢迎，说不定正是冬天刚去的缘故。它来得正是时候，好比——

冯允平　好比我来。

夫人　啊！

（男仆捧茶上。）

夫人（向男仆）　茶放在圆桌上。

（男仆放好茶杯。）

夫人　这捧花儿交给我屋里赵妈。

（男仆接过花由小门下。）

夫人　来，坐下喝杯热茶。

（两个人过来坐在沙发上。仿佛由于饮茶吧，反而无话可说。）

冯允平（努力从过去提出自己）　你说你欢喜海棠花，为什么？

夫人　因为它有一树的绿叶衬着。虽说开了一树花，一点不嫌单调。而且那一团一团的小花球，走近了看，个个精而神地站在枝儿上。你呢？

冯允平　我跟你一样。

夫人　我赞成一棵树先长叶子后开花。不等叶子长出来，就开花，未免冒失。

  冯允平 这叫情不自禁。

  这段对话写得实在很妙。男的对女的又爱又恨，言语中不时带着讽刺，女的不以为意，对男的旧情难忘，两人知道已经错过了人生中最好的时光，仿佛是违背了大自然的规律，心下虽可能有悔恨，却又无可奈何。作者将男女主人公之间微妙的情感关系和交流写得极为生动，两人虽是不动声色，但感情上的波涛显而易见，仿佛触手可及。同样是在这一幕里，作者又写道：

  冯允平 你跟从前完全一样。一点儿没有改变。（徘徊）你人不但没有老，心还照样儿年轻。（看着她，话仿佛遏制不住，连珠似地滚了出来）我晓得你不会变到哪儿去，可是经过了这多年月，处在一个有钱有势的虚荣世界，我总觉得你应该有一个很大的变动：不是面貌，因为我想起来的你，永远那样年轻；我是说精神那方面，例如性情，象张白纸，如今也该沾点黑星子。你自己明白，实际上跟从前的你一定有好些地方不一样。不过我看不出这些黑星子，当着你面前，我只有零乱的感觉。你的存在折服了我一切。我不能够用脑子想，坏处就在这上头。

  夫人 （并不恼怒）不过，好处就在这上头。

  冯允平 假如有个女孩子，和你小时候完全类似的个女孩子，从小娇生惯养，任性、好发小脾气，说话不饶人，一时换一个主意，一双手又细又嫩又白，成天无事可做，看看电影，买几张心爱的明星像片，还有，在教会学校挂个名儿，念念英文,一礼拜去上三天两天。于是,忽然之间,这一尘不染的女孩子换了个相反的环境,或者家道中落,或者嫁了个穷人,她按下头,辛苦了十年。那时我们再来看她,她变了,变成了个平常妇道人,就是她自己,从来也没有时间想到她变得这么厉害,而且这样俗:女孩子最害怕的一个字眼。

夫人　所以我没有嫁给穷人,所以我还可以使个小性子。

这段对话里表现出的,是人性的自私与难以沟通,是复杂而微妙的爱恨交织。男的其实在埋怨女的,可是似乎又对她有些理解和同情;女的却顺水推舟、勉为其难地为自己辩解。总之,两人对感情都是自私的,这来自本性的自私使他们无法真正沟通,无法达成心与心的相通,无法走到一起去。台词的内涵极为丰富,很"有戏",机智而且富有诗意。

《这不过是春天》蕴涵着一种彻骨的悲凉之气、一种宿命般的悲剧感。人终究难以克服、难以超越自己的本性,本性在人生的某一阶段暴露出来,左右着人生,人无法选择,只能顺其自然,这正如李健吾所借用的福楼拜的话:"你反对人世的偏私、它的卑鄙、它的暴虐、同存在的一切龌龊与猥亵。但是你认清它们了吗?你全研究过了吗?你是上帝吗?……我们有一天会晓然于绝对的存在吗?你要是打算活下去,无论关于什么,你就不用想有一个清晰的观念。"[1]人生如此,命运如此,人的确难以克服自己的本性,特别是在人生的某一特定的阶段。这是人生的悲剧,也是命运的悲

---

[1] 李健吾:《福楼拜评传》,湖南人民出版社1980年版,第207页。

剧。这出剧的题目同样表露出这样一种悲凉的情绪,美好的回忆永远只是美好的回忆,失去的就永远失去了,春天能再来,但即使春天来了又能怎样?这不过是春天。不要寄予太多的希望,人生难免是一出悲剧。

李健吾有过刻骨铭心的失恋记忆,他在清华大学读书时曾追求、苦恋一个姑娘,但这姑娘最终离他远去,这段生活经历无疑是他创作《这不过是春天》的故事原型。尽管有如此痛苦的感情经历,但李健吾在创作这出剧作时,在描写、讲述这个故事时,却将那种痛苦克制、平抑到一种极端和缓从容的境界之中,他喜爱的不是"猛烈的风暴和波涛",而是那宽广、平静、永恒的海面,这便是"静穆"的境界了。司马长风在《中国新文学史》中谈到李健吾的话剧,他以《这不过是春天》为例,将李健吾与曹禺的戏剧进行比较,认为曹禺的戏剧"有如茅台,酒质纵然不够醇,但是芳浓香烈,一口下肚,便回肠荡气;因此演出的效果之佳,独一无二",而李健吾的戏剧"则像上品的花雕或桂花陈酒,乍饮平淡无奇,可是回味余香,直透肺腑,且久久不散"。❶ 这种味道、这种美正如《这不过是春天》扉页上的所引的一首词:"春去也,/多谢洛城人。/弱柳从风疑举袂,/丛兰裛露似沾巾。/独坐亦含颦。"(刘禹锡《忆江南》)李健吾借此来烘托、渲染这出戏剧的情韵、美感,表现出一种挥之不去的、难以泯灭的哀愁与牵挂,与"曲终人不见,江上数峰青"有异曲同工之妙。

---

❶ 司马长风:《中国新文学史》(中卷),昭明出版社有限公司1978年版,第293页。

结 语

结　语

一

在撰写这本书时，笔者抱有两个初衷或曰研究目标，其一是提出京派"静穆"观念这一新的角度，深入阐释这种文艺审美观念的内涵，努力将相关问题的研究向前推进一步；其二是针对以往京派研究整体思路上的偏向，通过探讨"静穆"观念的思想资源与基本内涵来提供一种校正的参照，使京派研究的视角与思路更加开阔而妥帖。前者是明线，后者是暗线，二者合并便是本书基本的研究线索，但后者在对相关问题的思考中比前者出现得更早，这实际上决定了本书的一些结构设置与论述方向。

京派研究发展至今，整体研究思路上的偏颇、失衡之处主要表现在，比较多地强调京派文学的古典色彩、乡土风貌、强调这一流派对中国古典传统因素的继承，而相对轻视甚至忽略了京派文学中的外来因素。吴福辉于20世纪80年代后期编选了《京派小说选》，在该书的"前言"中提出：京派小说具有一种"追寻过去"的独特模式，其主要题材是乡村中国，京派小说家的特征是平民性、纯情性和开放的民族性；[1] 吴福辉善于将京派与同时代的海派以及"左翼"对比，在对比中凸显出京派的特色，但这样的对比视角愈发加重了京派的本土传统色彩，凸显了京派古典化的精神气质。杨义的京派研究更加广泛地使用京海对比的方法和视角，他的《中国现代小说史》（第二卷）中专列一章——"'京派'

---

[1] 吴福辉："《京派小说选》前言"，见《京派小说选》，人民文学出版社1990年版。

作家群与上海现代派",讲道:"假若说,'京派'小说是古老纯朴的宁静乡野上秀色可餐的翠竹,清妙悠扬的牧笛,那么上海现代派小说就是欧风美雨中一夜出土的色彩斑斓的小蘑菇,都市夜总会上具有即兴演奏风格和强烈分切音的爵士乐了",❶京派小说"把东方情调的诗情画意融合在乡风民俗的从容隽逸的描绘之中,形成一种洋溢着古典式的和浪漫性的超越的人间写实情致",❷"缺乏西洋乐器的深沉雄浑,却洋溢着东方音乐忧郁的韵味"等。❸这种京海对比的研究模式在杨义的博士学位论文《京派与海派的文化因缘和审美形态》中得到更加充分的体现,通过京海之间的对比,杨义将京派定位在传统与古典的位置上。李俊国的论文《三十年代"京派"文学思想辨析》也是早期京派研究值得注意的重要成果,该文一方面探讨京派文学的"根本性特征",即"不趋新求奇,不迎俗媚时,在时代变革中,始终持从容矜持的学人风范和艺术虔诚的文人风度";另一方面探讨京派文学的审美调整,认为"京派文学受制于'和谐'的美学意识,表现出比较明显的古典色彩",继续强调了京派与本土古典传统的紧密关系。❹

这种研究思路的形成有其内在的合理性、必然性,但它一旦成为一种思维的框架便阻碍了京派研究的继续提高,而

---

❶ 杨义:《中国现代小说史》(第二卷),人民文学出版社1988年版,第587页。

❷ 同上书,第600页。

❸ 同上书,第626页。

❹ 李俊国:"三十年代'京派'文学思想辨析",载《中国社会科学》1988年第1期。

且也不尽符合京派真实的历史面貌，这是需要引起注意并尽快突破的。京派文人无疑具有中国传统文化的情结，京派的文学作品、文艺观念也的确有不少接近中国古典传统之处。然而，京派文人大多具有西学背景，对西方文化艺术的熟悉程度不亚于现代中国的任何一群文人，他们对西方文艺思想的接受与运用也是显而易见的，这些外来的因素构成了京派的历史面貌，其地位与作用并不亚于中国传统因素。

京派文学中的外来因素也得到一些研究，譬如，解志熙的《美的偏至——中国现代唯美-颓废主义文学思潮研究》综论唯美-颓废主义文学思潮在中国现代文坛的传播与影响，其中第二章专门讨论京派作家周作人、朱自清、俞平伯、朱光潜、废名、梁遇春和何其芳等人与唯美-颓废主义的关系，将唯美-颓废主义作为京派文人"自觉的流派意识"。❶ 周仁政的《京派文学与现代文化》试图将京派文学放在世界现代文化进程中加以考察，他所说的"现代文化"主要是指现代知识分子的身份与地位，研究这种身份与地位与古代社会有何不同，为何会产生这种不同及其意义等。他认为京派文人为现代中国的知识分子文化增添了重要的内涵，使之与世界现代文化形成同步的状态，而京派文学的主要价值便在于文化内涵与文化意味之中。此外，史书美的《现代的诱惑：书写半殖民地中国的现代主义1917～1937》、解志熙的《生的执著——存在主义与中国现代文学》、吴晓东的《象征主义与中国现代文学》等，也从不同方面论述了

---

❶ 解志熙：《美的偏至——中国现代唯美-颓废主义文学思潮研究》，上海文艺出版社1997年版，150～154页。

京派作家与西方种种文艺思潮的关系。

然而，无论是唯美－颓废主义，还是什么"现代文化"，抑或是其他什么西方文艺思潮，似乎都难以确切、妥帖地概括京派的整体艺术特征与它的流派特色，都没有抓住京派文学的精髓，虽然对长期以来的京派研究思路具有某种调整功能，但进展与影响都还有限。"静穆"观念的提出则是在此基础之上，进一步专注于京派与西方文艺思潮、美学思想之间的关系，探讨"西学"因素在京派文艺审美观念的形成中占有的地位与发挥的作用，使京派研究的视角与思路更加开阔而妥帖。这种研究并不是依凭一种或几种外来的文艺思潮概括京派的整体艺术特征，而是从京派文人自己的言论、文章入手，从他们共同接受的外来思想资源入手，发现问题，以此来阐释、探讨京派的艺术特征与多元内涵，呈现京派的历史面貌，这对京派研究应是不无意义的。

有鉴于此，本书在阐释"静穆"观念的思想资源与基本内涵时，比较多地强调它与西方文艺思潮、美学思想的关系。从整体上看，这并未偏离"静穆"观念的本质属性，在对相关现象的描述与问题的探讨之中，也是符合京派的历史面貌的。但显然，"静穆"观念也从中国传统文化、思想那里汲取了养料，这一点本书无意遮掩。传统的力量是异常强大、难以抗拒的，"人们自己创造自己的历史，但是他们并不是随心所欲地创造，并不是在他们自己选定的条件下创造，而是在直接碰到的、既定的、从过去承继下来的条件下创造。一切已死的先辈们的传统，像梦魇一样纠缠着活人的头脑"。❶ 对于京派这样一个对本土传统并无恶感、并不刻意拒绝的文学流派而言，本土传统的影响无疑是存在的，问题只在于程度的深浅与范围的广狭。与"静穆"观念相关的京派文人对于中国传统因素的共同接受，最鲜明的例证是对于陶渊明的推崇。周作人、废名、朱光潜、沈从文、梁宗岱等对这位魏晋时期的大诗人都是赞赏有加，对其诗学、诗艺都有过精深的研究，对其人格风范都是心向往之，表现出毫不遮掩的景仰与热爱之情。

朱光潜在表达"静穆"理想时便以陶渊明为典范，在《诗论》中他试图更加深入地讨论这位大诗人：陶渊明"和我们一般人一样，有许多矛盾和冲突；和一切伟大诗人一样，他终于达到调和静穆。我们读他的诗，都欣赏他的'冲澹'，不知道这'冲澹'是从几许辛酸苦闷得来的"。❷ 周作人称赏陶渊明为"千古旷达人"，❸ 对其超越生死名利、回归自然的人生境界表示了由衷的敬服，这在他对于古今中外人物的品藻中是难得一见的。周作人的学生废名也称颂"陶诗不但前无古人，亦且后无来者"，❹ 他的小说《莫须有先生传》中也多次表现出对于陶渊明的追慕之情。沈从文的眼界极高，他来自湘西，与陶渊明在地域上异常接近，相同的风

---

❶ ［德］马克思：《路易·波拿巴的雾月十八日》，《马克思恩格斯选集》（第一卷），人民出版社1972年版，第603页。
❷ 朱光潜：《诗论》，见《朱光潜全集》（第三卷），安徽教育出版社1987年版，第256页。
❸ 周作人："鬼的生长"，见《夜读抄》，河北教育出版社2002年版，第164页。
❹ 废名："关于派别"，见《废名集》（第三卷），北京大学出版社2009年版，第1303页。

土人情或许更能使他与陶渊明达成一种心灵的相通，他的《边城》《湘行散记》等作品中往往也有那样一个"桃花源"，寄托着他的理想。梁宗岱也是陶渊明的崇拜者，他将陶渊明的诗歌翻译成法文，介绍到法国乃至世界，陶诗由此受到多位法国著名文人的激赏。

对于陶渊明的共同的赞赏与推崇，对京派"静穆"观念的形成显然起到了一定的作用，本书在第四章从自然情怀的角度对此有所阐释。然而，陶渊明作为一个文化历史形象积淀下来的内涵，对于"静穆"观念更具有某种启示的意义。骆玉明在肯定"静穆"说的同时表示："但在这背后，却充满了对现实社会的憎恶与不安，对人生短促深感无所寄托的焦虑。换言之，'静穆'是在'自然'哲学支配下构造出来的美学境界，而激起这种追求的内驱力恰恰是高度的焦灼不安"。❶吉川幸次郎亦认为：陶渊明的作品"就像深渊之水，表面上沉睡在一片令人静穆的碧色之中，可在它的底下，几股相互矛盾冲突的潜流在撞击着、争斗着，它们力量的平衡产生了表面的沉静"。❷上述描述与朱光潜对于"静穆"观念的描述、乃至与温克尔曼的相关表述都有相当接近的地方，陶渊明正是在这些地方给予京派"静穆"观念至深的影响，这一点在相关研究中是不容忽视的。

---

❶ 章培恒、骆玉明：《中国文学史》，复旦大学出版社1996年版，第360页。

❷ [日] 吉川幸次郎著，章培恒等译：《中国诗史》，复旦大学出版社2001年版，第185页。

二

笔者并不试图以"静穆"观念涵盖京派文人所有的思想与心态,"静穆"观念是具有代表性的因素,展现出京派文人在审美观念上同源共流的历史特征,可谓京派文艺审美观念的精髓,但毕竟不是全部。本书在论及的各个问题上,多以周作人、沈从文、朱光潜三人为主进行论证,同时辅之以在相关问题上表现较为突出、较为重要的文人,这三位是京派内部不同圈子里的代表人物、精神领袖,对圈内同仁具有相当大的影响力,而且他们也是各自文艺领域水平、成就最高的人,他们的代表性是毋庸置疑的。京派文人不是没有分歧,在一个可以自由表达、独立思想的语境中,没有分歧的情况是不真实的。

1930年左右,沈从文集中写出了一批作家论,涉及同时期的作家十余位,有褒有贬,有抑有扬。在《论冯文炳》一文中,沈从文先对周作人"五四"以来的作品中"清淡朴讷的文字,原始的单纯,素描的美",表示了肯定与赞美,对学习周作人风格的冯文炳也连带表示了赞扬。但接下来,他笔锋一转,自言很不欣赏废名的某些艺术趣味,特别是他的新作《莫须有先生传》"文字发展到不庄重的放肆情形下,是完全失败了的一个创作。……从这不庄重的文体,带来的趣味,使作者所给读者的影像是对于作品上的人物感到刻画缺少严肃的气氛。……这趣味将使中国散文发展到较新情形中,却离了'朴素的美'越远,而同时所谓地方性,因此一来亦已完全失去,代替这作者过去优美文体显示一新型的只是畸形的姿态一事了"。❶ 沈从文不仅不喜欢《莫须有先生传》,甚至还不喜欢《桥》,他进一步讲道:"周作人所称道的《无题》中所记琴子故事,风度的美,较之时间略早的一些创作,实在已就显示出了不康健的病态的纤细的美。至《莫须有先生传》,则情趣朦胧,呈露灰色,一种对作品人格烘托渲染的方法,讽刺与诙谐的文字奢侈僻异化,缺少凝目正视严肃的选择,有作者衰老厌世意识。"❷ 在这个事关"趣味"的问题上,沈从文与周作人、废名显然是有距离的;但他们的不同并未达到不可调和的地步,而且他们还有更多、更重要的相同之处。

有学者曾提出,京派与海派"之间存在着从容蕴藉和活跃躁进、经典性和先锋性的文化心理张力,或者说相互构成南北两极的文化磁力场"。❸ 但京派文人也不是不"活跃躁进"的,即如最年长的周作人,也常使人觉得有"炎炎之火仍在冷灰下燃烧着"。❹ 周作人在心底是极端愤世嫉俗的,其思想极具冲击力与破坏性,他讲:"盖据我多年杂览的经验,从书里看出来的结论只是这两句话,好思想写在书本上,一点儿都未实现过,坏事情在人世间全已做了,书本上记着一

---

❶ 沈从文:"论冯文炳",见《沈从文全集》(第十六卷),北岳文艺出版社2002年版,第147~148页。
❷ 同上书,第150页。
❸ 杨义:《京派海派综论》,中国社会科学出版社2003年版,第19~20页。
❹ 曹聚仁:"从孔融到陶渊明的路",见《周作人论》,北新书局1934年版,第70页。

小部分。"❶ 朱光潜、梁宗岱都曾大声呼吁:"到民间去",❷ 体现出一种融入自然与社会的赤诚热情。沈从文亦曾写下令人怦然心动的、充满激情与力量的语句:

> 名誉、金钱,或爱情,什么都没有,那不算什么。我有一颗能为一切现世光影而跳跃的心,就很够了。这颗心不仅能够梦想一切,还可以完全实现它。一切花草既都能从阳光下得到生机,各自于阳春烟景中芳菲一时,我的生命也待发展,待开放,必然有惊人的美丽与芳香!❸

然而,京派文人并不愿意将活跃跳荡的心情流于表面,并不着意去表现这种心情、心态,比起海派、"左翼"乃至"五四"一代文人来,他们都显得更有学养,更有内涵,更加稳健而深邃,这归根结底也是他们以"静穆"为核心的审美观念、文化心态在发挥着作用。京派文人是更崇尚静穆、平和、深远的人生、艺术境界的。

京派作家同样接受、运用许多西方"先锋派"的艺术理念与方法,在这方面他们绝不保守或盲目排斥,譬如京派小说中的意识流、诗歌中的象征主义、批评中的印象主义、文艺心理学的普遍运用等。京派文人中的多数都有留学经历,

---

❶ 周作人:"灯下读书论",见《苦口甘口》,河北教育出版社2002年版,第36页。
❷ 朱光潜:"谈中学生与社会运动",见《朱光潜全集》(第一卷),安徽教育出版社1987年版,第21页;梁宗岱:"论诗",见《诗与真》,商务印书馆1935年版,第31页。
❸ 沈从文:"水云",见《沈从文全集》(第十二卷),北岳文艺出版社2002年版,第93页。

他们对同一时期或者稍早盛行于西方的各种文艺思潮是相当熟悉的，这种熟悉的程度不亚于当时国内的任何地域、任何派别的文人，甚至可以说，他们在这一方面的多个领域处于国内前沿地位。但京派文人一贯地不喜欢张扬这些外来的所谓"先锋"艺术，他们比较持重，他们对西方文化艺术有更为全面的视角、更为深刻的理解，他们不会对这些尚未经受历史考验的"先锋"艺术表现出过于投入的情感。

京派文人虽然接受了大量的西学，但是他们从不崇洋媚外，面对西方传入的林林总总，他们不是生吞活剥、拿来就用，而是先要经过过滤，这样或许会显得慢了半拍，但得到的是真正有价值的、于己有利的。这一方面与他们对西方文化的熟悉与了解程度有关，他们不仅了解西方文化好的一面，对它不好的一面也是了然于胸的，林徽因在《窗子以外》中说过："洋鬼子们的浅薄千万学不得"，在势头凶猛的欧风美雨之中，表现出一种持重、沉稳与自信的态度；另一方面这也与他们提倡趣味的纯正、广博有关，朱光潜讲道：

> 文艺上一时的风尚向来是靠不住的。在法国十七世纪新古典主义盛行时，十六世纪的诗被人指摘，体无完肤，到浪漫时代大家又觉得"七星派诗人"亦自有独到境界。在英国浪漫主义盛行时，学者都鄙视十七十八世纪的诗，现在浪漫的潮流平息了，大家又觉得从前被人鄙视的作品，亦自有不可磨灭处。个人的趣味演进亦往往如此。涉猎愈广博，偏见愈减少，趣味亦愈纯正。从浪漫派脱胎者到能见出古典派的妙处时，专在唐宋做工夫者到能欣赏六朝人作品时，笃好苏辛词者到能领略温李的情韵时，才算打通了诗的一关。好浪

漫派而止于浪漫派者,或是好苏辛而止于苏辛者,终不免坐井观天,诬天渺小。❶

所谓"涉猎愈广博,偏见愈减少,趣味亦愈纯正",这实际上是京派文人的一种基本的思想方法。他们所面对的文化局面几乎是前所未有的,特别需要一种鉴识力,一种成熟、富有智慧的姿态,即灵活又持重、取长补短、动静结合,这也构成京派"静穆"观念最初的基础层面;反之,京派"静穆"观念又促进了这种思想方法的播散。

至此,本书基本上完成了对于京派"静穆"观念谱系的描述与阐释。所谓"谱系",始于尼采,成于福柯,谱系学体现了解构主义对于传统历史研究的冲击,但本书所用的"谱系"与此没有直接关系,它指的无外乎是一个发展变化的系统,犹如一个家族世系,有始有续,有主有次,有正有支。从学术研究的角度来说,谱系的阐释本身便是一个建构的过程,本书便以"静穆"为关键词,在前人研究的基础上,进一步"建构"京派的文艺审美观念,为考察中国现代文学与文化的多元性提供了一种视角。

"京派"活跃的时间比较短暂,否则他们应能创造出更高的成就,这是中国现代文学和现代文化的损失。钱穆曾回忆道:"诚使时局和平,北平人物荟萃,或可酝酿出一番新风气来,为此下开一新局面。而惜乎抗战军兴,已迫不及待

---

❶ 朱光潜:"谈趣味",见《朱光潜全集》(第三卷),安徽教育出版社1987年版,第348页。

矣。良可慨也。"❶ 这虽不是专讲京派人物,但这种慨叹放在此处无疑也是适用的。

---

❶ 钱穆:《师友杂忆》,三联书店1998年版,第181页。

参考文献

一、民国时期的刊物

[1]《骆驼草》

[2]《学文》

[3]《大公报·文艺副刊》

[4]《大公报·文艺》

[5]《文学杂志》

[6]《北平晨报》

[7]《晨报副刊》

[8]《新月》

[9]《诗刊》

[10]《独立评论》

[11]《自由评论》

[12]《中学生》

[13]《文学》

[14]《申报·自由谈》

[15]《现代》

二、中文图书

[1] 钟叔河编.周作人文类编[M].长沙：湖南文艺出版社，1998.

[2] 周作人.周作人自编文集[M].石家庄：河北教育出版社，2002.

[3] 王风编.废名集[M].北京：北京大学出版社，2009.

[4] 俞平伯.俞平伯全集.石家庄：花山文艺出版社，1997.

[5] 沈从文. 沈从文全集 [M]. 太原：北岳文艺出版社，2002.

[6] 孙昌熙、张华编. 杨振声选集 [M]. 北京：人民文学出版社，1987.

[7] 萧乾. 萧乾全集 [M]. 武汉：湖北人民出版社，2005.

[8] 朱光潜. 朱光潜全集 [M]. 合肥：安徽教育出版社，1987~1993.

[9] 陈学勇编. 林徽因文存 [M]. 成都：四川文艺出版社，2005.

[10] 叶公超. 新月怀旧——叶公超文艺杂谈 [M]. 上海：学林出版社，1997.

[11] 梁宗岱. 诗与真 [M]. 上海：商务印书馆，1935.

[12] 梁宗岱. 诗与真二集 [M]. 上海：商务印书馆，1936.

[13] 刘西渭. 咀华集 [M]. 上海：文化生活出版社，1936.

[14] 刘西渭. 咀华二集 [M]. 上海：文化生活出版社，1947.

[15] 李健吾. 李健吾剧作选 [M]. 北京：中国戏剧出版社，1982.

[16] 卞之琳文集 [M]. 合肥：安徽教育出版社，2002.

[17] 何其芳. 何其芳全集 [M]. 石家庄：河北人民出版社，2000.

[18] 鲁迅. 鲁迅全集 [M]. 北京：人民文学出版社，2005.

[19] 梁实秋. 偏见集 [M]. 南京：正中书局，1934.

[20] 梁实秋. 梁实秋自选集[M]. 中国台北：黎明文化事业股份有限公司, 1981.

[21] 钱钟书. 写在人生边上[M]. 北京：三联书店, 2002.

[22] 吴福辉编. 京派小说选[M]. 北京：人民文学出版社, 1990.

[23] 姜德明编. 北京乎[M]. 北京：三联书店, 1992.

[24] 白春超. 再生与流变——中国现代文学中的古典主义[M]. 开封：河南大学出版社, 2006.

[25] 瓦尔特·本雅明（Walter Benjamin）. 发达资本主义时代的抒情诗人[M]. 张旭东, 魏文生译. 北京：三联书店, 1989.

[26] 瓦尔特·本雅明.（Walter Benjamin）启迪：本雅明文选[M]. 张旭东, 王斑译. 北京：三联书店, 2008.

[27] 勃兰兑斯（George Brandes）. 十九世纪文学主流[M]. 张道真, 等译. 北京：人民文学出版社, 1997.

[28] 雅各布·布克哈特（Jacob Burckhardt）. 希腊人和希腊文明[M]. 王大庆译. 上海：上海人民出版社, 2008.

[29] 爱德华·布洛（Edward Bullough）. 作为艺术因素与审美原则的"心理距离说"[M].《美学译文》(2). 北京：中国社会科学出版社, 1982.

[30] 陈平原, 王德威. 北京：都市想象与文化记忆[M]. 北京：北京大学出版社, 2005.

[31] 狄百瑞（William Theodore de Bary）. 中国的自由传统[M]. 李弘祺译. 中国台北：联经出版事业公

司,1983.

[32] 米歇尔·福柯(Michel Foucault). 知识考古学[M]. 谢强,马月译. 北京:三联书店,1998.

[33] 米歇尔·福柯(Michel Foucault). 性经验史[M]. 佘碧平译. 上海:上海人民出版社,2005.

[34] 梅尔文·弗里德曼. 意识流,文学手法研究[M]. 张中载等译. 上海:华东师范大学出版社,1992.

[35] 高恒文. 京派文人:学院派的风采[M]. 上海:上海教育出版社,2000.

[36] 歌德(Goethe). 歌德谈话录[M]. 爱克曼(J. P. Eckermann)辑录,朱光潜译. 北京:人民文学出版社,1978.

[37] 郭绍虞. 中国文学批评史[M]. 上海:上海古籍出版社,1979.

[38] 韩兆琦. 中国古代的隐士[M]. 北京:商务印书馆,1996.

[39] 黑格尔(Hegel). 美学[M]. 朱光潜译. 北京:商务印书馆,1979.

[40] 黄键. 京派文学批评研究[M]. 上海:上海三联书店,2002.

[41] 吉川幸次郎. 中国诗史[M]. 章培恒,等译. 上海:复旦大学出版社,2001.

[42] 蒋孔阳,朱立元. 西方美学通史[M]. 上海:上海文艺出版社,1999.

[43] 克罗齐(Croce). 美学原理·美学纲要[M]. 朱光潜译. 北京:外国文学出版社,1983.

[44] 苏珊·朗格（Susanne Langer）. 情感与形式 [M]. 刘大基,等译. 北京:中国社会科学出版社,1986.

[45] 莱辛（Lessing）. 拉奥孔 [M]. 朱光潜译. 合肥:安徽教育出版社,2006.

[46] 李何林. 近二十年中国文艺思潮论 [M]. 西安:陕西人民出版社,1981.

[47] 李健吾. 福楼拜评传 [M]. 长沙:湖南人民出版社,1980.

[48] 李今. 海派小说与现代都市文化 [M]. 合肥:安徽教育出版社,2000.

[49] 李欧梵. 上海摩登——一种新都市文化在中国1930~1945 [M]. 毛尖译. 北京:北京大学出版社,2001.

[50] 李维屏. 英美意识流小说 [M]. 上海:上海外语教育出版社,1996.

[51] 李孝悌. 恋恋红尘:中国的城市、欲望和生活 [M]. 上海:上海人民出版社,2007.

[52] 李怡. 日本体验与中国现代文学的发生 [M]. 北京:北京大学出版社,2009.

[53] 刘禾. 跨语际实践:文学,民族文化与被译介的现代性（中国,1900~1937） [M]. 宋伟杰,等译. 北京:三联书店,2008.

[54] 刘进才. 京派小说诗学研究 [M]. 开封:河南大学出版社,2005.

[55] 刘勇. 中国现代作家的宗教文化情结 [M]. 北京:北京师范大学出版社,2003.

[56] 罗钢. 历史汇流中的抉择:中国现代文艺思想家与西方文

学理论［M］．北京：中国社会科学出版社，1993．

［57］罗念生．《罗念生全集》［M］．上海：上海人民出版社，2004．

［58］罗宗强．明代后期士人心态研究［M］．天津：南开大学出版社，2006．

［59］马克思．《马克思恩格斯选集》［M］．北京：人民出版社，1972．

［60］尼采（Nietzsche）．悲剧的诞生［M］．周国平译．北京：三联书店，1986．

［61］钱穆．师友杂忆［M］．北京：三联书店，1998．

［62］钱念孙．朱光潜．出世的精神与入世的事业［M］．北京：文津出版社，2005．

［63］钱钟书．谈艺录［M］．北京：三联书店，2001．

［64］钱钟书．七缀集［M］．北京：三联书店，2002．

［65］邱紫华．悲剧精神与民族意识［M］．武汉：华中师范大学出版社，2000．

［66］瞿世镜．意识流小说理论［M］．成都：四川文艺出版社，1989．

［67］多米尼克·塞克里坦（Dominique Secretan）．古典主义［M］．艾晓明译．北京：昆仑出版社，1989．

［68］商金林．朱光潜与中国现代文学［M］．合肥：安徽教育出版社，1995．

［69］史书美．现代的诱惑：书写半殖民地中国的现代主义1917～1937［M］．何恬译．南京：江苏人民出版社，2007．

［70］舒芜．《舒芜集》［M］．石家庄：河北人民出版社，2001．

［71］司空图．诗品二十四则［M］．北京：中华书局，1985．

[72] 陶明志. 周作人论 [M]. 上海：北新书局，1934.

[73] 汪晖. 反抗绝望：鲁迅及其文学世界 [M]. 北京：三联书店，2008.

[74] 王国维. 人间词话 [M]. 北京：中华书局，2009.

[75] 王士禛. 池北偶谈 [M]. 北京：中华书局，1982.

[76] 雷纳·韦勒克（Rene Wellek）. 近代文学批评史 [M]. 杨自伍，等译. 上海译文出版社，1997~2002.

[77] 维特根斯坦（Ludwig Wittgenstein）. 哲学研究 [M]. 陈嘉映译. 上海人民出版社，2001.

[78] 吴福辉. 都市漩流中的海派小说 [M]. 上海：复旦大学出版社，2009.

[79] 吴晓东. 象征主义与中国现代文学 [M]. 合肥：安徽教育出版社，2000.

[80] 武新军. 现代性与古典传统——论中国现代文学中的"古典倾向" [M]. 开封：河南大学出版社，2005.

[81] 夏志清. 中国现代小说史 [M]. 刘绍铭，等译. 上海：复旦大学出版社，2005.

[82] 解志熙. 美的偏至——中国现代唯美-颓废主义文学思潮研究 [M]. 上海文艺出版社，1997.

[83] 解志熙. 生的执著——存在主义与中国现代文学 [M]. 北京：人民文学出版社，1999.

[84] 徐复观. 《徐复观文集》 [M]. 武汉：湖北人民出版社，2002.

[85] 许道明. 京派文学的世界 [M]. 上海：复旦大学出版社，1994.

[86] 严家炎. 中国现代小说流派史 [M]. 北京：人民文学

出版社，1989.

[87] 严羽. 沧浪诗话校释 [M]. 北京：人民文学出版社，1983.

[88] 杨东平. 城市季风：北京与上海的文化精神 [M]. 北京：东方出版社，1994.

[89] 杨联芬. 中国现代小说中的抒情倾向 [M]. 北京师范大学出版社，1996.

[90] 杨义. 中国现代小说史 [M]. 北京：人民文学出版社，1986～1991.

[91] 杨义. 京派海派综论 [M]. 北京：中国社会科学出版社，2003.

[92] 叶维廉. 中国诗学 [M]. 北京：三联书店，1992.

[93] 尹鸿. 悲剧意识与悲剧艺术 [M]. 合肥：安徽教育出版社，1992.

[94] 查振科. 对话时代的叙事话语——论京派文学 [M]. 沈阳：春风文艺出版社，2005.

[95] 张佛泉. 自由与人权 [M]. 中国台北：台湾商务印书馆，1993.

[96] 张中行. 负暄琐话 [M]. 北京：中华书局，2006.

[97] 赵园. 明清之际士大夫研究 [M]. 北京大学出版社，1999.

[98] 赵园. 制度·言论·心态——《明清之际士大夫研究》续编 [M]. 北京大学出版社，2006.

[99] 钟嵘. 诗品 [M]. 上海古籍出版社，2007.

[100] 章培恒，骆玉明. 中国文学史 [M]. 上海：复旦大学出版社，1996.

[101] 周建人. 回忆大哥鲁迅 [M]. 上海教育出版社, 2001.
[102] 周仁政. 京派文学与现代文化 [M]. 长沙: 湖南师范大学出版社, 2002.
[103] 朱寿桐. 新月派的绅士风情 [M]. 南京: 江苏文艺出版社, 1995.
[104] 宗白华. 美学散步 [M]. 上海人民出版社, 1981.

三、其他中文期刊

[1] 陈平原. 现代中国的"魏晋风度"与"六朝散文" [J].《中国文化》, 1997, (15) ~ (16).
[2] 陈平原. 学术史视野中的"关键词" [J].《读书》, 2008, (4) ~ (5).
[3] 范培松. 论京派散文 [J].《文学评论》, 1995, (3).
[4] 高恒文. 鲁迅对朱光潜"静穆"说批评的意义及其反响 [J].《鲁迅研究月刊》, 1996, (11).
[5] 蒋京宁. 树荫下的语言——京派作家研究之一 [J].《文学评论》, 1988, (4).
[6] 蓝棣之. 作为修辞的抒情——林徽因的文学成就与文学史地位 [J].《清华大学学报(哲社版)》, 2005, (2).
[7] 李俊国. 三十年代"京派"文学思想辨析 [J].《中国社会科学》, 1988, (1).
[8] 李欧梵. 探索"现代" [J]. 沈玮, 等译.《文艺理论研究》, 1998 (5).
[9] 李怡. 论"学衡派"与五四新文学运动 [J].《中国社会科学》, 1998 (6).
[10] 李怡. "本着内心的要求"的激情与困扰——创造社

文学选择的特点与问题［J］.《中国现代文学研究丛刊》, 2007, (5).

[11] 刘峰杰. 论京派批评观［J］.《文学评论》, 1994, (4).

[12] 刘勇. 京派作家的文化观［J］.《北京师范大学学报（社科版）》, 2008, (2).

[13] 潘宗亿. 论心态史的历史解释［J］.《新史学》第四辑, 郑州: 大象出版社, 2005.

[14] 邵大箴. 温克尔曼及其美学思想［J］.《美术》, 1990, (12).

[15] 王富仁. 中国新古典主义文学论［J］.《天津社会科学》, 1998, (3) ~ (4).

[16] 王富仁. 悲剧意识与悲剧精神［J］.《江苏社会科学》, 2001, (1) ~ (2).

[17] 王先霈. 静穆说再议［J］.《湖北民族学院学报》（哲社版）, 2007, (1).

[18] 王晓明. "乡下人"的文体和城里人的理想——论沈从文的小说创作［J］.《文学评论》, 1988, (3).

[19] 王攸欣. 论朱光潜对尼采的接受［J］.《中国文学研究》, 2007, (3).

[20] 文学武. 各具异彩的文学景观——京派小说与海派小说比较论［J］.《文学评论》, 1998, (4).

[21] 吴福辉. 乡村中国的文学形态——《京派小说选》前言［J］.《中国现代文学研究丛刊》, 1987, (4).

[22] 肖鹰. 战争边缘的"静穆"——论朱光潜的诗歌理想［J］.《广东社会科学》, 2003, (6).

[23] 阎开振. "桥"的意象与京派文学［J］.《中国现代文

学研究丛刊》，2005，（5）.

[24] 杨联芬. 归隐派与名士风度——废名、沈从文、汪曾祺论 [J]. 《北京师范大学学报（社科版）》，2005，（2）.

[25] 查振科. 京派小说风格论 [J]. 《文学评论》，1996，（4）.

[26] 钟优民. 关于朱光潜"静穆"说的论争及其演变 [J]. 《社会科学战线》，2003，（4）.

四、英文图书

[1] Richard Lehan. The City in Literature：An Intellectual and Cultural History [M]. Berkeley：University of California Press，1998.

[2] H. B. Nisbet. German Aesthetic and Literary Criticism [M]. Cambridge：Cambridge University Press，1985.

[3] Dabney Townsend. Aesthetics：Classic Readings from the Western Tradition [M]. Boston：Jones and Bartlett Publishers，1996.

[4] Rene Wellek. Concepts of Criticism [M]. New Haven：Yale University Press，1963.

后记

后 记

  本书是我在北京师范大学完成的博士学位论文，2010年5月提交答辩，除出版社的格式要求以外，这次出版几乎未作修改，新旧、好坏、深浅皆保持原貌。两年半前，我怀着复杂的心情从北京来到大连，进入辽宁师范大学文学院任教，其时其景可谓人生地疏、四处茫茫……在家人和诸位师友的关怀下，我终于坚定了信念，逐步走出困境，结婚生女，在这座北方的海滨城市顺利地安下了自己的家。

  感谢我的博士导师刘勇教授。五年多前蒙他不弃，招我入门，给了我求学的机会；读博三年，虽然我生性驽钝，凡事不甚在意，但在他严厉的教导之下，我在学术研究和为人处事上都取得了不小的进步。刘老师对我的缺点从不避讳，直截了当，有时我也暗自不服，但事后想起都能感到他的良苦用心。感谢我的硕士导师杨联芬教授。我还记得她当年多次要求我们去北京各个图书馆翻阅民国时期的报纸期刊，那使我不经意间开始真正地走进中国现代文学；我还记得7年多前我把硕士论文的初稿交给她后，几乎每一页上都画满了她批改的痕迹。

  感谢当年评审我的博士论文并参加答辩的张中良研究员、孙郁教授、李怡教授和邹红教授、钱振纲教授，他们对这篇论文的高度评价对我是莫大的鼓励；感谢北师大文学院的李秋月老师，读硕、读博期间她始终关心着我的学习和生活；感谢北京文化研究院的诸位老师，我曾在那里兼职搞科研，留下了不少难忘的记忆；感谢辽宁师大文学院的王卫平教授、于永顺教授、王桂荣老师以及众多同仁，初来乍到，他们的热忱帮助令我不胜感激……

  本书获得大连市人民政府资助出版，特此致谢。感谢本书的责任编辑文茜女士,她是我北师大的博士同学,希望以后还有更多合作。

下面是当年三位论文评审专家的评语节录,权作对本书的一种推介。

新时期以来,京派及其成员的研究已有相当的积累,但这篇论文独辟蹊径,从"静穆"观念切入,且以"静穆"观念为焦点,探讨京派的审美观、文化心态与创作特色,选题新颖,对于美学理论和京派研究均具学术价值,且由于难度较大,表现出作者迎难而上的探索精神与学术勇气。

从"静穆"这个审美概念出发,本论文打开了进入京派文学一个重要的入口。……由于在大量资料的梳理里扬弃了先验的概念,论文的结论是合乎实际的,生动地揭示了一种文学流派的精神个性。在这个意义上说,作者站在了较高的层面解决了京派文学审美特征,比先前那些"唯美主义""颓废主义"诸概念更切合实际。这是论文的一个贡献。

京派文学研究成果不少,但努力透过他们的文学思想、美学追求提炼出一个具有统一性的"理念",却还没有过。本文作者在大量阅读相关文献资料的基础上尝试运用"静穆"这一概念进行整体的观照,……我觉得这样的选题是有意义的。

最后，值本书出版之际，感谢我的家人，特别是我的妻子和女儿，她们是我的动力，也是我的幸运星。

许　江
2013 年 1 月 1 日大连三松屋